suhrkamp taschenbuch 5291

AF197683

Ein abgelegener Ort am Baltischen Meer, Ende des 19. Jahrhunderts. Kazimira muss sich um Haus und Kind kümmern, obwohl sie lieber arbeiten will wie ihr Mann. Der ist Vorarbeiter in der »Annagrube«, dem gewaltigen Bernsteinwerk von Moritz Hirschberg. Doch als sich das Wagnis des Untertagebaus endlich auszahlt und die Grube zum Erfolg wird, werden auch Neid und Missgunst laut. Antisemitismus und Nationalismus greifen um sich, die Hirschbergs werden vertrieben. Kazimiras Sohn zerbricht am Ersten Weltkrieg, ihre Urenkelin wird später Opfer der Euthanasie-Morde durch die Deutschen. Und Kazimira muss erfahren, dass sie ihren langen Weg, der sie auch in den Zweiten Weltkrieg geraten lässt, allein zu gehen hat …

»Frauen, die unvergesslich bleiben.« *rbbKultur*

Svenja Leiber, geboren 1975 in Hamburg, aufgewachsen in Norddeutschland, studierte Literaturwissenschaft, Geschichte und Kunstgeschichte und lebt mit ihrer Familie in Berlin. Im Suhrkamp Verlag erschienen von ihr die Romane *Das letzte Land* (st 4576) und *Staub* (2018).

Svenja Leiber

KAZIMIRA

Roman

Suhrkamp

Erste Auflage 2023
suhrkamp taschenbuch 5291
© Suhrkamp Verlag AG, Berlin, 2021
Alle Rechte vorbehalten.
Wir behalten uns auch eine Nutzung des Werks
für Text und Data Mining im Sinne von § 44b UrhG vor.
Umschlaggestaltung: Rothfos & Gabler, Hamburg,
unter Verwendung einer Fotografie von
Kuttelvaserova Stuchelova / Shutterstock
Karte: Peter Palm, Berlin
Druck und Bindung: CPI books GmbH, Leck
Printed in Germany
ISBN 978-3-518-47291-0

www.suhrkamp.de

KAZIMIRA

»Lebewesen sind in energetischer und entropischer Hinsicht
sehr unwahrscheinliche Gebilde.«
Strasburger Lehrbuch der Botanik

Sie steht am Ufer, die Wellen lecken ihr die Füße, der müde gewordene Sturm zerrt noch an ihr. Sie ist jung, siebzehn, achtzehn Horizonte. Ihr Haar ist nass, schwer wie Tang. Die See rollt. Das ist nicht das Meer, das sind, so weit das Auge reicht, Gewalten. Sie weiß es, und sie wartet. Wartet. Wartet. Denn dieser Trog voll Zeit, gespeist vom Leben des Festlandes, lässt seine Wasser im Gedächtnis graben. Dann und wann schwemmen sie einen Fund ans Ufer, und sie greift nach ihm und tut ihn in ihren Beutel.

Teil I
Blaue Erde

Jantarnyj, 2012

Es wird heißen, eine Grube ist stumm, eine Grube spricht nicht, eine Grube ist eine Grube. Wenn du Stimmen hörst, lass das Trinken sein.

Aber Nadja Wladimirowna Semjonowa hat nicht getrunken. Sie hat, auf dem Weg zur Arbeit, oberhalb des Tagebaus, wo der Boden ohne Übergang steil abfällt, etwas gehört. Als habe die Landschaft die Stille für einen Moment durchbrochen, das Schweigen einen Spalt breit geöffnet. Und ist nicht irgendeine Landschaft. Seit Jahrzehnten herrscht Frieden, aber diese Landschaft sieht aus, als sei der Krieg dort erfunden worden: umgeben von zitterndem Jungwald eine riesige Wunde, klaffend, in Stufen und Wege gegliedert, ausgeschabt, ein unglaubwürdiges Nebeneinander von Staub und Schlamm, wie es nur die Verlassenheit der toten Welt zustande bringt. Auf dem letzten Absatz vor der Grubensohle steht, zwischen rostigen Rohren und nachlässig verlegten Laufplanken, ein Seilbagger, früher einmal ihr Arbeitsplatz. Aber das ist Jahre her.

Nadja Semjonowa hält die Hand ihrer Tochter und lässt den Blick über den Tagebau schweifen.

»Hast du es gehört?« Sie flüstert. Das Mädchen schaut zu ihr hoch. Es sieht aus wie sie, nur kleiner, eine rote Haarwolke ums Gesicht. Es schüttelt den Kopf. Es hat nichts gehört. Es hat auch keine Angst. Nur die Mamutschka hat manchmal Angst.

Nadja blickt sich noch einmal um. Würde sie rufen, würde sie hier niemand hören. Kein Mensch da unten, keiner im Hinterland. Schnell geht sie weiter, läuft den Trampelpfad Richtung Straße und zieht das Kind mit sich.

Sie befinden sich im Gebiet Kaliningrad, einige hundert Meter östlich des Ortes Jantarnyj. *Bernstein* heißt das oder *bernsteinern*. Als wäre dort alles aus dem einen Stoff. Dabei ist das meiste aus Beton und wohl, was man woanders gottverlassen nennt.

Es ist ein Samstag im Herbst. Grau und regenschwer hängt der Himmel über der erschöpften Gegend. Nadja hält mit der Linken den Mantelkragen zusammen.

Die Leute haben viel von diesen Dingen geredet. Sie hat es nie wissen wollen. Jetzt legt es sich ihr um den Nacken. *Wie ein Raunen*, wird sie später sagen. Man müsste das Wort *Raunen* nur durch ein anderes ersetzen, eins, das noch zu finden wäre. Aber es war etwas.

Das ehemalige Bernsteinkombinat von Jantarnyj läuft schlecht. Früher haben sie mal achthundert Tonnen Rohbernstein jährlich da rausgeholt. Vor einigen Jahren dann Insolvenz. Man schmiss die Hälfte der Arbeiter raus, und den Rest sortierte man nach Geschlecht: Die Männer blieben im Tagebau, an den großen Maschinen, wie Nadjas Kollege Anatolij Michailowitsch, die Frauen sollten in die Verarbeitung oder in den Vertrieb. Nadja wäre lieber bei den Maschinen geblieben. Auf dem alten Seilbagger, der ihr gehorchte wie ein Hündchen. Aber es hieß, sie habe Glück, dass sie im sauberen Pavillon Schmuck verkaufen dürfe. *Glück*, hatte sie gespottet und hätte dabei fast geweint. Anatolij übernahm den Seilbagger. Das Kombinat wurde ein Unternehmen, wurde umbenannt, mit ein paar Millionen Rubel geflickt, modernisiert, wird jetzt mit Kameras überwacht, hat aber das alte Problem: Es liegen Unmengen Rohbernstein eingelagert, es fehlt die Nachfrage, das Zeug ist aus der Mode. So ist das mit Moden, hatte Nadja gedacht. Hoffentlich kommt nicht irgendwann der Mensch aus der Mode.

Im Gehen sucht sie nach den Zigaretten in der Tasche. Sie muss nur wissen, dass dort welche sind. Sie wendet den Blick kurz zu ihrer Tochter. Dann raucht sie doch. Verzeih, Ika, denkt sie. Der Kragen weht ihr auf, der feuchte Wind dringt in den Mantel ein. Vor ihnen werden die ersten Häuser sichtbar, marode Plattenbauten, eine Tankstelle, das zum Bordell umfunktionierte Werkstattgebäude, bei dem ein paar Soldaten herumstehen.

Die Frauen sind kaum wach, da sollen sie schon, denkt Nadja und läuft, die kleine Ika jetzt auf dem Arm, am Rand der Straße entlang, die Betonnixe im Blick, die, in steinernen Wellen gefangen, als Wahrzeichen am Ortseingang thront. Ein besserer Gott wird einst alle Frauen als Nixen zur Erde schicken, mit zusammengewachsenen Beinen. Nadja nimmt einen tiefen Zug, hustet. Der Rauch weht Ika ins Gesicht. Sie wedelt mit der Hand, als würde sie winken. Die Soldaten sehen herüber, einer pfeift, Nadja starrt geradeaus, ihr ist schlecht, sie drückt das Kind fester an sich, wirft die Kippe in den Straßengraben.

Es hält sie nicht viel an diesem Ort, auch wenn sie hier geboren ist. Ihre Vorfahren kamen erst nach dem Großen Vaterländischen Krieg, die Mutter, eine hungrige Halbwaise, mit einem Umsiedlerzug Witwen, Plan der Politabteilung. Sie erhielten ein verlassenes Haus, ein Stück Land, etwas Geld, Steuererlass – die Gegend bedeutete ihnen nichts. Weder Kaliningrad noch Jantarnyj noch das deutsche Backsteinhaus am Rand des Tagebaus, in dem Nadja und Ika noch immer leben, bis das Haus weg ist. Und das wird bald sein, es wird abrutschen, von der Grube verschluckt werden.

Auch Nadja bewohnt die Landschaft also eher provisorisch, und obwohl sie noch nicht alt ist, hat sie das Gefühl, wie das Haus, am Ende von etwas zu stehen, nicht am Anfang. Letztlich, denkt sie, läuft alles in Jantarnyj auf die Grube hinaus, auf ein Loch.

*

Das erste Loch sticht hunderteinundvierzig Jahre früher der Instmann Roganzky. Er hat eine Ahnung, schleppt eine Leiter aufs
Feld, gräbt und hofft auf etwas in der Tiefe des Ackers.

Die Leiter hat fünfzehn Sprossen. Sie führt nicht rauf, nur
runter. Steckt im Gutsacker am Weststrand, oberhalb des Steilufers, 54° nördliche Breite, 19° östliche Länge, beinahe Baltikum
und an die vierzig Meter über dem Meer. Die Holme ragen etwas
aus dem Boden, im Morgenlicht gerade erst sichtbar.

Da hat Roganzky vielleicht was gefunden, oder ihn hat was ab-
geschreckt. Etwas zu eilig läuft er plötzlich übers Feld. Am Feldrand, in einigem Abstand, läuft ein Zweiter, ein Gendarm, nicht
ganz sicher auf den Beinen, aber geübt im Gebrauch eines Zünd-
nadelgewehres. Ruft den Mann an diesem Märzmorgen 1871, zi-
vile Kontrolle, will die üblichen Fragen stellen, und aus Angst
kehrt sich Roganzky auch zu ihm um und lässt ihn näher kommen. Aber anstatt sich auszuweisen oder auch nur seinen Namen
zu nennen, wird er gleich grob. Die Verzweiflung. Einmal was
gefunden. Da muss ihn der Gendarm also disziplinieren, worauf
Roganzky eine Kehrtwende macht und über den Acker davon-
rennt. Der Gendarm folgt, jetzt sogar fast behände auf dem un-
ebenen Boden. Hat den Mann im Blick, denn es ist inzwischen
hell, und die Landschaft da oben ist übersichtlich wie ein Rich-
tertisch. Hat ihn also fest im Blick, bis dieser Roganzky plötzlich,
ohne Vorwarnung, von einem Moment auf den anderen, weg ist.

Der Gendarm steht still wie einer, der sich sammeln muss. Er
spuckt aus, geht vorsichtig weiter. Seenebel und anderes will ihn
dort anwehen – er ist erst seit kurzem in die Gegend versetzt.
Er fasst sich nach der fliegenden Brust, wo sich im Mantel, einmal gefaltet, ein Blatt befindet. Ein Militärehrenblatt, mit Adlern,
Totenköpfen, Siegesengeln und einem von Bajonetten, Messern
und Kanonen umkränzten Kaiser bemalt, ein Gewaltporträt in
Taschenformat. Er hätte nicht stehen bleiben sollen. Da schlägt

der eigene Lärm plötzlich in Stille um oder umgekehrt. Überall vermutet man was, die Sinne scheinen einen Sprung zu tun.

Dabei ist nur dieser Roganzky gesprungen, und zwar das Steilufer runter zum Strand, unter Lebensgefahr, aber das ist vom einsamen Standpunkt des Gendarmen aus nicht zu sehen. Das Ende des Ackers erscheint ihm wie der Horizont. Nichts deutet darauf hin, dass dahinter die Welt weitergeht, nur eben eine gewaltige Stufe tiefer. Der verwirrte Gendarm stolpert quer übers Land und fällt schließlich, ein Stück weiter links, beinahe über die Leiterholme.

»So ein Moldworm«, sagt er leise, denn nun findet er gleich das ganze Vergehen: unerlaubte Grabung nach Bernstein. Und unerlaubt heißt: verboten. Das hier ist Preußen, da wird nicht einfach gebuddelt. Schon steht er auf der Leiter, dienstlich, und steigt Sprosse um Sprosse hinab.

Es reicht kein Licht in das Loch, darum sieht er nicht, wie die Wände, am Grund längst unterspült, schon über sich hinaustreten. Der nasse Flugsand, darunter Diluvium, dann Glimmersand. Vollgesogen mit eisigem Wasser, hält das Ganze nur noch gerade so, um dann, mit wenig Geräusch, einzubrechen. Der Gendarm hat kaum Zeit, sein Gesicht zu schützen. Er bleibt dort unten, das Militärehrenblatt von Muttererde ans Herz gedrückt. Ein menschlicher Einschluss, nur nicht in Harz, sondern in Schlamm.

Roganzky läuft indes unversehrt am Strand entlang, dann wieder hoch aufs Land und einen Weg bis zu den Gebäuden des Gutes, wo er eine Unterredung mit seinem Herrn hat.

Spät am Abend verlässt er auf einem Pferd das Gut und nimmt den Weg in Richtung Osten zum Haff und auf die Nehrung.

Er wird zwei Tage reiten.

*

Die Hütte auf der Nehrung hat keinen Schornstein. Sie ist außen grau und innen schwarz vom Rauch. Es ist fast dunkel darin. Im Gebälk hängen Aale, wie schwere Zöpfe, schimmern ölig im Dämmerlicht. Darunter Tisch und Bank, ein paar Dinge, die gebraucht werden, ein Topf, eine Schlafstatt. Ein bewohntes Rauchhaus also, in schlechtem Zustand.

Kazimira, geborene Morautene, mit der schmalhüftigen Statur eines großen Jungen, zieht die Hüttentür zu. Nach einer Sturmnacht war sie am Morgen zuerst am Meer, drüben an der Westseite. Sie hat den angeschwemmten Strandsegen aus dem Sand gesammelt und eingesteckt, obwohl das verboten ist. Zwischen Rock und Schürze trägt sie ein halbes Kilo Bernstein bei sich, geht zum Tisch, legt den Beutel ab und setzt sich breitbeinig auf die Bank an der Wand. Sie nimmt das vom Salzwasser klebrige Haar über die Schulter, bindet es neu und wendet erst jetzt den Blick dem Mann zu, mit dem sie hier wohnt.

Antas sitzt beim Fenster und schnitzt. Drei Schnitte, Pause, drei Schnitte, wie ein Walzer, nur langsamer. Wenn er nicht schnitzt, sitzt er an der Drehbank, treibt mit dem wippenden Fußbrett das Rad und den Riemen an und dreht Perlen. Er ist dreißig Jahre alt, sein Rücken ist schon krumm, die Beine waren es immer.

Kazimira wartet. Hat es nicht eilig, zählt Fliegen, wartet. Aber er sieht und sieht nicht auf, versunken, wie meistens. Ein schweigsamer Mensch, wie ein Baum, dem das Rauschen seiner Krone schon genügt.

»Antas«, sagt sie schließlich, ihre Stimme ist rau, und sie betont das zweite A. »Hab einen Guten.« Sie beugt sich vor, greift in den Beutel, in dem es noch dunkler ist als in der Hütte, ihre Hände, wie mit Augen zwischen den Steinen. Sie hält noch einmal inne, sieht dabei wieder Antas an, der tatsächlich aus dem Takt kommt, und fragt: »Was gibt dafür?«

Antas hustet: »Was wünschst dir denn?«

»Kein Kind«, sagt sie.

»Ein Kind?« Wieder hustet Antas.

»*Kein* Kind.«

Jetzt schaut er auf. »Jede Frau mecht ein Kind.«

»Ich nicht.«

Das Frühjahr beginnt gerade erst. Antas schnitzt aus Bernstein einen Bauern. Neben ihm auf dem Schachbrett, auf das Kazimira jetzt ihren Fund legt, größer als ihre Hand, stehen schon die übrigen Figuren. Nur der letzte Bauer fehlt noch. Er wandert Antas durch die Finger wie ein paar Gedanken durch seinen Kopf. Warum will sie denn kein Kind?

Wenn er vom Nachtfang zurück ist, den er für ein zusätzliches Geld betreibt, freut er sich auf Kazimira. Die Mittage da draußen – nirgendwo sonst ein Mensch, nur er und die Kaz, aufgezogen von ihrer Ahne Morautene, einer verwitterten alten Prußin, wie diese nicht getauft, in kein Kirchenbuch eingetragen, als gäbe es sie gar nicht, von den Dorfkindern mit Dreck beworfen (zu eigenartig), von den Dorffrauen verjagt (zu schön), war bei der Familie Hirschberg in Schwarzort im Dienst, als er sie fand und mitnahm. Geht seitdem mit ihm durch jedes Wetter, mit einer eigentümlichen Treue, findet ihm die besten Steine, hilft ihm beim Lichten der Netze, und irgendwann gehen sie ins Haus, raus aus dem Wind, der Geruch von warmem Holz und Rauchfisch, Kazimiras Blick, jetzt nichts sagen, nicht stören.

Oder im Herbst, wenn die Unwetter kommen, die Wolken, knapp überm Haff, und die Zugvögel mit ihrem Rufen, und nur zwei Menschen zwischen all dem Element –

Aber ein Kind will sie nicht?

Was genau Kazimira will, weiß sie noch nicht. Sie hat allerdings auch keine große Wahl. Denn obwohl Antas Damerau der beste Dreher in der Gegend ist, besitzen sie nur den kleinen Kahn und die Hütte, abseits vom nächsten Fischerdorf, überhaupt so weit abseits, dass nicht nur der Weg zu ihnen, sondern schon die Beschreibung dieses Weges müde macht. Mehr hat der alte Damerau seinem Sohn nicht hinterlassen, als er starb. Bernstein durfte der Alte auch schon nicht sammeln, so wenig wie Antas und Kazimira, denn sie zahlen keine Pacht. Wenigstens müssen sie keinen Strandeid mehr an die Grundherren schwören, um überhaupt über den Sand und mit dem Kahn aufs Wasser zu dürfen. Und wer also über den Sand läuft, seinen Kahn über den Ufersaum und durch die Brandung schiebt oder bei Nacht draußen bleibt, den Zugsack für die Aale im Schlepp, fernab der Flottille der Keitelkähne, und wer dabei ins flache Wasser sieht, mit einer Laterne vielleicht – der findet. Und weil sie nicht geschworen haben und weil sie fernab sind, tun sie das Gefundene beiseite. Und wenn der Winter kommt und der Kahn ruht, dann werden aus dem Gefundenen Figuren, durchscheinend, leicht und warm in der Hand, als trügen sie in sich die Reste uralter Sommer. Und diese Figuren wandern, wenn Antas und die Kaz ein paar Partien gespielt haben, in einer Kiste mit Räucheraalen zum Herrn Hirschberg, Bernsteinhändler in Schwarzort, der sie mitsamt den Aalen ankauft.

Eigentlich lässt Hirschberg selbst den Bernstein seit Jahren aus dem Haff holen. Am Anfang war er nur ein armer Mensch aus Danzig, der nichts weiter bei sich trug als einen Bauchladen und Ideen. Er half für eine Weile beim Gastwirt in Schwarzort aus, stand jeden Morgen vor den anderen auf, beschwerte sich nie, überhörte jeden Spott, begann im flachen Haff, nach Bernstein zu suchen, und war so über die Jahre ein bisschen was geworden. Jeden Tag kann man jetzt seine schwimmenden dampfbetriebenen Kettenbagger sehen, die den Grund des Haffs ausschaufeln. Hirschberg hält dabei auf private Kosten die Fahrrinne frei und ist, auf eigenes Risiko, der offizielle Pächter der Bernsteingewinnung beim Staat. Antas müsste also alle Steine, die Kazimira sammelt und er selbst findet, bei ihm abgeben. Aber die Schnitzereien gefallen Hirschberg so gut, dass er es hingehen lässt und sogar Geld für seinen eigenen Bernstein bezahlt.

*

Schwarzort, 1871

»Am Weststrand haben sie einen vermissten Gendarmen im Acker gefunden«, sagt Hirschberg, als er Tage später Antas das Geld für Fisch und Figuren in die Hand zählt. »Weißt du davon?«

»Wie Gendarm in Acker gelangt?« Antas tut ahnungslos. Aber Hirschberg lässt nicht locker: »Erst finden die einen Gendarmen im Boden, und dann graben die den Acker um, als gäbe es da noch mehr als nur verschüttete Gendarmerie.« Er sieht Antas aufmerksam an. Aber der legt nur den Finger an die Mütze: »Von einem Gendarmen weiß ich nich«, und Kazimira und er brechen auf.

Sie fahren im Windschatten des Kiefernwaldes heim. Pferd und Wagen sind geliehen. Zu Haus in der Hütte ist es warm. Antas setzt sich und raucht. Dann hält er Kazimira die Pfeife hin. Sie tut einen Zug, setzt sich auf seinen Schoß, lehnt den Kopf zurück und bläst den Rauch zum Dachstuhl hinauf.

»Und warum kein Kind?« Antas hat ihre helle Kehle vor sich.

»Bin keine Mutter.«

»Bisher wohl nich.«

»Werde auch keine sein.«

»Wirst es lernen.«

»Ich will es gar nich lernen.«

Antas nimmt ihr die Pfeife ab und tut selbst noch einen Zug. »Und was willst du dann?«

»Drehen lernen, wie du.«

»Das sind schon zwei Wünsche.« Antas fasst sie beim Zopf.

»Ich zahl auch.« Sie zieht den Kopf zurück, dass der Zopf sich spannt, und sieht ihn an.

»Aber wie kann das gehen?«

»Was?«

»Dass nich doch ein Kindchen kommt.«

»Die Ahne hat gesagt, man muss nur richtig zählen.«

»Und wo ist deine Zählung jetzt?« Antas legt die Pfeife auf den Tisch.

»Jetzt«, Kazimira zieht den Rock hoch, »ist die Zahl nich gefährlich.«

Und so beginnt diese merkwürdigste und älteste aller Tätigkeiten der belebten Welt, und Kazimira lacht und ist doch ernst, und auch wenn sie es sich anders vorgestellt hatte, weil man sich dies immer anders vorstellt, und jeder Mensch stellt es sich vor, bedeutet das in diesem Moment nichts. Sie suchen und finden und finden kein Ende, sie verfügen über Kräfte, wo ihnen die Worte fehlen oder nur für hastige Bitten reichen.

Als sie noch beieinanderliegen, unter den fettigen Aalen, und den großen und kleinen Bewegungen nachspüren, sagt Antas leise, man solle darüber nachdenken, sich den Weststrand anzusehen.

Wo der sei, will Kazimira wissen.

Siebzehn Meilen weit.

»Sehr weit«, flüstert sie und legt ihren Kopf auf seinen Arm. Sie hängen beide ihren Gedanken nach. Nein, sie will nicht weg, jedenfalls nicht so weit. Man gehört wo hin. Außerdem, und hier hält sie einen Gedanken fest, den es nicht geben sollte, außerdem –

Kazimiras Kopf drückt hart und immer schwerer auf Antas' Arm. Er zieht ihn zurück, bevor er ganz taub wird. Draußen frischt der Wind auf, fährt in Schüben in das mürbe Reetdach und pfeift auf den Halmenden immer zwei Töne. Nordöstlich tobt er sich am Brackwasser aus und fegt es in Fetzenschleiern vom Haff auf.

Antas denkt jetzt laut: »Vor Tagen kam ein Pole, ein Roganzky, vom Weststrand hier durch, wollte zum Hirschberg, mit einem Haufen Bodensteine in der Tasche, die ich ansehen sollte, wollte Rat. Ob es sich lohnt zu graben oder nich. Ob es Wert hat, was er da vorzeigt, oder nich. Wert, Wert. Was will er da hören? Das kommt ja doch immer drauf an. Auf was kommt es an, fragt er mich. Und ich sag, auf vieles. Und genauer?, fragt er und wird schon ungemütlich. Nichts genauer, sage ich. Kommt eben drauf an.«

»Was hat er für Steine gezeigt?« Kazimira ist schläfrig.

»Welche mit grober Rinde. Aber große und weit im Inland gefunden. Schon interessant.« Das hat Antas dem Roganzky aber verschwiegen. Hat nur mehrdeutig genickt, so dass dieser Roganzky ratlos weiterreiten musste.

Seitdem denkt Antas nach. Jetzt wieder nur für sich, um Kazimira nicht zu wecken, die eingeschlafen ist: Wenn im Acker am Weststrand ein Gendarm gesteckt hat, denkt er, dann klingt das nicht gut. Gendarmerie und Bernstein vertragen sich nicht. Muss man es ordentlich und bei Licht tun. Aber bei Licht geht es nur übers Offizielle, also nicht am Amt vorbei. Hat das Amt die Finger drin, wird es wiederum kein Geschäft, jedenfalls kein gutes. Muss man also dem Hirschberg einen Wink geben, was dieser Roganzky, im Auftrag seines Herrn oder nicht, ja wohl auch getan hat. Soll er sich einen Acker besorgen und graben. Vielleicht nicht gleich den, in dem der Gendarm gesteckt hat, aber Grundstücke rundherum, nicht zu knapp. Es ist zu vermuten, dass sich das Bernsteinlager irgendwo unterirdisch über ein großes Gebiet erstreckt. »Warum soll es nur unter dem einen Acker schlummern? Liegt doch auch überall im Meer, ganze Küste lang«, sagt Antas leise, stützt sich auf den Ellenbogen und sieht Kazimira an. Aber die hat die Augen geschlossen und atmet gleichmäßig, also legt er sich auch wieder hin und murmelt nur noch: »Der Hirschberg muss sich beeilen, bevor ihm einer …«

Ob Antas träumt, weiß man nicht, er liegt ganz still. Aber Kazimira wälzt sich. Sie wandert über ein weites Feld, wird immer schwerer und sinkt bei jedem Schritt tiefer in den Boden, bis sie ganz in der Erde verschwindet. Sie gelangt in eine Höhle voller Kröten, die wiegen jede ein Kind und summen einen dunklen Ton.

Als Kazimira erwacht, pfeift der Wind noch immer am Dach. Sie steht auf, wäscht sich, über den Eimer gehockt, tritt aus der Hütte und blickt lang und nachdenklich zum dunklen Haff.

*

Es ist also der Beginn der so genannten Kaiserzeit. Man hatte geglaubt, durch einen Krieg sei man auch zu einem Sieg befähigt. Und zu einem Reich. Von Anfang an ein soldatisches und hohles Gebilde, wie eine leere Rüstung, zusammengesetzt aus eisernen Vorstellungen, aber ohne Idee von sich selbst. Solche Hohlheit erzeugt Lärm, je hohler, desto lauter. Auch im waldigen, sumpfigen, dünn besiedelten Osten, in der Pferdeprovinz, wo die Bedingungen seit langem schlecht sind, erwacht mit dem Anschluss ans Reich ein beflissener, alberner und lauter Patriotismus. Es bietet sich ansonsten zu wenig, womit man etwas her- oder sogar Geld machen könnte, außer mit Holz, Korn und Pferden. Von Industrie ist noch nichts zu spüren, von republikanischem Geist auch nicht. Zu viele Gegenkräfte in den Jagdrevieren der Junker, zu dunkle Seen, zu sumpfige Hauländereien.

Nur in Königsberg – mit seiner Universität, den wissenschaftlichen Gesellschaften, der Kunstakademie, den Theatern und Museen –, nur hier etwas mehr Esprit, eine größere Ansammlung von sehr unterschiedlichen und sehr passablen Köpfen, insbesondere jüdischen, den Mendelsohns, den Radoks, den Lewalds, den Simons, den Hulischs, Bambergers, Samuels, Cohns, Jacobsons, Wolffsohns, Hermanns, Birnbaums, Liebreichs, Jaffés, Minkowskis, Lichtheims und so weiter. Eine gebildete Gemeinschaft, gläubig, konvertiert oder säkular, mit den verschiedenen Religionen in Nachbarschaft, vielleicht besorgt oder unentschieden auf den Zuzug aus Russland-Polen blickend, der, bis zum Großen Krieg, zahlreiche Synagogengemeinden neben denen der Hugenotten, Baptisten, Katholiken und Protestanten in den Landkreisen der Provinz entstehen lässt. Besorgt, weil man, wie jede Minderheit, von der Gnade der Majorität lebt. Und die ist launisch. Obwohl sie in der Region auch mit Polen, Masuren, Russen und Litauern einiges Leben teilt, durch Reise- und Handelswege, Ehen und Patenschaften verflochten und verwoben ist und also umspült von Sprachen und Dialekten, von Niederpreußisch, Jiddisch, Polnisch, Romani, Russisch, Litauisch und Nehrungskurisch. Auch auf der schmalen Sandspur, die sich, wie eine ausgerissene Rippe, vor dem Festlandskörper durchs Wasser des Baltischen Meeres streckt, mischt es sich. Polnische Handwerker, kurische Fischer, litauische, russische und jüdische Händler. Moritz Hirschberg ist einer von ihnen.

*

Vor Sonnenaufgang gehen Kazimira und Antas wieder nach Schwarzort. Sie gehen zu Fuß über die große Düne. Die Düne hat schon den halben Kiefernwald verschluckt, Jahr um Jahr verschlingt sie die Landschaft. Irgendwann wird es auch Schwarzort nicht mehr geben, jedenfalls nicht so. Aber das hat andere Gründe. Obwohl man nicht weiß, ob es nicht auch dieselben Gründe sind. Kazimira und Antas laufen schweigend über den gefräßigen Sand.

In Schwarzort klopfen sie an Hirschbergs Tür. Kazimira wird für seine Frau Henriette die Näharbeiten machen. So wurde es neben anderem verabredet, als Antas sie vor einem Jahr von hier mitnahm.

Noch während sie den Mantel ablegt, hört sie Antas zu Hirschberg sagen: »Im Acker am Weststrand ham se nich nur Gendarmerie gefunden. Vorher hat einer auch guten Bodenstein gefunden. Hat gesacht, den habe er über zweihundert Meter weit im Inland gefunden. Und das heißt, wenn Se mich fragen, Herr«, da unterbricht sich Antas, sucht eine gute Formulierung und sagt dann einfach: »Da is noch mehr im Boden. Der Stein kommt nich nur aus dem Meer. Er kommt auch aus dem Boden. Da unten schläft was, mein ich. Se sollten graben, Herr, nich nur im Wasser fischen«, rät Antas dem Hirschberg, »bevor es ein anderer beginnt.«

Hirschberg trinkt seinen Kaffee und liest in der Zeitung. In seinem Rücken steht ein Kachelofen. Die Wärme, die er verbreitet, weckt den Duft in der Orchideenblüte auf der Fensterbank und andere Gerüche, die sich in so einem Zimmer sammeln. Keiner beachtet sie sonderlich. Die Gerüche entsprechen der Zeit. Niemand weiß später, wie die Zimmer der Vergangenheit rochen, aber sie taten es. Sie rochen nach ihren Bewohnerinnen und Bewohnern, nach Schweiß, nach dem schmutzigen Saum der Damengarderobe, die durch Pferde- und Kuhmist geschleift worden war, nach flüchtigem Parfüm, Seife, Holzgeist, Tabak, nach Schlaf und Staub, Puder und frischem Brot.

Hirschberg riecht nach kalter Pfeifenasche, nach Rasierwasser und Maschinenöl. Er war heute schon am Haff und auf einem der Schwimmbagger. Jetzt ist es bald Mittag, und er liest seiner Frau die Nachrichten vor. Vom Reichstag, vom Kaiserstuhl aus Goslar, Hirschberg hustet amüsiert. Ein Kaiserstuhl aus Goslar in Berlin sei schon beinahe eine tragische Kulisse, meint er, wenn man bedenke, dass sich die Revolutionäre einmal gegen die Monarchen erhoben hätten. Er schüttelt das aufgeschlagene Zeitungsblatt, um es in Form zu bringen, und blättert vor. Ihn interessieren andere Dinge, er vergisst das Vorlesen, überlässt der

Standuhr die Unterhaltung. Ihr Ticken mischt sich mit den leisen Geräuschen, die von draußen zu hören sind: Hundegebell, ein klappernder Wagen, Möwenschreie.

»Und alle Welt spekuliert jetzt«, sagt Hirschberg plötzlich. »Als wären ein paar Milliarden Francs aus Paris schon gleich auf Dauer ein Kapital. Viel zu riskant.« Er zieht die Mundwinkel herab. Hirschberg ist dreiundvierzig Jahre alt. Er ist ein ungeduldiger, aber kein nervöser Mensch. Über den Geschäften vergisst er nicht zu leben. Eher sind seine Kindheitsspiele in sein Arbeitsleben übergegangen. Sein Unternehmergeist dient vor allem den Unternehmungen selbst, keinem Drang, viel Geld zu besitzen. Das Spekulieren scheint ihm zu fiebrig, Dividenden zu irreal. Er setzt auf echte Unternehmungen mit greifbaren Erträgen.

Abwesend tastet er nach seiner Pfeife. Ihr gelber Bernsteinhals ist von einer Figur geschmückt, einem jungen nackten Engel, dessen Hände hinter seinem Rücken um den Pfeifenhals gelegt und dort mit einem Band gefesselt sind. Ein Geschenk eines Handelspartners, über dessen Humor sich Hirschberg etwas gewundert hatte. Aber weil sie so sorgfältig gearbeitet war, ging die Pfeife dennoch in seinen täglichen Gebrauch über.

Kazimira, die zum Nähen etwas abseits beim Fenster sitzt, hat die Pfeife oft betrachtet. Schön und verstörend ist dieses gefesselte Ding. Ebenso wie Henriette Hirschberg, nur ganz anders. Kazimira beißt den Nähfaden ab. Sie betrachtet auch Henriette oft. Aber so, dass es aussieht, als wolle sie eigentlich nach der Uhr oder nach dem Ofen blicken, nicht nach der Frau des Hausherrn, nicht nach ihrem schmalen Körper, nicht nach diesen zwei Jettperlen, die man Augen nennt, nicht nach dem Haar, das so sauber gescheitelt die Ohren verdeckt und im Nacken aufgesteckt ist, nicht nach ihrem Hals und ihren Fingern. Wenn Frauen schön sind, denkt Kazimira, kann man es eh riechen. Sie weiß genau, wie Henriette riecht. Nach warmer Haut, nach Vanille, süßem Schweiß, nach dem herben Tee, den sie morgens trinkt.

Über ihre Näharbeit gebeugt, beim Ankleiden oder sonstigen Verrichtungen im Haus hat Kazimira all das in Erfahrung gebracht. Jetzt hebt sie, gegen ihren Willen, den Kopf und blickt zu Henriette, die ihrem Mann gegenübersitzt und häkelt. Ihr Kleid ist aus dickem Samt, denn das Jahr ist noch kalt, die Krinoline unter ihren Röcken ist ihr beim Sitzen im Weg. Kazimira sieht es, senkt den Blick wieder auf die Arbeit und stellt sich die Abdrücke der harten Ringe in der weichen Haut der Frauenbeine vor.

Wenn sie am Morgen das Gestell umschnüre, hat Henriette ihr einmal erzählt, dann müsse sie an die Frau des Memeler Arztes denken. Der äußere Rock der Frau des Memeler Arztes hatte sich beim Tanzfest entzündet. Es war ihr nicht gelungen, aus dem Gestell zu entkommen. Die Krinoline wurde der Frau zum Feuerofen, drei Tage nach dem Tanzfest starb sie. Schon viele Frauen, hatte Henriette hinzugefügt, seien auf diese Weise in ihrem Kleid verbrannt.

Trotzdem trägt sie diesen Käfig aus Paris. Er lässt sie im Stehen wie einen Kegel aussehen, mit einer halben Henriette Hirschberg darüber. Es sieht aus, denkt Kazimira, als habe jemand versucht, Frau Hirschberg in der Mitte durchzuschneiden.

Henriette ist in Memel geboren. Seit dem Krimkrieg 1853, als die russischen Seezugänge blockiert waren und man den Hafen von Memel nutzen musste, war die Stadt zu Reichtum gekommen. Auch Henriettes Familie war reich geworden, mit Seidenhandel. Ein Lager voll glänzender und schimmernder Stoffballen, unendlicher Raupenfleiß, hatte die Hälfte ihres Hauses gefüllt. Henriette wuchs im Glanz des Ostens auf, gekleidet in Seidenreste, welche die Mutter zu bunten Blusen und Röcken zusammensetzte. Ihr Vater, Benjamin Memeler, wirtschaftete klug und verschaffte ihnen ein unabhängiges Leben. Er hatte dabei alle ererbte Glaubenskraft in die Hoffnung auf Bildung verlegt und eine Familie nach neuster Weltanschauung gegründet. So eine blitzblanke, rechtwinklige, deutsche Familie hatte er sich vorgestellt. Aber was stellt man sich nicht alles vor. Und woher weiß man, wie weit sich Gott mit seinem eigenen Ratschluss in die winkligen Gassen und Höfe zurückdrängen lässt – am Ende ist es eine blitzblanke, gemütliche, jüdische Familie geblieben. Zu den alten heiligen Büchern kamen die neuen einfach dazu, gewissermaßen in doppelter Buchführung und mit doppelter Verehrung für das Wort der Propheten, Dichter und Denker. Henriette spricht vier Sprachen, nutzt, je nach Anlass, die lateinische oder die hebräische Schrift, liebt die Mathematik, sitzt aber doch und häkelt und sagt: »Auch das ändert sich noch.« Und dann sieht sie Kazimira so an, fast bittend, als könnte die darauf etwas erwidern, es nach Möglichkeit bestätigen. Aber die sagt lange nichts. Und dann nur: »Die eine sitzt eben in Kurenhütte, die andere in Krinoline.«

Hirschberg legt die Pfeife weg. Kazimira schaut zum Bernsteinengel, der jetzt seitwärts auf dem Tischtuch liegt und sich nicht rühren kann.

»Ich werde wohl einen Acker kaufen, falls der Gutsmann verkauft«, sagt Hirschberg.

Henriette angelt mit der Nadel nach dem Faden und antwortet nicht. Sie kennt die vielen Pläne ihres Mannes. Sie wartet ab.

Hirschberg trinkt den Kaffee aus. »Ich weiß nur noch nicht, wie.« Er stellt die Tasse zurück. »Einen Acker haben wollen und einen Acker bekommen sind zwei verschiedene Geschichten. Und selbst wenn man mir einen verkaufen wird, dann sicher für einen Preis, aus dem man dann noch eine dritte Geschichte machen könnte.«

»Lass ihn kaufen.« Henriette legt ihre Arbeit hin. »Frag Onkel Karl, den kennt dort keiner.«

Onkel Karl hat sich für die Taufe entschieden und heißt jetzt Karl Waldner.

»Ich wusste gar nicht, dass du auch geschäftstüchtig bist.«

»Jetzt weißt du es.« Henriette greift wieder nach der Häkelarbeit und hält sie hoch:»Nur Tarnung.«

Hirschberg nickt. Er verehrt diese Frau, die ihm wie eine unbekannte Gegend erscheint, die zu betreten er sich mitunter kaum getraut, weil er fürchtet, sie in etwas zu stören, was ihn nichts angeht.

Es würde ihn aber doch interessieren, sagt er jetzt leise, wer genau sich hinter dem Seidenvisier verberge.

»Viele.« Henriette blickt ihn höflich an, dann sieht sie zu Kazimira, und zwar so, dass die sehr rot wird und einen Fehler an ihrer Näharbeit entdeckt, der genau zu untersuchen ist.

Wie viele?, fragt sie die winzigen Nadelstiche.

Hirschberg sieht nicht, wie Kazimira rot wird. Er betrachtet seine Frau, steht auf, gibt ihr einen Kuss auf den Scheitel und geht, endlich wirklich die Engelpfeife stopfend, nach nebenan in die Stube, an sein Pult. Er prüft und rechnet und zählt und qualmt bis zum frühen Abend. Zweimal schickt er Kazimira mit einem Brief zur Poststation.

»Man bräuchte einen, der von der Sache Ahnung hat«, sagt er am Abend zu Henriette. »Mir wurde neulich ein Erwin Kowak empfohlen, junger Geologe in Königsberg.«

Ein drittes Mal muss Kazimira zur Post laufen. Sie geht durch die Dämmerung, um Pfützen und Pferdemist herum. Das Postamt in Schwarzort ist einfach ein Holzhaus, um diese Jahreszeit halb versunken im Modder. Nur der Postbeamte macht das Holzhaus zum Postamt. Er sitzt, umgeben von Paketen, träumt von einem Mädchen und riecht seinen eigenen Schnurrbart, welchen er, für etwas mehr Glanz, morgens mit Öl einreibt. Wenn Kazimira sein Postamt betritt, muss der Postbeamte sich jedes Mal beherrschen. Er würde gern mit dieser jungen Frau vom Damerau schlafen. Er weiß, dass das unmöglich ist, aber er versucht trotzdem, sie aufzuhalten. Er sagt: »So allein an so einem schummrigen Abend.« Mehr fällt ihm nicht ein. Und Kazimira mustert ihn und sagt nur: »Draußen ist nich so schummrig wie hier bei Ihnen darin«, und geht.

Eine Woche später ist sie wieder bei den Hirschbergs, wo es überhaupt nicht schummrig ist, und hilft beim Ausbessern von Annas Kleidern.

Singvogel nennt Hirschberg seine Tochter. Denn Anna singt und trillert und flattert, und ihre Kleider sind immer zerzaust. Hirschberg zieht das Kind an sein Herz, wann immer er es zu fassen bekommt, er nimmt Anna mit auf Ausfahrten, er beschenkt sie mit den schönsten Steinen.

»Verwöhnst sie«, sagt Henriette.

Darauf lächelt Hirschberg entschuldigend, und Henriette lässt es geschehen.

Und Kazimira flüstert: »Komm her, komm, du Vogel!« Und wenn Anna sich traut, denn Kazimira hat diese hervorstehenden Eckzähne, vor denen sich das Mädchen fürchtet, dann darf sie in Kazimiras Schürzentasche greifen, wo sich immer etwas findet, was einem Kind gefallen kann. Etwas Kleines, ein Seestern oder eine Blume aus gebogenen und verschnürten Fischgräten, ein besonders klarer Bernstein oder wilder Lavendel, oben von der Düne.

Die Hirschbergs haben außerdem zwei Söhne, Gustav und Siegfried, beide beinahe in Kazimiras Alter, wild und in Schweißwolken, eben erst durch den Stimmbruch, heimlich und verwirrt nach dem eigenartigen Dienstmädchen blickend. Aber mit ihnen hat sie nie ein Wort gesprochen und auch nichts für sie jemals in der Schürzentasche. Der Ältere, Gustav, trägt schon einen Flaum über der Oberlippe. Noch kümmerlich, aber auch die Männlichkeit beginnt kümmerlich, denkt Kazimira, ebenso wie die Schnurrbärte, bevor man sich ihrer eines Tages kaum erwehren kann. Auch ihrem Antas wächst und wuchert es überall. Und dem Hirschberg erst.

Während Kazimira den letzten Riss an Annas Kleid vernäht und es der Standuhr im Mechanismus surrt, bevor sie neunmal schlägt, stellt sich dieser Erwin Kowak den Hirschbergs vor. Er ist extra von Königsberg angereist, hat im Kurischen Hof übernachtet und steht nun, Leder-, Zwiebel- und Mottenpulvergerüche ausdünstend, in der Eingangsdiele. Er ist noch nicht alt, aber wohl bereits der beste Kenner der Unterseite des Samlandes, Student der Geologie und Pharmazie und schon Mitglied der Physikalisch-Ökonomischen Gesellschaft zu Königsberg. Neugierig blinzelt er durch die halb offene Tür in die Stube, wo er Henriette und Kazimira sofort entdeckt hat. Aber Hirschberg stellt sich höflich in seine Blickachse.

»Wissen Sie, wie tief Sie gehen müssten, um an die Blaue Erde zu kommen?« Erwin Kowak scheint sich zwischen Spott und Unglauben nicht entscheiden zu können, nachdem er in Hirschbergs Arbeitszimmer dessen Pläne für einen möglichen Bernsteinabbau gehört hat. Er ist ein ununterbrochen gekränkter und kränkender Mensch, der nur mit Mühe den richtigen Ton trifft. Aber die Sache regt ihn auf und zieht ihn noch mehr an.

»Das Steilufer ist dort wohl vierzig Stab hoch«, sagt er mit verhaltenem Atem. »Gehen Sie da mal am Wasser entlang, Sie können die Abbruchkante wie ein Buch lesen. Die Blaue Erde, mitsamt dem Bernstein, liegt aber beinahe acht Stab unter dem Meeresspiegel, landeinwärts wahrscheinlich noch tiefer. Das hieße, oberhalb der Steilküste mindestens fünfzig oder sechzig Stab in den Boden zu müssen. Wissen Sie, was das bedeutet?«

»Das wollte ich ja von Ihnen erfahren«, sagt Hirschberg höflich.

»Wasser«, verkündet Kowak düster, als ginge es um ein grauenhaftes Element. Es sei aber nicht einfach nur Wasser, sondern unterirdisches Wasser, Grundwasser. Mit dem gewöhnlichen Tagebau komme man da nicht ran. Man müsse so viel Boden abtragen, dass man drei Leben dafür bräuchte. Man müsse ein Bergwerk graben, aber unter Treibsand, unter ein schwimmendes Gebirge.

»Eine Untertagegrube?«

»Anders wird es nicht gehen.«

»Man könnte es versuchen«, sagt Hirschberg leise. Aber Henriette und Kazimira haben es nebenan trotzdem gehört und ihre Arbeit ganz vergessen.

»*Wir* könnten es versuchen«, sagt Hirschberg, worauf Henriette sich erhebt und lautlos zur angelehnten Tür geht.

»Wir?« Etwas in Kowaks Stimme klingt jetzt herablassend. »Ich habe ein Auskommen.« Er ist Protestant und Sohn eines Herrenhofbesitzers.

»Ich werde darüber nachdenken«, fügt er dann, einen überraschten Blick Hirschbergs auffangend, etwas freundlicher an. »Sie wissen, ich bin werdender Pharmazeut, kein Bergmann. Trotzdem reizt mich eine solche Unternehmung. Es ist wie mit Frauen: Man muss es in den Griff bekommen, obwohl es eigentlich nicht in den Griff zu bekommen ist.«

Das sagt er so, als gehöre es dazu und als kenne er sich da aus. Henriette, die immer noch bei der Tür steht, dreht sich zu Kazimira um und kneift ein Auge zu. Kazimira presst die Lippen aufeinander, um nicht nach Luft zu schnappen. Nicht wegen Kowaks Frauensorgen, sondern wegen dieses einäugigen Blicks. Außerdem wird ihr plötzlich schlecht.

»Überlegen Sie es sich«, sagt Hirschberg nebenan, ohne auf die Frauen einzugehen. »Und jetzt begleite ich Sie in den Kurischen Hof. Um elf Uhr werden dort die Kurse bekannt gegeben.«

»Was tust du denn?« Henriette sieht Kazimiras Näharbeit an und schüttelt den Kopf. »Wo hast du denn deine Gedanken?«

Kazimira ist noch immer schlecht.

»Was ist?« Henriette steht hinter ihr und legt ihr die Hand auf die Schulter, aber Kazimira antwortet nicht, ist mit Besserem beschäftigt, mit Gewichtigerem, mit dem Gewicht dieser Hand, welches sich auf ihre Schulter legt. Von weit her hört sie Henriettes Stimme: »Du bist müde, geh nach Hause. Du hast genug gearbeitet.«

»Ja«, antwortet sie leise und hat die Augen dabei geschlossen. Dann erhebt sie sich abrupt, verabschiedet sich und geht.

Draußen übergibt sie sich in ein Holundergebüsch, wischt sich die bitteren Lippen mit dem Rock ab, steht da noch, den Kopf leicht seitlich geneigt, saugt die frische Luft ein und schöpft Bild um Bild aus dem Hinterkopf, immer wieder diesen Blick, diesen Blick, bis sie wieder ausspuckt und den weiten Heimweg antritt.

Henriette hat sich zum Essen umgezogen. Sie hat für jeden Tag ein Kleid. Sie hat sogar eine Hose. Eine pluderige Reithose, über die Hirschberg gelacht hat, als er sie zum ersten Mal sah. »Und wo willst du damit reiten?«, hatte er gefragt.

Kazimira hat nicht über die Hose gelacht. Sie hat eher gehofft, eines Tages Stoff von Henriette erfragen zu können, um sich selbst so ein Ding zu nähen.

Jetzt lacht Hirschberg auch nicht. Jetzt setzt er sich, isst und trinkt und starrt auf die goldgrüne Farbe der Suppe. Die Fettaugen schwimmen wie winziger Bernstein auf der Brühe.

»Expansion«, sagt er plötzlich. »Jetzt geht es bald wirklich bergauf.«

»Mit Haschems Willen.«

»Mit *unserem* Willen. Oder mit dem der Preußen. Vielleicht hat sich die Mühe ja mal gelohnt.«

Henriette bleibt ernst: »Oder das Fallen von Juden in Metz und Sedan hat sich gelohnt.«

»Wie zynisch. Aber sicher, wenn einer so frei ist und seinen Tod anbietet, ist es für die Preußen immer ein Grund, ihm Achtung zu zollen. Mehr sogar, als wenn einer mit seinem Esprit zu Diensten ist.«

»Beunruhigende Erkenntnis, wenn du mich fragst.«

*

Jantarnyj, 2012

Im Zentrum von Jantarnyj, am Eingang zum so genannten Park, stehen die gläsernen Pavillons. Durch die Scheiben lädt das Farbenspiel von Honig- und Brauntönen zum Kauf der lokalen Produkte ein.

In einem dieser Pavillons sitzt Nadja hinter der gläsernen Ladentheke und sortiert Ketten und Armbänder. Die Arbeit ist einfach, aber sie ist ein komplizierter Mensch. Eine Unsicherheit, ihr eigenes Leben betreffend, lässt sie nicht los. Ein Gefühl der Fremdheit bewohnt sie, während alle anderen sich in die Tatsachen der Welt gefügt zu haben scheinen: russisch, weiblich, hinter dem Mann. Nadja Semjonowa ist zwar gern russisch und zur Not auch weiblich, aber hinter einem Mann wollte sie nie sein. Sie will etwas anderes. Und bis das gefunden ist, lebt sie mit Ika allein in dem alten Haus ihrer Mutter.

Den Vater des Kindes verschweigt sie. Es könnten viele sein, sagt man. Manchmal treiben sich welche, abseits im Wald, bei dem Haus herum. In Wahrheit stehen sie nur im Schutz der Bäume und starren zu den erleuchteten Fenstern, hinter denen dieses Weib mit der roten Haarwolke wohnt. Weib denken sie. Denn der leere Platz neben ihr macht sie fertig. Diese leere Stelle lockt sie an.

Im Laden sitzt Nadja mit unbewegter Miene und lauscht auf die Stimmen der Touristinnen, die in dem kleinen Raum reden und lachen, als wären sie allein. Die meisten sprechen deutsch. Nadja spricht nur russisch. Aus Prinzip. Sie weiß trotzdem, was die Deutschen wollen. Liest in ihren Gesichtern. Die Alten wollen ihre Kindheit, die Jüngeren wollen irgendein deutsches Gefühl zurück. Nur wenige scheinen ihr wirklich einfache Reisende zu sein. Nadja richtet sich unmerklich auf.

Es ist der 6. Oktober 2012, ein düsterer, unangenehmer Samstag, an dem man das Fallen und Altern der Dinge allzu deutlich spürt. Nadja hat heute, bis auf einen Kettenanhänger, noch nichts verkauft. Dabei betreten immer neue Touristinnen den Laden, lassen die Blicke durch den Raum gleiten und verharren schließlich, als käme ihnen etwas in den Sinn, was sie festhalten wollten. Manche ihrer Blicke bleiben auch an Nadja hängen, die sie reglos erwidert, bis die deutschen Augen kapitulieren. Ein Spiel. Und schon fressen sich diese besiegten Augen durch das Sortiment, von Schmuckstück zu Schmuckstück, beinahe so, als gehöre ihnen das Ganze eben doch. Nadja Semjonowa folgt allen Bewegungen fast belustigt, manchmal mitleidig. Sie benehmen sich ganz anders, als man sich die Deutschen vorgestellt hat, hatte sie an einem ihrer ersten Tage hier gedacht. Statt mit kalter Disziplin, wie man sie aus den Filmen zu kennen meint, wirken sie unbeholfen. Ihnen misslingen Gesten. Ein verhaltener Groll spiegelt sich in ihren Körpern, die wohlhabend aussehen oder jedenfalls nicht arm. Auch nicht mehr jung, auch nicht schön oder das nur selten. Lippenstift, oft zu dunkel, blondiertes Haar, oft zu hell, Make-up, zu dick, Chanel N°5, manchmal so viel Chanel N°5, dass einem schwindlig wird.

Nadja parfümiert sich nur leicht. Süße russische Marke, die nach Biskuit oder nach zuckrigen Suschkis riecht. Sie stellt das Radio an. Der Präsident betont, es gelte, eine Wiederholung der Tragödie von 1941 zu verhindern. Nadja kann ihm aus Ladenperspektive nur zustimmen. Sie hat gehört, die Deutschen kaufen Grundstücke, um sich wieder anzusiedeln. Sie gründen deutsche Siedlungen. Die Agnes-Miegel-Siedlung war so eine. Schon vor Jahren tauchten Reisende auf, schlichen um verfallene Gutshäuser, gingen auf Wildschweinjagd, tanzten Volkstänze und saßen um

Lagerfeuer. Eine Zeit lang kamen auch Hilfskonvois mit Spinnrädern und Spaten oder anderen ausrangierten Werkzeugen, zur Unterstützung des heimischen Handwerks. Die Hilfsgüter gingen an deutschsprachige Bewohner der Gegend. Mit großer Geste. Nadja hatte laut gelacht, als sie davon hörte. Sie war damals noch jung und hatte gerade im Tagebau angefangen, begeistert von den großen Maschinen. Niemand hatte ihre Fähigkeiten auf dem Bagger in Frage gestellt, spätestens die Technik hatte alle gleichgemacht. Sie sah das als Gewinn. Auf ein Spinnrad aus Deutschland konnte sie gut verzichten.

Zwei Kundinnen winken sie heran. Sie können sich nicht entscheiden und schicken sich an, irgendwas zu nehmen. Sie sprechen sehr laut.

»Was sagen sie?« Nadja legt den Frauen ein paar Ketten und Armbänder zur Begutachtung auf den Ladentisch, während sie, mit dem unbeweglichen Gesicht einer Bauchrednerin, ihre Kollegin Manja um Übersetzung bittet.

»Sie beschweren sich«, flüstert die und bückt sich nach der Schublade mit den Folientütchen, in eine verpackt sie umständlich ein kleines Segelboot aus zusammengeklebtem wertlosem Bruchbernstein. »Sie finden, der Schmuck sei hässlich und der ganze Ort auch nicht mehr so besonders.«

Manja richtet sich auf. »Als hätten sie uns blühende Gärten zurückgelassen«, flüstert sie. »Seht euch mal um.«

Nadja bekommt Kopfschmerzen, wenn die Leute von Jantarnyj so reden. Sie deuten immer irgendwas an, sie umgehen bestimmte Stellen im Ort, sie brechen plötzlich Gespräche ab. Und bis jetzt hätte Nadja gesagt, sie spielen sich auf. Aber dann war da dieser Laut bei der Grube.

»Was meinst du mit umsehen?«

»Ich meine, dass hier nichts besser war, bevor unsere Leute kamen. Und hätten sie gewusst, was für ein Land sie übernehmen sollen, wären sie nie gekommen …« Manja bricht ab, kassiert, wispert: »Auf Wiedersehen.« Dann sieht sie Nadja einen Moment lang an. »Ist nicht wichtig«, sagt sie leise. »Lass uns aufräumen.«

Die Dämmerung sinkt aus dem Hinterland in Richtung Steilküste und Strand. Das Branden hallt herauf, die Kälte der Landschaft und die Kälte des Meeres verschwimmen zu einem blauen Abendlicht, das den Platz zwischen den Pavillons einhüllt. Manja nimmt Mantel und Schirm und verabschiedet sich: »Pass auf dich auf«, sagt sie beinahe zärtlich.

Kurze Zeit später schließt Nadja den Laden ab und hält nach einem Wagen Ausschau. Sie will mit Anatolij einen kleinen Ausflug machen. Er wirbt seit Jahren um sie, obwohl sie ein Kind hat, dessen Vater sie verschweigt. Und irgendwie rührt sie sein Werben. Auch wenn sie nicht weiß, ob das schon reicht. Es ist immerhin ein Gefühl. Ika hat sie bei der Tante gelassen. Tante Warja liebt das Kind. Nadja raucht. Ich liebe dich auch, Ika, denkt sie, und ich passe auf dich auf.

Die Straße ist ohne Reiz. Gegenüber quietscht eine alte Eisenpforte im Abendwind, dahinter verfällt lautlos ein Haus. Man könnte auch weggehen, denkt Nadja, aber wohin? Sie stellt sich mit dem Rücken zum Laden, sucht Deckung.

Eine halbe Stunde zu spät taucht Anatolij auf. Nadja erkennt ihn erst gar nicht, wie er da in seinem qualmenden Wagen die Straße entlangkommt. Ist das sein Ernst? Sie meint kurz, einen Fehler zu begehen, als sie, den kleinen Kreis aus Zigarettenkippen verlassend und sich verstohlen umblickend, zu ihm in den Wagen steigt.

»Russische Produktion«, sagt Anatolij halb stolz, halb entschuldigend, »gerade gekauft.« Nadja klappt wortlos den Blendschutz herunter und besieht sich im Halbdunkel im Spiegel. Sie greift in die Handtasche, malt die Lippen nach, presst sie aufeinander, verreibt die fettige Farbe. »Einen Lada«, sagt sie nur.

Anatolij zuckt mit den Schultern und gibt Gas. Selbstverständlich hat er Nadjas Enttäuschung bemerkt und ist jetzt selbst etwas enttäuscht. Außerdem ist er aufgeregt. Er weiß nicht viel über Nadja, das wird ihm gerade bewusst. Er hätte, statt über den Wagen, mehr über sie nachdenken sollen.

Sie verlassen Jantarnyj in Richtung Süden. Das Gaspedal gibt nicht viel her, aber die Alleebäume mit ihrem gelben Laub fliegen, im Zwielicht grell aufleuchtend, vorbei. Das ist immerhin irgendein Argument, auch wenn es nur ein Lada ist. Nadja kurbelt die Scheibe runter, legt den Arm in die Fensterhöhlung, trommelt mit den Fingern auf das Plastik der Türverschalung, der Galopp einer ungeduldigen Hand, eine Frau, ein Rennpferd, viel zu viel PS bei zu wenig Idee von der Richtung. Sie hat den ganzen Tag gewartet, das wird ihr plötzlich klar. Darum schreit sie ohne Vorwarnung laut aus dem Fenster. Anatolij erschrickt so sehr, dass er einen Schlenker fährt. Sie sieht ihn spöttisch an. So macht man das doch, wenn man so schnell fährt, so verscheucht man Gedanken, so entfernt man sich von Jantarnyj.

Sie fahren eine Weile stumm weiter. Anatolij greift in seine Hemdtasche, angelt sich Zigaretten, hält Nadja die Schachtel hin, sie lehnt ab, er zündet sich irgendwie eine an. Draußen Bäume, Felder, Russland – man kann das mögen. Man kann sich sagen: So ist es schön. Auch diese Dämmerung, schön. Man kann die Zigarette mal kurz im Mundwinkel sich selbst überlassen und mit der freien Hand nach Nadjas Fingern greifen, kann sich vornehmen, ihr nicht zu sagen, dass man den Job im Tagebau ausgerechnet heute verloren hat, dass man ausgerechnet heute vielleicht den Seilbagger ruiniert hat, *ihren* Seilbagger, und dass dieser alte Wagen alles ist, was man gerade noch besitzt. Man kann Geschichten ruhen lassen und versuchen, ab jetzt und mit dieser Frau alles richtig zu machen.

★

Die Kutsche quält sich, auf demselben Weg, nur hunderteinundvierzig Jahre früher und weiter nördlich, durch den Sand. Sie schaukelt hinter zwei Braunen her. In der Kutsche schaukelt Karl Waldner, mit einer in Leder geschlagenen Mappe auf dem Schoß, Karten, Papiere vom Katasteramt, solche Dinge.

Onkel Karl kauft, in Hirschbergs Auftrag, ein paar Wiesen von einem der Güter am Weststrand. Es ist wertloser Sandboden, jeder weiß das, und Karl Waldner verhandelt eigentlich gut. Trotzdem muss er das Doppelte des Wertes bezahlen, Waldner hin oder her. Wer soll denn das sein? Keiner kennt dort einen *Waldner*. Man hatte sich das Lachen über diesen Möchtegern kaum verkneifen können. Auch, weil gar nicht sicher war, ob ihm die Abbaurechte vom Ministerium erteilt werden würden, falls es überhaupt was abzubauen gäbe.

Auch Onkel Karl hatte es sich immer weniger verkneifen können, bei ihm eher ein Lächeln, über Jahre eingeübt, warm und weich und stabiler als ein Schild. Ja, hatte er bei sich gedacht, so seid ihr halt.

Auch mit einem zweiten Gut verhandelt er, und zwar mit jenem, in dessen Acker der Gendarm gefunden wurde. Die wollen aber nur verpachten.

»Und Gewinnbeteiligung – Sie wissen schon«, murmelt der Gutsmann, der sein halbes Ackerland durchsucht hat, ohne weitere Funde zu machen.

Onkel Karl tut ahnungslos, dabei ist er kein guter Schauspieler. Der Gutsmann meine, falls das Land andere Erträge bringe? Tatsächlich, er habe bereits an ein Hotel gedacht, eines Tages vielleicht.

»Ein Hotel?!« Der Gutsmann scheint wirklich erstaunt. Oder ist der bessere Schauspieler. Für wen denn der Herr Waldner hier draußen ein Hotel bauen wolle? Für Nixen?

Auf dem Heimweg baut Onkel Karl in der Kutsche tatsächlich

ein Hotel mit Terrassen, Treppen und Fahnenstangen in die Luft. Gut und zuvorkommend würde man dort bedient werden. Es gäbe, ohne dass es groß hervorgekehrt werden müsste, zwei Varianten der Küche. Eine Gelegenheit, die Leute miteinander bekannt zu machen. Eine kluge Tischordnung könnte hier schon Effekte haben.

Hungrig trifft Onkel Karl auf halbem Weg in der Herberge ein. Klamm und mit jaulenden Katzen im Hof vergeht die Nacht. Im Aufwachen beschließt er, sich von Hirschberg Geld zu leihen.

»Und welche Art von Aktien soll das sein?« Hirschberg ist nicht begeistert, zumal der Onkel seinen eigentlichen Plan nicht preisgibt.

»Kunstdünger? Energie?« Onkel Karl ist sich selbst noch nicht sicher. »Der Eisenbahnbau könnte interessant sein.«

»Am besten bei Strousberg einsteigen? Nein! Oder wenn, dann schon lieber bei Baron de Hirsch. Wie ich höre, baut er eine Strecke von Wien nach Konstantinopel.«

Über solchen Plänen wird es Sommer. Heiß und trocken zieht der August durch. Die Dörfer brüten zwischen zirpenden Sümpfen und schlangenreichen, schwarzen Seen. Über den Ziegeldächern zittert die Luft.

Kazimira brütet auch, aber anders. Die Haut spannt sich über ihrem gewölbten Bauch. Sie hatte sich im März wohl doch verzählt. Hat viele Mittel versucht, um die Sache noch abzuwenden, aber der Bauch wächst, als wäre er jetzt der Herr, und das Gefühl der Ohnmacht raubt ihr fast die Sinne. Schwitzend und atemlos läuft sie tagelang am Meer entlang, als könnte sie so ihrem eigenen Körper davonlaufen. Verzweifelt kommt sie heim, in Angst, sogar die kleine Hütte sei für ihren aufgedunsenen Leib jetzt zu eng.

»Ich will es nich«, flüstert sie. »Hilf mir, Antas.«

Antas betrachtet sie.

»Es ist aber schön«, sagt er leise. »Und so was darf man nich sagen.«

Kazimira wendet sich ab.

»Verstehst es nich.«

»Es ist deine Bestimmung.« Antas geht aus der Hütte, geht zum Kahn, holt eine Flasche aus dem Bug und trinkt.

»Sag ja, du verstehst es nich«, sagt Kazimira zur leeren Hütte. Dann tut sie ihre Arbeit. Sie flickt, kocht, setzt sich mit der Spindel vor die Tür. Aber sie mag weder flicken noch kochen noch spindeln. Und sie will kein Muttruschchen werden. Sie denkt, das kommt, weil sie selbst kein Muttruschchen hatte, sondern nur die alte vertrocknete Ahne. Sie denkt es und denkt es auch nicht, und die Spindel springt am Faden herum, als würde sie lachen.

Am Weststrand lässt Hirschberg die erste Holzbaracke bauen und eine Bohrung in den Untergrund vornehmen. Er sitzt persönlich neben dem Bohrloch und will ein Ergebnis. Wenn sie nichts finden, wird er trotzdem bis zum Jahresende Pacht zahlen. Ihm läuft der Schweiß übers Gesicht. In seinem Rücken liegt das Dorf, sandig und ärmlich, ohne Idee, was aus alldem werden könnte. Darüber wölbt sich der gleißende Dorfhimmel, eine Kuppel aus Silber, an die man nicht reicht.

Erwin Kowak begutachtet mit Hirschberg die Proben, eine Viertelmeile im Inland, eine halbe Meile im Inland, eine Meile im Inland. Das Bernsteinlager scheint riesig. Und liegt tatsächlich an die fünfzig Stab tief.

Hirschberg kauft nun selbst noch Land dazu.

Onkel Karl setzt ganz auf Energie. Legt das Geld in Aktien an.

Die Aktien brüten aus dem Geld noch ein bisschen mehr Geld, während aus Kazimiras Körper noch ein bisschen mehr Körper wird und aus dem Sommer längst Herbst geworden ist.

*

Als Kazimira, nach Wochen, in denen sie schließlich gar nicht mehr gesprochen hatte, ihr Kind zur Welt bringt, ist der Winter am dunkelsten Punkt. Das Haff ist zugefroren. Eine Hebamme ist nicht zu haben. Antas hält ihre Hand, auch, damit sie nicht nach ihm schlagen kann. Also schlägt sie nicht, aber sie schreit. Kazimira schreit zu den Aalen hinauf. Sie presst die Lippen aufeinander, schreit nach innen, bettelt, winselt. Das Kind muss heraus? Aber wie, Antas!? Kazimira ertastet unter Flüchen den Kopf. Er ist viel zu groß. So viele Flüche gibt es gar nicht, wie dieser Kopf zu groß ist. Sie flucht trotzdem. Und sie hasst Antas. Sie hasst die Mutterschaft, die Geburt, die Vermehrung. Fluch darüber! Fluch über alle Schürzen und Zöpfe und Brautsträuße! Fluch über alle leisen Begegnungen, über die abendliche Sommerluft, über alle Männer und alle Schnurrbärte und alle Schwänze! Fluch über Antas! Nur dieser Schmerz ist wahr, diese verschissene Bettstatt, nur dieses elende Blut! Sie wollte kein Kind! Dann reißt sie.

Antas nabelt mit zitternden Fingern einen Jungen ab: Ake. Er küsst den nassen Kinderkopf. Auch sein Gesicht ist nass. Kazimira schließt die Augen, bewegt sich nicht. Antas legt ihr das Kind auf die nackte Brust, wirft neues Holz in den Ofen, die Zapfen pfeifen in den Flammen. Er kocht Suppe. In der Ecke der Hütte gackern die Hühner. Im Eimer liegt die Nachgeburt.

»Nun, meine lieben Hühnerchen«, sagt Antas leise, als sich seine Finger und sein Atem beruhigt haben, »hab ich eins von euch im Topf, soll das Kindchen stark werden. Und stark wird nur, wessen Muttruschchen stark ist.«

Kazimira muss plötzlich weinen. Sie ist nicht stark, sie hat Schmerzen, sie ist wund und leer und kaputt, und zum ersten Mal stören sie der Rauch und der Gestank in der Hütte. Vielleicht müssen sie doch hier weggehen, denkt sie, als könnte sie mit dem Ort auch dieses Leben verlassen.

Antas hatte sie im Spätsommer zur Grube gefahren. Mit dem kugelrunden Bauch, wie mit einer Melone auf dem Schoß, hatte sie neben ihm auf dem Kutschbock gesessen. So waren sie die Nehrung hinab, durch modderigen Elchwald, durch trockenen Sand, quer durchs Samland gefahren. Eine große Reise, bis zur Grube am Weststrand. Eine Reise, damit Kazimira abgelenkt wäre und damit sie auf den Geschmack käme. Aber auf nichts war sie gekommen beim Anblick der aufgerissenen Erde, nur auf üble Gedanken. Überall Holzstapel und Holzhallen, dazwischen dieser Krater, der ihr wie ein riesiges weibliches Geschlecht vorkam, an dessen Grund sich die Arbeiter zu schaffen machten. Und über allem das Stampfen der Dampfmaschinen und Pumpen, verwirrende Konstruktionen, eiserne Schienen und Gitter und Türme, wie sie sie noch nie gesehen hatte. Schrecklich und wunderschön, abstoßend und anziehend zugleich.

Kazimira hatte eine halbe Stunde lang in den Abgrund gestarrt wie in eine unverständliche Zukunft, von zwei heftig streitenden Stimmen innerlich entzweit, und hatte sich endlich mit einem Schütteln abgewandt. Hatte Antas zurück zur Kutsche getrieben und dem Pferd was gerufen, dass es sich beeilen solle. Es kam ihr nun doch nur noch schaurig vor bei der Grube, das Unterste lag zuoberst, die Welt war aufgerissen und entblößt.

Keinen Blick verschwendete sie auf dem Heimweg nach rechts oder links. Aus den Wogen der Roggenfelder winkten Kornblumen und Mohn, das Nachmittagslicht ließ das weiße Rispengras im Wald zwischen den Kiefernstämmen schäumen, aber Kazimira sah nichts davon. Stattdessen saß sie in verwirrende Gedanken versunken und fuhr mit den Händen beständig über den bewohnten Bauch.

Zu Haus, Tage später, bat sie Antas, ihr eine Kröte aus Holz zu schnitzen, zur Besänftigung von irgendwas. Sie schritt damit in Kreisen ums Haus und kniete dann über eine Stunde bei der alten Weide am Wald: »Mutter des Abends, Mutter der Mitternacht, Mutter des Tages, Herrin der Pfuhle und Weiher, der Vögel und Kröten, der Töpfe und Pfannen, Mütterchen der Mütterchen, höre mich!« Denn ein finsterer Ring schien sich um alles zu legen, um sie herum eine undurchdringliche Schicht Dunkelheit. Und die Holzkröte, die sie der alten Göttin hinstreckte wie die Christen ihre Hostie, erhellte gar nichts. Das Tier der Geburt und des Todes, mit dem ihre Ahne noch Umgang hatte, lag stumm und wie blöd in der geöffneten Hand. Die Weide ließ die Windharfe ihrer Zweige nicht sprechen, stand morsch und ächzte nur, und die Holzkröte war nur klein und lächerlich. Auch Kazimira: klein und lächerlich. Denn was da anhob, was da geboren oder ausgegraben wurde aus Schlamm und Gestein, das war von neuer Art, eine andere Natur. Und vielleicht begann schon hier ein Gedanke in der Kaz zu reifen, ein Plan, eine Flucht nach vorn, heraus, heraus aus aller vermeintlichen Natur, aber der Gedanke blieb in den Organen, in den Eingeweiden, und stieg ihr nicht bis in den Kopf.

Jetzt setzt sich Antas zu ihr auf den Rand des Bettes, hält die Schale mit der Hühnerbrühe seitlich und füttert, erst sorgfältig pustend und mit der Oberlippe die Hitze prüfend, die Mutter seines gerade geborenen Sohnes. Immer wieder stellt er die Schale auf seinem Bein ab und sieht das Kind an, als ob er das Vatersein übt. Oder das Stolzsein.

Kazimira ist nicht stolz. Auch wenn die kleine Mirabelle da neben ihr gut riecht. Dauernd fallen ihr die Augen zu. Sie lauscht auf das Heulen, das um das Hüttendach geht, sie versucht, langsam und tief zu atmen. Der Duft der Suppe schwimmt durch die Hütte. Der Duft des Kindes schwimmt durch die Hütte. Das Leben schwimmt durch die Hütte. Ein Leben, das nicht zu leugnen ist. Und ein Gedanke taucht auf, dessen Ende ihr plötzlich wie eine Wand erscheint: Sie wird sich von nun an kümmern. Und das bedeutet: Sie wird in der Hütte sein. Sie wird nicht mehr woanders sein.

Kazimira öffnet die Augen, sieht Antas an, zieht an seinem Arm und sagt: »Nimm den Jungen.«

Antas stellt die Schüssel weg, eilig, als grause es ihn, nimmt das Kind und hält es fest.

Kazimira dreht sich zur Wand.

Antas sagt dies und das zu ihr und zu dem Kind. Aber Kazimira lässt sich nicht ablenken.

»Sind jetzt gefangen«, flüstert sie zur Wand.

Die drei verbringen den Winter beinahe ganz am Ofen. Sie klammern sich aneinander, wie die Hütte sich an die Düne klammert, während Sturm um Sturm über die Gegend sichelt und die ganze Natur rundherum auf ein Nichts zurückstutzt.

Antas steht nur auf, um in den wenigen hellen Stunden an der Drehbank zu arbeiten. Kazimira sitzt mit dem Kind auf dem Arm und betrachtet es mit einem Befremden im Blick, dass es Antas schaudert.

Sie rühren sich bis zum Frühjahr nicht an. In den Nächten tastet Kazimira ihren Körper ab, als suche sie etwas, ohne zu wissen, was. So liegen sie beieinander, Körper an Körper, und doch voneinander entfernt, nur gerade einig darin, Ake zu wärmen. Sie selbst frieren, denn die Hütte ist alt, der Ofen ist klein, und die Zeit vergeht so langsam, wie sie eben vergeht, und nichts daran ist romantisch.

Im Frühling teert Antas den Kahn. Gegen Abend fährt er raus. Sieht aus, als ob er in die Zukunft fährt. Er sitzt im schwarzen Kasten wie in einem großen Sarg, als wäre die Zukunft der Tod. Aber Antas lebt. Er denkt nicht an den Tod. Er singt und denkt hin und wieder an den Weststrand und an einen Umzug, aber macht ein Gesicht, in dem sich nichts von Plänen lesen lässt.

Kazimira hat sich das Kind auf den Rücken geschnürt und ist ans Meer gegangen. Ake schläft und quiekt im Traum. Er liebt diesen Rücken, diesen Geruch, dieses kitzelnde Haar, ohne es zu wissen. Er nimmt sich alles und liebt und braucht und wächst. Ein Kind eben. Kazimira liebt das Kind vielleicht nicht. Sie hat es. Sie würde es vor jedem verteidigen. Aber sie hätte es doch lieber nicht. Sie geht mit ihm Schritt für Schritt am Ufer entlang und denkt mit schwerem Gewissen, dass man das vielleicht auch noch lerne, was die Leute so schnell Liebe nennen. Dabei sammelt sie an einem einzigen Vormittag einen halben Sack voll Bernstein.

Als sie zurück in der Hütte ist, legt sie das Kind ab, greift einen Stein aus dem Sack und hält ihn Ake vor die Augen: »Sieh, auch die kann nicht fort«, sagt sie. »Aber ihr Platz ist schön.« In dem Stein wohnt seit Millionen Jahren ein Insekt, eine Trauermücke. Kazimira weiß nichts Genaues über die Mücke und nichts Genaues über die uralte Zeit. Sie erinnert vielleicht fünfzehn Jahre. Sie kennt die Wirkung der Steine, nicht ihre Geschichte. Sie kennt den Strand, die gefräßige Riesendüne, das Meer, ein paar Dörfer, aus Erzählungen noch den unbedeutenden Badeort Cranz, dessen Name auch wieder nur Strand bedeutet, seit neustem den Weststrand. Mehr braucht sie nicht. Sie ist einfach. Wenn möglich.

Aber ist eben nicht immer möglich. Manchmal tut sich was, womit man umgehen muss. Es gibt Gewalten.

Schon fünfhundert Jahre vor ihrer Geburt haben sich Gewalten geregt, und es hat sich was getan, so hat es ihr die Ahne erzählt. Das eine schlägt um in das andere, und das andere schlägt in das eine um. Es hat sich was bewegt, ist aufgebrochen, irgendwo im Westen. Zog auf Eroberung aus, auch gegen die Prußen, denn im Heiligen Land hatten sie wohl nichts von Liebe gelernt, von der sie so gern predigten. Ritten also her und töteten viele und erdrückten den Rest.

Immer wieder neu erzählte die Ahne davon. Und also erzählt

auch Kazimira: »Und die Menschlein verschwanden, Körper um Körper um Körper, wurden zerstört und waren nich mehr gesehen, versickerten im Boden, denn der Name des Mannes ist Leben, sein Tun ist Tod.«

Kazimira blickt nun selbst mit einem Auge in den Stein. »Und stell dir vor«, sagt sie nachdenklich, »die Opfer flossen in die Mörder, und nun nennen sich diese selbst Preußen.« Sie wendet den Kopf nach dem Kind, das Kind blickt sie an. Es schlägt mit den Ärmchen, dann lacht es.

»Was gibt da zu lachen?« Kazimira muss ebenfalls lachen. Ihre weißen Zähne sind eine Pracht. »Hast du keine Achtung vor deinen Ahnherrchen und ihren deutschen Mördern?« Aber Ake gluckst und lacht nur noch mehr, ganz ohne Zähne.

Dann wird Kazimira ernst. »Bist ein Pruße, Ake, das musst du wissen. Gehörst nich ganz dazu.«

*

Schwarzort, 1872

Es ist ein Schabbat, aber doch auch kein Schabbat, denn sie feiern ihn nicht mehr. Sie besuchen sich nur noch, sitzen zusammen und sehen dem Schabbat vielleicht nach wie einem Freund, den man liebt, aber nicht halten konnte.

Hirschberg, seine Söhne, Henriettes Bruder Jakob, Onkel Karl und ihr Neffe Eli sitzen im Herrenzimmer. Auf dem Ofensims steht der Leuchter ohne Kerzen. Aber ein Leuchter, ob genutzt oder nicht, hat sein Potential. Darum zieht er nicht nur Elis fromme Blicke an, sondern auch die Übrigen schauen hin und wieder hinüber, ruhen sich an ihm aus, zählen nach, sehen ein Muster, dann wieder ein anderes, sehen einen Frieden, ein Versprechen, und werden schließlich von diesem jahrhundertelangen Nachmittag müde.

Henriette hat ihre Schwester Luise und Tante Zipora ins Wohnzimmer nebenan geführt, wo Anna am Klavier steht und immer die gleichen drei Töne klimpert. Henriette nimmt ein Buch vom Gehäuse des Klaviers, wobei sie über den Mädchenkopf streicht, als wollte sie das Kind wecken. Sie setzt sich aufrecht in ihren grünen Sessel, sortiert die Röcke, atmet ein paar Mal ruhig gegen die enge Schnürung des Korsetts an, bis sie genügend Luft zum Sprechen hat, dann liest sie aus dem biografischen Bericht der Fanny Lewald: Recht auf Bildung, Recht auf Erwerbstätigkeit, Recht auf freie Gattenwahl. Weil sich was ändern soll.

Luise und Tante Zipora sitzen ihr gegenüber auf dem Divan. Die Tante, längst im sichtbaren Kleid ihrer Lebenstage, eine wie aus frommer Zärtlichkeit gemachte Frau, die jede Missstimmung durch ehrliche Zuneigung aufzuheben versteht, hält Luises Hand und streichelt ihre Finger. Luise, deren Gesicht von der Wärme im Raum rote Flecken bekommt, ist in Henriettes Stimme versunken. Sie bewundert ihre Schwester. Henriette weiß immer Wege, kennt Möglichkeiten. Sie leitet große Teile ihres mit in die Ehe gebrachten Geldes in Vereine der Wohltätigkeit und der Unterstützung der Frauen. Sie plant eine Krankenstation, eine Schule, eine Betriebskrankenkasse, eine Pensionskasse. Sie denkt aus der Langeweile heraus und in die Zukunft hinein. Wenn man schon nicht arbeiten darf.

Tante Zipora träumt nicht von Arbeit außerhalb des Hauses. Auch nicht von Veränderung. An ihren Nachnamen, Waldner, wird sie sich nie gewöhnen. Sie fühlt ihren Puls. Sie weiß, dass ein Gott darin klopft, tack, tack, tack, lächelt friedlich und lehnt sich zurück.

Henriette liest mit leiser Stimme, während der April oder schon der nächste April oder der vom letzten Jahr seine Schauer und sein Licht an die Fenster wirft.

»Was machen die Geschäfte?« Jakob hält eine von Antas' Schachfiguren in der Hand.

Hirschberg stopft seine Engelpfeife, dann blickt er seinen Sohn Siegfried auffordernd an.

»Fünfzehn Bagger, dreißig Lastkähne auf dem Haff«, sagt der auf und wird rot.

Hirschberg nickt: »Ich zeige euch nachher, falls der Regen nachlässt, die neue Kesselschmiede und die Maschinenfabrik. Wir lassen uns jetzt alles, was wir brauchen, hier bauen.«

»Und dein Bergwerk?«

Hirschberg drückt den Tabak fest. »Sehr langsam.«

»Langsam ist auch manchmal gut.« Jakob stellt den Springer zurück. Ihm ist sein Schwager oft zu eilig. Er sorgt sich um Henriettes Vermögen.

»Hier ist langsam schlecht«, sagt Hirschberg. Die Pfeife kriegt ihr Feuer. »Ich denke das mondial. Wir müssen die Märkte bedienen. Ist der Bedarf geweckt, muss er beliefert werden, bevor er wieder einschläft. Aber bisher machen wir nur zufällige Funde, hier und da ein Nest. Von echtem Abbau kann noch keine Rede sein.«

»Was ist das Problem?«

»Wasser. Wir bräuchten mindestens fünf fähige Ingenieure.«

»Ganz Königsberg ist voll mit Ingenieuren!« Onkel Karl breitet die Arme aus, als wolle er all die Ingenieure willkommen heißen.

»Die mit anderem beschäftigt sind.«

»Kommt auf das Angebot an.«

»Du glaubst nicht, was ich schon geboten hab – und gezahlt. Kaum sehen sie mich auftauchen, gibt es eine öffentliche Ausschreibung, und die Sache soll an den Meistbietenden, und es wird hochgeboten und hochgeboten, denn alle wissen, am Ende will es der Hirschberg, und dann soll es schön teuer sein.« Hirschberg zieht die Schultern hoch. »Was manche Toleranz nennen, ist oft einfach Gier. Interessante Moral.«

»Du sollst Moral eben nicht ständig mit Moralität verwechseln.« Henriette steht in der Tür, um zum Essen zu bitten. Sie lächelt ihren Mann herausfordernd an. »*Ihr Stolz ist: Christen sein; nicht Menschen.*« Damit dreht sie sich um und geht ins Esszimmer voraus.

★

Die Grube ist schon groß wie ein leerer See. Am Abend mit Nebel gefüllt. Kälte steigt aus der Tiefe, wälzt sich ins Dorf. In den wenigen Häusern, die nah bei der Grabung stehen, verriegeln sie nachts Türen und Fensterläden und legen Stroh an die Schwellen.

Am Tag ist es erträglicher. Am Tag verscheuchen sie die Furcht mit Arbeit. Und Arbeit gibt es genug: Nach dem Sand, den sie mit Karren weggeschafft haben, mussten sie Braunkohleschichten abtragen, dann Glimmersand, die Spur eines Urzeitflusses, danach Letten, dann Quarz, bis zur Grünen Mauer hinab, ein Gründeln und Wühlen und Kriechen, noch weiter, bis zum Krant, dann der grässliche Treibsand, der dem Kowak den Schlaf raubt. Alles mit dem einen Ziel: Blaue Erde, die ein schmieriger grauer Schluff ist, den man kaum abwaschen kann. Aber damit könnte man zurechtkommen. Sie müssen nur in jedem Moment mit Wasser rechnen. Ihnen weichen schon die Hände auf, die Fingerkuppen. Sie halten es zwar mit Brettern und Strohmatten zurück, holen es mit Hebewerken aus der Tiefe, aber es kehrt immer wieder, manchmal wie verzweifelt. Die Ränder des Loches rutschen ab, werden mit jedem Regen schlickiger. Je mehr Sand und Schlamm sie fluchend unten weggraben und auf Loren über eine lange Rampe hinausfahren, desto anziehender wirkt das Loch auf alles. Den Aushub schütten sie vorn ins Meer, drängen damit die Brandung zurück, aber auch die Brandung gräbt und wühlt, als wollte auch sie sich immerzu in Hirschbergs Grube stürzen.

Henriette hat im Spätsommer mit ihrem Mann eine Reise zum Weststrand gemacht. Hat ihre Röcke den ganzen Tag nicht loslassen können und sie über den Matsch und Dreck des Ortes getragen. Hirschberg hat ihr, sich an der Unternehmung immer neu begeisternd, alles gezeigt und erklärt und stand, mit den Armen fuchtelnd und hier und dort hinweisend, am Grubenrand wie ein Dirigent an einem riesigen Orchestergraben. Henriette hörte ihm, Sand zwischen den Zähnen und in den Augen, geduldig zu. Auf dem Heimweg lehnte sie erschöpft in der Kutsche, starrte auf die immer gleiche Landschaft und dachte über alles nach.

Die Angelegenheiten der Arbeiter müssten viel grundsätzlicher geregelt werden, dachte sie. Es fehlte der Zusammenhalt, irgendeine Mitte. Bisher war die Mitte nur dieses Loch, und ein Loch, eine Leere, kann keinen Zusammenhalt stiften.

»Aber was stellst du dir vor?«, will Hirschberg wissen, als Henriette ihm und Onkel Karl ein paar Tage später die Sache darlegt. »Wir haben die Güter, die Arbeiterhäuser, sichere Lohnzahlung – was fehlt denn?«

»Eine eigene Kirche.« Henriette sieht ihren Mann entschlossen an.

»Eine Kirche?!« Hirschberg hebt die Brauen. »Und eine *eigene*?«

»Ja.«

»Eine Kirche, interessant. Evangelisch oder katholisch?« Onkel Karl lacht. »Ich dachte ja eher an ein Hotel.«

»Und ich glaubte, du wärst jetzt Aktionär?« Hirschberg kommt in Fahrt.

»Nur, bis ich genug für ein Hotel beisammenhabe.«

»Eine Kirche und ein Hotel auf den Sandbergen! Ich habe euch unterschätzt!« Hirschberg geht im Zimmer auf und ab. Er weiß nicht, ob ihm einer der Gedanken gefällt oder beide oder keiner. Aber irgendwas gefällt ihm, das merkt man. Denn wenn

Hirschberg etwas gefällt, kommt sogar das Zimmer um ihn herum in Bewegung.

»Bevor ein Hotel einen Sinn hat«, sagt Onkel Karl, »muss eine Bahnlinie her. Vorher kann von Sommergästen keine Rede sein.«

»Eine Bahnlinie?!« Jetzt muss sich Hirschberg doch wieder setzen. »Daran habe ich auch schon gedacht«, sagt er abwesend. »Wenigstens eine Schmalspurbahn. Die Strecke von Königsberg über Insterburg zur Grenze und nach Moskau soll nächstes Jahr fertig sein. Es gibt knapp dreihundert Meilen Gleise im Reich! Fehlt uns nur das Stück von Fischhausen bis zur Grube, dann gäbe es einen Schienenweg bis ins Zarenreich. Da würde sich unsere kleine Welt aber schnell verändern.«

»Das wird sie sich sowieso«, sagt Henriette.

»Wie du wünschst.« Hirschberg zwinkert ihr zu und steht wieder auf. »Bisher ist aber gar nicht sicher, ob sich das alles rechnet. Wenn ihr mich entschuldigt«, sagt er und geht nach nebenan ins Arbeitszimmer, wo sich Kowak schon den ganzen Nachmittag über Karten und Pläne beugt und ständig nach mehr schwarzem Tee verlangt.

Allein mit Onkel Karl, sagt Henriette ungläubig: »Seit wann interessiert dich die Hotellerie?«

»Sie bietet sich an.«

Hirschberg diskutiert mit Kowak andere Probleme. Denn es wurde zwar eine Menge bernsteinhaltiger Erde aus der Grube geholt, aber man hat noch keine Methode, um den Stein aus dem lehmigen Rest zu lösen. Und selbst wenn das geschafft wäre, fehlt es an direkter Weiterverarbeitung, an Kennern, im Grunde an allem, wenn man es nicht in die Hände anderer und älterer Firmen geben will, die in Danzig, Stolp oder Colberg nur darauf warten, dass Hirschberg stecken bleibt.

»Holen Sie die Dreher aus der Heimarbeit. Zu Haus lassen sie noch ihre Kinder arbeiten. Bieten Sie für die Kinder eine Schule und für die Väter genügend Lohn, zentralisieren Sie, dann werden am Ende alle profitieren. Sogar«, Kowaks Gesicht verklärt sich fast, »sogar die Allgemeinheit.« Er legt einige seiner liebsten Funde vor Hirschberg auf den Tisch. »Sehen Sie sich das an«, sagt Kowak andächtig und zeigt einen Stein, in dem eine kleine Spinne sitzt. »Einen besseren Hort der Vergangenheit können wir uns nicht wünschen!« Er schüttelt zerstreut und ungläubig den Kopf über etwas, was er längst kennt. »Kürzlich las ich in einem der Fachblätter, dass …«

Hirschberg nickt, kennt sich mit der Materie aus. »Wo waren wir?«, fragt er mit Blick auf die Wanduhr. »Ah ja. Sie haben vollkommen recht, es muss zentralisiert werden. Und von einer Schule hat auch meine Frau schon gesprochen. Aber wie fange ich an?«

»Holen Sie sich diesen Damerau. Der hat einen Blick wie das modernste Mikroskop. Kennt den Stein besser als sich selbst.«

»Damerau ist mir bekannt.« Hirschberg lächelt sanftmütig. »Aber Damerau wird uns nicht helfen.«

»Und warum nicht?«

»Weil seine Frau nicht will.«

»Seit wann ist das ein Grund?«

»Es ist doch ein guter Grund.« Hirschberg lächelt noch gewinnender, aber Kowak bleibt hölzern.

»Sie ist eine undurchsichtige Person. Angeblich ungetauft.« Hier möchte sich Kowak auf die Zunge beißen. Stattdessen redet er etwas lauter weiter: »Hängt wohl einem Animismus an. Glaubt an Naturgötter. Eine gewisse Verehrung hege ich ja selbst dem Boden gegenüber, schon als Wissenschaftler.« Er räuspert sich. »Und als Deutscher. Aber diese Anbetung von Kröten ist widerlich. Vielleicht kann man sie mit etwas locken.«

»Versuchen Sie es.«

*

Antas Damerau und Erwin Kowak sitzen vor der Hütte und rauchen. Antas glaubt, Kazimira sei am Strand. Ist sie nicht. Sie steht hinter der Hütte, lauscht. Auf der Hüfte trägt sie das Kind. Manchmal küsst sie Ake auf die Nase, damit er still ist. Das wirkt. Allerdings nie lang. Er will immer mehr. Er fasst mit den kleinen Händen nach Kazimiras Kopf und versucht, ihn zu sich zu drehen.

»Lass«, flüstert die, küsst ihn aber noch einmal. Denkt kurz: Jetzt bin ich doch so ein Muttruschchen. Dann lauscht sie wieder.

Die Männer sprechen nicht laut, aber Kazimira hat ein gutes Gehör. Gut genug, um *Weststrand* zu verstehen und *Verarbeitung* und *Königsberg*. Sie riecht den Tabak, der sich um die Hütte verzieht. Und wenn Antas geraucht hat, das weiß sie, dann ist er einverstanden. Vor Wut knirscht Kazimira mit den Zähnen. Sie will nicht, was sie da zu hören glaubt. Sie will es nicht.

»Sie haben sogar ein Häuschen mit Küche versprochen«, sagt Antas am Abend. »Und dieser Herr Kowak ist ein kluger Hahn. Sagt, du hast recht mit Vorsicht. Sagt, man muss Ehrfurcht haben, wenn man in die Erde einfahren will. Aber es ist der Erde auch lieb. Sie will gebären. So sagt er das.«

»Will sie das?«, spottet Kazimira. »Gebären? So wie die Frauen? Kennt sich das Hähnchen da aus, ja?« Ihr Blick bohrt sich in Antas' Augen. Bodenlos ist er und gar nicht angenehm.

»Ist ein Forscher.« Antas weicht dem Blick aus.

»Ich spuck auf Forscher!«

»Kaz!« Da kommt nun auch sein Blick zum Zug. Nicht angenehmer als ihrer.

»Nix Kaz! Und brauche keine Küch!« Kazimira springt auf und verlässt die Hütte.

In der Dunkelheit steigt sie auf den Dünen herum, sieht rüber nach Schwarzort, wo die Laternen der schwankenden Kettenbagger auf dem Wasser irrlichtern, steht da oben im Wind wie in Erwartung einer Antwort und murmelt: »Entscheide dich, Antas, die Grube oder die Kaz. Denn die Kaz bleibt hier.«

Erst am andern Morgen kommt sie nach Haus, schläft den ganzen Tag, während Ake ratlos auf ihr herumkriecht und ihre Lippen sucht, bis Antas den Jungen auf den Schoß nimmt. Er versucht zu arbeiten. Aber jetzt will Ake die Küsse von ihm. Er setzt ihn auf den Boden und raucht. Der Junge weint. Antas wartet, betrachtet das Kind, hofft, dass es sich beruhigt. Tut es nicht. Da nimmt er es wieder auf den Schoß und muss die Arbeit seinlassen.

Abends sitzen sie am Tisch.

»Wie hast du dich entschieden?«, will er wissen.

Kazimira presst die Lippen aufeinander.

»Willst du, dass ich entscheide?«

Sie starrt auf ihre Hände. »Entscheidest eh.«

Antas fühlt mit einem Mal eine Wut. Und das bedeutet was. Bei Menschen wie ihm kann solche Wut, weil sie spät kommt und langsam, eine Macht haben. Auch weil er ein Stück größer ist als die Kaz. Er nimmt die Hände unter den Tisch und lässt sie sich gegenseitig halten, denn die beiden schicken sich zu was an, was man bereuen würde. Aber es ist nun einmal so, er wollte immer etwas anderes sein als ein ärmlicher Schnitzer oder Fischer oder was er sonst noch ist. Und jetzt, da sich Gelegenheit bietet, stellt sich die Kaz quer, pflanzt sich mit Launen in den Weg. Warum kann sie nicht folgen? Sogar Hirschberg will umsiedeln. Er lässt sich längst ein Haus bei der Grube bauen. Sogar seine Frau geht mit. Obwohl man manchmal schon denkt, sie hat dort das Sagen. Aber Hauptsache, die Kaz kann durch die Dünen, Holzkröten vergraben.

»Wirst deinen Dienst verlieren, dann haben wir noch weniger«, sagt Antas schließlich, ohne viel Hoffnung, dass sie das stört.

»Warum sollte ich den Dienst verlieren? Mit dem Jungen bleibt dafür eh keine Zeit.«

»Weil auch Hirschberg geht.«

»Zur Grube?« Dieser ungläubige Blick.

»Er lässt sich dort ein Haus bauen.«

»Ist das wahr?«

»Wenn du willst, dann bitte ich seine Frau, dass sie dich wieder in Dienst nimmt.«

Kazimira schafft nur ein Nicken. Warum hat Frau Henriette nichts davon erzählt? Ist ihr egal, wer für sie näht und wer bei ihr sitzt?

*

Weststrand, 1872-73

Es wird umgezogen. Aber erst im Spätherbst. Die Tage sind noch ein letztes Mal heiß und von sandigem Wind erfüllt, ein Licht: mehr Unheil als Sonne. Die Hütte bleibt verlassen an der Düne kleben. Kaufen will sie niemand. Kazimira sieht sich nicht um, als die Kutsche mit den wenigen Töpfen und dem alten Federbett den Weg Richtung Südwesten einschlägt. Ungeübt im Abschiednehmen sind sie beide. Waren einfach immer da. Kazimira sitzt still auf dem Bock, Ake haben sie zwischen sich, fahren, Stunde um Stunde, ohne ein Wort. Die Augen hat Kazimira meistens geschlossen und sieht also auch nicht die feine Veränderung, die mit der Landschaft vor sich geht. Wie eine Umkleidung. Je näher sie dem Weststrand kommen, desto farbloser wird die Gegend. Das Gras, die Zaunpfähle, die Dächer der Häuser, die Hüte der Männer und Tücher der Frauen tragen einen mehligen Belag aus aufgewehtem Schluff, freigegrabenem Sediment aus der Grube, das sich wie Asche auf alles legt, sogar auf die Zunge.

Bei der Grube gibt es für sie tatsächlich ein kleines Holzhaus mit Küche.

»Aber was soll ich da?«

»Kochen, wie jede Frau.«

»Was weißt du von Frau?«

»Genug, um mich nich mehr drüber zu ärgern.«

Darauf sagt Kazimira nichts. Spuckt nur zum dritten Mal den Schluff aus und wirft Antas das Kinn hin. Und geht an ihre Arbeit, besorgt, was zu besorgen ist, Haushalt, Kind, Garten, und denkt, wem soll das aber reichen? Einem Gaul vielleicht, der mit Stall, Fohlen und Wiese zufrieden ist, aber einem Menschen? Und bin ich keiner?

Durch den jungen Ort gehen mag Kazimira nicht. Die anderen Frauen haben sich längst sortiert, sie wissen, welche zu welcher passt und welche zu keiner. Oft beobachtet Kazimira, wie die eine die andere besuchen geht, wie sie sich aushelfen, aber nie klopft eine bei ihr, fragt nach etwas. Und weil Ake noch nicht spricht und weil Antas den ganzen Tag bei der Grube ist, sitzt Kazimira viel mit ihrer Näharbeit am Fenster und hört die Nachbarinnen auf dem Weg, sieht ihnen nach. Eine Traurigkeit überfällt sie dabei, eine Einsamkeit und Stille, die sie auf der Nehrung, fern jeder menschlichen Stimme, nie gefühlt hatte. Nicht, dass sie mit den Nachbarinnen den Tag und das Leben bereden wollte, sie wüsste gar nicht, wie, aber das Zusammenrücken der Frauen schreibt sich ihr ein, als wäre ihre Einsamkeit und deren Gemeinschaft ein Gesetz.

Nachts liegt sie wach und starrt ins Dunkel. Sie lauscht auf die Brandung, auf ihren kalten Klang, der aus dem Grubenloch widerhallt. Und irgendwann steht sie auf, vor Tagesanbruch, läuft zur Grube, umkreist den Krater im Hemd, muss immer hinabblicken, läuft schneller, immer schneller, als könnte sie die Abläufe, die hier in Eile geraten sind und denen sie in all den langen Röcken nicht zu folgen vermag, so noch einholen und besänftigen.

Oder als wäre sie selbst der außer Kontrolle geratene Zeiger einer atemlos gewordenen Weltzeit. Erst als sich ihr etwas in den Weg stellt, hat das Rennen ein Ende. Antas hat sich ordentlich angezogen, bevor er losgegangen ist. Er hat gleich gewusst, wo er suchen muss. Er hält Kazimira wortlos fest, dann packt er sie und trägt sie nach Haus wie einen Sack.

»Was rennst du bei dem Loch?«, will er noch in der Nacht wissen und trinkt einen seltenen Schluck Scharfes.

Kazimira sitzt vor ihm, knetet die bläulichen Finger.

»Lass mich auch dort arbeiten.«

Antas gießt sich noch einen ein. Und dann der Kaz. Sie trinkt aus und will mehr und kriegt mehr.

»Was willst du arbeiten?«

»Das Gleiche wie du.«

Antas winkt ab.

Manche erzählen später, die Kaz habe etwas in die Grube geworfen und das Loch verhext. Aber wenn Antas sich groß und breit macht und noch einmal nachfragt: »Was *ganz* genau hat meine Frau denn gerufen oder geworfen? Wart ihr denn bei der Grube verabredet?«, dann weiß es keiner mehr so richtig, und am Ende haben ja alle geschlafen und haben sich nicht nächtens bei Hirschbergs Tagebau herumgetrieben. Und wie nebenbei hat Antas einen neuen Hahn beim Bauern im Nachbardorf gekauft und zu den Hennen gesperrt, ohne je nach dem alten zu fragen.

Aber schlafen kann Kazimira trotzdem nicht. Schlafen wie alle, die hier kaum mehr sind als ein Pendel zwischen Arbeit und Schlaf, kaum mehr als der Mittelpunkt arbeitender Muskeln, die an den Abenden, wenn die Werkglocke geschlagen hat und sie in schlurfenden Gruppen zu den Arbeiterhäusern gelaufen sind, in schachtdunkle Nacht fallen. Und wenn sie träumen, dann von nichts als der Grube. Kleine Leben, verkaufte Leben, um zu leben. Und obwohl das so ist, hat Kazimira das Gefühl, als läge in ihrer Arbeit etwas Süßes, etwas Anziehendes, etwas, worum sie die Arbeiter beneidet. Also geht sie bald täglich und bei jedem Wetter zur Grube, setzt Ake neben sich in den Sand oder in den Schnee, steht da oben, schaut hinab und sieht den Männern zu.

Antas lässt sie gewähren. Er selbst geht vor Sonnenaufgang aus dem Haus, schaufelt mit den Männern, die verklumpten Stiefel schwer von Lehm und Modder, trägt, bohrt, schiebt, wäscht die Steine aus dem Schlamm, arbeitet Tage und Wochen, den ganzen Winter über, in den Sortierhallen neben dem Tagebau. Sie versuchen es mit Schaukelkästen, in denen sich Erde und Schmutz von den Steinen lösen sollen. Aber außer einem Mordslärm bringen sie nichts, zerbrechen vielmehr die Steine. Sie versuchen es mit Wasser, mit Unmengen Grubenwasser, bis die Blaue Erde weggeschwemmt ist. Sie versuchen es von Hand.

»Zum Verkauf ist das Zeug so aber nich«, sagt Antas, als er mit Kazimira am Küchentisch sitzt und einige Steine betrachtet, die er aus den Hallen mitgebracht hat. Sie sind noch von dicken Verwitterungsspuren verkrustet.

»Man bräuchte nur den Stein, ohne Rinde«, sagt er wie zu sich selbst.

Er schiebt die Teile hin und her. Es ist still da zwischen ihnen, denn Kazimira sagt auch nicht viel. Eigentlich gar nichts. Man hört nur die Brandung vom Meer herauf. Das dunkle Rollen und klatschende Überschlagen der Wellen, einen Vogelschrei, die Windschübe, die an die verschwommene Fensterscheibe drängen, Akes leises Brabbeln unterm Tisch.

»Bräuchtest wohl eine Maschine, die wie das Meer arbeitet«, sagt Kazimira irgendwann. Sie betont das A von Maschine, als verwende sie das Wort zum ersten Mal. »Die vom Strand haben keine Rinde.«

Antas hebt den Blick. »Was verstehst du von Maschinen?«

»Hab Augen im Kopf.«

»Aber wie baut man das Meer?«

»Muss ja nich so groß sein.« Kazimira sieht Antas fest an. »Bau einfach ein *kleines* Meer, Damerau.«

*

»Ist dir klar, *wie* gut die Idee ist, Damerau?« Hirschberg läuft begeistert um den Tisch im Grubenbüro herum, auf dem Antas seine Papiere ausgebreitet hat.

»Ein guter Zeichner bist du nicht«, Hirschberg lacht und klopft Antas auf die Schulter, »aber was braucht ein schlauer Kopf noch Zeichnungen?! Eine künstliche Brandung! Warum sind wir darauf nicht früher gekommen?« Dann wendet er sich an den Buchhalter, der mit Wollschal und Drahtbrille an seinem Tisch beim Fenster sitzt, die Sicht nach draußen von Eisblumen verdeckt. Es ist ein eisiger Februar. »Ändern Sie Dameraus Vertrag. Legen Sie zehn Prozent drauf.«

Der Buchhalter nickt.

Antas murmelt einen Dank, verlegen, er hat nicht erzählt, wessen Kopf die Idee vom kleinen Meer hatte. Und jetzt ist es zu spät. Hätte eh nichts geändert, und am Ende muss ja er dieses kleine Meer bauen. So legt er sich das zurecht.

Als er Kazimira am Abend in der Küche von der Sache erzählt, nickt sie nur und sagt: »Dann verdienst du jetzt mehr Geld.«

Sie essen schweigend. Es gefällt Antas nicht, dass sie so wenig sagt. Irgendwie würde er gern von ihr hören, dass es gut war, was er da gemacht hat. Schließlich hätte sie die Sache nie so weit gebracht, dass sie nun auf Papier im Grubenbüro liegt. Einfach eine Idee haben ist so gesehen nichts wert. Muss schon verwirklicht werden, das muss die Kaz doch einsehen.

Aber den Gefallen tut sie ihm nicht. Seinen misstrauischen Gesichtsausdruck wohl bemerkend, deckt sie den Tisch ab, wäscht

59

das Geschirr, fegt die Küche, legt die Wäsche zusammen, bringt Ake zu Bett und schweigt.

Erst als sie schließlich beieinanderliegen, nicht, weil sie es heute wollen, sondern weil Mann und Frau das eben tun, und als Antas gerade einschlafen will, sagt Kazimira es wieder: »Lass mich auch bei der Grube arbeiten. Du weißt, dass ich es kann.«

Antas hält die Luft an.

»Hast du gehört?«

Jetzt muss er was sagen.

»Das ist nichts für dich, Kaz. Du kannst mit den anderen Frauen sortieren.«

»Ich will nich mit den Frauen sortieren. Ich will Arbeit, wie du sie hast.«

»Vergiss das.«

»Aber warum?!«

»Es gehört sich nich.«

*

Henriette zieht Anna die schlammigen Schuhe aus. Dabei hätte Anna die schlammigen Schuhe gern anbehalten und wäre zurück zum Spülfeld gelaufen. Mit den Dorfkindern sucht sie dort nach Steinen, die durch alle Siebe gefallen und mit dem Schlammwasser aus dem Bernsteinwerk an den Strand gespült worden sind. Sie hat ein merkwürdiges Mitleid mit diesen Steinen, die keiner gesehen hat oder keiner haben will. Wie Ausgestoßene kommen sie ihr vor, und sie fürchtet sehr, einen zu übersehen, so dass er, doppelt zurückgelassen, im kalten Schlamm bleiben muss. Außerdem möchte sie dem Herrn Kowak gern einmal eine Inkluse bringen, denn der Herr Kowak hat gesagt, von solchen Funden lebe die Wissenschaft. Allerdings hat sie bisher nichts gefunden. Aber sie wird ja auch ständig zurückgerufen.

»Das Kind braucht eine Erzieherin«, sagt Henriette abends zu ihrem Mann.

Seit einigen Monaten wohnen sie nun bei der Grube. Das neue Haus ist komfortabel, als stünde es nicht hier im Nirgendwo, sondern in einem Vorort von Paris. Aber von außen ist es schon jetzt vom angewehten Schluff verfärbt, wie alles andere auch. Über Brettstege, die wippend über Pfützen führen, gelangt man zur Haustür. Vorsichtig halten die Frauen ihre Röcke hoch, wenn sie über den Schlick balancieren. Innen ist das Haus nach englischer Mode eingerichtet und besitzt fließend Wasser, wofür extra ein roter Wasserturm im Ort gemauert wurde. Sogar ein Porzellanklosett haben sie, prächtig und weiß, über das Henriette, als sie die Kette zum hoch aufgehängten Spülkasten zum ersten Mal bedient hatte und es mit einem Schlag zu rauschen anfing, am liebsten laut gelacht hätte.

»Vorbei mit jeder Diskretion«, hatte sie gesagt. »Da weiß ja dann immer das ganze Haus Bescheid.«

Was ich in Kauf nehme, wenn es endlich mit all den Nachttöpfen ein Ende hat und man auch nicht mehr auf den kalten Abort hinausmuss, hatte ihr Sohn Gustav gedacht, der stolz auf die Neuerung war.

Hirschberg legt das Buch beiseite, das er im Bett gelesen hatte.

»Was ist mit Kazimira? Damerau bat mich schon, sie wieder einzustellen.«

»Als Erzieherin?« Henriette lacht auf. »Willst du einen Husaren als Tochter?«

»Ein Vogel darf wild sein.«

»Anna ist kein Vogel. Sie soll sich doch eines Tages zurechtfinden. Sie braucht Parkettsicherheit.«

Hirschberg gähnt. »Gut. Ich verspreche, im Frühjahr bekommt das Kind einen Zuschnitt.«

»Um so viel Radikalität bitte ich gar nicht.« Henriette legt sich zu ihm.

»Eine freundliche, aber deutliche Persönlichkeit, eine mit Welt-kenntnis sollte es sein. Und bitte keine Kernseifen-Deutsche mit Stickrahmen und sentimentalen Sinnsprüchen.«

»Dann werde ich eine andere suchen.«

»Ich wäre dir dankbar.« Henriette fährt ihm mit den Fingern durch den Bart. Draußen trommelt und tobt ein Regen, wischt die Fenster hinab. Hirschberg denkt, alles ist unter Dach und Fach, die Arbeiter, die Pferde, der Hund, alle im Trockenen. Und er hier drinnen bei seiner Frau. Wenigstens für ein paar Stunden keine Fragen, was die Zukunft bringt, welche Gemeinheiten sich die Leute ausdenken. Stattdessen dieser inspirierende Duft von Frauenhaar und die Liebe, mal keine Legende. Hirschberg un-terdrückt ein Seufzen. Die ernste Geschmeidigkeit Henriettes spinnt ihn ein. Sie setzt sich auf ihn, ihre Haut, gesprenkelt vom schwankenden Licht der Hoflaterne, das durch die verregneten Scheiben dringt. Er lässt los, lässt sich fallen, fällt rückwärts, ist nicht mehr Hirschberg, die Nacht rauscht durch ihn hindurch, der Regen rauscht, diese Frau, im Fallen fasst er nach ihr.

Wenn man nur nicht so erschöpft wäre, so unendlich müde.

Hirschberg träumt: Er steht vor einem Richter. Nicht als Klä-ger, sondern als Angeklagter. Er habe sich genommen, was ihm nicht zustehe. Das sei eine Straftat. Immer wieder versichert er, in dem Land geboren zu sein und im Übrigen alles auf eignes Ri-siko zu betreiben, was niemand sonst versucht habe, denn keiner habe den Mut dazu gefunden. Der Richter hört ihm nicht zu. Er fällt sein Urteil. Das Urteil lautet: Ein Jude bleibt ein Jude! Der Richter schlägt mit dem Hammer. Schlag, Schlag, Schlag.

Mit einem Ruck sind sie wach. Es regnet noch immer. Henriette fasst erschrocken nach der Schulter ihres Mannes, unten klopft jemand an die Tür. Hirschberg steht auf, versucht, sich zu besin-nen, noch halb im Gerichtssaal. Wieder klopft es gegen die Haustür, diesmal noch fester. Hirschberg tastet nach der Lampe, sucht die Schwefelhölzer, findet keine, tastet sich im Dunkeln zur Zimmertür. Beim Verlassen des Zimmers stößt er auf das Hausmädchen, das ihm mit Nachthemd und Haube entgegenweht.

»Die Grube«, flüstert das Mädchen. Dann fängt sie an zu weinen.

»Was ist damit?«

»Ist hin«, heult das Mädchen.

»Was hin? Sprich vernünftig!« Hirschberg wartet keine Antwort ab, läuft ins Zimmer zurück, zieht sich an, irgendwelche Hosen, die ihm Henriette hinhält, irgendeinen Mantel darüber.

Draußen wartet schon einer mit dem Pferd. Ein Grubenarbeiter steht daneben und zieht die nasse Mütze vom Kopf.

»Was ist passiert?«

»Der Hang is runter.« Der Arbeiter kann Hirschberg kaum ansehen.

Als die Sonne aufgeht und die geflutete Gegend erkennen lässt, kommt Hirschberg zurück. Henriette hilft ihm aus dem Sattel, führt ihn in die Eingangshalle, nimmt ihm das Schlammzeug ab.

»Das war's«, sagt er nur, als er am Tisch sitzt, und legt den Kopf in den Nacken, blickt an die Decke. Er schließt die Augen, als rase ihm ein Schmerz durchs Gehirn. »Die *gesamte* Grabung ist weg!«

Henriette fällt nichts ein, was sie sagen könnte. Sie geht in die Küche, kocht mit fahrigen Bewegungen Kaffee, trägt das Tablett ins Esszimmer.

Hirschberg lehnt den Kaffee ab.

»Ich muss die Leute versammeln. Ich werde ihnen ihren Monatslohn geben können, danach müssen sie zusehen. Und wir auch.«

Mittags um zwölf stehen sie vor den Sortierhallen. Eine bedrückende Windstille jetzt. Das Wetter hat sich ausgetobt, ein Wattehimmel über dampfendem Morast. Die Gesichter der Männer sind verdreckt, sie frieren. Hirschberg hat sich auf die Stufen vor dem mittleren Halleneingang gestellt, und noch das letzte übernächtigte Augenpaar blickt zu ihm hin, und Hirschberg erschrickt bei dem Anblick, weil ihm bewusst wird, dass diese Blicke und die dazugehörigen Männer auf ihn, der er selbst einmal auf brüchigen Sohlen und frierend aus Danzig kam, jetzt mit allem, was sie haben und sind, setzen. Sie brauchen ihn. Er muss führen, ziehen, tragen, dabei ist er selbst gerade ohne Kraft. Hirschberg räuspert sich, sammelt seine Gedanken, so gut es geht, hält seine Rede, die nun einmal nicht zu vermeiden ist: Die Unternehmung ist beendet. Gescheitert. Vorbei.

Dann schweigt er. Die Augen blicken jetzt durch ihn hindurch, enttäuscht, im traurigsten und wahrsten Sinne. Hirschberg hebt müde die Hand an den Zylinderrand, tritt die Stufen hinab, jetzt wieder ein normaler Mensch von normaler Größe, und geht nach Hause. Stumm bleiben die Männer zurück. Ausgebeult und klamm stehen sie da, wie abgeschnitten von irgendwas, taub, und groß wie ein Berg, was da für eine Angst auf sie zukommt. Die Kinder mit ihren Kinderblicken, der nächste Winter mit seinem Winterblick, der Hunger mit Hungerblick.

Die Ersten setzen sich in Bewegung Richtung Krug, irgendwas besprechen. Die Vordersten diskutieren im Gehen. Manche Idee wandert in der Gruppe nach hinten, wobei sie sich auf dem Weg schon beliebig verändert. Der Krug ist zu eng, um alle Männer zu fassen, also stehen sie auch vor der Tür, und der Wirt bringt das Bier nach draußen. Der erneut einsetzende Regen fällt in die Gläser. Ein Wetter zum Krepieren, ein Wetter zum Saufen. Die Männer ziehen die Schultern hoch und schlürfen lustlos. Drinnen wird es laut. Manche sind dafür, manche dagegen. Wofür und wogegen, das kriegt man draußen nicht mit.

*

Henriette erkennt ihren Mann kaum wieder. Längst hatte sie geglaubt, jede Geste, jede Mimik an ihm, wie auch deren Beweggründe, seien ihr vertraut. Aber jetzt sitzt er da, die Hände auf dem Tisch, und starrt auf die Platte wie auf ein beendetes Leben. Sein Gesicht, von einer einzelnen Kerze erhellt, trägt die Farbe der Landschaft, in allen Falten, in Brauen und Bart, Erd- und Schlammreste, als versteinerte er gerade.

»Wir können zurück nach Schwarzort«, sagt sie, selbst übermüdet von der letzten Nacht. »Wir waren dort gut beschäftigt.« Sie versucht, zuversichtlich zu klingen, obwohl sie heulen möchte. »Onkel Karl wird uns helfen. Vielleicht war es zu übermütig, hier einen Bergbau zu gründen.«

»Unter ein schwimmendes Gebirge.« Hirschberg lächelt matt. Die Kerze fängt an zu rußen.

Henriette tritt an die Anrichte, nimmt die Dochtschere und kürzt der Kerze den rauchenden Faden. »Es ist noch nicht das letzte Wort gesprochen.«

»Doch.« Hirschberg schließt die Augen. »Das letzte Wort. Jetzt sagt keiner mehr was. Still ist es. Merkst du nicht, wie still?«

Natürlich merke ich es, Moritz, denkt sie und legt die Schere weg. Und ein Docht ist noch kein Licht, aber vielleicht wird es wieder.

Tagelang sieht man Hirschberg bei der Grube herumlaufen. Menschen weicht er aus und sie ihm. Der Ort liegt verdruckst unter Wolkenfransen, und der Regen will nicht aufhören. Die Hallen und Bauten und zerbrochenen Hebewerke liegen um den vollgelaufenen Grubenrest wie Wracks an einem trüben Teich. Was sie gegraben hatten, ist nivelliert, als wollte die Erde gerade hier ihre Rundheit behaupten. Hirschberg steht mal da und mal dort herum, dann geht er zum Grubenbüro. Der Buchhalter, der ein wenig getrunken hat, murmelt, es habe bisher keiner vorgesprochen. Hirschberg scheint seine Worte zu überhören, wischt gedankenverloren über die beschlagene Fensterscheibe, geht wieder zurück zur Grube. Sein Haar ist zerwühlt, als trüge er seinen inneren Zustand auf dem Kopf.

Zu Haus lehnt er alle Speisen ab, spürt erst in der Nähe des Ofens, dass er im Besitz eines Körpers ist, der den ganzen Tag gefroren hat.

Nur Anna darf bei ihm sein. Sie schmiegt sich an seinen Arm, drückt ihre Stirn in seinen Bart, hält ihm Brot hin, und tatsächlich, von ihr nimmt er es, kaut ewig darauf herum, sieht ihr dabei in die Augen und sagt irgendwann: »Da ganz innen drinnen, Vögelchen, in der schwarzen Mitte, in dem Nichts, da wird es interessant, glaube mir.« Und sein Blick bekommt vorübergehend wieder etwas Glanz, und Anna nickt und küsst ihm die Hand, auch wenn sie nicht versteht, was er meint. Im selben Moment läutet es.

Kraftlos, als habe es bisher all seine Energie vom Hausherrn bezogen, geht das Dienstmädchen zur Tür.

Draußen steht der Vorarbeiter. Man hat ihn vor Tagen im Krug zum Sprecher gewählt. Er hält die Mütze in der Hand, ist schlecht rasiert, räuspert sich und murmelt irgendwas. Bei ihm steht Antas Damerau, auch schlecht rasiert.

Das Mädchen bittet beide herein. Dann geht sie zu Hirschberg, vergisst den Knicks und sagt: »Zwei, die Sie sprechen wollen.«

»Bitte sie ins Schreibzimmer«, ordnet Henriette an und läuft wieder selbst in die Küche, Kaffee kochen.

Sehr langsam kommt Hirschberg ins Schreibzimmer, wo Damerau und der Vorarbeiter verlegen mitten im Raum stehen.

»Was kann ich noch tun?« Hirschberg ist heiser. Und so, wie er aussieht, hat ihn noch keiner gesehen. Er deutet auf zwei Stühle, damit sie sich setzen.

»Wir haben ein Anliegen«, sagt der Vorarbeiter.

»Ich kann euch nichts weiter bieten als den letzten Lohn.«

»Um den geht es, Herr«, sagt der Vorarbeiter. »Ham uns beraten. Sie müssen das Geld in die Grabung stecken. Und wenn wir
doch was finden, können Sie uns den Lohn nachzahlen.«

Hirschberg starrt ihn an.

»Und wovon wollt ihr leben?«

»Wir richten eine Gemeinschaftsküche ein und legen zusammen, haben ja keine Wahl. Ohne die Grube is uns nichts in der
Hand, also auch nichts im Bauch. Könnten nicht einmal in den
Häusern bleiben, die Sie hier gebaut haben. Aber zurück in die
alten Hütten will auch keiner. Erst recht nicht unsere Weiber.
Und Damerau hier«, der Vorarbeiter weist auf Antas, »der sagt,
wir werden doch noch Erfolg haben.«

Hirschberg lässt sich schwer auf seinen Stuhl nieder. Er hält
den beiden Zigarren hin, die sie verlegen annehmen, zündet sich
selbst eine an und raucht, ohne zu genießen.

»Allerorten stehen die Arbeiter gegen die Fabrikbesitzer auf,
und ihr kommt mir so? Und seid morgen immer noch von der
Sache überzeugt? Und übermorgen?«

Der Vorarbeiter reagiert lange nicht, als müsse er doch noch
einmal darüber nachdenken und brauche dafür etwas Zeit. Raucht
in Ruhe. Aber dann nickt er. Hirschberg versucht, die Sache im
Kopf durchzurechnen.

»Und es ist wirklich von der gesamten Arbeiterschaft so gewollt?«

Der Vorarbeiter nickt wieder.

»Dann werde ich meine Frau bitten, auch unseren Tisch zu
öffnen.«

Eine winzige Bewegung geht über Antas' Gesicht. Hirschberg
selbst bewegt sich nicht. Er sieht nur Antas fest an.

*

Die Besprechungen finden jetzt alle beim Essen statt. Henriette regelt die Besetzung. Täglich acht Personen. Nach und nach lädt sie jeden der Arbeiter und jede der Frauen aus dem Ort ein.

Die Arbeiter und Ingenieure sind mit den Gedanken nur bei der Grube. Je besser das Essen, desto besser die Ideen. Manche haben schon woanders nach Kohle gegraben. Sie berichten von früheren Gruben, in anderen Landschaften, anderen, richtigen Bergen, mit alten Namen: *Prophet Samuel, Rote Grube, Neue Hoffnung Gottes.* Sie erzählen von Grubenunglücken, Unglücken im Stein, berichten von Wassereinbrüchen und Explosionen.

Kazimira hat beharrlich darum gebeten, dass man sie helfen lässt. Sie deckt auf und ab. Wenn nichts zu tun ist, besetzt sie den Stuhl, abseits bei der Tür zur Küche, und hört zu. Abends wiederholt sie flüsternd: »Oryk-to-gno-sie, Geo-gno-sie, Gem-mo-lo-gie, …«

Noch ein paar Monate, in denen ihnen ein trockener Sommer zugutekommt, dann ist das neue Loch so groß und tief, dass eine waagerechte Bohrung in die Schichten unter dem Treibsand möglich wird.

Die ersten Funde übertreffen selbst Kowaks und Dameraus Schätzungen. Als hätten sie ein Ölfeld angestochen, schaffen die Hauer säckeweise Bernstein herauf, und wie eine Dampfmaschine, die neues Feuer erhält, kommt der Betrieb wieder in Bewegung und schneller als vorher.

»Und das Wasser werden wir«, Hirschberg gräbt, als sie Ende Oktober zum ersten Mal wieder zu zweit essen, mit dem Silbermesser einen Gang in das Kartoffelpüree, »durch eine Sumpfstrecke ableiten. Wir bauen eine Drainage, die das Grundwasser in den Tagebau leitet. Und von da pumpen wir es ab.«

»Eine Drainage?« Henriette sieht ihren Mann fragend an und legt ihr Besteck auf dem Teller ab.

»Wir sind mit dem Tagebau jetzt so tief im Boden, dass wir uns geradeaus in die bernsteinführende Schicht hineinbohren können. Darunter graben wir eine zweite, eben eine Sumpfstrecke, die den Stollen für die Arbeiter trocken hält. Und wenn das funktioniert und man den Stollen ausreichend stabilisieren kann, dann bohren wir jeweils von oben die Zugänge, während wir die alte Abbaugrube mit dem Aushub nach und nach zuwerfen.« Hirschberg schaufelt sich den Kartoffelbrei in den Mund. Schluckt, zeichnet mit der Gabel etwas wie Kreise in die Luft. »Wir haben jetzt außerdem eine Methode, mit der während der senkrechten Schachtbohrungen für die Zugänge nichts mehr einstürzen kann. Die Arbeiter werden beim Graben wie durch eine weite Rüstung geschützt sein.«

Henriette betrachtet die Spiegelung der Kerze in Hirschbergs Monokel, das er neuerdings verwendet. »Und wie darf ich mir eine solche Rüstung vorstellen?«

»Wir treiben Eisenreifen in den Boden, die übereinander nach und nach runde Schächte bilden. Die Arbeiter graben unterhalb des untersten Reifens den Sand weg, so dass die Ringe immer weiter nachrutschen, bis wir den waagerechten Stollen erreichen. Dass wir darauf nicht viel früher gekommen sind.«

Henriette schließt die Augen und sieht eine kleine blaue Gegenflamme anstelle der Kerze. Das werden die Arbeiter jedes Mal sehen, wenn sie den Blick zum Schachtausgang gehoben haben und sich wieder dem Erdloch zuwenden, denkt sie. Das blaue Licht der Hauer, wie die Wunderlampe Aladins. Sie bewegt leicht den Kopf, als wollte sie einen Gedanken loswerden.

»Eine richtige Grube, Henriette!« Hirschberg lehnt sich weit zurück. »Und eine richtige Grube«, er beugt sich wieder vor und schenkt Henriette und sich ein Glas Wein ein, »eine richtige Grube braucht einen richtigen Namen. Ich schlage vor, wir nennen sie Anna.«

»Anna? Ein Bergwerk? Was hat dein Singvogel mit einer

Schlammgrube zu tun? Und was, wenn die Leute der Neid packt, weil ausgerechnet du mit diesem Loch Erfolg hast?«

»Die Konkurrenz packt immer Neid.« Hirschberg hat sich die Pfeife angesteckt und pafft jetzt freigiebig seinen Tabaksqualm in die Luft. »Wen sonst?«

»Wen sonst?« Henriette schnalzt leise mit der Zunge.

Hirschberg räuspert sich. Mit der Linken tastet er nach der goldenen Uhrkette, die aus seiner Westentasche hängt, aber er sieht nicht nach der Zeit. Es werde nicht lange dauern, sagt er, ohne auf Henriettes spöttische Frage einzugehen, dann werde den Kollegen in Stolp und Danzig aufgehen, dass sie ihn zu früh verlacht haben. Aber der Neid sei doch letztlich ein schreckliches Gefühl, ein peinlicher Moment, ein giftiger, ganz und gar unproduktiv. »Der Neid ist ein Nein, das man nur mit einem Ja verscheucht.«

Henriette nickt und hebt ihr Glas: »Trinken wir also auch auf diese zwei Buchstaben.«

Die zwei Buchstaben erweisen sich zwar als produktiv, vor Neid schützen sie aber nicht. Die Annagrube ist schon im folgenden Jahr so ertragreich, dass der Konkurrenz schlecht wird vor Neid. Die Betreiber der übrigen Bernsteinfirmen treffen sich. Sie finden, was Hirschberg da erreicht, wird langsam unerfreulich. Sie finden, je länger die Abende sich hinziehen, sehr viel Unerfreuliches. Auch das vergangene Jahr, die Misere von 73, der Börsenkrach, diese ganze Katastrophe – es lebe ein Volk im Volk, sagen sie, aber leise, und bleiben ansonsten bei Halbsätzen. Es geht nur ein Brief an den Bürgermeister, ein weiterer ans Amt. Zunächst. Es liegt ja nichts Handfestes vor, aber notieren kann man schon mal.

Hirschberg ahnt, wie die Konkurrenz über ihn denkt. Er ahnt, dass das Leben schon wieder gefährlich wird. Mit Henriette spricht er nicht darüber, er liest auch nicht mehr aus der Zeitung vor. Er weiß, dass sie weiß. Sie liest es selbst. Und er hat beobachtet, wie sie im Garten raucht.

Es formieren sich also Vorstellungen, Bewegungen, Gruppierungen und Lobbys. Sie kämpfen für verschiedene Interessen. Den Arbeitern geht auf, dass sie gemeinsam eine effektivere Masse bilden als allein. Sie fordern weniger als vierzehn Stunden Arbeitszeit pro Tag. Sie machen Lärm, denn mit Lärm kennen sie sich gezwungenermaßen aus. Die Lobbyisten kennen sich mit dem Schleichen aus. Sie besuchen die Clubs und Casinos. Sie überreden und untergraben. Sie besuchen die Junker auf den Gütern. Sie fahren mit den Junkern in zweispännigen Pirschwagen in die Wälder und jagen Wildschweine.

Hirschberg mochte die Jagd noch nie, er führt einen Zehnstundentag im Bergwerk ein, und er lässt die Wege im Ort pflastern.

*

Weststrand, 1875

Das Klickern der Nadeln, aus deren komplizierten Schlaufenbewegungen ein Strumpf wächst, die Uhr, die den späten Nachmittag in winzige Schritte teilt, die Lichtstreifen, die das Zimmer durchmessen, als suchten sie etwas auf der dem Fenster gegenüberliegenden Wand. Kazimira blinzelt, sie krümmt die Zehen in den Schuhen, soweit das harte Leder es erlaubt, und streckt sie abwechselnd.

Da man sie nicht in der Grube arbeiten lässt, hat sie sich erbeten, mehrmals in der Woche bei den Hirschbergs helfen zu dürfen, um nicht ganz allein mit Ake zu Haus zu sitzen. Den Jungen nimmt sie also mit. Sie hört ihn im Garten brabbeln, wo er mit der Köchin Stin Kräuter für Hirschbergs Abendessen pflückt. Durch das Haus zieht der Geruch von Schmorgemüse. Kazimira unterdrückt ein Gähnen. Das Geräusch der Nadeln wird immer lauter, je länger man darauf lauscht, denkt sie. Sie hasst das Stricken. Es langweilt sie zu Tode. Genau wie das Nähen und Sticken. Auch wenn sie dafür bei Henriette sitzen kann: Es ist schrecklich und sinnlos und kleinteilig.

Sie würde gern mit Henriette sprechen. Sie sogar gern in Unordnung bringen, irgendwie. Sie stellt sich vor, dieses Zimmer zu durchwühlen, zusammen mit *ihr*. Nur ein Mal. Sie würden ja wieder Ordnung schaffen. Alles an seinen Platz zurückstellen und wieder mit den Nadeln klickern so wie jetzt. Nur leider wird daraus nichts. Und ein Gespräch kommt auch nicht in Gang, um es wenigstens einmal zu sagen, wie dumm dieses Leben ist. Der Anblick des Nähkästchens mit seinem dummen Stopfei, seinen dummen Fingerhüten, seinem Schnittmusterrädchen, den Garnrollen, Nadelkissen, Knöpfen und Häkchen, dieses ganze Getue mit Stoffen und Zwirn. Es ist alles so winzig und verknäult und wird ihr immer verknäulter. Kazimira hat das Gefühl, als verknote sie sich selbst zunehmend. Ein Knäuel, in dem irgendwo ein viel zu wildes verfangenes Herz rast.

Draußen gurren Tauben in der gestutzten Linde. Auch ihr hat man die Lebensarme abgehackt, ihre Krone hat die Form eines Kastens, so dass sie den Wind vom Dach fernhält. Jetzt kann sie kaum mehr rauschen. Kazimira horcht auf Akes Stimme, er ruft der Stin etwas zu, lacht hell auf.

Er freut sich auf sein Leben, denkt sie. Er hat eins.

Der Fenstervorhang bauscht sich in lauer Mailuft.

Plötzlich legt Henriette das Strickzeug hin, betrachtet Kazimira und sagt: »Bald ist es ja geschafft.«

Kazimira wagt nicht, den Kopf zu heben, so sehr fühlt sie sich ertappt. Ihre Hand fängt an zu zittern.

»Geschafft?«, fragt sie nur.

Henriette fasst nach ihrer Hand. Aber da zittert die nur noch mehr.

»Was ist denn, Kind?« Henriette streichelt ihre Hand. Beinahe grob zieht Kazimira sie zurück und vergräbt sie unter der Schürze.

»Weiß nich«, sagt sie rau, »manchmal denk ich, wir sollen nichts schaffen. Einen dummen Strumpf vielleicht, ja. Aber sonst? Viele Kindchen herschaffen, das sollen wir. Wie die Grube, denk ich manchmal. Man will uns ausschaufeln. Aber wenn wir ausgeschaufelt sind? Wer sagt, dass wir nich auf den Mist geworfen werden? So wie die Blaue Erde auf die Halde kommt, wenn sie den Bernstein hergegeben hat.« Jetzt hebt sie doch den Kopf, starrt beinahe schroff in Henriettes Augen, deren Blick noch immer auf ihr ruht. Fasziniert betrachtet Henriette die junge Frau, die auch nach Jahren des Dienstes in ihrem Haus nicht hierher passt. Aber sie greift blind immer die richtigen Gedanken, denkt Henriette. Wäre sie in eine Schule gegangen und lebte sie in einer anderen Welt, dann hätte etwas aus ihr werden können. Henriette lächelt traurig. Sofort senkt Kazimira wieder den Kopf.

»Sehen Sie mich nich so an, Frau Henriette«, sagt sie leise, legt ihre Arbeit in den Wollkorb, lässt den Kopf gesenkt und schließt kurz die Augen. »Oder, sehen Sie mich doch so an.« Aber bevor Henriette etwas erwidern kann, steht Kazimira auf, geht in den Garten, nimmt Ake, nickt der Stin zu und macht sich auf den Weg nach Haus. Unterwegs versucht sie zu singen, obwohl ihr die Tränen kommen. Heiser singt sie dagegen an, grüßt eine Nachbarin nicht, die ihr neugierig nachblickt, drückt Ake an sich, küsst ihm den verschwitzten Kopf, »Verzeih mir!«, lässt das Gartentor offen und auch die Haustür, setzt den Jungen in der Küche ab, geht in die Kammer, schließt die Tür, kauert sich dahinter auf den Boden und presst sich die Hand vor den Mund, um nicht zu schreien.

Henriette sitzt noch lange da, das Strickzeug, das ihr jetzt selbst sehr dumm vorkommt, im Schoß. Sie lässt absichtlich einige Maschen fallen, zieht langsam die Schlaufen auf, fasziniert davon, wie schnell sie sich lösen. Dann steht sie ebenfalls auf.

Langsam steigt sie die Treppe hinauf zu Annas Zimmer. Das Mädchen war heute mit einer Erkältung im Bett geblieben.

Der Geruch des Kinderzimmers, nach Kamillen, nach Zuckerguss, Kreide – in Henriette breiten sich jedes Mal, wenn sie dieses Zimmer betritt, Welten der eignen Kindheit aus, helle und glückliche Tage in Memel oder bei den Großeltern in Tilsit. Sie lächelt still, während sie sich durch den Dämmer tastet. Draußen am Fenster klappert schon der Abendwind, es ist gemütlich hier.

»Ich komme Gute Nacht sagen.«

Anna will noch eine Geschichte.

Na gut, Henriette setzt sich zurecht.

»Erzähl mir von dem Königsschloss«, murmelt das Kind.

Und Henriette erzählt: »Es war einmal ein König, der wünschte ein Kabinett aus Bernstein für seine Königin. Es sollte das schönste Zimmer der Welt werden. Stell dir das vor, das schönste Zimmer der Welt. Es wurde gefertigt und sah wohl aus wie ein sonniger Wald im Herbst ...« Henriette wird selbst ganz müde. Flüsternd erzählt sie weiter: »Aber es blieb nicht im Schloss der Königin. Es sollte wandern. Weit waren die Wege, die das Zimmer wandern musste, unruhig war seine Geschichte. Nach langer Reise, in Holzkisten verpackt, gelangte es ins ferne Zarenreich, wo es noch heute ist ...« Henriette lauscht auf Annas Atem. Das Mädchen schläft, sein Atem geht aber schnell, schneller als sonst. Henriette streichelt ihm noch einmal über die Stirn, dann dreht sie erschrocken den Docht der Nachtlampe herauf.

Als sich Doktor Aller verabschiedet, ist es beinahe Mitternacht.

»Es tut mir leid«, sagt er müde und drückt Lippen und Augen zu, als wollte er eine verkleinerte, bedauernde Verneigung machen.

Hirschberg verabschiedet den Doktor und begibt sich leise zu Henriette ins Wohnzimmer.

»Was hat sie?« Henriette traut sich nicht, ihren Mann anzusehen.

»Schwindsucht«, sagt Hirschberg. »Doktor Aller war verwundert, dass uns gar keine Schwäche an dem Kind aufgefallen ist.«

»Sie hat eine starke Natur.«

Hirschberg geht zur Wand, öffnet den Uhrenkasten, steckt die Kurbel ein und dreht vorsichtig erst das rechte, dann das linke Gewicht hoch. »Hoffentlich«, sagt er. »Wir dürfen sie nicht verlieren, versprich mir das.«

*

In der Nähe von Jantarnyj, 2012

Anatolij gibt Gas. Die Nacht fällt auf die Windschutzscheibe. Anatolij schaltet die Scheinwerfer an. Der Motor verleiht ihm Kraft, er ist Potenz, also gibt Anatolij noch mehr Gas. Die weiß gestrichenen Stämme der alten Alleebäume, die vor ihnen eben noch ein prächtiges Spalier gebildet hatten, als bewegten sie sich auf einen Eispalast zu, erlöschen im Vorbeifahren in ein belangloses Dunkel. Ein Reh springt weiter vorn auf die Straße, bleibt stehen, schaut erstarrt in die Scheinwerfer, vergisst, wohin es wollte, wusste es nie, hatte nur eine uralte Richtung, die Fortsetzung aller Rehspuren vor ihm. Anatolij hupt. Das Reh erwacht aus der Starre und springt zurück. Als sie an der Stelle vorbeifahren, sehen sie eine Gruppe von Tieren auf dem Feld. Das Bild blitzt auf und erlischt. Die aufgerichteten Ohren, die dunklen Nüstern, die gebannten Blicke, so stehen sie da, verängstigt, können nicht fort, können nicht anders.

»Hast du das gesehen?« Nadja flüstert. »Als ob sie uns direkt angeschaut hätten.«

»Sie haben nach den Scheinwerfern gesehen.«

»Nein, sie haben mich angeschaut.« Nadja kurbelt die Scheibe hoch, so schnell sie kann. Sie schaltet das Radio an. Gerade läuft ein Song von *Fabrika*. Zum Heulen. Aber jetzt wirkt der alberne Quatsch sogar beruhigend.

Die Rehe haben mich angesehen, denkt Nadja. Sie späht nervös in die dunkle Landschaft und denkt an den Morgen. Vielleicht waren es Rehschreie. Eine Grube spricht nicht, ein Erdloch ist stumm.

Bei der nächsten Tankstelle, die, umgeben von Brachland, im Nirgendwo steht, als hätte sie nur einer geträumt, hält Anatolij an. Bevor er aussteigt, sucht er die Umgebung mit den Augen ab. Nadjas Unruhe beginnt, sich auf ihn zu übertragen. Es ist nur noch ein weiterer Wagen am Rand der Sandfläche geparkt. An der Seitenwand des Tankstellenhäuschens lehnt ein altes Fahrrad. Anatolij steigt aus und tankt den Wagen voll.

Der Tankwart hat mit zwei Soldaten in Unterhemden und dreckigen Militärhosen gesoffen. Er verlangt einen absurd hohen Preis für das Benzin. Anatolij zögert, zahlt nicht, sieht dem Tankwart in die Augen, als könnte er ihn so zur Vernunft bringen. Der sieht seine Genossen an und lallt: »Merkt euch eins, Mitleid ist die Kardinalssünde des Revolutionärs«, und wiederholt seine Forderung. Anatolij weigert sich höflich, so viel zu zahlen. Einen solch hohen Preis für Benzin habe es in Russland noch nie gegeben. Der Tankwart stiert ihn ein paar Augenblicke lang an, als suche er nach einer weiteren gewichtigen Antwort. Der Alkohol sitzt ihm wie eine warme Pelzmütze direkt auf dem Gehirn. »Die Revolution ist eh gescheitert«, lallt er endlich und nennt einen zu niedrigen Preis. Anatolij zahlt und will gehen, als sich ihm einer der Soldaten in den Weg stellt. Auch er mit Fahne. »Pass auf dein Mädchen auf«, sagt er.

»Was geht dich das an?«

»Ich sag's nur«, der Mann beugt sich zum Fenster des Tankstellenhäuschens und blinzelt zu Anatolijs Wagen hinüber, in dem Nadjas rotes Haar im Schein ihres Telefons leuchtet.

Anatolij versucht ein Grinsen, was ihm misslingt. Um abzulenken, greift er in eines der schlecht bestückten Regale und nimmt zwei Bierdosen und eine Tüte Chips, zahlt noch einmal und geht, ohne dem Soldaten zu antworten.

Er muss mehrfach an die Scheibe klopfen, weil Nadja alle Türen verriegelt und die Musik laut aufgedreht hat. Schweigend fahren sie bis zum Strand.

*

Weststrand, 1875-77

Anna ist abwechselnd am Weststrand und zur Luftkur in der Lungenheilstätte im schlesischen Görbersdorf. So leer die Tage, so voll sind ihre Gedanken. In eine gewalkte Wolldecke verpuppt, liegt sie mal hier, mal da im Liegestuhl an der frischen Luft und schaut nachdenklich in den Himmel. Er sei, meint sie, zum Fliegen da und nicht zum Sterben. Jedenfalls hat sie nicht vor, bald mit dem Leben aufzuhören. Und wenn sie doch die Angst überkommt, vor allem nachts, wenn alle anderen schlafen und sich da etwas eng um ihre Kehle legen will, konzentriert sie sich darauf, wie man die Strecke zwischen Görbersdorf und dem Weststrand vielleicht eines Tages im Flug machen könnte. Die mathematischen Fähigkeiten ihrer Mutter haben sich doppelt an sie vererbt, es fällt ihr leicht, im Schwarz der Nacht und des Kopfes Flugbahnen, Höhen und Entfernungen zu berechnen und so längst zu wissen, wie lang ein Flug bei welcher Geschwindigkeit dauern würde. Und in der Dunkelheit stellt Anna sich vor, die erste Fliegerin der Welt zu sein, ein kleiner glücklicher Punkt am Himmel.

Ist sie zu Haus bei der Grube, kümmert sich die Kaz um sie. Kazimira nimmt Ake weiterhin mit zu den Hirschbergs, lässt ihn bei Stin in der Küche.

Mit Bleistift und Zeichenpapier verständigen sich Anna und Kazimira über die Flugbahnen der Vögel und erfinden Geräte,

Modelle, die sie aus Federn, Draht und Seide bauen. So vertreiben sie die Langeweile, die Ängste, die Unruhe. Dazu eine Messingwärmflasche an den Füßen, ein Hopfenkissen im Nacken, Quarkwickel um den Brustkorb, Kamillen- und Thymiantees, Bernsteinöleinreibungen. Kazimira lernt sogar ein klein wenig lesen, um Anna zu unterhalten. Sie braucht viele Wochen für das Abc, aber liest schließlich mit so eigner Betonung, dass Anna nur noch von ihr vorgelesen bekommen möchte.

Zwei Jahre verbringen sie so. In jener eigenartigen Nähe und Distanz, wie sie sich durch die Verhältnisse zwischen Menschen bilden, die, weder verwandt noch befreundet, einander benötigen.

Kazimira braucht nur die Räume der Hirschbergs zu betreten, dann riecht sie gebohnerte Böden, gestärkte Wäsche, Frauenparfüm, berührt mit den Fingerspitzen die Geländer und Klinken und Mäntel, geht wie ein gut getarnter Liebhaber dieselben Wege, heimlich mit Hirschbergs Spazierstock, für Sekunden unter seinem Zylinder, wenn der Herr und die Dame ihren Mittagschlaf halten. Sie will nichts von alldem besitzen, sie mag nur darin sein.

Die Hirschberg-Söhne sind zum Studium nach Hamburg und Frankfurt gegangen, weshalb das Haus nun beinahe ganz von Frauen bewohnt ist.

»Jetzt läuft sie wieder hin«, sagen die Nachbarinnen im Ort. »Warum ist sie nicht bei ihrem Mann?«

»Kümmert sich«, würde Antas sagen, wenn man ihn fragen würde. Vielleicht mit den Schultern zucken. Und würde denken, was seid ihr immer hinterm Dreck der anderen her? Die Kaz erledigt doch alles. Mehr muss nicht sein. Könnte so bleiben. Was wollt ihr?

Aber weil nichts in der Welt einfach so bleibt, heißt es, ständig auf der Hut zu sein. Immer muss man sich anpassen, ob es einem gefällt oder nicht. Darum führt es Antas irgendwann zu Kazimira in die Küche.

»Musst etwas wissen«, sagt er eines Vormittags, als sie gerade mit dem Einweichen der Wäsche beschäftigt ist. Er steht hinter ihr und wartet, dass sich die Kaz zu ihm umdreht. Aber weil sie hört, dass es nicht gut ist, was er sagen will, dreht sie sich nicht um.

»Setz dich her«, sagt er da und lässt sich schwer auf den Stuhl am Tischende fallen. Sie gibt sich einen Ruck, wendet den Kopf nach ihm.

»Was ist?« Sie wischt sich die Hände an der Schürze ab.

»Wird dir nich gefallen.«

»Dann mach es kurz.«

»War beim Hirschberg im Büro. Er sagt, sie ziehen weg, nach Königsberg. Der neue Firmensitz braucht mehr Aufsicht. Und das junge Fräulein soll sich an das Leben in der Stadt gewöhnen.«

»Und Frau Henriette?«

»Auch. Aber sie weiß es noch nich. Also sprich nich darüber.«

»Und ich?« Kazimira sagt das, ohne nachzudenken.

»Du gehörst hierher«, sagt Antas.

»Nein.«

»Was sonst?«

Kazimira senkt den Blick.

»Siehst du.« Antas steht auf und nimmt sie in den Arm. »Vielleicht sollen wir noch ein Kind mehr haben, dann weißt du es wieder.«

»Ich wollte nie *eines*.«

»Aber bereut hast du es auch nich.« Antas sieht sich um, als wären sie nicht allein in der Küche. Er gibt sich Mühe, glaubt, sie möchte überredet werden, und hält sie fester. Er nimmt sie noch einmal in den Arm, küsst sie, sagt was, küsst wieder, tröstet, denn plötzlich weint sie. Antas tröstet und sieht gar nicht genau hin. Sie ist so schön, denkt er, wie eine Pappel, auch wenn sie traurig ist, dann ganz besonders. Man muss sich glücklich schätzen, so eine Frau zu haben. Selbst wenn die Leute im Dorf sie nicht mögen. Auch gut. Hat man sie ganz für sich. Er küsst ihre Unterarme, die weiße Innenseite ihrer Handgelenke. Kazimira hält die Luft an, aber sie lässt ihn machen. Weil. Obwohl. Sie schließt die Augen. Nimmt ihn hin, sein Recht. Er drängt sie in die Kammer. Sie ist so müde auf einmal. So müde, dass sie in die Matratze zu sinken meint. Sogar die Matratze scheint müde, scheint in der Bettstatt zu versinken, im Boden darunter. Antas schwitzt, es ist etwas Verzweifeltes in seiner Lust, er stöhnt, sein schwerer Körper zittert über diesem schmalen, der gar nicht für diese Art Liebe gemacht ist.

Endlich liegt er neben Kazimira, betrachtet ihr Profil und sieht plötzlich, wie sie versinkt, sieht, wie sie verschwindet.

»Das wollte ich nich«, flüstert er. Und dann: »Bitte geh nich, Kaz.«

»Wo sollte ich denn schon hin?«

*

Noch vor dem Winter sind die Hirschbergs weggezogen. Das Dorf hat zugesehen und mitgezählt, wie die vielen beladenen Fuhrwerke zur Stadt abfuhren. Kazimira ist in die Strandberge gelaufen und erst in der Dunkelheit nach Haus gekommen, als das letzte Fuhrwerk längst den Ort verlassen hatte. Ihr war, als ginge mit Henriette jede Farbe vom Weststrand fort, und so wunderte es sie kaum, als es kurze Zeit später ungewöhnlich früh zu schneien begann und die ganze Gegend über Monate unter fahlem Weiß verschwand.

Antas konnte nicht leugnen, dass es ihm ganz recht war, wie die Dinge sich entwickelt hatten. Denn seitdem die Hirschbergs nicht mehr da waren, fanden sich hin und wieder auch Stunden der Nähe zwischen ihm und der Kaz, und ihre beinahe tierhafte

Treue, wie sie sie ganz am Anfang ihrer gemeinsamen Zeit auf der Nehrung gezeigt hatte, stellte sich zeitweilig wieder ein, wenn auch flackernd. Und so schien es nicht unmöglich, dass aus ihnen doch noch etwas wie eine normale Familie würde, und das wünschte er sich: eine normale Familie.

Kazimira dagegen fiel immer wieder in Dunkelheit und in ein nervöses Nachdenken, das weder einen fassbaren Inhalt noch ein Ziel hatte. Ihr schien allein gewiss, dass das, was die anderen sättigt, bei ihr nur Hunger erzeugt.

Im Dezember sitzen sie alle zusammen und versuchen sich ein wenig im Fröhlichsein, was sogar gelingt. Wer von draußen in die erleuchtete Küche blickte, würde drei sehr unterschiedliche Menschen am Tisch sehen, mit roten Gesichtern und beinahe albernen Bewegungen, ein Schwanken zwischen Neugier und Abscheu.

Dunkelbraun steht eine Flüssigkeit vor Ake, etwas unheimlich. Er pustet vorsichtig, sieht fragend nach der Mutter, die nickt, er zögert trotzdem, kneift fest die Augen zu und führt den Becher an die Lippen.

Es ist die erste heiße Schokolade in Akes Leben, und es ist sein sechster Geburtstag.

Das Pulver hat Antas, mit Grüßen vom Hirschberg, aus Königsberg mitgebracht. Und jetzt trink mal an deinem sechsten Geburtstag ein dunkles und süßes Getränk und glaube nicht, die Welt habe noch einiges zu bieten. Mit einem braunen Bart taucht Ake aus dem Becher wieder auf, als wäre er von der süßen Erfahrung um Jahre gealtert. Da muss die Kaz tatsächlich laut lachen. Antas lacht auch, und ohne nachzudenken, sagt er: »Und nachher zeige ich dir noch mein kleines Meer.« Kazimiras Lachen verstummt. Sie blickt in die Kakaotasse, denn zur Gesellschaft trinkt sie mit, obwohl ihr das Zeug nicht schmeckt. Dann stellt sie die Tasse ab.

Antas tut, als habe er Kazimiras Stocken nicht bemerkt. Aber der Junge hat es bemerkt und wartet erschrocken auf ein Zeichen von ihr, dass es ein fröhlicher Tag bleiben darf. Darum zwinkert sie Ake zu, der erleichtert ausatmet. Solch ein Zwinkern vom Muttruschchen ist selten und schön.

Antas hat das Zwinkern nicht gesehen. Darum geht er beklommen mit dem Jungen zu den Arbeiterhallen, die, von Schnee bedeckt, wie gestrandete weiße Wale um die Grube liegen.

Er zeigt Ake alles, hat plötzlich das Bedürfnis zu reden und redet doch nicht.

»Und das soll ein Meer sein?« Akes helle Stimme schreckt Antas auf, als sie endlich vor seinem Holzfass stehen.

»Das ist mein kleines Meer.« Antas streichelt dem überraschten Jungen über den Kopf. Wie das Kind seine Enttäuschung zu verbergen versucht, gefällt ihm. Der Junge hat ein freundliches Wesen. Vielleicht etwas zu weich. Nie möchte er jemanden kränken. Trotzdem erzählt sein Gesicht alles.

Tatsächlich hatte sich Ake etwas vollkommen anderes vorgestellt. Er hatte sich etwas vorgestellt wie das, was er selbst im Sommer am Strand gräbt.

Antas' Meer ist gar nicht zu sehen. Nur ein rotierendes Fass mit Besen im Inneren, außerdem gefüllt mit Sand und Wasser. Man muss den Wert dieses kleinen Meeres allein an seinem Ergebnis messen: zart abgeschliffener Bernstein, ohne verwitterte Reste und Rinden. Das überzeugt auch Ake, der die vielfarbigen und federleichten Stücke endlich andächtig in der Hand hält und seinem Vater die Sorten hersagt: »Schaum, Knochen, Bastard.«

»Nein, der nich«, sagt Antas freundlich und deutet auf einen, »der ist auch schon ein Knochen. Und dieser?« Er hält dem Jungen einen halb durchsichtigen Stein hin, so groß wie eine Walnuss.

»Flom.«

Antas nickt zufrieden. »Ein Sortierer kannst du werden und ein Dreher dann auch.«

»Ja«, sagt der Junge leise, »das will ich. Ich will auch ein Dreher werden.«

Antas zieht Ake heran, setzt sich mit ihm an einen der Sortiertische und sagt: »Hier kannst du noch was lernen.« Er nimmt eine Hand voll erbsengroßer Steine. Hundertfach sieht der Bernstein die beiden an, diese Menschen, die so anders werden, wenn etwas ihr Interesse weckt. Wie oft hat der Stein das beobachtet, wie sie mit ihren Blicken in ihn eintauchten, ihn liebten oder ihn durch ihre Augen in sich einließen. Auch Ake ist jetzt nicht Ake, er ist ganz Horchen und Betrachten. Beinahe ist die Spannung seinen kleinen Armen anzusehen.

»Der Stein ist was anderes als der Mensch«, sagt Antas endlich. Dann denkt er eine Weile nach. »Der Stein hat einen Wert, und der Mensch hat einen Wert. Aber der Stein ist was anderes.« Mehr nicht.

Eine Weile sitzen sie noch so und hängen ihren Gedanken nach. Der Junge gähnt.

»Wollen wir gehen?«

Ake nickt.

*

Königsberg, 1879

Es ist spät. Nur die Gaslaternen bringen den breiteren Straßen noch ihr grünliches Licht, wie jede Nacht. Ein paar Arbeiter aus der Gießerei stapfen durch den Schnee. Sie sind irgendwo Schlafburschen und haben erst später in die Unterkunft zu kommen. Übrig bleiben die, die keine Unterkunft haben, ein paar Bettelnde, ein paar Reisende, ein paar Ausgespuckte oder Nie-Eingelassene, eine oder zwei gefallene Frauen, gefallen wegen eines Briefes oder Blickes oder sogar wegen Liebe. Ein paar gleich verloren geborene Mädchen, schon uralt, krank, zu Tode erschöpft und traurig oder selbst für das Traurigsein zu erschöpft.

Eine geht an der Nummer 14 in der Hospitalstraße vorbei, ihr früheres Heim. Sie bemerkt es gar nicht. Neben ihr geht ein Freier. Er stinkt. Und er friert auch. An der Ecke Viktoriastraße kommen ihnen ein paar Männer vom Hafen entgegen. Sie verschwenden alle kaum Blicke aneinander, müssen an allem sparen, dürfen nicht stehen bleiben, gehen ihrer Wege. Unter ihnen der alte Instmann Roganzky vom Gut am Weststrand, den sein Herr damals hatte einfangen lassen, dem man den Tod des Gendarmen im Gutsacker anhängte wie einem schmuddeligen Schubiack, der mit Not dem Erhängen entronnen war und den man heute, nach acht Jahren, aus dem Gefängnis entlassen hat. Acht Jahre, nur weil er nach Bernstein gegraben hatte. Was konnte er denn für den Gendarmen? Hatte er ihm geraten, die Leiter zu nehmen und in das unselige Loch zu steigen?! Hätte er ihm gleich sagen können, dass das schiefgeht. Darum war er ja selbst schleunigst da raus, nur um zwei, drei Klumpen reicher. Und dann acht Jahre Bau. Für nichts. Wer jetzt wirklich reich zu werden scheint, ist dagegen sein alter Herr und dieser Hirschberg. Hat sich alle Ländereien am Weststrand unter den Nagel gerissen, beinahe das gesamte Abbaugebiet. Hat sogar ne Untertagegrube. Plant wohl schon eine zweite. Und niemand dankt einem Instmann die Entdeckung, niemand. Darum hat er dem Hirschberg am Nachmittag auch gegen die Kutsche gespuckt, falls es die Kutsche vom Hirschberg war, sie sah im Grunde recht bescheiden aus für einen reichen Mann. Aber der Gehilfe vom Apotheker hatte es so beschrieben. Gespuckt hat er also. Und spuckt auch jetzt. Nach der Hure da. Und nach dem Leben überhaupt. Und wird es wieder tun. Im Mantel trägt er eine Duellpistole, einschüssiger Vorderlader mit geringer Treffergenauigkeit, aber das weiß Roganzky nicht. Er weiß nicht einmal, dass es eine Duellpistole ist. Er tastet nach der Waffe und spürt ein kurzes Gefühl der Erhabenheit. Am liebsten würde er irgendwo ein Loch hineinschießen, nur so. Aber er hat anderes zu tun. Eine Mitfahrgelegenheit an die Küste muss er finden, recht bald, wenn es geht, denn es ist kalt. Was genau er im Abbaugebiet will, weiß er noch nicht. Sich mal umsehen.

*

Weststrand, 1879

Der Gutsmann am Weststrand liegt noch wach. Neben ihm schläft seine Frau. Er hätte gern eine andere Frau, aber jetzt hat er diese, und sie ist nicht mehr jung, er aber auch nicht. Den Instmann von damals haben sie beide längst vergessen. Sie leben von der Pacht und der Gewinnbeteiligung an den Grubenerträgen. Sie leben gut davon, wenn auch nicht glücklich. Aber satt. Darum ist ihnen der Erfolg von Hirschberg recht. Kein Risiko, nur Ertrag. Also wird der Gutsmann auch einen Teufel tun, das Land dem Hirschberg doch noch zu verkaufen. Es wird nicht verkauft. An Juden schon gar nicht. Dass die überhaupt Land kaufen dürfen, passte ihm eh nicht. Was denn noch alles?

Dem Gutsmann liegt ein Stück Weihnachtsbraten im Magen, darum schläft er nicht und wälzt sich hin und her. Der Braten will sich in seinem Magen einfach nicht zersetzen. Als er am Morgen doch aus einem schlechten Traum erwacht, hat er schwere Tränensäcke unter den Augen. Er trinkt einen Schnaps vor dem Frühstück und fühlt sich den ganzen Tag krank. Seine Frau macht sich Sorgen bei seinem Anblick. Um sie zu beschwichtigen, studiert der Gutsmann das Barometer und verweist auf Tiefdruck.

Tatsächlich treibt ein riesiger Tiefausläufer über das winterliche Samland und bringt grönländische Kaltluft mit. Man zählt das Jahr 1879. Das Jahr ist bald um.

Drei Tage später macht der Gutsmann einen Rundgang zu Fuß. Marderfallen prüfen. Zum Mittagessen will er zurück sein. Vorn auf der Landstraße sieht er jemanden laufen, ohne Hut und

Mütze. Er bleibt stehen, bis der Mann Richtung Stranddorf verschwunden ist. Im Bogen geht er schließlich um das letzte Feld herum und macht sich auf den Heimweg. Von weitem sieht er die Stallungen. Irgendwas stört das Bild. Etwas hängt der Scheune aus der Luke, wie ein roter Weiberrock, wie eine rote Zunge hängt es da heraus. Der Gutsmann fällt in stampfenden Dauerlauf. Ihm wird kalt, dabei schwitzt er. Er läuft, geht wieder langsam, schleicht jetzt, öffnet ein kleineres Seitentor und betritt, seinen schweren Atem unterdrückend, die dunkle Scheune. Er steigt die Stiege hoch, sieht nur eine Silhouette vor der offenen Luke hängen, geht hin und will, beinahe enttäuscht, die Luke schließen, da hört er ein Klicken. Mehr nicht. Fast möchte er in die Knie sinken vor Erleichterung, weil es jetzt endlich aus dem Schatten tritt. Dieses hässliche, jahrelang stinkende Gewissen.

Roganzky dagegen möchte schreien vor Wut, weil die Pistole nicht funktioniert. Noch einen Versuch macht er gar nicht. Er dreht sie stattdessen um, packt sie am Lauf, hebt sie hoch in die Luft und lässt den Griff auf seinen früheren Herrn fallen. Ein unendlicher Groll führt seinen Arm, ein abgrundtiefer, trauriger Knechtsgroll. Szenen aus seiner Kindheit, Szenen vom Gut, Szenen aus dem Gefängnis ziehen beinahe gleichzeitig an seinen blindwütigen Augen vorüber. Mit jedem dieser Erlebnisse war der Groll tiefer in seinen Körper gekrochen, hatte sich eingenistet, hatte sich von ihm ernährt, regelrecht an ihm gefressen, und jetzt, jetzt jagt er ihn dem Herrn in den Kopf! Zum-Deibel-mit-dir!

Zum Mittagessen ist der Gutsmann noch nicht zurück. Seine Frau wartet bis vier Uhr, bis fünf. Ist längst dunkel. Dann schickt sie die Knechte mit Laternen los. Auch die Hofhunde suchen mit. Die Dunkelheit ist erfüllt von ihrem Gejaule, denn sie wissen längst, wie es um den Gutsmann steht. Sie haben schon vor einer Weile die Hand ihres Herrn auf dem sich sträubenden Fell gespürt, eine kalte Hand oder auch keine Hand, nur ein Zittern in ihrer Hundeseele.

Zwei Tage suchen sie an den falschen Stellen. Erst dann stößt der junge Knecht beim Strohholen zufällig auf den Toten.

Die Sache spricht sich schneller herum, als ein Reiter vom Weststrand nach Königsberg kommt. Und wie bei Stiller Post setzt jeder noch seins hinzu. Einig sind sich die meisten darin, dass wohl nur ein einziger Mensch einen Nutzen von dieser Geschichte hat, denn es ist gut möglich, dass die Frau des Gutsmanns die Äcker jetzt verkaufen wird, und es gibt nur einen, der sie will.

*

Königsberg, 1880

Auf ihrem Sekretär liegt neben dem *Communalblatt für Königsberg* und der *Hartungschen Zeitung* der frisch geöffnete Brief von Siegfried. Seine selbstbewusste Handschrift. Er hat vor, sich zu verheiraten, sagt das Papier. Mit einer Lisbeth, aus gutem Hause, Tochter eines Hamburger Reeders. Zudem sei die Reederei viel damit beschäftigt, schreibt Siegfried, Auswanderern eine Überfahrt nach Amerika zu organisieren. Es bestehe die Möglichkeit, dass er mit seiner Frau, sollte der Vater einwilligen, selbst nach Übersee ginge, um dort die Geschäfte der Reederei für eine Weile zu beaufsichtigen. Eine Lehrzeit in Amerika habe ja noch niemandem geschadet und so weiter. Henriette kommt nicht dazu, sich über diese Sache Gedanken zu machen. Ein junger Gendarm steht vor ihr im Salon.

»Wiederholen Sie Ihre Frage bitte noch einmal.« Henriette hat Mühe, sich ihren Zorn nicht anmerken zu lassen.

»Meine Frage?« Dem jungen Gendarmen, den jemand Schlaueres vorgeschickt hat, zuckt das eine Augenlid, während er schlucken muss und sein Adamsapfel den Hals auf und ab fährt.

»Die Frage.«

»Meine Frage war, sehr verehrte Frau Hirschberg, wo sich Ihr Gatte in der Nacht vom neunundzwanzigsten auf den dreißigsten Dezember ... aufgehalten hat ...«

»Was glauben Sie denn?«

»Ich weiß es nicht. Ich kann es ... nur vermuten, verzeihen Sie!«

»Und was *vermuten* Sie?«

»Wahrscheinlich hat er sich hier in Königsberg aufgehalten?«

»Bravo! Und in seinem Bett gelegen, nach einem anstrengenden Tag, und hat, wenn ich mich richtig erinnere, geschlafen. Und jetzt verlassen Sie dieses Haus und sagen Ihrem Vorgesetzten, er dürfe sich mit einem der Anwälte meines Mannes unterhalten, falls es ihm kein Hindernis ist, dass diese ausgezeichneten Juristen nicht alle getauft sind.«

Der Gendarm wird stockgerade, knallt die Hacken aneinander und bringt nur ein tonloses »Empfehle mich!« hervor.

Henriette wendet sich ab.

Ohne den Mut, der Frau Hirschberg den Rücken zuzuwenden, verlässt der Gendarm in unbeholfener Seitwärtsbewegung den Salon und das Haus.

Sehr lange bleibt Henriette an ihrem Sekretär sitzen.

Seit einiger Zeit schon hört sie diese Gerüchte und hatte alle Mühe, sie von ihrem Mann fernzuhalten.

Der Apotheker Pinkowsky hatte von seinem Gehilfen erzählt bekommen, es habe sich ein Mann nach Hirschberg erkundigt. Das hatte der Apotheker, nach einer Prise Schnupftabak und dem anschließenden, grauenhaften Niesen, eher nebenbei Doktor Aller erzählt, beinahe wie eine Entschuldigung, als der einen zufälligen Besuch in Königsberg und in seiner Apotheke machte. Doktor Aller wiederum wusste zu erzählen, dass der Bierkutscher von der Brauerei einen ihm unbekannten Mann von Königsberg an die Küste mitgenommen hatte, wenige Tage bevor der Gutsmann vom Weststrand erschlagen wurde. Der Mann habe wild ausgesehen, der Auftrag habe ihm quasi auf der Stirn gestanden.

Und so setzt sich ein Bild zusammen. Eins, das man immer weitermalen kann.

Henriette erhebt sich und geht runter in die Küche, setzt sich – das hat sie so noch nie getan – an den rohen Tisch und sieht der Köchin eine Weile zu, bis die sich vor Verlegenheit beim Abschmecken verschluckt. Henriettes Blick wandert an den Kupfertöpfen und gusseisernen Pfannen entlang, am Gewürzregal mit den sauber beschrifteten Porzellanschubladen.

»Sieht mein Mann etwa aus wie einer, der einen Gutsmann erschlagen lässt?«, fragt sie endlich.

Da würde die Stin jetzt lieber gern weghören. Weiß natürlich längst von dem Besuch des Gendarmen. Wände mit Ohren, da ist der Haushalt der Hirschbergs nicht anders als andere.

»Und?« Henriette drängt ein bisschen.

»Aber was reden Sie denn, Frau Hirschberg!« Jetzt wischt sich die Köchin die Hände trocken und steht der Hausfrau gegenüber. Sie ist so dick, wie es ihr Beruf will. Und wenn sie sonst immer was zu schmunzeln hat, dann ist sie jetzt mal ganz ernst.

»Kaffee?«

Henriette nickt. Stin stellt ihr Kaffee mit Zucker hin. Dann holt sie eine schöne, eckige Flasche aus dem Regal.

»Schuss?« Sie lächelt verschwörerisch. »Ist der beste Rum, den Sie vorrätig haben. Und hier noch ein Löffel Schlagsahne. Und dann hören Sie auf eine altgediente Köchin: In Ruhe pusten – denn bekanntermaßen wird nichts so heiß genossen, wie es«, hier schleckt die Stin die Schlagsahne vom Löffel, »geflüstert wird.«

*

Nadja und Anatolij sitzen hundertzweiunddreißig Jahre später am Strand und trinken Bier. Im Meer und im Bier und in ihrem Blut schwimmen winzige Spuren Millionen Jahre alter Fossilien und Harze. Auch in den Chips von der Tankstelle sind Reste, Reste von Körpern, Reste vergangener Leben, Reste vergangener Kartoffeln. Sie nehmen sie auf, verdauen sie, leben davon. In jeder ihrer Zellen winzige Spuren früherer Zellen, Abrieb fremder Biografien.

Über dem Meer vor ihnen ist es stockdunkel, als sammelten sich dort jene Geheimnisse, die sie sich nicht erzählen und nie erzählen werden. Das schwarze Wasser gluckst. Sie stellen diesem großen und sprachlosen Meer kleine Offenbarungen entgegen, erzählen sich leise ihre letzten Jahre, in denen sie sich zwar ab und zu begegneten, aber nie genauer beachteten. Ihr plötzlich erwachtes Interesse aneinander verwundert und belustigt sie gleichermaßen. Warum erst jetzt? Warum nicht schon immer? Irgendwann liegen sie auf dem Rücken, die Hände ineinander, und starren ins offene Weltall, und Anatolij kann es kaum fassen, dass Nadja jetzt mitten in diesem riesigen Kosmos neben ihm liegt wie eine kleine, ganz normale Frau. Darum fängt er an, kleine, ganz normale Fehler zu machen.

»Sagst du mir, wer Ikas Vater ist?«, fragt er.

Ruckartig entzieht Nadja ihm ihre Hand und richtet sich auf.

»Es reicht wohl, wenn du weißt, wer ihre Mutter ist«, sagt sie. Sie friert plötzlich und ist mit einem Mal unsicher, wie die Nacht weitergehen soll. Sie hat, seitdem es Ika gibt, nicht mehr mit Männern geschlafen. Vor Ika hat sie das oft getan, war an den Wochenenden nach Kaliningrad gefahren. Mit Ikas Zeugung wurde es anders. Von einem Tag auf den anderen.

Oft sitzt Nadja nach Feierabend am Fenster in dem alten Haus, in dem sie mit Ika wohnt, jeden Monat ein wenig näher am Rand des Tagebaus, als würde das Haus wandern, und schaut zum Wald. Sie weiß, dass dort hin und wieder welche stehen. Sie sitzt im erleuchteten Fenster, trinkt Tee und besteht auf ihr Recht, allein zu sein. Ihre selbstverhängte Einsamkeit ist jetzt ihre Freiheit und das einsame Haus ihre Welt, in der nur sie die Gesetze macht. Sie weiß nicht, wie es ohne das Haus weitergehen wird. Sie weiß auch nicht, wie es mit der Oblast Kaliningrad und mit dem Leben hier weitergehen wird.

Anatolij hat auch keine Antwort darauf. Aber viele Sätze. Er scheint mit jedem Satz zu prüfen, wie weit das Leben reicht, scheint davon auszugehen, dass die Ränder des Lebens den Rändern des Sprechens gleichkommen und dass es erst Grund zur Verzweiflung gibt, wenn das Sprechen versiegt.

»Lass uns zu dir fahren«, sagt Nadja plötzlich.

Anatolij hält vor Schreck den Atem an.

Er wohnt noch bei seinem Vater, einem trinkenden, ehemaligen Verwaltungsangestellten. Sein Zimmer ist so schmal, dass man neben dem Bett nur seitlich hindurchkann, falls man das Fenster aufmachen will. Also lässt er das Fenster immer zu, was es nicht besser macht. Heute zum Beispiel, das denkt er jetzt, dürfte die Luft in seinem Zimmer besonders stickig sein. Eine Begegnung zwischen Nadeschda Wladimirowna Semjonowa und seiner Zimmerluft muss also unbedingt verhindert werden.

»Warum nicht zu dir?«, fragt er ängstlich. Aber Nadja ist bereits aufgestanden.

»Nein. Bei mir geht nicht.« Sie läuft zum Wagen.

Die Betonstufen in Block 7 bröckeln. Im Eingang riecht es nach Pisse, im ersten Stock riecht es nach Kohl. Im zweiten nach gekochter Milch. Oben, im fünften Stock, riecht man nichts mehr.

Sie grüßen ins überheizte Wohnzimmer, wo der Vater fernsieht, und verschwinden in Anatolijs Kabuff.

In Nadjas Ohren rauscht es. Sie überlegt kurz, sich doch zu verabschieden und zu gehen, aber Anatolij steigt schon aufs Bett, steht schwankend auf der Matratze und angelt eine Flasche Wein aus dem Regal. Nichts Besonderes, eher etwas Billiges. Aber wie er da so steht, so allein und unbeholfen und aufgeregt und nicht mehr jung, empfindet sie plötzlich tatsächlich etwas für ihn, was weiter reichen könnte als eine Nacht.

Noch zwei Gläser aus der Küche, dann sitzen sie nebeneinander auf der Bettkante, viel zu nah zur Wand. Anatolij räuspert sich, er versucht einen Satz über die Bedeutung dieses Moments, aber der Satz versickert irgendwie in diesem erbarmungswürdigen Raum.

Nadja sieht ihn ruhig an wie ein Bild. Sie hat plötzlich keine Angst mehr, dass er sie enttäuschen könnte. Er nicht. Sie saugt den Geruch des Zimmerchens ein, seinen gestrigen Schlaf, und will ihn nicht wieder ausatmen. Sie beugt sich vorsichtig zu ihm, dass gerade noch eine Hand dazwischen passt. Anatolij hat Mühe, bei klarem Verstand zu bleiben. Diese Frau ist gefährlich schön. Nein, gefährlich stark. Nein, gefährlich einsam. Er gibt auf. Sein Gehirn bringt nichts mehr auf den Punkt. Er hält lieber still und empfängt ihre Nähe. Eine winzige beginnende Durchmischung, ein Sog, das Ziehen in den Leisten. Auch Nadja hält den Atem an, als eine Klage dazwischenfährt. Anatolijs Vater ruft, braucht Hilfe, er könne nichts sehen, der verdammte Fernsehapparat zeige kein Bild mehr.

*

Königsberg, 1881
Erwin Kowak schiebt mit dem Finger ein paar Bernsteine auf seinem mit grünem Filz bezogenen Schreibtisch herum. Er hat geheiratet. Jadwiga Grabowska aus dem Süden. Masurin oder Deutsch-Polin oder Preußin, unbedeutender Landadel, standesgemäß, allerdings katholisch. Für beide bedeutet die Eheschließung keine Erfüllung, sondern eher eine Lösung. Jadwiga ent-

kommt, durch Vermittlung und Entscheidung ihres Onkels und Vormunds, einem öden, weit abgelegenen Landgut, und Kowak findet eine Frau, ohne lang nach einer suchen zu müssen. Nur wenige Wochen nachdem sie sich auf einem Jagdfest kennengelernt hatten, fand die Vermählungsfeier in Kowaks Elternhaus nahe Gumbinnen statt, wo Jadwiga gern geblieben wäre, denn die Eltern hatten deutlich mehr Humor als der Sohn. Aber Kowaks Arbeit zwang sie nach Königsberg, wo sie eine eher zweckmäßige als schöne Wohnung angemietet haben.

Da sitzen sie jetzt, und Jadwiga erwartet bereits ein Kind, welches sein Dasein einer unbequemen und für die Mutter wenig lustvollen Zeugung verdankt. Es wird ein Mädchen werden, eine Ilse, aber das wissen sie noch nicht. Alles ist noch möglich. Erwin Kowak hofft auf einen Sohn. Über die Steine gebeugt, führt er lautlose Selbstgespräche mit einem Jungen, der ihm in allem ähnelt.

Jadwiga wippt in der Stube nebenan im Schaukelstuhl. Sie wartet, ohne recht zu wissen, worauf. Sie lauscht auf das monotone Geräusch der Kufen, nur halb wach, und denkt an das Kind in ihrem Bauch. Trotz allem freut sie sich. Sie singt ihm vor, sie streichelt die winzigen Fäuste und Füße, die von innen gegen ihre Bauchwand drücken, sie kennt längst die Gewohnheiten dieses Kindes, ohne es selbst zu kennen. Ein gehäkeltes weißes Umschlagtuch liegt ihr locker um die Schultern, ein Mantel aus Schaum. Vor dem Fenster die Geschäftigkeit der Stadt, die nur gedämpft in das Zimmer der Schwangeren und ihre Wahrnehmung dringt. Von Zeit zu Zeit hört sie das Hüsteln ihres Mannes, sein Niesen. Sie wartet vielleicht, dass er aufbricht. Sie liebt ihn nicht, davon war auch nie die Rede, aber sie schätzt seine Bemühungen, auch wenn sie ahnt, dass gerade die ihr eines Tages missfallen könnten.

Noch unrasiert sortiert Kowak nebenan das Material und verstaut es wieder. Sein Arbeitszimmer ist mit alten Planschränken vollgestellt, die insgesamt beinahe sechzig Fächer aufweisen. Bei

Kowak sind sie aber nicht mit Karten oder Zeichnungen gefüllt, sondern mit fossilem Harz aller Kategorien und mit erstaunlichen Inklusen. Mücken und Samen aus den Kiefernwäldern des Eozäns und Oligozäns – bei Kowak passen ein paar Millionen Jahre in flache Schubladen. Es handelt sich um tausende Exemplare wertvollster Art, wie sie aus dem Tagebau und seinem Abraum gerettet werden konnten, oder Artefakte längst verschwundener Kulturen, Grabbeigaben, Ketten, Kultfiguren, welche die Riesendüne auf ihrer trägen Wanderung zurückließ, nachdem sie Schädelstätten, Ansiedlungen und Dörfer verschlungen und verdaut hatte.

Erwin Kowak hat ein paar Papiere in einer Mappe verstaut, niest wieder und geht endlich in die Küche. Jadwiga lauscht auf seine emsigen Schritte und schließt die Augen. Ihr Mann beugt sich über die Waschschüssel, reibt sich Rasierschaum auf die Wangen und führt mit exakten Bewegungen das Rasiermesser über die Haut, die er mit der anderen Hand glattzieht, wobei er die Augen verdrehen muss, um die Arbeit im kleinen Wandspiegel beobachten zu können. Seit er verheiratet ist, achtet er sorgfältiger auf sein Äußeres. Ihm ist, als müsste er irgendwem beweisen, dass er ein anständiger Gatte ist. Der Dachshaarpinsel neben ihm schaut trocknend an die Decke, als Erwin Kowak sich umständlich ankleidet, vor dem Spiegel die Seidenschleife am Hals bindet und dazu auffällig gut gelaunt summt. Einige Minuten später verlässt er das Haus und läuft in Richtung Vorstadt.

Als sie allein ist, geht Jadwiga in der Wohnung auf und ab, weil sich ihr das Wasser in den Beinen staut. Auf dem Schreibtisch ihres Mannes findet sie eine Schrift von einem Wilhelm Marr. Sie blättert nicht wirklich interessiert darin herum, bleibt jedoch an den Zeilen hängen, ist plötzlich hellwach. Der Mann scheint in Rage, ereifert sich, spricht von Fremdherrschaft, von der Bedrohung des deutschen Volkes. Jadwiga stutzt, dann lacht sie. Sie nimmt sich vor, ihren Mann bei Gelegenheit nach dem Heft zu fragen. Auf Polnisch denkt sie darüber nach, setzt sich wieder in die Stube und häkelt.

Es ist ein Dienstag, Ende April. Luftdruck 7,68 Torr, Kowak hat es zu Haus noch nachgesehen. Die Kastanienblüte beginnt. Kowak scheucht einen Schwarm Stare auf. Sie fliehen als schillerndes Ganzes in die nächste Linde. Kowak zählt vierzehn Katzen bis zur Vorstadt. Er läuft einem Kutscher in die Quere, schreit: »Schritt! Kannst du nicht lesen?«, und deutet auf ein Straßenschild, auf dem die Gangart verordnet wird. In deutscher Fraktur. Kowak springt über einen Haufen Unrat, besieht ängstlich seine Stiefel, schnaubt in sein Taschentuch und eilt weiter.

Er ist zum Essen bei den Hirschbergs eingeladen und will dem Herrn des Hauses ein Projekt vorschlagen.

Moritz Hirschberg empfängt ihn in seinem neuen Arbeitszimmer, einem holzvertäfelten Raum mit extra angefertigten Kirschholzschränken. Ein Mädchen bringt Tee, zwei Zigarren und stellt einen steinernen Aschenbecher bereit. Hirschberg lädt Kowak ein, sich zu setzen, kappt seine Zigarre, entzündet in großer Ruhe ein langes Zedernholz, dann die getrockneten und gerollten Tabakblätter und lehnt sich, mit einem großzügigen Lächeln an Kowak, zurück.

Erwin Kowak ist etwas zu lang mit den Utensilien beschäftigt. Er hätte das hintanstellen sollen. Jetzt ist ihm alles im Weg, und er hat seinen Anfangssatz vergessen. Also richtet er sinnlose Grüße von seiner Frau aus und bespricht hastig ein paar unwichtige Themen.

Zum Glück bittet Henriette bald ins Esszimmer. Dort serviert sie persönlich Wildpastete in Wasserteig mit Trüffelsauce. Sie sprechen etwas Französisch. Kowak zieht sich ein Lorbeerblatt aus dem Mund. Henriette füllt seinen Teller auf. Ihre seidene hochgeschlossene Bluse verströmt einen Duft von warmer Haut und Veilchen. Kowak blickt sie dankbar an. Er hat ganz vergessen, warum er hier ist. Vielleicht liegt es an der Ehe, dass ihm Frauen, diese Wesen, die täglich so viel Duftendes und Köstliches hervorzaubern, jetzt in jeglicher Form lieb sind. Sie sind immer zu Haus, reinigen die Zimmer, bürsten einem die Kleider aus, stellen Pantoffeln bereit, machen die Betten, kochen, waschen das Geschirr, bepflanzen den Garten, schmücken die Feste, versorgen die Kinder, pflegen einen, wenn man erkrankt. Nicht zu vergessen die Lust, die sie einem direkt oder indirekt bereiten. Und sind sie gut erzogen, so wie Frau Hirschberg oder seine Jadwiga, dann sprechen sie angenehm leise, sehen reizend aus, sind sauber und machen einem das Leben in jeder Weise zu einem Garten des Genusses. Und das alles aus Liebe. Oder aus Dankbarkeit. Es ist erstaunlich. Kowak wischt sich den Mund mit der bestickten und gestärkten Serviette ab. Frau Hirschberg lächelt ihn an, holt noch einen Aniskuchen aus der Küche und kredenzt ihn mit frisch gebrühtem Kaffee. Kowak mag die Frauen einfach, das wird ihm jetzt einmal mehr bewusst. Dann fällt sein Blick auf Herrn Hirschberg, und ihm wird klar, dass er langsam etwas erzählen muss.

»Ich hörte kürzlich in der Physikalischen Gesellschaft etwas Interessantes«, sagt er leicht gekünstelt. »Tatsächlich hat ein Ire namens Stoney wichtige Entdeckungen auf dem Feld der Physik gemacht. Ein kleines, geladenes Teilchen hat er untersucht.«

Hirschberg blickt ihn interessiert an und zieht die Brauen hoch.

Kowak hebt den Zeigefinger: »Und er hat ein Maßsystem natürlicher Einheiten vorgeschlagen!« Kowak brennen die Augen, wohl weil er erschöpft ist. Er schüttelt bewegt und nachdenklich den Kopf. »Angeblich soll das geladene Teilchen nach unserem Bernstein benannt werden, natürlich griechisch, also *Elektron*.«

Hirschberg schmunzelt. »Interessant.« Er nimmt einen Schluck Kaffee. »Dann wird die Welt, wenn die Erforschung der Energie sich weiter so rasant entwickelt, eines Tages vielleicht nicht mehr *göttlich* sein, sondern womöglich *elektrisch*.«

»Bravo!« Kowak schlägt viel zu heftig neben seinem Teller auf das Tischtuch. »Elektrisch! Jawoll! Bernsteinern! Was sonst?«

Hirschberg wirft Henriette einen unauffälligen Blick zu. Dann lächelt er Kowak ermutigend an: »Erzählen Sie uns doch, was Sie für Pläne haben.«

»Natürlich, darum bin ich ja hier.« Kowak bremst sich gerade noch, um sich nicht an die Stirn zu schlagen. Lieber faltet er die Hände vor dem Teller: »Sie wissen, dass ich seit einigen Jahren interessante Funde aus Ihren Abbaugebieten sammele.«

»Darüber bin ich im Bilde.«

»Ich bin nun der Auffassung, dass es wünschenswert oder sogar unsere Pflicht wäre, diese Funde einem größeren Personenkreis zugänglich zu machen, mindestens zu Forschungszwecken, wenn nicht sogar einer kleinen Öffentlichkeit zur allgemeinen Bildung. Schön und gut. Was ich sagen wollte, ist, ich würde Ihnen gerne einen Vorschlag machen.«

»Nur zu.« Hirschberg unterdrückt die Ungeduld und konzentriert sich auf den guten Aniskuchen.

»Mir schwebt, wenn ich ehrlich sein soll, die Zusammenführung verschiedener Sammlungen vor, um daraus den Grundstock für etwas zu bilden, was ich gerne ein Museum nennen würde.«

Kowak verstummt und blickt Hirschberg erwartungsvoll an. Eigentlich hatte er einen spontanen Ausruf erwartet.

»Ein Museum«, Hirschberg hält sich eine Hand vor den Mund und fährt sich mit der Zunge über die Zähne, auf der Suche nach einem hängen gebliebenen Krumen. Es dauert noch einen Moment, bis er weiterspricht: »Sie gefallen mir immer besser. Eine Sammlung für die Forschung und ein eigenes Bernsteinmuseum für die Stadt. Ausgezeichnet.«

Kowak strahlt. »Die Sammlung bliebe selbstverständlich mit all ihren Teilen in Ihrem Besitz. Sie würden sie nur zum Betrachten zur Verfügung stellen. Ich meinerseits würde mich für Sie verwenden und einen geeigneten Ort für das Vorhaben suchen. Damit hätten wir jedenfalls zwei Fliegen mit einer Klappe und so weiter. Schön und gut.«

»Sehr schön, sehr gut.« Hirschberg lehnt sich zurück und schlägt ein Bein über das andere. »Aber Kowak«, er zieht seine Uhr aus der Tasche und zieht sie auf, »was wollen Sie selbst dafür?«

»Mir liegt allein an den Erkenntnissen, welche wir aus dieser Fundgrube beziehen können.«

»Sie sind einfach kein Geschäftsmann.«

Erwin Kowak läuft rot an. Sich nicht geringer machen, als man ist, das hatte er am Morgen noch dem Spiegel zugeflüstert. Auch als Deutscher nicht. Und – jetzt fällt ihm die Schrift auf seinem Schreibtisch wieder ein, von der er eigentlich eine kritische Zusammenfassung schreiben wollte, um Herrn Hirschberg bei Gelegenheit zu unterrichten – auch als Christ nicht.

Hirschberg betrachtet ihn mit Wohlwollen. Intelligenter junger Mann, denkt er. Und gleichzeitig bescheiden, irrt er. »Setzen Sie mich ins Bild, sobald Sie Neuigkeiten haben. Ich bin zu allen gedeihlichen Schandtaten bereit.« Hirschberg zwinkert ihm zu. Ein Zeichen, dass Kowak sich nun verabschieden sollte. Sie erheben sich beide. Hirschberg reicht Kowak die Hand. »Und für Fragen sprechen Sie am besten mit Damerau. Er ist da draußen unser kostbarster Mann.«

»Das werde ich.« Kowak verneigt sich. Kleiner Stich wegen der lobenden Erwähnung von Damerau. Das kam schon öfter vor. Und Kowak hat schon öfter darüber nachgedacht. Über den Unterschied von persönlichem Einsatz und persönlicher Wirkung. Denn im Einsatz steht er, Kowak, dem Damerau in nichts nach. Trotzdem hat ihm der Damerau irgendwas voraus. Kowak schiebt den Misston aus dem Kopf und ist gleich wieder voll dankbarer Unterwürfigkeit. »Ich kann Ihnen nicht beschreiben, wie beglückt ich bin, dass ich Sie von der Idee zu überzeugen vermochte! Empfehle mich!«

Draußen kann sich Kowak einen Hopser kaum verkneifen. Er muss seinen Zylinder festhalten, denn der Wind feiert mit.

Ein Museum! Vielleicht sogar unter seiner Leitung. Eine Heimat für tausende, nein, abertausende Exponate.

*

Weststrand, 1881

Im August fahren die Kowaks zwischen Linden und Ebereschen zum Weststrand. Einige Tage zusammen ans Meer.

Sie wohnen im Gästezimmer neben der Grubenverwaltung. Nachts freut sich Kowak über den Leib seiner jungen Frau. Dieses pulsierende Leben, das jetzt ihm ganz allein gehört, diese runden Formen, diese feuchten Stellen und Höhlen, die ihn selbst beinahe aufzulösen scheinen, ihm die Sinne rauben, während er diese Sinne zum ersten Mal wirklich zu entdecken meint.

Tagsüber hat er mit Antas Damerau zu tun. Jadwiga trinkt Tee mit der Frau des Verwalters, langweilt sich in ihrem Zimmer, macht Spaziergänge am Strand entlang oder oben auf der Ebene, mit weiter Aussicht nach Westen und einem gigantischen Wolkenspiel, wobei sie mit jedem Schritt die Stoffmengen ihres Rockes vor sich hertreibt, an die kommende Mutterschaft denkt und die Aussicht und die Wolken gar nicht wirklich sieht.

Antas hat mehrmals versucht, Kazimira zu überreden, die Kowaks zum Essen zu empfangen, schließlich sind Kowak und er nun ein Kollegium, und er hat den Eindruck, es gehöre sich so.

Beim vierten Versuch gibt Kazimira endlich nach. Raustimmig ruft sie die Hühner ran, keult eines, rupft es, nimmt es aus.

Nach einer Kressesuppe serviert sie stumm das gebackene Huhn mit Pellkartoffeln. Dann Quarkplinsen mit heißem Kirschkompott. Oder sie lässt vor allem Ake servieren. Sie selbst läuft sinn- und atemlos hin und her. Dieses Aufwarten ist schwieriger, als sie dachte. Die Kowaks haben so viele Manieren. Und diese Frau –

Kazimira geht zweimal in die Stube zum halb blinden Spiegel, geht mit mühsam unterdrückter Eile wieder in den Garten, wo auf einem mit Kies bestreuten Oval der Tisch und vier Holzstühle stehen, die von einer gelben Schicht aus Schluffstaub bedeckt sind, der sich bei trockenem Wetter aus der Grube erhebt und lautlos auf alles legt. Von der Grube weht auch das Stampfen der Maschinen herüber, die Glocken an den Förderschächten klingeln bei jeder Lorenauffahrt, irgendwo wiehert ein Gaul, Mauersegler kreuzen mit hohem Zirpen über dem Garten, leise klappert das Besteck. Noch fällt keinem was zum Reden ein. Schließlich loben die Kowaks umständlich die Künste der Hausfrau. Kazimira ist es egal, ob den Gästen das Essen schmeckt. Während die Männer sich endlich unterhalten, reden Kazimiras Augen mit Jadwigas Gestalt. Sie wendet bis zum Dessert kaum einmal den Blick von ihr, wandert alles ab, was zu sehen ist. Das Haar, von dem Jadwiga durch die Schwangerschaft reichlich und schönes auf dem Kopf hat, die sorglose Stirn, die Augen, die sofort wegsehen, die Nase. Kazimira gefällt diese Nase, sie würde gern mit dem Finger an ihr entlangfahren. Auch am Hals, der rote Flecken von Kazimiras Wanderung bekommt.

Das alles hätte man wegläceln können. Jadwiga hätte sagen können, die Frau von Antas Damerau sei wohl etwas ungewöhnlich. Sie hatte davon gehört. Aber jetzt muss sie zugeben, Kazimira ist schon eher unheimlich. Sie möchte daher lieber gehen. Aber doch auch bleiben. Sie weiß es nicht genau.

Die Männer sind ins Haus gegangen und besehen sich Material aus der Grube. Kazimira deckt ab, trägt das Geschirr in die Küche. Der Garten schickt seinen Rosenduft in Wolken über den Tisch. Jadwiga blinzelt. Sie hört Kazimiras Schritte zurückkommen, hört sie auf dem Kies knirschen, langsamer werden, hinter ihrem Stuhl stehen bleiben.

Kazimira steht nah bei der Frau aus der Stadt und besieht sich den Hals nun auch von hinten. Die leicht hervorstehenden Wirbel, die Strähnen, die aus der aufgesteckten Frisur herausgerutscht sind und in jedem Luftzug zittern. Hübsch. Und nur darum, nicht mit Hintergedanken, streicht Kazimira mit den Fingern am Hals entlang, natürlich ohne ihn zu berühren. Langsam, von der nackten Schulter bis hinauf zum Ohr wandert sie, bevor sie um Jadwiga herumgeht, sie verlegen anlächelt, den Rest des Geschirrs nimmt und wieder in die Küche verschwindet.

Jadwiga bleibt allein im Garten. Sie starrt reglos auf die Rosen, während die Spur von Kazimira an ihrem Hals pocht wie eine frische Naht. Die Rosen schauen ihrerseits unbeweglich auf Jadwiga. In ihren Stielen zirkuliert der Saft und veratmet sich an den Unterseiten der Blätter und in den Blüten. Das Geraniol steigt Jadwiga in die Nase und dann ins Gedächtnis.

Das Gespräch, später bei Kaffee und Gebäck, wird unbeholfen. Eigentlich wird es gar nichts.

Am Abend im Bett besieht sich Kazimira den Hals von Antas.

»Was gibt da?«, will Antas wissen.

»Nichts.« Kazimira rollt sich auf den Rücken. »Oder doch, gibt was.«

»Und was?«

»Kommen diese beiden einmal wieder?«

»Sicher«, sagt Antas und wird schon schläfrig.

»Auch die Frau?«, fragt Kazimira leise.

»Habt ihr euch gut unterhalten?«

»Ich weiß nich«, sagt Kazimira nach einer Weile. Aber da schläft Antas bereits. Schläft und merkt nicht, wie sich auf dem Gesicht der Kaz etwas abzeichnet. Etwas zieht durch sie hindurch, ein schwaches Bild erst, aber deutlich und farbig genug, um sich behutsam über ein anderes zu legen.

Am nächsten Tag reisen Erwin und Jadwiga Kowak etwas überstürzt ab, auch wenn ihnen das nicht bewusst wird.

Erwin Kowak sitzt neben seiner Frau in der Kutsche und hat den Blick aus dem Fenster gewandt. Darum sieht er nicht, wie sich Jadwigas Gesicht ständig verändert. Rot wird es nämlich und wieder blass und wunderschön.

»Sie sind, wie ich sie mir vorgestellt hatte«, sagt sie schließlich leise. Eigentlich kein bisschen. Aber auf dieser Spur kann sie von der Frau Damerau reden, ohne dass es sonderbar wirkt. Und sie will reden. Sie will von ihr reden und reden und reden.

»Das ist wahr«, murmelt Erwin und blickt gelangweilt über graublaue Roggenfelder hinweg an den Horizont. »Sie sind sehr gewöhnlich.«

*

Königsberg, 1881

Auf dem gepflasterten Fußweg, direkt vor der Pforte zum Garten, ist dieser Fleck oder schon eine Pfütze. Eine Lache in preußischem Schlossgelb, wie zufällig vor der Hirschbergvilla in der nördlichen Vorstadt Maraunenhof verschüttet.

»Nimm einen Eimer Wasser und wasch das weg«, weist Henriette den Hausknecht an. »Bevor die Familie eintrifft.« Der Hausknecht nickt. Ist nicht das erste Mal. Aber die Frau Hirschberg hat ja keine Ahnung, welche Mühe es kostet, eine solche Farblache wegzuwaschen. Lustlos trottet der alte Mensch durch den herbstlichen Vormittag zur Pforte.

Doch, Henriette hat eine Ahnung. Seit dem Sommer haben diese Dinge zugenommen. Man fühlt sich dazu jetzt anscheinend von oben ermutigt. Mal schubsen sie einen Kleinwarenhändler vor sich her, mal spucken sie an eine Bankierskutsche, mal packen sie einen Rabbiner am Bart. Es ist unheimlich, nie weiß man, was einen erwartet und aus welcher Richtung. Und jetzt der wie aus

Versehen besudelte Weg vorm Haus. Henriette hebt die Gardine etwas beiseite und beobachtet die Arbeit des Knechts. Er streut gerade sauberen Sand auf das gescheuerte Pflaster und verwischt geschickt die letzten Spuren.

Eine Stunde später trifft die Familie ein. Onkel Karl und Eli, Luise und Tante Zipora kommen zu Besuch, um mit ihnen den Schabbat zu verbringen. Eli zuliebe hat Henriette sogar Stin am Vortag heimgeschickt und selbst gekocht. Seine Strenge erheitert sie zwar, aber sie liebt ihren frommen Neffen sehr. Seinetwegen und auch wegen einiger anderer Freunde haben sie sogar unauffällige Mesusot am Rahmen jeder Tür im Erdgeschoss des Hauses angebracht, erkennbar nur für die, die es wissen. Sie selbst gehen nur noch zu den großen Festen in die Synagoge, ansonsten sind sie vor allem liberal, feiern, wie die Mehrheit in Königsberg, Weihnachten, vor allem, weil Henriette es liebt, Geschenke zu machen. Eli dagegen ist tatsächlich fromm. Er wohnt in einer Seitenstraße der Kaiserstraße, hält alle Gesetze ein, lässt das Haar an den richtigen Stellen wachsen, liest nur noch Hebräisch und ist mehr im Bethaus als irgendwo sonst zu finden, was seinen Vater zu den düstersten Zukunftsaussichten treibt, denn er muss nach wie vor für seinen Sohn sorgen, wobei ihm Onkel Karl behilflich ist. Der wiederum sitzt jetzt, nach einem ausgiebigen und guten Essen, durch seinen weißen Backenbart streichend, angelehnt an zwei Daunenkissen, die Henriette ihm in den Rücken gestopft hat, und liest mit sinkenden Augenlidern eine nicht enden wollende Szene in *Krieg und Frieden*, mehr vom Krieg als vom Frieden erfahrend, während die übrige Familie ihren Mittagschlaf in verschiedenen Zimmern hält.

Um Punkt vier Uhr kommen alle zum Tee in den Salon. Ihre Gesichter sind rosig von der Ruhe, nur Anna ist blass und schmal wie immer. Sie spielt am Klavier etwas vor, bewegt sich behutsam zu den Klängen und hat längst die Schönheit ihrer Mutter angenommen. Ihre Haut ist beinahe so weiß wie die Elfenbeintasten des Klaviers. Jeder ist bemüht, alle Anstrengung von ihr fernzuhalten, ihr Türen zu öffnen, Stühle anzubieten, Gegenstände von Gewicht abzunehmen. Und so scheint Anna schwerelos gerade noch im Leben zu bleiben, als gewöhne sie sich die irdischen Gegebenheiten bereits ab und erfülle ihren gefiederten Kosenamen jetzt ganz. Fast fürchtet man, sie könnte, wie ein Mauersegler, der zu Boden gefallen ist, aus eigener Kraft nicht wieder in die Luft und lebe und wache und schlafe daher in einem schwebenden, schwindenden Zwischenzustand, den man nicht stören darf.

Henriette und Luise lauschen ihrem Spiel, während Tante Zipora, die inzwischen beinahe taub ist, in der Sofaecke lehnt und vor sich hin lächelt.

»Mich würde interessieren, was ihr von den Berliner Streitereien haltet«, sagt Eli plötzlich in überraschend schneidendem Ton, als Anna fertig ist. »Beunruhigt euch das nicht?«

»Welche Streitereien?«, will Onkel Karl wissen, und man hört gleich, dass er nicht auf Diskussionen brennt.

»Die über das Geschrei von Treitschke. Alle Welt redet davon.« Eli kann seinen gereizten Ton nicht zügeln.

»Was genau beunruhigt dich denn daran?« Hirschberg streicht über die Lehne seines Sessels, um seine Unruhe zu verbergen. Er hatte selbst wochenlang über kaum etwas anderes nachgedacht als über die unsäglichen Äußerungen dieses unsäglichen Historikers, aber vermieden, darüber zu sprechen, als würden sie durch das Besprechen realer.

»Mich beunruhigt, dass sich nun auch so genannte Intellektuelle nicht zu fein sind, ihren Hass auf uns öffentlich herumzuschreien. Bisher hegten sie ja wohl eher Scheu, sich dem Pöbel gleichzumachen, aber jetzt haben sie plötzlich Theorien.«

»Ich bin nicht sicher, ob Treitschke wirklich Theorien hat. Eher treibt ihn Nationalismus. Und der liebt lautes Blechgebläse.« Hirschberg lächelt.

Elis Stimme klingt jetzt noch gereizter. »Aber Treitschke ist kein einfacher Patriot.«

Anna schließt vorsichtig den Klavierdeckel.

»Alles Gerede. Muss man sich nicht mit aufhalten.« Onkel Karl schnauft.

»Und die Antisemitenpetition? Auch nur Gerede?« Eli wirft seinem Großonkel einen scharfen Blick zu.

»Die Gleichstellung besteht fort. Auch die politische.« Hirschberg sieht auf die Uhr. Er möchte jetzt rauchen.

Eli ist aufgesprungen und geht im Salon auf und ab. »*Die Juden sind unser Unglück*, solch ein Satz bleibt einfach stehen! Von einem anerkannten Historiker! Unwidersprochen!«

»Mommsen hat widersprochen«, mischt sich Henriette ein.

Eli wirft sich in den Sessel zurück.

Tante Zipora seufzt leise. »Sie finden keinen Frieden, solang etwas vor ihren Augen ist, was *anders* ist.«

»Ich bin nicht anders«, sagt Onkel Karl entschieden.

»Wie du willst.« Tante Zipora lächelt. »Aber vielleicht interessiert sie das nicht. Und wer keinen Frieden findet, braucht den Krieg.«

»Den Vater aller Dinge, in einer Welt der Männer.« Henriette steht auf, nimmt die kleine Kanne von der Krone des Samowars, ein Geschenk aus der russischen Verwandtschaft, und wirft ein paar Holzkohlenstücke in das Heizrohr. »Ich würde dem entgegenhalten, dass dafür der Friede die *Mutter* des Gedankens ist.« Sie wendet sich lächelnd in die Runde und ist froh, dass der Hausknecht seine Arbeit so gut gemacht hat. »Etwas Tee?«

Hirschberg hält seine leere Tasse bittend in Henriettes Richtung. »Lasst uns von was Schönerem reden.«

Nadja hat in Ruhe gewartet, während Anatolij nebenan nach seinem Vater und dem Fernseher geschaut hat. Sie hat sich ausgezogen und sitzt jetzt nackt auf dem Bett. Anatolij erstarrt bei dem Anblick, als er ins Zimmer kommt. Sie lacht. »Angst?«

Er zuckt mit den Schultern. Kann sein. Bestimmt. Aber auch Lust. Die Frage ist also, was sich durchsetzt. Nadja sieht es und weiß, was sie tun muss. Sie ist geschickt, vielleicht etwas vulgär oder genau richtig vulgär. Das Vulgäre hilft gegen die Angst. Und sie tut nichts, was sie nicht will. Denn sie hat auch Lust. Angst hat sie nicht. Auch keine Angst zu missfallen. Und obwohl sie beide schon andere Körper berührt haben, als wären es die einzigen und wichtigsten und letzten, glauben sie es auch jetzt. Und das ist es auch schon, denkt Nadja: einen Körper haben, eine Haut haben, eine Zunge haben, ein Innen und ein Außen.

Sie bleiben noch beieinander, in diesem schmalen Zimmer, dem kleinstmöglichen Liebeslager, und verfolgen beide etwas wie Gedanken, die weniger durch den Kopf als vielmehr durch den restlichen Körper ziehen. Sie schämen sich nicht für die gerade erst verebbenden Bewegungen, diese Selbstvergessenheit sich im Grunde doch unbekannter Menschen, die ihr Leben für einen Moment zu verschenken bereit sind, einen Moment der Entgrenzung, der Hoffnung, die sich aber vielleicht nie erfüllt, ausgerechnet hier, obwohl so beharrlich beschworen: nie.

Anatolij spielt mit ihrem Haar. Er muss ihr noch etwas ganz anderes gestehen. Etwas, denkt er, was wohl viele russische Männer ihren Frauen häufig gestehen müssen, einfach weil die Zeiten schlecht sind. Und weil die russischen Männer sie nicht besser machen. Er streckt sich neben ihr aus und sucht einen Anfang.

»Möchtest du Tee?«, fragt er leise.

»Später vielleicht.« Sie rollt sich neben ihm zusammen. »Jetzt sollst du mir was erzählen.«

»Was soll ich erzählen?«

»Ist mir egal. Irgendwas. Erzähl einfach«, sagt sie und streichelt Anatolijs Brust. »Mein Vater erzählte mir früher auch manchmal Geschichten. Er kriegte sie oft nicht ganz zusammen. Er sagte, er habe sie als Kind gehört, von einem schönen Mann, der manchmal zu Besuch kam. Mein Vater wurde immer traurig, wenn er von dem schönen Mann sprach.« Nadja überlegt. »Er sagte, der Mann habe immer diesen einen Satz gesagt, bevor die Geschichte begann, aber er habe den Satz leider vergessen.« Nadja legt sich wieder auf den Rücken. »Wahrscheinlich war es einfach *Es war einmal vor langer Zeit*. Ich mag es, wenn Geschichten so beginnen. Wenn sie so beginnen, habe ich das Gefühl, sie handeln von einer Zeit, in der alles noch gut war. Von einer Zeit *davor*.«

»Ist denn jetzt nicht mehr alles gut?«

»Erzähl einfach, als wäre alles noch davor und alles noch gut.«

Sie ist viel trauriger, als ich geglaubt hatte, denkt Anatolij, verwirft sein geplantes Geständnis, tastet nach Nadjas Hand und schließt im Dunkeln die Augen.

*

Königsberg, 1882

Das ohnehin lockere Band zu ihrem Mann löst sich schneller, als Jadwiga womöglich erahnt hatte. Nach nur einem Jahr sind es schon Kleinigkeiten, seine ameisenhaften Barthaare in der Waschschüssel, sein übertriebenes Niesen, sein energisches Aufstehen am Morgen, die in ihr etwas wie Ekel hervorrufen. Sie bemüht sich trotzdem, wo es geht, Interesse zu zeigen.

Nachdem sie einen großen Teil der Inventarliste der geplanten Sammlung gelesen hat, reicht Jadwiga die Papiere ihrem Mann zurück. »Am Ende wirst du wirklich noch Direktor eines Bernsteinmuseums.«

»Wenn wir den passenden Ort finden.« Kowak putzt seinen Kneifer. »Scheint schwieriger als erwartet.«

»Und warum?«

»Ist immer alles schon belegt. Jedenfalls sagt man das.«

»Was spricht gegen eine Ausstellung der hiesigen Schätze?«

»Nichts.«

»Also?«

»Ich fürchte, es ist eine, wenn auch an keiner Stelle offen ausgesprochene Antipathie.«

»Antipathie? Gegenüber den Steinen?«

»Eher gegenüber«, Kowak räuspert sich, »ihrem Besitzer.«

»Herrn Hirschberg?«

»Nicht persönlich. Eher in einem allgemeinen Sinn.«

»Ich verstehe nicht.« Jadwiga versteht längst. Sie will es aber einmal von ihrem Mann hören.

Erwin Kowak steht auf, geht zu seinem Arbeitstisch und zieht aus einem Haufen Papier eine Drucksache heraus. Er legt sie bedeutungsvoll vor Jadwiga auf den Tisch. »Diese Gedanken höre ich seit einiger Zeit immer häufiger ausgesprochen.«

Jadwiga sieht sich die Schrift an. Sie ist von einem Dühring verfasst.

»Du arbeitest für einen der feinsten Menschen in ganz Ostpreußen. Du kennst ihn. Was versprichst du dir von solchem Geschreibsel?«

»Geschreibsel.« Kowak raucht. Man sieht, wie nervös ihn die Sache macht. Er nimmt die Schrift wieder an sich. »Es geht nun einmal um ihre Art überhaupt.«

»Ihre Art überhaupt?« Jadwiga besieht ihre Nägel, um ihn nicht ansehen zu müssen. »Was meinst du damit?«

»Rasseeigenschaften. Und die Rasseeigenschaft, meine Liebe, ist die folgende …« Kowak hebt den Zeigefinger, hält plötzlich inne, er hat nicht auf seinen Tonfall geachtet. Er blickt auf, sieht seine Frau an. Aber was ihm da begegnet, lässt ihn schnell wieder wegsehen.

»Ich staune«, sagt Jadwiga leise.

»Ja? Was gibt es da zu staunen?« Kowak ist von ihrer Ironie gekränkt.

»Ich war von deiner Loyalität zu Herrn Hirschberg fest überzeugt.«

»Und wenn ich in einem inneren Zwiespalt bin? Wenn ich auch Loyalität gegenüber meinem Volk verspüre?«

Jadwiga nimmt sich einen Augenblick Zeit, bevor sie in kaltem Ton antwortet: »Dann müsstest du dich wohl von mir scheiden lassen. Du vergisst, dass du nicht nur mit einer Katholikin in Mischehe lebst, sondern auch mit einer Polin.«

Kowaks Mund wird ganz schmal. Leise und präzise und sehr deutsch sagt er: »Nein, das vergesse ich leider nicht.«

Zum Glück weint nebenan das Kind. Jadwiga eilt zu ihrer Tochter Ilse, murmelt ihr und sich selbst etwas Beruhigendes zu, nimmt das Kind hoch und setzt sich zum Stillen neben die Wiege. Sorgfältig sortiert sie ein paar Gedanken und fasst innerlich einen Entschluss.

Eine Woche später meldet sie sich bei Henriette Hirschberg zum Tee an.

»Liebe Frau Kowak«, Henriette lehnt sich, tatsächlich eine kleine Pfeife rauchend, in ihrem Sessel zurück. »Ja, diese Dinge. Immer mehr Menschen wissen jetzt ganz genau Bescheid, nicht wahr? Und natürlich erfahre ich davon. Und ich sage Ihnen, es gibt zwei Gründe, die uns unseren Gegnern immer verhasster machen, wer oder was immer wir sind: zum einen mehr Wohlstand und Einfluss, zum anderen überhaupt mehr von uns. Im Grunde sind wir für sie das Salz in der Suppe. Bis zu einem bestimmten Maß machen wir ihnen das Leben schmackhafter und interessanter, entfalten wir gewissermaßen das Aroma. Überschreiten wir dieses Maß jedoch, scheinen wir ihnen etwas zu versalzen, und dann werden sie uns ausspeien wollen, da bin ich sicher. So war es schon immer.« Henriette lächelt müde.

»Aber wie können Sie darüber lächeln?«

»Wie ich das kann?« Henriette legt die Pfeife weg und nimmt Jadwigas Hand. Sie lächelt jetzt nicht mehr. »Es gibt viele Dinge, liebe Frau Kowak, die uns in Gefahr bringen. Auch Sie. Und ich lächele darüber, weil ich vielleicht eine gute Schauspielerin bin. Vielleicht ist Humor auch der einzige Held in unserem Menschenstück. Vielleicht bewahrt er uns davor, uns in Gedanken und Gefühle verwickeln zu lassen, die unserer nicht würdig sind.«

Als Jadwiga längst gegangen ist, geht Henriette zu ihrem Sekretär, setzt sich und beginnt einen Brief. Ihre feine Schrift füllt bald zwei dünne Bögen Papier. Sie faltet sie, steckt sie ins Kuvert und schreibt: An Herrn Siegfried Hirschberg, Baltic Street, Brooklyn, New York, Amerika.

*

Die Briefe, die ihre Brüder ihr mit liebevoller Regelmäßigkeit schreiben, als wollten sie sich für ihre Abwesenheit bei der Schwester entschuldigen, bewahrt Anna alle auf. Sie sortiert sie jedoch nicht nach Ankunftsdatum, sondern nach Themen. Am liebsten sind ihr die Briefe, in denen die Brüder ihr mathematische oder physikalische Denkaufgaben stellen oder ihr von neusten Erfindungen schreiben. Auf ihr Bitten hin hat Hirschberg zudem extra einen Hauslehrer für Mathematik eingestellt, einen dünnen langen Mann, der sich schon in der ersten Stunde in seine Schülerin verliebt hat. Anna ihrerseits ist dem Mann auch nicht abgeneigt, allerdings interessiert sie sich allein für seinen Kopf. Sie würde ihn, nach einer brillanten Kurvendiskussion, ohne Umschweife abküssen, wenn sich solcher Überschwang mit der Verklemmtheit des Lehrers und den allgemeinen Sitten besser vertrüge. Stattdessen beschenkt sie den Mann nur mit anerkennenden und bewundernden Blicken, die er alle missversteht.

Während Anna eines Tages, ahnungslos über ihre Rechenpapiere gebeugt, an einer Gleichung arbeitet, schleicht der verirrte Mann zu Hirschberg ins Arbeitszimmer und hält, ohne große Übergänge und ohne Anna ein einziges Mal gefragt zu haben, um ihre Hand an.

Hirschberg, der gerade über ganz andere Dinge nachdenkt, ist so überrascht und im Übrigen so wenig in der Lage, Anna einen Wunsch abzuschlagen, dass er nur etwas zerstreut antworten kann, er werde selbstverständlich zunächst seine Frau und seine Tochter befragen.

Stumm vor Glück, nicht gleich rundweg abgelehnt worden zu sein, schleicht sich der Lehrer zurück zu Anna, die noch immer keine Lösung für das Problem gefunden hat, und gemeinsam rechnen sie bis zum Abend, wobei der Lehrer immer wieder verstohlen den Körper seiner Schülerin betrachtet, nun schon mit dem gänzlich neuen, noch viel herrlicheren Gefühl des zukünftigen Besitzers.

Als er gegangen ist und die Familie zu Abend isst, bringt Hirschberg das Gespräch auf das Thema Verlobung. Aber zu seiner völligen Überraschung fängt Anna an zu weinen. Sie bedaure, versichert sie unter Tränen, dass sie ihn nicht schon viel früher über ihre Empfindungen ins Bild gesetzt habe. Und obwohl Hirschberg sie vorsichtig zu trösten versucht und überhaupt kein Problem darin sieht, dass sie ihn über ihre Gefühle noch nicht unterrichtet hat, fährt Anna noch verzweifelter fort, dass ja auch der unangemessene Altersunterschied ihn sicher entsetze.

»Aber so viel älter ist er doch gar nicht.« Hirschberg lächelt. Er schätzt den Lehrer auf Anfang zwanzig.

»Dreißig Jahre!« Anna heult auf.

Hirschberg und Henriette sehen sie betroffen an. Was ist mit dem Mädchen?

Henriette tupft sich die Lippen ab, legt die Serviette neben den Teller und wendet sich fast zu formell an ihre Tochter: »Von wem sprichst du, liebe Anna?«

Die senkt den Kopf, der ziemlich rot ist, zupft am Saum des Tischtuchs herum und sagt endlich kaum hörbar, wobei sie die Stimme wie zu einer Frage hebt: »Zylbersztejn?«

»Zylbersztejn?!« Hirschberg räuspert sich überrascht. Zylbersztejn, der Juwelier aus Tilsit, war, wenn er sich richtig erinnert, nur ein einziges Mal in seinem Haus. Ein zugegeben attraktiver und sympathischer Mann, sogar Henriette hatte ein paar Tage lang immer mal von ihm gesprochen, und Hirschberg ist nicht dumm. Aber Zylbersztejn dürfte wirklich mindestens fünfzig Jahre alt sein. Wenn er sich richtig erinnert, sprach er sogar davon, verwitwet zu sein. Jetzt wird Hirschberg plötzlich ernst. Zylbersztejn, denkt er, warum nicht? Warum diesem jungen Menschen hier im Weg stehen? Fragend sieht er Henriette an, die das Gleiche zu denken scheint. Dann nickt er, hebt behutsam sein Glas und Henriette ihres: »So wollen wir den lieben Herrn Zylbersztejn einmal wieder einladen«, sagt er leise, worauf Anna vor Scham und Freude das Gesicht mit den Händen bedeckt.

*

Weststrand, 1882

Über dem Meer türmen sich dunkle Wolken auf. Dabei ist es so still, dass Kazimira ihr eigenes Schlucken hört, während sie die Frau des Grubenverwalters bittet, das Kleid auszuziehen. Seit die Hirschbergs weggezogen sind, verdient sie sich etwas Geld mit diesen Näharbeiten. In langer weißer Unterhose und in einem vom Mieder zusammengehaltenen Hemdchen steht die Frau des Grubenverwalters, die einzige Dame am Weststrand, die man wohl fast eine Patrizierin nennen kann, stockgerade vor Kazimira und wartet. Deutsch ist sie, und deutsch wartet sie. Ein prächtiges Tier. Aber anstatt mit dem Maßband die Arbeit zu beginnen, steht Kazimira ihrerseits auch einfach nur da. Eine Hand auf die Hüfte gestemmt, schaut sie sich die Dame an, lauscht auf die Stille und schwitzt. Auch die Frau des Grubenverwalters schwitzt. Seitlich läuft ihr der Schweiß am starren Hals hinab, als wollte er dieses Stillleben deutscher Disziplin um jeden Preis stören. Die Frauen hoffen beide auf das Gewitter. Endlich hebt Kazimira die Hand und beginnt, von der Schulter bis zum Ellenbogen zu messen, dann vom Nacken bis auf Höhe der Taille, vom Brustbein zum Nabel.

Wie machen das nur diese alle?, denkt sie dabei. Wie ist man so ein Frauchen? So sauber und prall, so sortiert und an seinem Platz? Gerade als sie beim Handgelenk der Frau des Grubenverwalters angelangt ist, fasst die nach Kazimiras Unterarm.

»Hättest du nicht vielleicht Freude an einem Ausflug in die Stadt?«, fragt sie beinahe streng.

Kazimira macht sich los.

»Was soll ich in der Stadt?«

»Wenn du magst, dann nehme ich dich einmal mit zu der Frau Hirschberg. Sie veranstaltet Abende. Abende, an denen vorgelesen wird. Es ist interessant dort. Du könntest servieren oder aufwarten und nebenbei zuhören.«

»Aber ich kann nich einfach wohin fahren. Ich habe den Jungen hier.«

»Nimm ihn mit. Das Haus der Hirschbergs ist voll mit Personal. Man wird sich um ihn kümmern.«

Kazimira sieht die Wolken nun ganz nah. Sie ist verwirrt. Mit fahrigen Bewegungen setzt sie das Messen fort. Von der Hüfte bis zum Knöchel. Den Taillenumfang, den Brustumfang. Ihr fällt das Frauchen vom Herrn Kowak wieder ein. Und plötzlich meint sie, gleich weinen zu müssen. Aber ein Donnerschlag, von dem die vier kleinen Scheiben im Fenster scheppern, zerteilt den Gedanken. Beinahe zeitgleich setzt der Regen ein, rauscht auf die Dachpfannen nieder, auf die Rhabarber- und Kohlblätter im Garten, trommelt sich was auf einem umgestürzten Zinkeimer, auf dem Blechdach des Hühnerschuppens.

Die Frau des Grubenverwalters verabschiedet sich bald, nachdem sie sich wieder angekleidet hat.

Als sie drei Wochen später das neue Kleid abholt, nennt sie einen Termin Ende August, da werde sie zur Stadt fahren, und wenn sie wolle, könne Kazimira sie begleiten, die Frau Hirschberg wisse Verwendung für sie.

*

Königsberg, 1882

Als sie das Haus der Hirschbergs betreten, herrscht dort großer Betrieb. Zwischen den ausnahmslos weiblichen Gästen schwirren Serviermädchen herum, bieten Apfelpunsch und Schaumwein an, nehmen Sommermäntel und Umhänge, Taschen und Schirme entgegen und deponieren sie in einer Kammer, seitlich neben dem Eingang.

Kazimira, der ein Mädchen mit Haube ebenfalls das Umschlagtuch abnimmt, hält die Lippen aufeinandergepresst, damit sie nichts Unpassendes sagt. Schon auf der Anreise, nach zehn Minuten Kutschfahrt mit der Frau des Grubenverwalters, hatte sie bemerkt, dass deren Rede kompliziert war. Dabei sagte sie nicht einmal besonders kluge Dinge, aber bis sie die heraus hatte, waren eine Menge Sätze gefallen, denen allesamt das Ende fehlte, als müsste Kazimira selbstverständlich wissen, wovon die Rede war.

Wusste sie nicht. Woher auch? Ging um Politik und den Kaiser und seine Räte.

»Vom Kaiser weiß ich nichts«, hatte Kazimira irgendwann gesagt. Und das war die Wahrheit. Sie kennt im Grunde nur das Wort und hat ein ganz eigenartiges Bild dazu im Kopf.

Die Frau des Grubenverwalters hatte an ihren Netzhandschuhen gezupft und lächelnd gesagt: »Nun, das ist ja auch nicht von Belang.« Dann war das Gespräch versiegt, und Kazimira hatte Akes Hand genommen, die heiß und feucht war.

Jetzt also erst zuhören, dann nachdenken, dann was sagen und auch das nur vielleicht.

Henriette Hirschberg begrüßt jede der Frauen mit einem Lächeln. Als machte es sie glücklich, dass die Frauen sich Tee und Gebäck gefallen ließen, denkt Kazimira, während sie wartet, bis sie an der Reihe ist.

Henriette Hirschberg nimmt ihre beiden Hände und drückt sie herzlich: »Kazimira. Ich freue mich, dich zu sehen. Es ist so lange her. Wie du siehst, habe ich heute keine Verwendung für dich als Haushilfe. Und nach so einer langen Anreise soll auch niemand arbeiten. Setz dich einfach zu uns. Ake kann zu Stin in die Küche, sie wird sich freuen.«

Das ist sehr freundlich, aber auch unangenehm. Was soll sie da nun sitzen?

Kazimira schickt den Jungen los und nimmt auf einem der Sessel Platz. Sie ist noch ganz in Gedanken, hält den ihr angebotenen Tee in der Hand, betrachtet die mit Rüschen und Spitze besetzten Kleider, die gerafften Schleppen und ausladenden Tournüren, als die Tür des Salons aufgeht. Beinahe hätte sie die Tasse neben die Untertasse in die Luft gestellt, so sehr ist sie erschrocken. Denn wer da durch die weiß lackierte Tür wie durch ein Himmelstor kommt, begleitet von einem der Hausmädchen, ist niemand anderes als die Frau Kowak, noch dazu in einem weißen Kleid, und Kazimira denkt, beim letzten Mal war sie nicht halb so schön.

Kazimiras Sessel steht zum Glück etwas abseits. Und so schaut auch Jadwiga Kowak beim Eintreten überallhin, nur nicht zur Kaz. Kazimira stellt die Teetasse sehr behutsam auf einem kleinen Tischchen ab und geht, ohne dass es jemand bemerkt, aus dem Salon in die Küche zu Ake, der dort bei der Köchin sitzt und Kuchenteig nascht.

Die Stin nascht auch und erzählt dem Kind was von Seegeistern. Sie sieht gelassen zu, wie sich Kazimira an den Tisch setzt.

»Du hast wohl auch einen Geist gesehen.« Sie hält der Kaz einen Löffel Teig hin. »Hier, das hilft.«

Kazimira nimmt den Löffel, lehnt sich an die Wand, atmet langsam aus und sieht die Köchin an, bis sich der Blick klärt.

Dann sagt sie leise zu Ake: »Komm, Söhnchen. Genug geschleckt. Wir gehen spazieren, frische Luft kriegen.« Und damit steht sie auf, dankt der Stin mit einem Kuss auf die Wange, und Ake und sie gehen zusammen hinaus und in die abendliche Stadt. Ein paar Mal laufen sie über die Grüne Brücke, vorbei an der Börse, wieder zurück, durch das Kneiphofviertel, zur Krämerbrücke, wo sie lange den geschäftigen Arbeiten auf dem Wasser zusehen, dann durch die Altstadt, zum Schloss und zur Altstädter Kirche. Kazimira sieht das alles, wie Ake, zum ersten Mal. Viel Stein, denkt sie, und viel Betrieb. Und viele Uniformen. Und dann auch noch Leseabend! Ich kann ja nicht mal richtig lesen.

Und auf einmal muss sie lachen.

Jadwiga Kowak hätte jetzt gern ein Gläschen Scharfes. Sie hat zu Haus mit ihrem Mann gestritten. Dankbar sieht sie Henriette Hirschberg an, als diese den Abend eröffnet, heutiges Thema: die Rechte der Frauen auf Erwerbstätigkeit. Als Lektüre haben sie wieder einmal Fanny Lewalds *Für und wider die Frauen*. Henriette Hirschberg liest vor: »*Wir Alle sind noch auferzogen und erwachsen unter dem Banne gewisser Redensarten, die sehr gut klangen, die aber den Frauen, wenn sie in Noth geriethen, wenig oder gar nichts halfen. An allen Ecken und Enden konnte man es aussprechen hören, daß ›die Frau durch ihre Natur und durch die Verhältnisse der civilisirten Staaten nur für das Leben innerhalb der Familie bestimmt sei!‹ – daß ›die Frau fraglos die beste sei, von welcher man niemals etwas höre!‹ – daß ›der keusche Dämmer des Hauses die eigentliche und einzige Heimath des Weibes sei!‹ – und wie die schönen landläufigen Phrasen alle hießen, mit welchen ein großer*

Theil der Männer uns von einer ehrenvollen Selbständigkeit zurück-zuhalten und uns gelegentlich eben dadurch in große Noth zu stür-zen, für geboten, ja für eine Art von männlichem Rechte und männ-licher Pflicht erachtete.«

Sie legt das Buch auf die Knie und sieht in die Runde. »Welche unter Ihnen würde, wenn man sie ließe, irgendeine Erwerbstätig-keit außerhalb der Wohnung aufnehmen?«

»Es käme wohl darauf an, um was für eine Arbeit es sich han-delte«, sagt die Frau des Grubenverwalters.

»Und was man in der Lage wäre zu tun …«, sagt Jadwiga Ko-wak leise. »Ich kann Französisch und Klavier spielen. Aber ich weiß nicht, wozu. Und vor allem, wozu ich das Gleiche wiede-rum meine Tochter lehren sollte, nur damit auch sie nicht wüss-te, wozu.«

»Darauf wollte ich hinaus.« Henriette greift nach der Engel-pfeife ihres Mannes und dreht sie in der Hand. »Es fehlt an der passenden Ausbildung. Im Grunde an einem richtigen Studium. Vor allem anderen muss etwas gelernt werden!«

So unterhalten sie sich, während Kazimira mit Ake am Ufer des Pregel steht und den Frachtkähnen zusieht, wie sie beladen werden. Warum ist sie weggerannt? Das Frauchen tut doch nichts. Und wie kommen sie jetzt wieder zum Weststrand? Sie kann ja nun schlecht mit der Frau des Grubenverwalters zurückfahren. Antas hatte ihr für den Notfall die Adresse von Hirschbergs Kon-tor genannt. Also geht sie dorthin, schlängelt sich zwischen Fuhr-werken, Ochsenkarren und Reitern hindurch, bis sie endlich vor dem großen Haus stehen. Was sie sagen soll, weiß Kazimira nicht. Also steht sie erst mal einfach da und sagt nichts, bis Ake ungedul-dig wird.

Im Eingang des Gebäudes ist es dämmrig. Einige Arbeiter war-ten auf irgendwas. Sie lassen die Frau mit dem Jungen vorbei und folgen ihr nur mit den Blicken.

»Kazimira?« Moritz Hirschberg ist ehrlich überrascht.

»Wie kann ich dienen?« Er deutet eine höfliche Verneigung an.

»Ich muss zum Weststrand.« Kazimira hat die Arme vor der Brust verschränkt, weil sie nicht weiß, wohin damit.

»Da hast du Glück. Morgen früh fährt ein Fuhrwerk ab. Wenn das genügt und nicht zu unbequem ist?«

»Das genügt. Ich dank dem Herrn. Und bitte, sagen Sie einen Gruß an die Frau.«

»An meine Frau?«

»An die.« Kazimira nickt.

»Sehr gern.« Jetzt kann sich Hirschberg ein Lächeln nicht verkneifen. »Habt ihr denn heute schon ausreichend gegessen, Ake und du?«

»Nicht ausreichend, aber doch etwas.«

»Dann darf ich bitten, mit mir einen Tee zu trinken?«

Kazimira setzt sich auf die äußerste Kante des Sessels und trinkt ihren Tee, während Ake einige Kekse isst.

»Ihre Grube ist nich nur gut«, sagt Kazimira nach langen Momenten der Stille plötzlich. Dabei hatte sie sich doch vorgenommen, erst nachzudenken und dann zu sprechen.

Hirschberg ist überrascht.

»Warum das?«

»Man kann nich darauf stehen«, erklärt Kazimira flüsternd. Sie schämt sich. »Der Boden wird unsicher. Warum reicht das Sammeln nich?«

»Weil die Welt groß ist, und viele Menschen unsere Ware haben wollen.«

»Wollen sie das?«

»Ich habe den Eindruck, ja.«

»Man hätte ihnen ja nich von unserem Stein zu erzählen brauchen.«

»Oh, die Dinge sprechen sich herum!« Moritz Hirschberg lacht. »Schon seit vielen hundert Jahren.« Dann wird er ernst, denn er denkt an Gerüchte im Allgemeinen, die sich herumsprechen. »Aber vorangehen soll es doch schon, oder nicht?«

»Wozu? Ich war zufrieden.«

»Ich finde, die Welt ist in der letzten Zeit um einiges bequemer geworden.«

»Für Sie vielleicht.«

»Auch für meine Arbeiter.«

»Das stimmt wohl. Aber sie müssen dafür in die Erde und haben Angst.«

»Vorher hatten sie auch Angst. Vor Hunger zum Beispiel, vor Krankheiten. Jetzt gibt es eine Krankenstation. Und sie verdienen Geld, die Kinder gehen in die Schule, auch Ake, nicht wahr? Außerdem sind sie Teil von etwas, Teil einer Firma, einer Sache, einer Nation.«

»Nation aus Uniformen. Ganze Stadt ist hier in Uniform, weiß ich jetzt. Am liebsten sollen wohl auch Sonne, Mond und Sterne Uniform tragen. Aber wozu?«

»Jetzt verstehe ich auch, warum ich meine Frau grüßen soll.« Hirschberg nickt. »Großzügiger ist es, in weiten Kleidern zu gehen als in Uniform, das ist wohl wahr.«

»Ich weiß nich. Ich denk's halt so. Und wenn Ihre Frau es auch so denkt, umso besser. Und was den Fortschritt betrifft, so sag ich nur: Ruhig mit die junge Pferde!«

Draußen ist es nun dunkel. Auch im Kontor brennt nur noch eine Lampe. Moritz Hirschberg führt Kazimira und Ake in ein Zimmer, in dem sie auf einer Liege übernachten können. Am nächsten Morgen werden sie früh mit den Fuhrleuten aufbrechen.

Hirschberg macht sich auf den Heimweg. Er lässt ihn etwas länger werden, als er ist, geht Umwege, denkt nach.

*

Die Grube ähnelt jetzt einer kleinen unterirdischen Stadt. Verwinkelt führen die Stollen unter der Ortschaft entlang, tönern und feucht, die Innerlichkeit der Landschaft, mit Abzweigungen und Nischen und Höhlen, ein kaum überschaubares Netz aus Grundstrecken, Abbaustrecken, Wetterstrecken, Sumpfstrecken. Kalt atmen die dunklen Gänge jedem entgegen, stumm und klamm erwarten sie die Männer und verschlucken sie, schwarze Katakomben, durchtorkelt vom schwankenden Schein der Grubenlampen.

»So eine Hur«, flucht einer der Hauer, ein drahtiger, kleiner Mensch. »Da geht uns dauernd das Licht aus hier unten.« Er versucht, die Laterne neu zu entzünden, aber die Finger sind nass, der Docht ist nass, die Schwefelhölzer sind nass.

Antas, der den Stollen inspiziert, gibt ihm von seinem Feuer. Sie zünden die Lampen wieder an. Der Hauer beruhigt sich.

Die Männer mögen Antas. Er redet nie viel, und er weiß was vom Stein und von der Blauen Erde. Er kann die Bernsteinvorkommen riechen, meint man. Immer weiß er, wo sie weitergraben sollen, als gäbe es die Grube schon fertig in seinem Kopf und als müsste sie nur noch leer geschaufelt werden. Das allerdings ist Arbeit. Sie graben, stützen ab, graben, entwässern, fördern, Tonne um Tonne. Die Blaue Erde und den Abraum ziehen Pferde zu den Schächten. Die Loren fahren in die Höhe, die Pferde bleiben unten. Sie kennen nur die Laternen der Hauer. Den Tag und die Welt haben sie vergessen. Auch die Hauer vergessen allmählich die obere Welt. Sie kommen erst am Abend herauf, steigen mit dem Nebel aus dem Boden und gehen heim zu ihren Frauen, deren warme Haut ihren gequollenen Fingerkuppen fremd geworden ist. Der Ort bei Licht ist nicht ihre Welt. Der Weststrand mit seinem neumodischen Betrieb macht sie verlegen.

Aber auch die Leute oben haben sich verändert. Sie gewöhnen sich an, einen Stock zu tragen. Eine Mode, scheint es, ein Acces-

soire, um sich Achtung zu verschaffen, um mit Knäufen zu prah-
len: Entenköpfen, Dackeln, Pelikanen, mal aus Silber, mal aus
Tropenholz oder direkt aus Bernstein. In Wirklichkeit sind die
Stöcke Widerhaken im Tag oder im Leben, im ständigen Gefühl der Unsicherheit. Alles scheint beweglicher zu werden oder
brüchiger. Die ganze Welt, meint man, hat sich bei all dem Wachstum und Fortschritt irgendwie beschleunigt. Man fühlt sich ständig abgehängt, wünscht sich schon zurück in die alte, überschaubare, festere Zeit, die man jetzt im Nachhinein, obwohl sie es nie
war, für besser und stabiler hält. Der Tritt, der seinen Weg in der
Erinnerung immer kannte, verspürt ein Wanken in der Gegen-
wart oder in der Weite des Globus, das ihm die Sicherheit entzieht. So geht man zwar im Licht, mit Blick in die Zukunft, bei
steigendem Komfort, aber tastend, als wäre man unten in der
Dunkelheit ein blindes Zugpferd mit unbekanntem Gespannfüh-
rer, womöglich einem, der nichts Gutes will, der irgendwo hinter
einem geht und treibt und treibt. Einer, der mehr Nutzen davon
hat als man selbst. So versucht man, es sich zu deuten. Anmerken
lassen will sich das keiner. Man hält sich an die Parole Erfolg,
damit einem dieser nicht den Rücken zukehrt. Es gilt, an den
Fortschritt zu glauben, denn schlimmer als diese Unsicherheit,
schlimmer als jeder schaurige Widerhall aus dem Untergrund ist
immer noch der Abstieg selbst. Da hilft auch keine Sozialgesetz-
gebung durch den Kanzler. Und also wird dagegengehalten, also
wird mitgerannt, also wird gefeiert: Jubiläen, Geburtstage, Eh-
rungen, Orden. Eine Größe will gespürt werden. Man bewohnt
schließlich ein Kaiserreich, keine Baracke, nichts Dunkles mit
Rissen und Hohlräumen.

Auch das fünfundzwanzigjährige Jubiläum der Firma Hirsch-
berg ist für viele so eine Versicherung des ausbleibenden Abstiegs.
Große Einladung, die Firma Hirschberg: ein Erfolgsmodell eben.
Also Gratulation, auch wenn man es dem Hirschberg nicht gönnt.
Alle entbieten, für alle sichtbar, ihre Anerkennung, wollen ein

Teil des Glanzes, ein Teil der Leistung sein, wenn sie schon nicht Anteilseigner sind.

Den Vorabend haben sie mit Gästen in der Villa am Meer verbracht, die sonst nur noch als Sommersitz dient. Henriette hat lange über die Speisefolge nachgedacht und sich mit der Köchin beraten. Ihr Festbeitrag besteht also aus Hamburger Aalsuppe, dazu Madeirawein, dann Pastetchen vom Kalbsfleisch, englisches Roastbeef mit verschiedenen Gemüsen, Schwarzbrot-Pudding mit Korinthen und Schaumsauce, Lachs mit Öl und Essig und Kopfsalat, Rehbraten mit Apfel- und Aprikosenkompott, Schweizer Creme, Weingelee, Mandeltorte und zuletzt ein kleines Dessert mit Reineclauden, Pfirsich, Melone und Birnen. Die Weine kommen passend zu den Gerichten, zum Braten der Champagner.

Man ist beeindruckt vom Geschmack der Hausfrau. »Auf die Dame des Hauses und ihre köstliche Auswahl! Als wäre die große Welt zu Gast in unserem kleinen Stranddorf«, bringt Doktor Aller seinen Toast aus.

»Die Küche war schon immer ein Ort der Politik.« Henriette zwingt sich zu einem unironischen Lächeln und erhebt sich. »Wenn Sie uns entschuldigen.« Sie zieht sich mit den weiblichen Gästen in den Salon zurück.

Die Männer bleiben am Tisch, trinken Mokka, rauchen, diskutieren die neusten Waffentechniken. Doktor Aller schwenkt sein Tässchen. Er habe inzwischen beste Erfolge mit der Repetierbüchse. Lange habe er sich vom Zündnadelgewehr aus rein sentimentalen Gründen nicht trennen können, damit habe er immerhin gegen Frankreich gedient. Aber wer allein auf die Jagd gehe, der könne sich ewiges Nachladen nicht leisten. »Schließlich habe ich keine Dienerschaft mit zweitem Gewehr bei mir wie die Junker.«

Der Apotheker Pinkowsky öffnet den untersten Knopf seiner Weste. Ihm sei aus eben dem Grund kürzlich ein Elch über alle Berge. »Angeschossen!« Pinkowsky ärgert sich noch jetzt.

»Und was denken Sie, Junior?«, wendet sich Aller an Gustav, der eigens für den Abend und den folgenden Tag angereist ist. »Sie sind sehr still, wenn ich das sagen darf.«

»Mich beschäftigen eher politische Fragen.«

»Umso bedauernswerter, dass Sie sich bisher nicht geäußert haben. Wie ich hörte, treten Sie in gewisser Beziehung in die Fußstapfen Ihres Vaters?«

»Falls Sie mein Interesse für die Verbesserung der Lebensbedingungen der Landbevölkerung meinen, ja. Es wird dringend ein funktionierendes Genossenschaftswesen benötigt, um den Großgrundbesitzern etwas entgegenzustellen. Das Überleben des Stärkeren ist keine Idee für eine zukünftige Gesellschaft.« Diese Mischung aus jugendlichem Idealismus und jugendlichem Hochmut kommt bei dem alternden Arzt nicht gut an. Irgendwie passt es ihm nicht, dass dieser junge Hirschberg sich einbildet, in deutscher Politik mitmischen zu können. Außerdem passen ihm sozialdemokratische Ideen nicht. Etwas scheinheilig erwidert er daher, solche Gedanken zögen sicher recht viele Feinde an, denn die Junker beabsichtigten wohl nicht, ihre Vorteile zu teilen.

»Den Anschein hat es jedenfalls. Aber von fast zwei Millionen Ostpreußen sind die wenigsten Junker.« Gustav sieht Doktor Aller mit trotzigem Blick an. »Reformierte Wahlrechte werden hier eines Tages alles umwälzen.«

»Man darf gespannt sein.«

»Das darf man.« Gustav erhebt sich. »Ich wünsche angenehme Nachtruhe.«

Mehrere lange Tische stehen tags darauf in der Sommerluft. Streuselkuchen und Kaffee, Tanzboden, Sommerhüte und Bergwerkskapelle. Auch die Hauer und ihre Familien feiern mit. Die Einzige, die fehlt, ist Kazimira. Zu viel los da. Vielleicht auch Kowaks Jadwiga dabei. Da bleibt sie lieber zu Haus. Hat in den vielen Monaten zu oft an das Frauchen denken müssen. Da will sie ihr nicht wieder über den Weg hoppeln wie vor einem Jahr in Königsberg. Sie gibt vor, unpässlich zu sein. Antas geht also allein mit Ake. Ist ihm recht. So wird man nicht so viel angestarrt. Denn das können sich die Leute nicht abgewöhnen. Die Kaz bleibt eben die Kaz.

Hirschberg hält eine Rede auf die Anna, wobei nicht immer klar ist, ob er von der Grube oder von seiner Tochter spricht. Es klingt, denkt Henriette, als wäre die Annagrube schon jetzt ein Andenken an sein Kind.

Als Hirschberg sich neben sie setzt und allgemein noch die Gläser auf die Grube oder die Tochter geleert werden, fasst sie unter dem Tisch nach seiner Hand. Beinahe krampfhaft ergreift er ihre.

Anschließend spricht der Bürgermeister des Ortes, dann der Pfarrer, dann ein kreischender Reserveoffizier.

»Mir viel zu viel Nationalitätätä«, sagt Onkel Karl leise. Tante Zipora macht lieber Bemerkungen über das Wetter. Und das Wetter ist schön, noch schöner ist heute jedoch Anna. Durchsichtig wie immer, mit schmaler Kürass-Taille. Plötzlich kann man sich regelrecht die Frauenbeine vorstellen. Ganz neuer Anblick. Das sieht jeder. Das sehen die Hauer, das sehen die Würdenträger, das sieht auch ein junger Maschinist. Er erledigt sonst einfache Wartungen an den Pumpen und Förderanlagen. Jetzt aber beobachtet er das junge Fräulein Hirschberg und seufzt. Der Maschinist ist unglücklich. Beim Anblick des Fräuleins wird ihm das klar. Er trägt einen geliehenen Sonntagsanzug, der ihm viel zu groß ist. Er weiß, dass er lächerlich aussieht. Als die Leute zu tanzen beginnen, geht er.

Fünfzig Meter unter der Tanzfläche steht ein Pferd und malmt sein Heu. Es träumt. Auch die Grube träumt. An den schwarzen Wänden ihrer Schächte und Stollen rinnt Wasser herab. Von der Sommerwärme oben ist hier unten nichts zu spüren.

Anna spaziert mit ihrer Freundin Elise über die Strandhügel.

Sie ist jetzt tatsächlich mit Walter Zylbersztejn verlobt, der eben mit Hirschberg zu rauchen beginnt und seiner zukünftigen Frau nachblickt, an der ihm alles gefällt, bis zur verbogenen Haarnadel und zur abgetretenen Hacke.

Die beiden Männer haben einen schriftlichen Vertrag gemacht und einen mündlichen. Im schriftlichen geht es um Annas Mitgift. Im mündlichen um ihre Lebenszeit und darum, wie sie zu verschönern ist. Erstere wird länger reichen als Letztere. Hirschberg weiß es, und Zylbersztejn weiß es auch. Und in der Hoffnung, sie möge vielleicht doch auch eines Tages gesund werden, oder weil er sie eigentlich schon jetzt andauernd vermisst, auch wenn sie nur schläft, ist Zylbersztejn in jedem Moment bemüht, Anna zu erfreuen und zu unterhalten. Er ist sogar bereit, mit ihr zusammen zu rechnen und zu konstruieren, insgeheim liebt er längst die winzigen Zahlen, die sie überall notiert: auf Servietten, auf der Tapete, am Rand von Romanen, sogar auf dem Sitz ihrer Kutsche hat er schon winzige Rechnungen entdeckt.

Anna fasst nach Elises Hand. Dass man während der Rede ihres Vaters immer wieder nach ihr gesehen hatte, gibt Anlass für Gedanken, die sie mit ihrer Freundin bereden will.

Der Nachmittag scheint stillzustehen, die Hitze flimmert, die Sandberge schweben in zitternden Luftspiegelungen. Die beiden jungen Frauen pausieren immer wieder, kneifen die Augen zusammen und fächeln sich Luft ins Gesicht, die kaum erfrischt. Ihre Kleider sind eigentlich ein bisschen zu eng für Spaziergänge. Sie wandern also mit kleinen Schritten und verschwitzt bis zum Rand des Tagebaus. Beim Anblick der aufgewühlten Erde erschaudert Anna. Sie beobachtet den jungen Maschinisten, der sich an einem der Fördertürme abseits des Tagebaus zu schaffen macht. Dort geht es in die wirkliche Grube. Er winkt die Fräuleins heran, und sie laufen bis zum Turm.

»Kleine Besichtigung der Unterwelt?« Der Maschinist grinst. »Wo Sie doch die Schutzherrin sind?«

Anna blickt Elise an. Die schüttelt den Kopf. »Lieber nicht.«

Aber feige oder überheblich will Anna nicht wirken. Also fragt sie, ob es gefährlich sei, in die Grube zu fahren.

»Gefährlich?« Der Maschinist grinst jetzt nicht mehr. »Ham Sie die Hauer beim Tanzen nicht gesehen? Die scheinen mir alle intakt.«

Das ist wahr. Und jetzt will sich Anna auch schon was beweisen. Die erste Frau unter Tage. Und ist ja auch nur ein kurzer Besuch.

»Gut.« Sie betritt mit weißen Schuhen den Förderkorb, gefolgt von dem Mann. Schon fahren sie abwärts. Die Schachtwand rast vor Annas Blick nach oben.

»Nicht so schnell«, sagt sie.

Keine Antwort. Anna starrt ins Halbdunkel. Die kleine Laterne ist nicht sehr überzeugend, schon gar nicht ermutigend.

»Umkehren!«, sagt sie und merkt aber gleich, wie das hier klingt, nämlich wie nichts.

Dem Maschinisten tut die Abfahrt so gut wie nie eine vorher. Er muss lachen. Er weiß selbst nicht, auf was das Ganze jetzt hinauslaufen soll, darum lacht er. Mit einem Stoß stoppt der Förderkorb am Grund des Schachtes. Der Maschinist öffnet die Drahttür und macht eine lächerliche Geste, damit Anna vorangeht. Und sie geht. Was sonst. Es ist die Grube ihres Vaters, nach ihr selbst benannt.

Der Maschinist betrachtet sie von hinten im trüben Licht der Grubenlampe. Er ist jetzt doch nervös, hält die Lampe so fest, dass seine Knöchel hell hervortreten. »Da entlang«, sagt er fast barsch, so beginnt man keine Führung, und eine Grubenführung soll es doch werden. Er schiebt Anna in Richtung des Pferdestandes.

Anna denkt an den freundlichen Streuselkuchen in ihrem Bauch. Sie hätte jetzt gern noch so ein Stück. Sie denkt an den Bernstein und wundert sich, dass er aus einem solchen Loch kommt.

Der Maschinist erklärt: »Alles hängt hier unten davon ab, dass das Wasser abgeleitet wird. Wenn der Entwässerungsstollen einbricht, dann ersaufen hier ein paar hundert Hauer. Sind hier nämlich zehn Meter unterm Meeresspiegel, falls das dem Fräulein was sagt. Ne Tauchgrube ist das. Oder 'n Seegrab.« Anna nickt. Sie möchte jetzt noch dringender wieder nach oben. Aber der Maschinist will noch mehr zeigen. »Hier, die Schienen, sind für die Loren. Die Gäule ziehen halben Kubik zu den Förderschächten, ganzen Tag lang.« Er überlegt. »Wobei es für die Gäule keinen Tag mehr gibt. Traurig eigentlich. Für sie gibt das nur viel Arbeit im Dunkeln. Tja, Fräulein, hier kommt das Geld her, mit dem Sie die weißen Schühchen da gekauft haben und das weiße Kleidchen.«

»Aber auch Sie kaufen Ihre Hosen von dem hier verdienten Geld«, sagt Anna vorsichtig. Der Maschinist ärgert sich. »Das ist was anderes«, sagt er und ist froh, dass man hier unten seinen Anzug nicht gut sieht. Dann fasst er plötzlich Annas Kleid an. Sie ist so erschrocken, dass sie keinen Laut mehr von sich geben kann. Der Maschinist lässt das Anfassen auch schon wieder sein, denn ihm wird klar, wie viel er sich gerade versaut. Aus einer Laune heraus. Er weiß nicht, wen er in diesem Moment mehr hasst. Da fängt Anna plötzlich an zu zittern. Sie kann ihre Glieder kaum beherrschen. Eine Mischung aus Aufregung, Grauen und Schwäche schüttelt sie. Der Maschinist weicht zurück, vergisst das mit der Führung, wäre jetzt auch lieber oben beim Streuselkuchen, weicht immer weiter zurück und dreht endlich um und rennt in einen der Stollen, mitsamt Lampe, ohne sich noch einmal nach dem Fräulein umzusehen, das in absoluter Schwärze zurückbleibt.

Mit angehaltenem Atem steht Anna auf der Stelle und wartet, ob der Maschinist sie abholt und wieder nach oben bringt. Aber seine Schritte verhallen nur, und die Dunkelheit beugt sich ihr bis ins Innere, wie aus einer anderen, uralten, unbekannten Dimension. Unendlich weit weg erscheint jetzt die Tanzfläche mit den hell gekleideten Paaren. Wie einzelne, letzte Lichtpunkte, Sterne, verblassen sie Anna schon im Gedächtnis. Als wäre sie selbst die Grube, eine versteinerte, bärtige Alte, sieht sie sich, die sie seit Urzeiten dort unten haust, vor Millionen Jahren von geologischen Kräften hinabgewälzt, die Oberwelt und ihre Sonnen immer mehr vergessend und ewig auf Erlösung wartend, ein weiblicher Barbarossa!

Wie lange sie allein im Dunkeln war, weiß Anna nicht. Später sagt sie: »Lebenslang.«

Henriette sieht sie fragend an. Seit wann ist das Mädchen so überspannt?

Sie hatte, nachdem einer der Hauer, von der weinenden Elise herbeigerufen und mit seiner Frau als Zeugin, Anna heraufgeholt hatte, die Tochter im Haus der Dameraus, weil es näher an der Grube lag, erst in die heiß gefüllte Zinkwanne und dann ins Bett gesteckt.

Sie fragt sich, ob Zylbersztejn dieses Mädchen nun noch nehmen wird. Vielleicht meinte Anna sogar das mit *lebenslang*, denkt sie. Vielleicht ahnt sie, wie ihr Wert heute gefallen ist. Geradezu lebender Börsenkrach ist das in der Welt da draußen. Henriette beißt die Zähne zusammen, beinahe kommen ihr wütende Tränen.

Kazimira bearbeitet unterdessen mit kräftigem Kneten den ausgekühlten Körper. Sie hat Annas Hände und Füße mit warmem Senfbrei eingerieben und heiße Brühe gemacht, mit der sie Anna gleich füttern will. Sie spricht es nicht aus, aber auch sie sieht, dass dieser Ausflug unter die Erde ein Fehler war. Auch sie sieht den stumpfen Glanz in Annas Augen.

Mehrfach kommt der Hauer noch an die Eingangstür und fragt nach dem Befinden des Fräuleins. Vom Maschinisten fehlt jede Spur.

Und noch jemand kommt, um sich zu erkundigen, ein tapsendes, torkelndes Kleinkind an der Hand. Sie weiß selbst nicht genau, warum sie plötzlich vor der Tür der Dameraus steht. Oder weiß es ganz genau und will schon umdrehen, hat aber bereits geklopft, und Kazimira öffnet eben. Ihr Haar ist in Unordnung, sie riecht nach Senf und macht einen Schritt rückwärts, als sie Jadwiga Kowak sieht.

Jadwiga riecht nach Frauenschweiß und Rosenwasser. Dem Duft jenes Nachmittags im Garten. Die beiden stehen einfach da und sehen sich an, etwas zu lange vielleicht, mit so einem Blick, der gleichzeitig kompliziert und ganz einfach ist, einem Blick, der im Gegenüber herumsteigt wie in einem Baum. Sie wissen nicht, was sagen. Schweigen also. Hören das Tucken der Hühner im Hag, das Bellen eines Hundes, den Wind im Efeu an der Hauswand.

»Na so was«, sagt Kazimira endlich und löst damit ein ungeheuer befreiendes Gefühl in Jadwiga aus.

»Ich wollte nur … nach unserer Anna sehen«, sagt die leise.

»Unsere Anna liegt in die Federchen.« Kazimira winkt Jadwiga in die Diele herein und schließt die Tür. Kurz lehnt sie sich ans Türblatt und sieht Jadwiga von hinten an, ganz ruhig, dann sagt sie: »Dort entlang ist die Stube. Gehen Sie, ich komme nach. Und unser Ake kann sich um die Kleine kümmern.«

Jadwiga verschwindet in der Stube. Kazimira hört sie mit Henriette sprechen. Sie lehnt den Kopf an die Tür. Ist das Frauchen also zu ihr gekommen. Hat ja gedauert. Aber jetzt ist sie da. Zu so einem unpassenden Zeitpunkt.

Kazimira eilt in die Kammer, wäscht sich die Hände und tritt zu dem kleinen Spiegel, der über der Waschschüssel hängt. Sie ordnet das Haar und hofft, dass Henriette bald aufbricht.

*

Wo das Haus der Dameraus stand, steht hundertneununddzwanzig Jahre später, an der Stelle, wo sich das Bett befand und Kazimira Anna die Füße mit Senf eingerieben hat, das Häuschen des Vorarbeiters aus dem Tagebau. Haus und Bett der Dameraus sind lange fort, aber hinter dem neuen und eigentlich auch schon wieder alten oder jedenfalls baufälligen Haus wächst wilder Senf.

Es ist lange nach Mitternacht. Im Haus sitzt der Vorarbeiter Aleksej Aleksejewitsch und weint. Nicht aus Trauer, sondern weil er nicht mehr kann. Er hat gestern den bescheuerten Anatolij rausgeschmissen, obwohl er ihn eigentlich mochte. Aber diese Kopfgeburt hat tatsächlich nicht nur im Führerhaus geraucht, dass er kaum mehr hinaussehen konnte, sondern obendrein den letzten funktionierenden Seilbagger ruiniert. Sicher wäre der Schrott auch ohne Anatolijs Zutun demnächst auseinandergefallen, aber was ändert das? Aleksejewitsch seufzt. Er hat außerdem Schulden, und er ist müde. Ihm fehlt die Ordnung, die Organisation des Lebens, er weiß nicht mehr, wohin er gehört. Die Welt ist schrecklich groß und schrecklich klein geworden, und diese jungen Russen sind jetzt alle so selbstbewusst und erfolgreich, dass man unmöglich mithalten kann. Mit Verlierern wie Anatolij schon, aber die Übrigen, die aus Moskau und Petersburg, die hier ihren Urlaub in Badelatschen, mit rasierten Beinen und schweren Uhren vertrödeln, die haben ihn längst überholt, haben Leute wie ihn vergessen oder nie von ihnen gewusst. Die wollen nur Profit. Und zwar allein. Und Profit hat er nicht gelernt, denkt Aleksejewitsch und gießt sich was ein. Und *allein* hat er auch nicht gelernt. Er war immer Genosse. Schon gern ein Vorarbeiter, sicher, etwas zu sagen haben tut gut, aber mehr musste nicht sein. Ein Soll erfüllen, das war eine überschaubare Aufgabe. Und dann Kombinatskantine und Kombinatsvergnügungen und Kombinatsausflüge und Kombinatsfreundin. Da war niemand allein. Was man geschafft hat, hat man für alle geschafft. Für die Gemeinschaft, für den Sozialismus. Damals lag Kaliningrad auch noch nicht auf derart verlorenem Posten. Jetzt dagegen rundrum EU-Außengrenze. Man ist vom Feind umzingelt. Und vom Kapitalismus. Noch schlimmer, längst von ihm gefickt, oder von ihm aufgeleckt, wie eine Lache Milch von der Raubkatze. Und die Russen selbst: beste Raubkatzen der Welt. Darauf einen Wodka. Oder zwei. Und eine Scheibe Kümmelbrot. Denn als der Vorarbeiter Aleksej Aleksejewitsch gestern Abend den zu Schaden gekommenen Bagger beim Chef melden wollte, klimperte der nur mit einem nagelneuen Autoschlüssel und meinte, er habe nicht viel Zeit. Die Sache mit dem Bagger hat ihn gar nicht interessiert.

Woher, denkt Aleksej Aleksejewitsch jetzt kauend, hat der Chef dermaßen viel Geld für einen neuen Wagen? Wo doch kein Schwanz den Bernstein haben will?

Nicht sehr weit entfernt liegen Anatolij und Nadja im Bett. »Es war einmal vor langer Zeit …«, sagt Anatolij schon zum dritten Mal und lässt Zeige- und Mittelfinger in kleinen Schritten über Nadjas Brust wandern. Ihm fällt keine schöne Geschichte ein.

Zum Glück unterbricht sie ihn: »Ich bin hungrig.«

Anatolij springt auf, zieht sich T-Shirt und Hose an, öffnet leise die Tür. Nadja folgt ihm, die Decke um die Schultern gelegt. Sie tasten sich barfuß in die Küche. Nadja spürt, dass der Boden lange nicht gefegt wurde. Im Wohnzimmer schläft der Vater auf dem ausgeklappten Sofa, der Fernseher läuft ohne Ton, sein flackerndes Licht erfüllt den niedrigen Raum, als huschten panische Träume über die Wände.

Sie setzen sich unter eine nackte Glühbirne an den kleinen Küchentisch und essen kalte Buchweizengrütze mit Zucker und Dosenmilch. Als sie den halben Teller geleert hat, legt Nadja den Löffel weg. Hinter ihr steht das schwarze Quadrat des Fensters. Die Decke hängt ihr lose über die Schultern, ihre beinahe unnatürlich blasse Haut scheint darunter zu fluoreszieren. Anatolij muss sich zwingen, sie nicht anzustarren. Er schaltet darum lieber das Licht aus. Das schwarze Quadrat hinter Nadja wird zum Bild: eine Reihe von Wohnblöcken vor dem diffus schimmernden Nachthimmel, manche der Fenster sind von ähnlichem Flackern erfüllt wie das Wohnzimmer des Vaters. Jantarnyj zittert im Schlaf, denkt Anatolij. Die Scheinwerfer des Tagebaus bilden südöstlich einen rötlichen Lichtnebel über der Grube. Eine apokalyptisch anmutende Welt. Nadja hat die Decke jetzt eng um sich gezogen und blickt ebenfalls aus dem Fenster in die Nacht.

»Ich habe am Morgen beim Tagebau etwas gehört«, sagt sie. »Oder nicht gehört, eher gespürt.«

Anatolij tastet im Dunkeln nach den Zigaretten und lässt sie dann doch liegen. Er weiß, dass die Leute im Ort von diesen Dingen erzählen. Sie reden darüber, wie man vom nicht Gewöhnlichen eben spricht, von kühlen Luftschichten an bestimmten Plätzen, von sich ändernden Entfernungen, von unheimlichen Lichtverhältnissen, von Nervosität auf gewissen Böden, von Moorblasen und Geräuschen in der Dunkelheit. Und hier eben von einer Traurigkeit und Erschöpfung, die plötzlich aus dem Waldschatten weht oder einem aus dem Boden entgegensteigt.

»Hast du schon einmal darüber nachgedacht, von hier wegzugehen? Also ganz?«, fragt Nadja.

Am Nachmittag sitzen sie zu dritt in einem Eiscafé, dessen Dekoration etwas veraltet ist und es wahrscheinlich immer schon war. Aber darauf zu achten käme ihnen an einem Tag wie diesem und nach einer Nacht wie der letzten nicht in den Sinn. Nachdem sie Ika von Tante Warja abgeholt hatten und nach zwei erfolglosen Runden mit dem Lada durch Jantarnyj, erschien das Eiscafé fast elegant. Anatolij hat drei große Eisbecher bestellt und versucht sich nun in den neusten Anekdoten aus dem Bernsteinwerk. Er ist nicht sicher, ob sich Nadja für diese Geschichten interessiert, aber über irgendetwas muss man reden, und der Tagebau ist ihre größte Gemeinsamkeit. Außerdem möchte er das niedliche Mädchen gern zum Lachen bringen.

Draußen tobt der Wind und wirbelt Plastiktüten in die Luft. Anatolij erzählt, wie der Vorarbeiter ein Wasserrohr, das ständig geflickt werden musste, schließlich aus der Wand gerissen und brüllend durch das geschlossene Fenster der Baracke geschmissen hatte. Anatolijs Blick folgt währenddessen einer alten Frau, die gebückt über die Straße geht. Der Wind zerknickt ihr eben den dürren Regenschirm. Sie hat einen Buckel und von Arthrose verwachsene Finger. Anatolij vergisst für einen Moment seine Geschichte.

»Und weiter?« Nadja hält den langen Eislöffel mit zwei Fingern und stochert in der Sprühsahne herum. Sie hat die Augenbrauen zusammengezogen. Vom Eis hat sie noch nichts gegessen. »Seitdem frieren wir in der Baracke.« Anatolij reißt sich vom Anblick der Frau los, isst sein Eis und zwinkert Ika zu. Die Appetitlosigkeit ist ein Luxus in Friedenszeiten, denkt er und bestellt von seinem letzten Geld noch einen Kaffee. Wir leben in Saus und Braus.

»Alle haben hier am Anfang gehungert«, hatte Anatolijs Vater oft erzählt. Er war sechs Jahre alt, als die Familie, aus dem Brjansker Gebiet kommend, die Gegend erreichte und in einer der neuen Kolchosen anfangen musste. »War alles hinüber. Und was noch stand, war bewohnt von Verrückten und Verzweifelten. Und man sagte: Verjagt und nehmt. Und das haben unsere Leute gemacht. Kamen ja selbst mit nichts. Unsere Väter waren von Deutschen getötet worden, unsere Mütter hatten nur uns hungernde Kinder. Und sie fanden auch hier nur Hunger, denn es war Herbst und kein Feld war bestellt.«

Inzwischen sind die meisten Frauen dick geworden. Die alten jedenfalls. Auch eine Folge des Hungers in der Kindheit.

Nadja ist nicht dünn und nicht dick, nur blass. Die Innenseiten ihrer Unterarme zeigen Flusslandschaften blauer Adern, als führe sie Blaue Erde. Neben ihr reicht Ika kaum über die Tischplatte. Auf ihrem Kopf eine sehr große weiße Rüschenschleife, die einen Teil des wilden Haares zusammenhält. Sie hat den Eisbecher auf dem Schoß und fast leer gegessen und ist komplett bekleckert und beschmiert. Nadja bemerkt Anatolijs staunenden Blick. »Man soll sich nie über die falschen Dinge aufregen«, sagt sie und lächelt müde. Ika lächelt breit. Der Wind drückt immer stärker gegen die große Scheibe des Cafés. Am liebsten würde Anatolij mit Nadja den Platz tauschen, um sie vor dem Einfluss dieser zudringlichen Gewalt zu schützen, aber das zu erklären ist zu kompliziert und er weiß, dass sie seinen Schutz mit Spott ablehnen würde, also erzählt er einfach weiter vom Werk. Er sieht nicht, wie sich Nadjas Blick verdunkelt. Er merkt nicht, wie wenig sie von der Grube und dem Grubenchef wissen will.

Am Nebentisch sitzt ein Mann und telefoniert. Hat sich als Yehor gemeldet. Ukrainer. Irgendwann legt er sein Telefon weg und hört nun auch Anatolij zu. Was der da predigt, ist genau das, was Yehor wissen will. Denn wie Yehor weiß und wie Anatolij da gerade laut verkündet, liegt eine Menge ungenutzter Bernstein im Werk gelagert. Aus irgendwelchen Gründen haben die Leute nicht mitbekommen, dass sich die Situation auf dem Markt gedreht hat. Jedenfalls auf dem Schwarzmarkt. Worauf du gestern noch sitzen geblieben bist, reißt man dir heute aus den Händen. Eine neue Mode. Aber keine in der hutzeligen Schweiz oder so, sondern in China. Über eine Milliarde Chinesen könnten demnächst das Bedürfnis haben, sich ein Armband aus Bernstein ums Handgelenk zu binden. Und je nachdem, welches Tier in deren Kalender gerade an der Reihe ist, soll es mal dieser, mal jener Bernstein sein. Im Jahr der Schlange also der grünliche Stein, im Jahr des Büffels eher der bräunliche. Und das jeweils in einer Größenordnung, die einen vor Glück schielen lässt. Und irgendwie sieht es so aus, als ob sie hier, in Jantarnyj, die Gunst der Stunde nicht erfasst haben. Und darum sitzt Yehor im Eiscafé und würde gern vernünftig mit seinem Kompagnon in der Ukraine, Oleksandr, kurz Les, telefonieren. Aber Les steht, statt an seinem Schreibtisch im Büro zu sitzen, sich in der Nase zu bohren und reich zu werden, in Gummistiefeln in einem Birkenwäldchen, irgendwo im ukrainischen Nordwesten, und versteckt sich vor der Miliz, die seine geheime Grube entdeckt hat und ihn jetzt gerne hochnehmen würde. Oder sich gerne dafür bezahlen lassen würde, ihn nicht hochzunehmen. Und solange das so ist, kann man nicht vernünftig telefonieren. Darum belauscht er also den Nebentisch.

»Kannst du dir das vorstellen?« Anatolij nimmt Nadjas Hand. »Wir graben immer weiter, obwohl so gut wie nichts mehr verkauft wird. Wozu?«

Nadja betrachtet ihre Hand in seiner. Diese Ungeheuerlichkeit, sich jemandem zu überlassen. Sie stellt sich zwei Ringe vor, die sie auf ihre Finger stecken, Gold aus einer Supernova, von einem fernen, sterbenden Stern.

»Bei uns kaufen die Leute jeden Tag irgendwas«, sagt sie. »Leute aus Deutschland. Sie kaufen, obwohl sie den Schmuck hässlich finden. Zur Erinnerung. Manche haben Heimweh, sagt meine Kollegin. Stell dir das vor. Heimweh nach Kaliningrad.« Sie kichert.

»Na ja, Heimweh.« Anatolij schaut skeptisch. »Machtansprüche und sentimentale Gesten sollte man nicht verwechseln.«

»Wie du willst.« Nadja zieht spöttisch ihre Hand zurück und blickt sich im Café um. Ein bisschen tut es ihr leid, und ein bisschen macht es sie stolz, dass die Deutschen Kaliningrad gern zurückhätten. Dann streicht sie Ika übers Haar und zupft die Schleife zurecht: »Ich komme gleich wieder.« Sie geht nach draußen, um zu rauchen.

Yehor blickt ihr hinterher. Er hat in ihrem Gesicht mehr gelesen als Anatolij. Er hat gesehen, wie eine Bewegung über dieses

Gesicht glitt, als Anatolij von der Grube und dem Grubenchef erzählt hat. Yehor ist nicht doof. Die Frau und die Grube, da geht man besser leise drum herum. Er überlegt, will gerade aufstehen und Anatolij ansprechen, da kehrt Nadja schon zurück. Zu kalt draußen. Also ein andermal, denkt Yehor, winkt die Bedienung ran, zahlt, trinkt im Stehen sein Glas aus und geht.

Nadja lehnt sich erschöpft an die Scheibe. Sie ist müde von der Nacht, sie möchte nach Haus. Ika schmiegt sich an sie. Auch sie sieht müde aus. Wahrscheinlich hat die Tante sie die halbe Nacht fernsehen lassen.

Tante Warja, Warwara Borissowna Semjonowa, arbeitet in der Manufaktur, schleift Steine. Sie ist die Schwester von Nadjas Vater Wladimir, oder Wlad, auch wenn das keiner glaubt. Es gibt kein Haar Ähnlichkeit zwischen Wladimir Borissowitsch Semjonow und dem Rest der Familie, aber sie hängen aneinander. Eine zärtliche Gemeinschaft, was nicht immer so war oder nicht immer für alle galt. Ihr Vater, Boris Sergejewitsch Semjonow, ein Offizier der Roten Armee, war ein gebildeter, aber eiserner Mann, ohne Nachsicht mit sich und anderen. Bis er, so erzählte man sich, im Winter 45 im besudelten Schnee des Dorfplatzes irgendeines besiegten samländischen Fleckchens stand und, während er seinen zitternden, vielleicht dreijährigen Jungen an der Hand hielt, leise und auf Deutsch, mit schwerem russischem Akzent in den erstarrten Himmel sang: *Erba-arme dich.* – Bach. Er sang tatsächlich Bach. Warum er seinen Jungen bei sich hatte, wusste niemand. Was aber jedem, der ihn kannte, auffiel, war, dass seitdem nie wieder ein Fluch oder auch nur ein hartes Wort über seine Lippen ging. Sogar seinen sonst herrisch federnden Schritten hatte er jede Härte genommen, und auch seine Hand rührte keine Waffe mehr an. Er kümmerte sich von morgens bis abends um den Jungen, heiratete, da seine erste Frau, eine geschätzte Sängerin, in Leningrad verhungert war, eine neue, bekam mit ihr noch eine

Tochter, Warwara, und starb kurz vor Ende des Jahrhunderts, worauf seine zweite Frau Kaliningrad verließ und nach Sankt Petersburg ging.

Wladimir Borissowitsch Semjonow, sein Sohn, Nadjas Vater, war von Anfang an ein melancholischer Mensch. Schon ein einziger Schluck aus der Teetasse konnte ihn zu nachdenklichen Betrachtungen über den Durst und die Bedürftigkeit aller Lebewesen verleiten, welche vom Moment ihrer Geburt oder Entstehung an auf die Gnade des Taus, des Regens oder der Muttermilch angewiesen waren. Ja, dieser ganze hauchdünne Grünschleier, welcher sich gütig um die Erde lege, pflegte Wlad beim öden Anblick des unbewachsenen Strandes oder des Tagebaus leise zu grübeln, sei, bedenke man die zerstörenden Feuer im Erdinnern und die zerstörenden Sonnenwinde aus dem Kosmos, eine einzige erschütternde Gnade.

Wlad war, wie viele der Männer im Gebiet Kaliningrad, über Jahre beim Militär angestellt. Später beim Sicherheitsdienst im Bernsteinwerk, weshalb er sein Leben im Grunde auf Wachgängen verbrachte, seinerseits sehr spät Vater wurde, bald darauf seine Frau verlor und Nadja bei seiner alleinstehenden Schwester, Tante Warja, einquartierte, damit sie das blasse Mädchen mit dem roten Wildhaar aufzog.

Dass sich seine Tochter zu einer überzeugten Russin entwickelte, wunderte Wlad, denn ihm selbst war die Bewachung dieser Landschaft und das Beharren auf Grenzen über die Jahre immer sinnloser vorgekommen, bis er irgendwann ganz aufgehört hatte, durch sein Fernglas nach Feinden zu suchen, sondern vielmehr nach Seeadlern, Austernfischern, Weihen, Sperbern und Finken Ausschau hielt. Wann immer Nadjas Rede auf Russland kam, antwortete er nur sanft: »Aber meine Liebe, ist der Storch denn ein Russe oder ein Marokkaner?«

Inzwischen lebt er selbst bei Tante Warja. Sie sitzen nebeneinander auf dem Sofa und hören Musik. Sie essen zusammen in der winzigen Küche und hören Musik. Sie gehen Pilze sammeln und fädeln sie später zum Trocknen auf Schnüre und hören Musik. Wlad ist über siebzig und krank. Er kann die vielen Treppen zwischen Wohnung und Straße nur noch selten bewältigen. Sein Herz nehme schon mal hier und da Abschied, sagt er. Warja sagt dazu nichts, winkt nur ab. Sie umsorgt und pflegt ihn mit einer Sanftheit, die ihn mal benommen, mal hungrig macht. Und seine Augen folgen ihren Bewegungen mit dieser Frage im Blick, mit einer Verwunderung, als könnte er nicht glauben, dass diese liebe Frau seine Schwester sein soll.

Nadja zieht Ika den kleinen Mantel an, küsst Anatolij auf die Wange, verlässt das Eiscafé und geht mit dem Kind an der Mauer der Kaserne entlang, die kurz vor dem Ortsausgang liegt. Mit einem Finger streicht sie über die gekalkten Ziegel, als brauche sie Fühlung zu etwas Stabilem. Die gelben Lindenkronen lassen die Straße kurz vor dem Winter beinahe noch einmal schön aussehen. Und was hässlich bleibt, das überspielen die Leute von Jantarnyj mit einem Spaziergang, für den sie sich extra zurechtmachen. In glänzenden Lederschuhen und auf hohen Hacken umgehen sie die Löcher im Asphalt, die geerbten Abgründe, um die sich zu kümmern niemand die Kraft hat, laufen tapfer auf hohlem Grund, denken nicht an die stummen Räume in der Tiefe, sind auf dem Weg zum kleinen Stadtpark, wo sie sich und ihre Kinder vorzeigen, oder sie gehen ein letztes Mal zum Strand. Nadja geht in Jantarnyj nie an den Strand.

»Man soll in diesem Meer nicht baden«, hat Tante Warja schon vor Jahren entschieden.

*

Als Henriette eine kurze Nachricht an ihre schlafende Tochter geschrieben und das Haus der Dameraus schließlich verlassen hat, setzt Kazimira Wasser auf und bietet Jadwiga einen Tee an. Ake hat die kleine Ilse in den Garten getragen und zeigt ihr alles.

Die beiden Frauen sitzen am Tisch.

»Üben wir jetzt also das Teetrinken«, sagt Kazimira irgendwann leise.

Jadwiga sieht die Tasse an, als wäre sie wer weiß wie wertvoll. »Gern«, sagt sie noch leiser. Mehr nicht.

Sie gucken umeinander herum, so gut es geht. Noch ein Schlückchen. Verlegenheit kann auch schön sein. Sie hören die Kinder im Garten. Kazimira rührt viel zu lang in ihrem Tee. Sie trägt keine festlichen Handschuhe wie Jadwiga. Ihre Hände sind noch gelb vom Senfbrei, die Fingernägel schwarz von der Gartenarbeit. Jadwiga betrachtet die Hände. Dann zieht sie ihre Handschuhe von den Fingern und legt sie neben die Tasse auf das Tischtuch. Kazimira sieht lang die Handschuhe an, dann Jadwigas Finger.

Als ihre Tasse leer ist, steht Jadwiga auf und verabschiedet sich.

»Kommen Sie einmal wieder?«, fragt Kazimira an der Tür.

»Bestimmt.«

Und kommt, immer mal, wenn es sich einrichten lässt. Und bei jedem Tee wird es etwas leichter und schöner.

Einige Sommernachmittage werden das. Bis die Kowaks nach Königsberg zurückgehen, ist noch etwas Zeit.

Und so klopft es immer wieder vorsichtig und manchmal auch eilig am Häuschen der Dameraus.

Eines Nachmittages geht darauf die Tür auf, und weil Jadwiga verlegen zu Boden blickt, sieht sie nur zwei Hosenbeine und will schon gehen, aber in den Hosenbeinen stecken keine Männerbeine, das kann man sehen. Jadwiga hebt den Blick und trifft auf Kazimiras verschmitztes Gesicht.

»Manchmal ist doch gut, wenn eine nähen kann«, sagt die Kaz und zieht Jadwiga mit dem Kind schnell in den Eingang. Muss ja nicht jeder das Schneiderwerk bewundern.

Wie schmal sie ist, denkt Jadwiga nur. Und dann fragt sie doch: »Aber wozu Hosen?«

Kazimira funkelt sie an: »Für große Schritte.«

Jadwiga lacht.

Ilse wird in der Küche von Ake gehütet, der ganz vernarrt in das Kind ist und es mit Kakao und Zucker füttert, während es in der Stube still wird. Ein wilder Waldgeruch zieht durchs offene Fenster, dazu die Salzluft vom Meer. Kazimira holt ein Schachbrett aus dem Schrank, Geschenk von Antas, und sie spielen bis zum Abend. Die Fledermäuse torkeln schon über der Hecke, da gehen die beiden Frauen in der Dunkelheit spazieren, den alten Lehmpfad entlang, kommen erst im breiten Mondlicht zurück, so dass Jadwiga ihre schlafende Tochter nach Haus tragen muss.

Gegen Mitternacht kommt Antas heim. Er stinkt nach Suff und legt sich in Hemd und Hosen zur Kaz. Er will sie jetzt, denn er hat Sorgen. Die Leute reden.

»Und was reden die Leitchen?«

»Dass du mit der Frau Kowak spazierst.«

»Was gibt da zu beanstanden?«

»Sie sagen, sie hätten dich in Hosen gesehen.«

»Nun, dann haben die Leutchen wohl Erscheinungen.« Kazimira öffnet Antas Hemd und lässt ihn das Gerede der Leute vergessen. Und Antas vergisst und geht anderntags beruhigt zur Arbeit. Er sieht das gelb werdende Gras am Wegrand. Bald ist schon September, mit seinen Spinnenfäden, seinem Holunder, dem anderen, kälteren Tau, und dann reisen die Kowaks ab.

*

»Hast du deine Rede eingepackt?« Henriette besieht eilig den Mantel ihres Mannes und bürstet noch einmal seine Schultern ab. Dabei erblickt sie sich selbst im Garderobenspiegel. Überrascht hält sie einen winzigen Moment inne. Kurz hatte sie geglaubt, eine andere Frau zu sehen. Die Beschäftigungen der letzten Jahre haben sie verändert. Sie legt die Bürste weg und fasst sich nach dem Hals. »Wo ist mein Halstuch? Stin! Weißt du, wo es ist?« Henriette ist selbst schon im Mantel, als sie noch einmal in die Küche hinunterläuft. Seit einiger Zeit trinkt sie dort unten Kaffee mit der Köchin, liest die Zeitung und vergisst immer wieder irgendetwas auf dem Küchentisch.

Sie nehmen den Neunuhrzug vom Hauptbahnhof nach Fischhausen, von dort die Mietkutsche. Vielleicht zum letzten Mal, denkt Henriette, denn einige Stunden später weiht man, mit blumenbekränzter Lok und Blaskapelle, die einspurige Bahnlinie von Fischhausen zum Weststrand ein. Die Bahnverbindung zwischen einem einzigartigen Abbaugebiet und einem weltweiten Handel, mit Vertretungen in Wien, Paris und London, Bombay, Kalkutta, Shanghai und New York.

»Bis zu zweihundertfünfzig Handelssorten Bernstein beginnen hier ihre Reise. Lassen Sie uns, verehrte Gäste, diese zwei Schienenstränge gebührend würdigen und die Gläser erheben!« Hirschberg begrüßt die Gäste als jüngst ernannter Geheimer Rat. Die Feier findet in Onkel Karls Hotel statt, im Strandhotel Waldner, mit Fahnenstangen vor dem Haus, Seeterrasse dahinter und einer Reihe hübscher Badekarren, samt Zugpferden. Der Speisesaal ist längst und für lange Zeit ein Ort, an welchem die erstaunlichsten Gespräche geführt werden. Es hat sich herumgesprochen, im Hotel Waldner kann man koscheres Essen bestellen, ohne kompromittiert zu werden, darum sind unter den Gästen nicht nur Besucher aus Königsberg, Posen oder Danzig, sondern auch Familien aus Wien, Frankfurt und Köln, die über Wochen bleiben und nebenbei ihre herangewachsenen Kinder zu verheiraten suchen.

Auch Annas Hochzeit haben sie hier gefeiert. Selten hat man sich so sehr und so erfolglos um glückliche Mienen bemüht. Nach dem ersten Tanz musste sich Anna auf der Seeterrasse ausruhen. Im Liegestuhl lauschte sie dem rhythmischen Überschlagen der Wellen, die den Abend einzuläuten schienen.

»Sollen wir die Gäste heimschicken?«, hatte Zylbersztejn besorgt gefragt.

»Nein. Ihr werdet noch viele Feste ohne mich feiern müssen«, hatte sie geflüstert, bevor ein Hustenanfall ihren Körper schüttelte. Und Zylbersztejn hatte hinter ihrem Liegestuhl gestanden, ihr Haar gestreichelt und stumm geweint.

Die Einweihung der Schmalspurbahn ist dagegen ein ziemlich heiteres Fest. Es sind vorerst gute Jahre.

*

Königsberg, 1886

Mit vierzehn beginnt Ake seine Lehre als Dreher in Königsberg, wohin der Hauptteil der Verarbeitung verlegt ist.

»Woanders lernt er besser als zu Haus«, hatte Antas gesagt.

Also lernt Ake und dreht, mit seinen schmalen Händen, in aller Ruhe die zu Klöben zurechtgehackten Bernsteine an der Drehbank zu Perlen oder übt, unter rinnendem Wasser Korallen zu schleifen, mit zwanzig und mehr geschliffenen Flächen, so dass die besten im Licht wie gefärbtes Kristallglas glitzern. Er lernt, den plattenförmigen Bernstein abzuschaben und zu Armbändern aufzufädeln, er übt das Drehen von Zigarrenspitzen und das Ansetzen von Pfeifenstielen aus Veilchenholz.

»Worüber denkst du nach, Junge? Bist du noch bei der Sache?« Der Meister steht neben Ake an der Bank und sieht ihm eine Weile zu.

Lange antwortet Ake nicht. Er ist, wie sein Vater, nicht gut im Reden. Dann beginnt er doch: »Würde gern wissen, warum hat die Erde so tief in sich Schönheit? Wir gehen über sumpfiges Land und denken, das ist es nun, aber viele Meter weiter unten, in der Blauen Erde, liegen starke Bernsteinschichten. Und wer weiß denn, was noch weiter unten liegt?«

Der Meister hätte das zwar nicht so gesagt, aber gefragt hatte er sich das auch schon. Und obwohl er selbst schon alt ist, sagt er jetzt: »Die ganz Alten wussten: Im Himmel lesen ist einfach – in der Erde lesen ist schwer. Das Feuer zerfließt als Meer und erhält sein Maß nach demselben Gesetz, wie es galt, ehe denn es Erde ward.«

Ake nickt und schweigt.

»Außerdem«, sagt der Meister leise, »ist es bei den Menschen ja auch so. Mag sein, dass es viele Schichten gibt und dass wir, du und ich und all die Arbeiter, weit unten in der Erde des Volkes stehen. Aber das bedeutet nicht, dass es unter uns nicht edle Naturen gibt.«

Wieder nickt Ake. Dann sieht er seinen Meister an, der den Blick fest erwidert: »Aber frag nicht, was noch weiter unten kommt, Junge. Denn noch weiter unten, unter der Blauen Erde, kommt die Wilde Erde. Frag nie nach dem Wilden der Erde.«

Zehn Stunden täglich arbeitet Ake in der Manufaktur. Er wohnt bei Familie Kowak in der Dachkammer, isst mit ihnen zu Mittag, lernt geologische Weisheiten von Erwin Kowak, so gut er kann, und wälzt sich nachts in verwirrenden Träumen eines Heranwachsenden. Sooft er an den Sonntagen Zeit findet, geht er mit Ilse in der Stadt spazieren, erzählt ihr Geschichten von Prußengöttern, von Perkunos, Pikollos und Potrimpos, oder rudert das Mädchen auf dem Pregel herum, wenn er ein Boot leihen kann. Im Winter schlittern sie auf grünem Eis, liegen im Schnee, breiten Arme und Beine aus, machen Bewegungen, als flögen sie, und hinterlassen beim Heimgehen Engel.

Ilse ist ein ruhiges, kräftiges Kind, mit einem großen Kopf und einem Blick, dessen Ehrlichkeit verlegen macht.

»Warum hast du drei Götter und nicht einen wie wir?«, fragt sie irgendwann ernst. Sie ist katholisch, wie Jadwiga, und kennt nur die Dreifaltigkeit, die sie nicht versteht. Ake grübelt lang, bevor er eine Antwort gibt. Denn wenn er ehrlich sein soll, dann sind es sogar noch mehr als drei, eine große schwarze Göttin ist, laut seiner Mutter, auch dabei. Aber ihm gefallen nun mal besonders die drei. Endlich sagt er: »Wir brauchen ja auch morgens, mittags und abends was zu essen. Vielleicht darum. Und vielleicht ist dein Gott so groß und fett, dass schon einer reicht.« Und mit dieser Antwort ist Ilse zufrieden.

*

Dass es seine Frau seit einiger Zeit so sehr ans Meer zieht, hat Erwin Kowak nur kurz verwundert. Es ist ja in Mode. Und weil es sich mit seinen Aufenthalten bei der Annagrube verträgt, ist es ihm recht, mindestens die Sommermonate fern von Königsberg zu verleben. Er hat sogar ein eigenes kleines Sommerhaus aus grün gestrichenem Holz nahe dem Strand bauen lassen.

Ein weiteres Kind haben sie, mit einigem Abstand zu Ilse, inzwischen auch: Otto. Obwohl Erwin Kowak den Eindruck nicht loswird, seine Frau habe die Freude an ihrem Ehemann, an ihm, verloren. Oft wirkt sie abwesend, erwidert nur schlaff seine Liebkosungen, als täte sie es lediglich aus Pflichtgefühl. Wenn er sie küssen will, dreht sie den Kopf ein winziges Stück zur Seite, so dass er, wie zufällig, nie auf ihre Lippen trifft. Manchmal scheint sie beinahe zu erschrecken, wenn er sich ihr zu nähern versucht, liegt kalt und stumm bei ihm und steht in aller Frühe auf, als wollte sie so wenig wie möglich von seinem Schlaf erfahren. Dabei hätte Kowak gern noch mehr Kinder. Im Stillen hat er kürzlich eine Schrift von Francis Galton gelesen, in welcher die Vorzüge gewisser Zuchtsorgfalt auch unter Menschen angesprochen werden. *Eugenik* nennt sich diese neue Theorie, welche sich, wie zu lesen war, um eine gesunde und kräftige Menschheit bemüht. Die natürliche Auslese im Kampf um das Dasein sei von entscheidender Bedeutung, hatte Kowak unterstrichen, worin Galton den Gedanken seines Vetters Darwin auf der Spur zu sein oder sie gar übertreffen zu wollen schien. Heute setzt Kowak die Lektüre fort. Er lehnt sich in seinem bequemen, lederbezogenen Stuhl zurück, platziert das Buch in angenehmer Lesestellung an der Tischkante und blickt noch einmal kurz zur Wand oberhalb seines Schreibtisches, wo schwarze Scherenschnitte seiner beiden Kinder hängen. Was ist gegen das Überleben des Besseren einzuwenden, denkt er und wendet sich schließlich ganz dem Buch zu. Medizin und Fürsorge seien dafür verantwortlich, dass Menschen aus minderwertiger Erbmasse, durch unsinnige Bevorteilung, am Ende womöglich die Überhand gewännen, was dringend zu verhindern sei, liest er. Zwar steht ein solches Denken in einem gewissen Widerspruch zu den sozialen Errungenschaften der Zeit, das anzumerken versäumt Kowak bei seinem heimlichen Studium nicht, auch empfindet er es als einen etwas unchristlichen Gedanken, dass man sich die Pflege von Menschen ausgerechnet jetzt, da man sie sich eigentlich leisten *kann*, nicht mehr leisten *soll*, aber dennoch, und hier schweifen seine Gedanken wieder ab, ist ihm der Anblick seiner wohlgeratenen Kinder seit der Lektüre dieser Schrift ein größerer Genuss als zuvor. Vom züchterischen Aspekt aus und als eine Art Leistung hatte er die Sache zuvor ja nie besehen.

Stolz betrachtet er von nun an am Strand die strammen Beine, hellen Haare und gesunden Zähne seiner Tochter und seines Sohnes, als ginge es um ein persönliches Verdienst. Selbstverständlich wird er es vermeiden, Hirschberg in ein Gespräch über solcherlei

Gedanken zu verwickeln. Auf Rassen und ihre drohende Degeneration ist der schlecht zu sprechen. Überhaupt hält Hirschberg sich immer häufiger mit seiner Familie in Wien oder Berlin auf, wo, wie er sagt, eine angenehmere Weltläufigkeit herrsche. Die alte Krönungsstadt am Pregel, klagt er, verkomme zusehends zu einem provinziellen Fleck, was unter ihren Bürgern zu Engstirnigkeit führe, die er für gefährlich halte. Denn der Friede, so hatte Hirschberg es bei irgendeiner Zigarre erklärt, sei auch eine Frage des Selbstbewusstseins. Kowak hatte heftig genickt. Nur Zerknirschte und Kriechernaturen brüteten stets und ständig über Angriffsplänen, hatte Hirschberg fortgesetzt. Sie ertrügen im Grunde den Rest der Menschheit nicht, und er selbst käme ihnen schon mit seiner puren Existenz als Angriff vor, ohne dass sie ihn überhaupt kennen würden. »Wer sich die Welt nicht ansieht, Kowak, der sieht sie am Ende als gefährlich an, so ist das mit den Ängsten.« Und das betreffe auch diese lästigen Rassentheorien. Wenn man ihn frage, dann gebe es entweder eine starke und überlegene Daseinsform – wenngleich ihm deren genaue Umrisse einigermaßen undeutlich seien –, die sich um ihr eigenes Geschick wohl kaum Sorgen zu machen brauche, sondern frisch und froh ihrer Vermehrung zusehen könne, oder diese Form sei doch eher gebrechlich, habe vor allem gar keine eigene Form, weshalb sie sich geradezu panisch vor anderen Einflüssen schützen müsse – dann jedoch sei ihr hoher Wert und damit verbundener Schutzanspruch wiederum nur schwer einsehbar, im Grunde unlogisch.

So und anders denkt Hirschberg laut. Und Kowak denkt seins leise. Denkt es mal so, mal so und versucht, sich selbst nicht bei diesen Gedanken zu ertappen, verzieht sein Gesicht immer häufiger zu Grimassen des Selbstgespräches, macht sich Notizen und versteckt sie in seinen Schubladen. Und über solchem Grübeln vergeht einige Zeit.

*

Am Rand der Siedlung am Weststrand wohnt jetzt Per Lewejan. Er ist nicht von hier. Ohne Familie, ohne Besitz war er eines Tages plötzlich da. War vorher als Kojenwärter bei einem friesischen Großbauern angestellt. Aber statt um den Entenfang hatte er sich um die Tochter des Hauses gekümmert, musste die Gegend verlassen, bestieg ein Handelsschiff, gelangte bis nach Pillau, wo er, den Kopf voll Geschichten vom Bernstein, in Goldgräberstimmung das Schiff verließ und bis zum Weststrand wanderte. Kurz nahm er Arbeit in Hirschbergs Betrieb an, aber vertrug sich nicht mit den Hauern, zerstritt sich mit den polnischen Arbeitern und verdiente sein Brot also wieder mit den Enten. Von zwei künstlich angelegten Teichen hat er drei stumpf endende Kanäle gegraben, die er mit geteerten Netzen umzäunt und überdacht hat. Eine gezähmte Ente hört auf ein Pfeifchen, das Per Lewejan am Band um den Hals trägt. Und dieser Lockente folgen die anderen Enten in die Falle, eine, zwei, drei. Sind es ein paar, lässt Lewejan ein Fallnetz herab. Oft fängt er gleich zehn, manchmal mehr Tiere auf einmal.

Um die Kinder abzuhalten, die ihm die Vögel verscheuchen, erzählt Lewejan, die Pfeife locke jedes beseelte Wesen ins Verderben, niemand könne sich ihrem Ruf erwehren.

Außerdem hat Lewejan am Rand der Teiche gehäutete Hasen liegen, schwarz von Brummern. Und wenn die Zeit reif ist, und Lewejan weiß, wann das ist, dann schüttelt er die Hasenkadaver an langen Stangen überm Teichwasser aus, schüttelt hunderte Maden heraus, bis sich im Wasser die Karpfenleiber winden, grau und verfressen: seine zweite Einkunft. Aus diesen beiden Gründen hat er seine Ruhe bei den Kojen, sitzt in der Sonne, wartet. Wenn er nicht bei den Entenkojen sitzt, am Nachmittag, zwischen drei und fünf, sitzt er im Krug.

Jeden Nachmittag zwischen drei und fünf macht Jadwiga Kowak ihren Spaziergang.

Niemandem fällt auf, dass zur selben Zeit auch Kazimira das Haus verlässt. Sie wandert in anderer Richtung als Jadwiga, landeinwärts, hinten um die Grubenanlage herum, bleibt mal stehen, geht auf Umwegen, nur Jadwiga zuliebe, denn für sich selbst hätte sie keine Sorge zuzugeben, dass sie jetzt die Frau Kowak trifft.

Hinter den Strandbergen und den Grubenanlagen ist ein Wäldchen. Die Waldluft kommt in wirbelnde Bewegung, wenn Kazimira sie durchwandert, aber das sieht man nicht. Nur die Mücken tanzen in neuer Formation.

In Kazimiras Schürzentasche ist ein Apfel, der springt ihr bei jedem Schritt vor den Beinen weg.

Am hinteren Ende des Wäldchens, schon in der Nähe des Zugangs zur Entenkoje, steht Jadwiga und wartet. Es riecht dort ein wenig nach dem Teer der Lewejan'schen Netze. Irgendwo rufen Unken. Jadwiga geht ein paar Schritte auf Kazimira zu. Sie denkt an den Pfarrer, der am Sonntag predigte, es herrsche allerorten Sittenverfall. Sie glaubt, er habe sie bei diesen Worten direkt angesehen. Hat er auch. Aber nur, weil er selbst hungrig ist. Diese ewigen Friedenszeiten und Kaiserwechsel langweilen den Kirchenmann seit Jahren. Ihm geht die Kraft zum Drohen aus. Nervös macht es ihn, auf unbestimmte Art aggressiv. Seine Predigten werden immer lauter.

Die Kaz grinst, als könnte sie den Pfarrer in Jadwigas Augen sehen. Jadwiga will etwas sagen, aber Kazimira legt ihr den Finger auf den Mund, als sie gerade Luft holt. Sie setzen sich ins Gras. Kazimira greift in die Schürzentasche, beißt ein großes Stück von dem Apfel ab und reicht ihn dann Jadwiga.

Am letzten warmen Tag im Spätherbst nimmt Kazimira Jadwiga mit hinter die Kojenzäune, wo man nicht zu sehen ist. Sie hat eine

Decke mitgebracht, der Boden hier ist feucht und kalt. Sie breitet die Decke aus, ein buntes Quadrat. Dann geht sie um Jadwiga herum, die verlegen die Hände vors Gesicht hebt. Der Stoff ihres Rockes raschelt. Sonst ist es still, wie damals im Garten.

»I-ga«, sagt Kazimira leise und bleibt hinter Jadwiga stehen. Dann öffnet sie vorsichtig das oberste Häkchen an Jadwigas Kleid. Und dann Häkchen, Häkchen, Häkchen, den Rücken hinab. Sie berührt die Haut darunter. Es rauscht ihr in den Ohren, sie zieht Jadwiga mit sich, findet sich zurecht.

Nur noch einmal begegnen sie sich so, obwohl ein ganzes Jahr vergeht. Mehr wagen sie nicht. Und für eine Weile scheint Kazimira die viele Zeit für Sehnsucht noch beinahe wünschenswert. Dann macht die Entfernung sie krank. Unruhig geht sie durch die Tage, bissig und appetitlos. Antas bemerkt die Veränderung erst spät, glaubt an ein Frauenleiden und hält sich fern. Oft fährt er noch am Abend allein in die Grube ein, ohne Licht, er kennt ihre Gänge wie sein eigenes Leben. Dann steht er bei den Pferden, krault ihnen die Mähnen. Erst nach Mitternacht kehrt er heim, schleicht sich ins Haus und schläft in der Küche auf der Bank.

*

Jantarnyj, 2012

Als Anatolij am nächsten Tag, dem auf den Sonntag im Eiscafé folgenden Montag, zur Grube kommt, zu seinem letzten Arbeitstag, hat sich nicht viel getan. Wie tot liegt der Seilbagger im Schlamm, seinen starren Arm in den Himmel gestreckt, als wäre von dort Hilfe zu erhoffen. Aber der Himmel schuppt seine blechgrauen Wolkenschichten, nieselt lautlos auf das Umland. Nur für einen winzigen Moment bricht das Morgenlicht in schmalem Strahl durch ein Wolkenloch, lamettert für Sekunden golden durch das verbogene Gestänge des Baggers, um dann sofort wieder zu erlöschen.

Der Vorarbeiter Aleksejewitsch steht mit hängenden Schultern und unrasiert in der schon wieder grauen Ödnis und denkt nur immer: »Schrott.« Ihm ist, als sei ihm nun endgültig etwas entwischt, nur weiß er nicht, was. Sein Leben scheint ihm jedenfalls versaut. Ob er heut geht oder morgen, wen kümmert das? Wen kümmert hier überhaupt noch was? Die ganze Gegend kümmert niemanden. Schon lange. Alles bleibt einem an den Sohlen hängen, wenn man hier nur einen Schritt vorwärts macht. Der Vorarbeiter sackt noch weiter in sich zusammen, bemerkt erst spät, dass Anatolij durch den Regendunst auf ihn zukommt. Kurz zuckt er zusammen, denn er glaubt einen Moment lang, etwas anderes käme da vom *verfickten Meeresgrund*, aber dann erschlafft er wieder, wendet nicht einmal den Kopf.

»Was willst du noch?« Die Stimme des Vorarbeiters scheint in viele Teile zerbrochen.

»Weiß nicht.« Anatolij bereut sofort, dass er überhaupt schon wieder hier steht. Er sieht sich um. Die Grube liegt da wie eine gleichgültige Alte, die sich zum Sterben zur Wand gedreht hat und niemandes Anwesenheit mehr wünscht. Vielleicht hatte er die Schaufel nur zu schmerzhaft in ihre Ruhe gebohrt, und sie hatte deshalb nach dem Bagger gegriffen und ihn mit Leichtigkeit umgeworfen und wie ein winziges Insekt zerknickt und ruiniert. Vielleicht war er ihr zu nahe gekommen. Wie die Waldarbeiter, die beim Bier an der Imbissbude Gesichter machen, bis sie erzählen, dass sie im Umland, in den Bezirksforsten, mit ihren Spaten von Zeit zu Zeit nicht weiterkommen, auf Widerstand stoßen, etwas aufwühlen.

Der Vorarbeiter weist mit dem Kinn auf den zerstörten Bagger. Dann lässt er Anatolij stehen.

Nadja sitzt einige hundert Meter weit entfernt im Pavillon und wartet. Es ist früh am Morgen. Die Baustelle vor dem Laden ruht noch. Nadja hat den kleinen Verkaufsraum mit Chlorwasser gewischt und die zwei über Eck stehenden gläsernen Ladentische, deren Inneres mit Schmuck befüllt ist, mit Glasreiniger besprüht und poliert. Wie in einer Kühlkammer sitzt sie jetzt da, für einen Moment wie vergangenheitslos, und wartet auf Kundinnen, die frühestens in einer halben Stunde auftauchen werden. Nadja mag diese stillen, fast luxuriösen Momente der Ruhe. Sie mag das Glas. Durch sehr schnelles Abkühlen aus seinem flüssigen Zustand kann nahezu jeder Stoff in Glas überführt werden. Sie besieht sich in dem Spiegel, der für die Kundinnen auf dem Ladentisch steht, zieht eine Braue hoch, wendet sich von ihrem Spiegelbild ab. Wir gläsernen Frauen, denkt sie, ständig vom Leben Abgekühlte, ein andauerndes Ablöschen von Träumen und Wünschen.

Tante Warja hatte sie immer zu Ehrgeiz angetrieben. Erst recht, als sie aus dem Tagebau in den Verkauf versetzt worden war. Ständig hatte die Tante eine gute Haltung, Duldsamkeit, Fleiß und Sauberkeit eingefordert. »Der Sozialismus, wo du auch allein zurechtkommen konntest, ist vorbei, Mädchen«, hatte sie gesagt. »Da war unsere Arbeitskraft noch was wert. Jedenfalls konnten wir davon träumen. Heute sind wir wieder beim Alten. Heute bist du nichts mehr wert. Heute musst du sehen, wo du bleibst. Wenn du einen reichen Mann gefunden hast, kannst du faul und alt werden, aber vorher – vorher musst du sehen, dass du unterkommst.«

Nadja hatte den Rat nicht befolgt. Sie will nicht unterkommen. Unterkommen erscheint ihr wie untergehen.

Mit einem Schwall kalter Luft betritt die erste Kundin den Laden.

»Verkaufen Sie hier auch alten Schmuck?«, fragt sie laut. Sie legt beide Hände auf die Glasplatte. Nadjas Kollegin Manja, die hinter ihr hereingekommen ist, verneint, während sie noch ihren Mantel aufhängt und ihr Haar ordnet.

»Schade.« Die Kundin steht einen Moment lang da, als warte sie noch auf ein Zeichen. Dann wendet sie sich ab und verlässt den Pavillon mit einem unverständlichen Gruß.

»Warum wollen die alle das alte Zeug?« Nadjas Kollegin sprüht die Theke mit Glasreiniger ein und poliert sie an den Stellen, wo die Frau ihre Hände abgestützt hatte.

»Es kommt mir jedes Mal so vor, als wären sie auf etwas aus, das ihnen zusteht.«

Nadja beobachtet die Frau, die draußen mit ihrem Mann diskutiert. Dem Mann ist der Schmuck ganz offensichtlich egal, auch die Frau scheint ihm egal. Von der Liebe, die es vielleicht einmal zwischen den beiden gegeben hat, ist nichts mehr zu sehen. Der Mann blickt sie so teilnahmslos an wie eine Wand.

»Und wenn schon«, sagt Manja, als müsste sie ihre Abneigung entschuldigen. »Sind wir zuständig für ihre Verluste?« Sie vermutet überall Revanchismus. Manjas Großonkel tat das auch und tut es noch. Er ist jetzt beinahe neunzig. Er war am Wiederaufbau Kaliningrads beteiligt. Bedeutender Architekt. Viel wurde in der Familie diskutiert, wie unerlässlich es gewesen sei, alle Spuren deutscher Eroberungssucht aus dem Stadtbild von Königsberg zu tilgen. Die Kolonisation der Gegend sollte korrigiert und Kaliningrad ein Exempel dafür werden. Nicht krumm und schief und mittelalterlich, sondern breit und hell wurden die neuen Prospekte angelegt, auf denen der Sowjetmensch seinen Weg zur Arbeit und in die Zukunft antrat. Jede größere Straße der Stadt, die Engelskaja, die Offizierskaja, die Kommunalnaja, wurden bei Tee und Suppe, Wodka und Syroks ausführlich besprochen. Und weil ohnehin der Hauptteil der Altstadt in den letzten Kriegsmonaten völlig zerstört worden war, erübrigten sich viele Abrissarbeiten schon deswegen. Die Ziegelberge verlud man in Waggons und baute mit den Steinen Leningrad wieder auf. Der Aufbau Kaliningrads kam dagegen nur schleppend in Gang. Deutsche Heimatvereine spotteten schon über die Unfähigkeit der Sowjets. Eine

Kränkung, die durch die Generationen reichte. Und unter andrem deswegen hat Manja etwas gegen die Deutschen. Dass man inzwischen versucht, die alten Speicher und Gebäude in Kaliningrad nach Königsberger Vorbild zu rekonstruieren, findet Manja eine Katastrophe. Das absolut falsche Signal. Womöglich kämen die Deutschen auch deswegen so selbstbewusst daher, weil sie glaubten, mit dieser alten neuen Kulisse sei Kaliningrad auch wieder eine deutsche Bühne. Über diese Dinge spricht Manja in einem Ton, der keine Einwände zulässt.

*

Weststrand, 1893

Kazimira trägt eine Schüssel mit blau gekochten Forellen auf. Sie hat die Fische nicht geschuppt, überhaupt kaum berührt, und sie eine halbe Stunde in Essig liegen lassen. Jetzt leuchten sie, unter geschmolzener Butter, blau wie Achat. Sie setzt sich zu Antas, der noch stiller ist als sonst. Überhaupt ist es, seit Ake nicht mehr da ist, oft so leise im Haus, dass sie das Nagen der Holzbocklarven in den Dachbalken hören können.

Kazimira will gerade auftun, da entgleitet ihr die Kelle und fällt scheppernd auf Antas' Teller.

»Was hast du?« Er greift nach ihrem Arm.

»Nichts.«

Er nimmt sein Besteck wieder auf und blickt sie an. »Doch.«

Kazimira erwidert seinen Blick. Sie trägt ein Kopftuch, das ist nichts Neues. Aber ihr Gesicht ist hager geworden, jetzt sieht er es. Ihre Augen sind verschattet.

»Und?«

»Wird dir nich gefallen.«

»Das entscheide ich selbst.«

»Bin mir sicher. Aber verurteil mich nich. Es ist nur, was du immer durftest.«

Kazimira hebt langsam die Hand, fasst nach dem Kopftuch und zieht es in den Nacken.

Sie hatte sich nicht zurückhalten können. Am Morgen, vor dem Spiegel, hatte sie plötzlich nach der Schere gegriffen, hatte so viele Strähnen auf einmal mit den Klingen zu fassen versucht, dass sie mehrfach ansetzen musste. Die Haarflechten fielen von ihr ab wie Schatten. Und das Ergebnis hatte ihr gefallen. Sie fühlte sich klar und frei. Es hatte ihr viel zu gut gefallen.

Sehr still ist es da nun in der Küche. Eigentlich noch stiller als vorhin, weil jetzt auch alle Gedanken still sind.

Antas hatte mit allem gerechnet, aber nicht damit. Er räuspert sich. Irgendwas steigt in ihm auf, löst sich in der Bauchgegend, sucht sich den Weg durch seinen Hals und Mund. Ein Geräusch, ein Würgen, ein Glucksen, Beben. Und dann lacht Antas, lacht ganz schrecklich.

»Lachst du über mich?«

»Über dich?!« Antas kann sich kaum beherrschen, er wischt sich die Tränen vom Gesicht, es schüttelt ihn immer heftiger, und jetzt weint Antas, hält seine rauen, von der harten Arbeit steif gewordenen Hände vor die Augen und kann auch das nicht beherrschen.

Kazimira sieht ihm reglos zu.

Endlich beruhigt er sich, schüttelt den Kopf: »Was willst du nur?«

Kazimira braucht lang für eine Antwort.

»Alles«, sagt sie endlich.

»Das bekommt niemand.«

»Dann das, was du längst hast.« Sie denkt nach. »Wenn ich vor einem Spiegel war, habe ich mich nich erkannt. Jetzt ist besser.«

»Aber so kannst du nich rumlaufen.«

»Ich weiß.«

»Du musst sie wieder wachsen lassen.«

»Nein.«

Antas ahnt, was dieses Nein bedeutet. Er steht auf, geht raus und runter zum Wasser. Er setzt sich in den Sand. Der Wind bläst ihm kalt in die Jacke. Es geht nicht, denkt er, irgendwer muss sie umstimmen. Er empfindet sein Leben und seine Frau plötzlich als anstrengend. Er fragt sich nicht, wie es ihr mit ihm geht. Die einzige Frau, denkt er nur, die ihrem Mann vielleicht nicht anstrengend ist, ist wohl die Hirschberg.

Einige Tage später wedelt Antas mit einem dünn beschrifteten Kuvert. Er legt es vor Kazimira auf den Küchentisch. »Von Frau Henriette.« Überrascht öffnet sie. Liest, Buchstaben für Buchstaben.

»Ich soll zur Stadt kommen. Sie möchte mich sehen.« Aber dann blickt sie Antas an. »So?«

»Musst das Kopftuch drauflassen.«

»Dann sehe ich aus wie eine Magd.«

»Wird Frau Hirschberg nich stören.«

⋆

Königsberg, 1893

In der folgenden Woche fährt Kazimira mit der Eisenbahn nach Königsberg. Sie hat einen Korb mit Geschenken dabei. Während sie aus dem Fenster in die fliehende Landschaft blickt, durchsteigt sie in Wellen Freude. Am Bahnhof in Königsberg, zwischen Zylindern, Stöcken und Uniformen, versiegt die Freude wieder. Ein Mann auf dem Bürgersteig sieht ihr forschend in die Augen, als prüfe er sie auf Echtheit. Sie tastet nach dem Kopftuch und geht schneller.

Als das Hausmädchen in der Hirschbergvilla ihr Mantel und Tuch abnehmen will, greift sie wieder ängstlich nach dem Kopf. »Das Tuch bleibt.« Das Mädchen knickst höflich und führt Kazimira in den Salon, wo schon ein Kaffeetisch für zwei gedeckt ist. Henriette sitzt auf einem Stuhl mit hoher gepolsterter Lehne und sieht ihr mit mildem, kurzsichtigem Blick entgegen. Sie bleibt sitzen, raucht, lächelt Kazimira freundlich zu und deutet auf den Stuhl neben sich. Sie ist in der letzten Zeit froh über jede Ablenkung von eigenen Sorgen. Sie nimmt Kazimira die Formeln der Begrüßung ab, bittet sie erneut, sich zu ihr zu setzen, und vor allem darum, zu erzählen.

Kazimira starrt auf den Kaffeetisch. Wo fängt man an mit dem Erzählen?

»Wie geht es Ihnen, Frau Henriette?«, fragt sie darum und zwingt sich, Henriette dabei anzusehen. Sie hat in den letzten Wochen und Monaten so wenig gesprochen, dass es ihr vorkommt, als erschrecke das ganze Zimmer über ihre raue Stimme.

»Wie es einem blinden Huhn mit altersmüden Eierstöcken, einem schwermütigen Hahn an der Seite und ohne Küken eben geht.« Henriette lächelt müde. »Vielen Dank, es geht mir prächtig! Undankbare Frauen, pfui!« Wieder lächelt sie. »Sei wie das Veilchen im Moder, beschränket, hilflos und tralala …« Sie nimmt einen tiefen Zug von der Zigarette, ihre in Silber gefassten Bernsteinohrringe glänzen auf, als sie sich zum Aschenbecher vorbeugt. »Und dir, Kazimira?«

»Weiß nich.«

»Unsinn, du weißt es genau. Und ich möchte es auch gern wissen.« Henriette legt ihre linke Hand auf Kazimiras Arm.

Kazimira senkt den Kopf. »Hat sich viel getan in meinem Leben.«

»Gut.«

Kazimira zieht nur ratlos die Schultern hoch.

»Noch besser.« Henriette drückt ihre Zigarette aus. »Und wer ist die Glückliche?«

Kazimira schaut erschrocken auf.

Henriette nickt. »Ich kenne dich seit zwanzig Jahren.« Sie macht eine Pause. »Zwar hat mich selbst diese Liebe nie ernsthaft erfasst, wahrscheinlich, weil sie in keinem Buch beschrieben war, aber ich halte sie für nichts Falsches.«

Kazimira hat den Kopf abgewandt und schaut durch das Fenster in den Garten hinaus. Die Hecke und die Beete erscheinen ihr so üppig, alles ist prall und gesund und bunt. Alles in Henriettes Umgebung ist so. Sie ist gesegnet, denkt Kazimira.

Endlich räuspert sie sich. Und sagt dann, ohne Henriette wieder anzusehen: »Bei mir ist es anders.« Und damit zieht sie das Tuch vom Kopf. Es fühlt sich an, als entkleide sie sich ganz. Als stehe sie mit ihrem nackten Körper auf einem weiten Feld. Ihr sinken die Schultern nach vorn, als wollte sie ihre entblößte Brust schützen. Oder das Herz. Wenn Frau Henriette jetzt lacht, denkt sie, werde ich sterben.

Aber Henriette lacht nicht. Sie betrachtet Kazimira ganz ruhig.

»Erstaunlich.« Sie greift nach einer zweiten Zigarette, nach den Zündhölzern. »Wie ein junger Graf.« Henriette pafft zwei-, dreimal schweigend. »Graf Kazimir«, flüstert sie dann, »ich bin beeindruckt.«

»Beeindruckt?« Kazimira richtet sich etwas auf. Henriettes milde Stimme hat sie eingekleidet, wie ein Tuch.

»Ich wusste nicht«, antwortet Henriette, »dass dieses zweite Gesicht in deinem wohnt.«

»Antas will …«

Henriette schüttelt den Kopf: »Ein Kazimir trägt keinen Dutt. Und ich kenne deinen Mann. Er will dich schützen – oder sich. Was du getan hast, ist gefährlich. Was glaubst du, was die Männer auf der Straße machen, wenn sie dich so sehen? Oder die Frauen? Du kannst froh sein, wenn man dich nur bespuckt. Antas weiß das. Er hat sich immer vor dich gestellt. Aber er kommt an seine Grenzen.« Sie tut einen tiefen Zug. »Wir lassen uns etwas einfallen. Jede Politik braucht Kulisse. Oder sagen wir in diesem Fall: Verkleidung. Und wozu haben wir unsere Perückenmacher? Es muss eine hübsche Tarnkappe her.«

»Scherzen Sie, Frau Henriette?« Erst jetzt sieht Kazimira Henriette an. Aber die wiegt nur leicht den Kopf. Sie betrachtet Kazimira noch immer wohlwollend.

»Nein, ich scherze nicht. Denn leider ist die Sache ernst. Bleib über Nacht bei uns. Ich bitte gleich morgen den Perückenmacher her.«

Das Gästezimmer ist mit viel Bequemlichkeit versehen. Niemals würde Henriette es dulden, dass ein solcher Raum mit irgendetwas Ausrangiertem bestückt würde. Die beste Matratze, die weichsten Kissen, die leichtesten Federbetten gehören ihrer Meinung nach hierher.

Kazimira sitzt in dem Raum wie in einem Schloss. Sie betastet mit den Fingern die Seidentapete, geht auf und ab, redet, setzt sich an den Frisiertisch vor den großen Spiegel, beugt sich vor, stützt die Arme auf die Knie wie ein Kutscher und betrachtet zum ersten Mal wirklich ausführlich ihren Kopf. Graf Kazimir. Sie versinkt in Gedanken. Was, wenn Jadwiga sie so nicht leiden mag? Sie steht auf, zieht sich aus, legt sich nackt in das ausgekühlte Bett und kann lange nicht einschlafen.

Henriette begibt sich währenddessen noch für eine Weile in die Bibliothek. Sie liest meist nur noch, um sich zu sammeln. Ein bisschen hat die Sache sie doch durcheinandergebracht. Sie lässt den Blick über die Regale schweifen. Eine Landschaft aus Vertikalen und Horizontalen, denkt sie, eine Landschaft aus logischem Denken. Sie wird von dem Mädchen unterbrochen, das ihr Tee bringt. Einem plötzlichen Impuls folgend, nimmt sie aus einem kleinen Tischchen ein zusammengebundenes Deck Karten. Ein Tarot de Marseille. Ihre schlanken Finger drehen das Deck blitzartig zu einem Fächer, schieben es wieder zusammen, mischen es durch und ziehen drei Karten. Lange starrt sie auf das gezogene Blatt. Eine Bewegung scheint durch ihre Rechte zu gehen, als wollte sie nach den Karten fassen und sie schnell in das Deck zurückschieben. Im selben Moment öffnet Hirschberg die Tür.

»Darf ich?«

Henriette nickt und schiebt die Karten zusammen.

Hirschberg setzt sich, seufzt.

»Was kann ich für dich tun?«

»Mir Sorgen abnehmen«, sagt er.

»Mir schien, das Unternehmen sei auf dem Höhepunkt seiner Produktivität. Die Bücher vom letzten Jahr verzeichnen über zweihundert Tonnen abgebauten Bernstein.« Henriette versucht einen leichten Ton.

»Das schon.«

»Aber?«

»Es taucht überall Pressbernstein auf.« Hirschberg legt sich auf den Divan und lagert die Füße auf der Lehne. Seine Beine werden alt. »Die Leute sehen kaum mehr den Unterschied zwischen echt und unecht. Ihnen ist es anscheinend egal, ob sie ein Original oder ein Massenprodukt aus zusammengequetschten Resten vor sich haben. Sie haben sich überraschend schnell an die Fälschungen gewöhnt. Man scheint ihnen alles Mögliche unterjubeln zu können. Wir werden Maßnahmen ergreifen müssen, um die Händler weiter an den echten Stein zu binden. Sonst sitzen wir in kurzer Zeit auf tausend Tonnen fest, wie die Propheten auf der Wahrheit.«

»Und was stellst du dir vor?«

»Wir müssen die Pressereien austrocknen.«

»Und wie?«

»Die Leute vertraglich vom Weiterverkauf unseres Rohbernsteins abhalten. Oder ihnen nur verkaufen, was sie selbst verwerten.«

»Was ist mit den Resten? Sollen die Firmen darauf sitzen bleiben?«

»Das ist das Problem.«

»Du solltest ihnen anbieten, die Reste zurückzukaufen.«

»Und dann?«

»Gründest du eine eigene Presserei.«

»Auf keinen Fall!« Hirschberg setzt sich auf. »Ich will das Zeug nicht auch noch selbst auf den Markt bringen!«

»Dann tun es andere.«

Hirschberg fährt mit der Hand durch die Luft, als wollte er etwas verscheuchen. Henriette schließt die Augen.

»Denk darüber nach.«

*

Jantarnyj, 2012

Nadja erkennt ihn nicht, als der Mann den Laden betritt. Yehor seinerseits ist natürlich im Bilde: die Rote aus dem Eiscafé, die Freundin des jungen Predigers. Er kommt nicht aus Versehen hier vorbei.

Yehor sieht sich eine Weile um.

»Was kosten die?«, will er irgendwann wissen und dreht einen mit Armbändern vollgehängten Ständer viel zu schnell um.

Nadja nennt die Preise.

»Nehme ich alle.« Yehor macht ein professionelles Gesicht.

Nadja glaubt, der Mann mache sich lustig. An dem Ständer hängen an die dreißig Armbänder. Also reagiert sie nicht.

»Ich möchte alle.« Yehor zeigt auf den Ständer.

Selbstverständlich verarscht er sie.

»Aber pack mir keins aus Pressstein dazwischen.« Er duzt sie jetzt. »Die kannst du behalten.« Er lässt den Blick durch den Laden wandern und flüstert, ohne Nadja dabei anzusehen und als nenne er eine geheime Parole: »Oder gleich in den Müll werfen.« Er hat den Gewinn schnell im Kopf überschlagen. Da der Schwarzmarkt bis zu sechshundert Prozent drauflegt, macht Yehor hier gerade so oder so ein Bombengeschäft, egal, was die Rothaarige für die Armbänder haben will.

Nadja zögert. Sie kann doch nicht den ganzen Ständer abräumen. Sie beginnt umständlich zu zählen. Siebenundvierzig Armbänder zählt sie, manche zu zweitausend, andere zu zweitausendfünfhundert oder dreitausend Rubel. Sie stockt. Sie braucht den Taschenrechner. Sie wühlt in der Schublade, findet ihn und tippt die Zahlen ein. Als die Summe auf der Anzeige erscheint, zögert sie wieder.

»Sind Sie sicher, dass Sie alle Armbänder kaufen wollen?«

»Bin ich.«

»Dann bitte einhundertfünfundzwanzigtausendfünfhundert Rubel«, flüstert Nadja, wobei sie zur Seite in die Richtung von Manja blickt.

Yehor zählt das Geld ab. Saubere Scheine, die ganze Summe. Nadja versucht, ihr Erstaunen zu verbergen. Dann füllt sie alle Armbänder in eine Tüte und stellt den leeren Ständer hinter den Ladentisch.

Yehor grinst breit. Er überlegt, ob er noch etwas sagen soll, lässt es aber. Er nimmt ihr die Tüte ab, als wären nur Pflaumen drin, hebt sie, wie zum Gruß, noch einmal leicht an, nickt und verlässt den Laden.

Manja starrt ihm hinterher. »Hat der gerade alle Armbänder gekauft?«

»Ich glaube, ja.« Nadja ist sich noch nicht sicher, ob sie das Richtige getan hat. Sie nimmt die Rubelscheine und betrachtet sie, dann verteilt sie die Scheine in die dafür vorgesehenen Fächer in der Kasse.

»Wir haben gerade in zwanzig Minuten mehr verdient als sonst in einer Woche.« Sie möchte am liebsten sofort zu Anatolij und ihm die Geschichte erzählen. Aber sie sind erst für den späteren Abend wieder verabredet.

Nach Ladenschluss geht Nadja den weiten Fußweg nach Haus. In jeder Hand eine Plastiktüte mit Gemüse, Eiern, Brot. Als sie den Bereich des Tagebaus erreicht, läuft sie weiter, ohne dem Verlangen nachzugeben, in die Krater und Senken hinabzublicken. Sie spürt, wie ihr Herz klopft, wie die Griffe der Plastiktüten in ihre Hände schneiden, wie gleichsam alles in einem anderen Licht erscheint. Unmöglich, die Landschaft je wieder zu sehen wie früher. Unmöglich, nicht ängstlich auf Geräusche zu achten. Sie hält den Blick auf die Bäume gerichtet, die hier noch sinnlos ihre Kraft ins Wachstum verschwenden, nicht ahnend, dass sie bald fallen, dass ihr Wurzelwerk von Schaufeln zerhackt und zerrissen wird und die Plätze, an denen sie stehen, ihr feines, uraltes Gleichgewicht zwischen Himmel und Erde, zwischen Kohlen- und Sauerstoff, einer toten Wüste gewichen sein werden. Neben dem Jungwald gibt es auch alte Bäume. Auf einmal überkommt Nadja ein solches Mitleid mit ihnen, dass sie die Tüten abstellt und die Stämme streichelt und klopft wie Pferdehälse. Wie hilflos sie sind. Sie waren einmal jung und biegsam und kannten fast nichts von der Welt. Inzwischen sind sie hart und kennen mehr, haben Jahre gesehen, Zeiten, und können doch nichts tun. Plötzlich presst es ihr die Kehle zu, plötzlich sieht sie ihr altes Haus. Aus dem Schornstein steigt Rauch. Tante Warja ist also schon da, hat Ika gebracht. Alles ist wie immer. Nichts ist wie immer.

Tante Warja hat Tee gekocht. Sie trinken ihn stumm. Sie hören die abziehenden Kraniche durch das geschlossene Fenster. Sie hören ihr Rufen. Jedes Jahr möchte man mit ihnen mit, denkt Nadja. Und jetzt ginge das sogar. Als sie Kind war und die ganze Oblast noch Sperrgebiet, da hatten die Erwachsenen immer zu den Kranichen aufgeschaut. Jetzt schaut keiner mehr. Aber reisen tut auch keiner. Zu teuer. Zu kompliziert. Zu gefährlich.

Ika flüstert unter dem Tisch mit ihrer Puppe. Sie sagt immer wieder: »Ich bin dein Papa.«

»Wer ist dein Papa?« Nadja beugt sich nach unten. Ika sieht sie nicht an.

»Sag, Igitschka, wer ist dein Papa?«

»Papa hat ein großes Auto.«

Tante Warja sieht Nadja vielsagend an. Dann nickt sie.

*

Weststrand, 1893

Erwin Kowak ist etwas zu Ohren gekommen. Etwas, das ihm Schmerzen bereitet. Berichte aus Russland: Man heizt zu viel. Und zwar im Katharinenpalast. Das Bernsteinkabinett leidet, es bekommt Risse. Die alten Klebstoffe würden, so berichtete ihm ein Kollege, ihre Haltbarkeit verlieren. Immer mehr Einzelteile fielen sogar aus den Paneelen. Womöglich entstehe da gerade ein Großauftrag für die Zukunft. Kowak nimmt sich vor, demnächst eine Reise nach Zarskoje Selo zu unternehmen und dort als Experte vorzusprechen. Eine Reise erscheint ihm ohnehin gerade wünschenswert. Denn im Haus der Kowaks bröckelt es auch, es herrscht wenig Harmonie.

Anfänglich hatte Kowak die Gerüchte über seine Frau als Gerede abgetan. Zärtlichkeiten unter Frauen waren ihm nicht besonders verdächtig, auch wenn oder weil er Frauen nicht der echten Freundschaft für fähig hält. Wie auch nicht des wahren Seins. Würde er diesen Gedanken bis zum Ende weiterdenken, dann müsste er wohl selbst davor erschrecken, denn schlimmer, als etwas Falsches zu sein, ist, überhaupt nichts zu sein. Aber Kowak denkt nur so weit, wie es ihm passt, das hat sich in seinem Leben bislang bewährt. Was ihn jedoch irritiert, ist, dass Jadwiga seine Zärtlichkeiten inzwischen rundweg zurückweist. Er war gelegentlich vielleicht ein wenig ungeschickt. So ein weiblicher Körper ist schwer zu durchschauen. Aber gleich zurückgewiesen werden? Oder liegt es etwa an seinen Einstellungen? Versucht er nicht, alles so gut zu machen, wie es geht? Was hat sie denn? Man wird doch wohl in seinen eigenen vier Wänden noch denken und sagen dürfen, was man gerne möchte. Von seiner Frau wird man sich jedenfalls kaum kritisieren lassen müssen. Und wahrscheinlich ist ihr abweisendes Verhalten nur Hilflosigkeit, weil ihr die Argumente fehlen.

Es wird also gestritten. Immer häufiger auch laut. Aber jetzt plant er seinerseits den Rückzug. Sie wird schon sehen, wie es sich lebt, so ganz ohne Mann. Nach drei Wochen wird sie ihn anbetteln heimzukehren. So denkt er es sich, als er nach einer Begehung der Annagrube noch ein paar Schritte spazieren muss, um einen klaren Kopf zu bekommen, denn auch auf der Herfahrt gestern, im Zug, zwischen Fischhausen und der Grube, hatten sie gestritten, über den Unterschied von Polen und Deutschen, liebe Güte, und seitdem kein Wort mehr.

Der Frühling ist schon ein Stück weit gekommen. Überall helles Grün. Man möchte in diesen Wochen ein Wiederkäuer sein, so appetitlich sieht es aus. Umso bedrückender, solch saftige Zeiten ohne einen Frauenkörper aushalten zu müssen, denkt er. Noch dazu, wenn man eigentlich, ganz genau genommen, ein gesetzliches Anrecht darauf hat. Kowak wandert immer weiter. Am Himmel sieht er die heimkehrenden Vogelschwärme. Und irgendwie lockt es ihn, endlich einmal die Entenkojen zu besichtigen, vor denen die Kinder im Ort sich so fürchten. Er läuft am Wasser entlang, bis die hohen Uferberge flacher werden. Hier biegt er ins Land ein, folgt den bald beginnenden, künstlichen Gräben und sieht bereits die Kojenzäune. Der alte Kojenwärter scheint nicht da zu sein. Trotzdem meint Kowak Stimmen zu hören.

»Dürfen wir vorstellen?« Kazimira hält den Hut wie einen Chapeau Claque. In Wirklichkeit ist es ein merkwürdiger Helm, den sie aus Stroh geflochten hat. Sie hält ihn wie zum Gruß über den kurzhaarigen Kopf und verneigt sich leicht: »Graf Kazimir.«

Jadwiga beißt sich auf die Unterlippe. Sie ist sonst nie so albern.

»Aber was soll der Hut?«

»Unser Wappen: Graf Kazimir, aus dem Geschlecht der alten Semme Mutter.« Kazimira verbeugt sich noch einmal und lächelt ein seltenes Lächeln. »Meine liebe Erde, mein Mütterlein, trage uns, sättige uns.« Sie wirft sich zu Jadwiga auf die Decke. »Gefällt dir?«

»Ob es mir gefällt?« Jadwiga setzt sich auf. Sie küsst Kazimira, streicht ihr über das kurze Haar. Der Hut rutscht nun ganz von Kazimiras Kopf, der irgendwo in Jadwigas Stoff und Kleid verschwindet. Dafür taucht ein anderer Kopf über dem Kojenzaun auf.

Erwin Kowak friert regelrecht in der Bewegung ein. Alles an ihm friert ein. Nicht, weil das, was er sieht, nicht auch seine schöne Seite hätte, sondern weil das, was er sieht, jenseits dessen liegt, was er bisher gewagt hatte zu denken. Weil es jenseits von allem liegt. Und seine Frau tut es einfach. Und hat Freude dabei.

Kowak bekommt einen ganz trockenen Mund. Aber es ist noch nicht das Ende dieser seiner neuen Erfahrung, denn jetzt entdeckt ihn Jadwiga und stößt einen kleinen Schrei aus, was wiederum Kazimira veranlasst, sich nach dem Kojenzaun umzusehen. Aber anstatt zu erschrecken, lacht sie Kowak an wie reinstes Licht, mit unverschämt weißen Zähnen, und macht eine zugleich spöttische oder herausfordernde oder einladende Geste mit dem Kopf.

*

Königsberg, 1893

Ilse und Ake sitzen sich im Schatten einer Ulme am Tisch eines Gartenrestaurants gegenüber. Im Baum rauscht es. Freigiebig geht der Mai durch die Krone. Die Ulme ist zwanzig, in achtzig Jahren, wenn sie ein herrlicher Riesenbaum geworden ist, wird ein unscheinbarer Käfer die Sporen des Schlauchpilzes in ihr Geäst tragen, und sie wird innerhalb eines einzigen Sommers vergehen.

Ilse und Ake haben sich über Monate nicht gesehen. Ake war, um seinen Meister als Dreher zu erhalten, zu einem Paternostermacher nach Danzig gegangen. Jetzt sitzt er da und ist froh, dass Frau Kowak ihm den Ausflug mit ihrer Tochter erlaubt hat.

Sie ist schon fast eine junge Frau geworden, denkt er. Dabei ist Ilse noch ein jugendlicher Backfisch. Aber gewachsen ist sie. Ake wird es heiß in der Nachmittagssonne, die nun unter das Ulmendach scheint. Er fährt sich mit den Fingern durch das verschwitzte Haar. Sein Gesicht ist glattrasiert. Ilse möchte auch einmal über Akes Haar streichen. Zum Glück kommt im selben Moment der Kellner, so dass sie ihren Wunsch hinter dem kühlen Glas Limonade verbergen kann. Aber natürlich hat Ake ihre Verlegenheit bemerkt. Und er hat schon eine der Frauen am Hafen in Danzig besucht und seine Erfahrungen gesammelt. Sie hatte ihm, schamlos oder aus purer Not, ihr Fleisch dargeboten und ihn auf diesen neuen Wegen geführt. Er weiß also, was einen in den Armen einer Frau erwartet. Er fasst so plötzlich nach Ilses Hand, dass sie sie erschrocken zurückzieht.

»Ich wollte nur …«

»Was denn?«

»Du hast dich so verändert.«

»Wie?«

»Gerade warst du noch ein Mädchen mit Schürze. Jahrelang immer nur Mädchen mit Schürze.«

»Und?«

»Jetzt bist du mit einem Mal beinahe kein Mädchen mehr.«

Sie lächelt. Komplimente muss er noch üben. Aber eigentlich hätte auch sie gern seine Hand gehalten.

»Wir werden uns schon gleich wieder verlieren«, sagt sie plötzlich in ganz veränderter Stimmung. »Vielleicht weißt du es noch nicht, aber Vater hat gesagt, Mutter habe etwas sehr Schlimmes getan. Er hat befohlen, dass sie mit Otto und mir nach Gumbinnen zu den Großeltern zieht.«

»Nach Gumbinnen?«

»Ja.«

»Und dann?« Ake ist so überrumpelt von der Nachricht, dass er kaum mehr weiß, wo Gumbinnen überhaupt liegt.

»Ich weiß nicht. Er sagt, sie sei auf Abwege geraten und wolle diese nicht wieder verlassen. Er könne das nicht akzeptieren. Wegen der Leute nicht und auch meinetwegen nicht.«

Von der Entenkoje und ihren geteerten Netzen und Bastzäunen kein Wort.

Nur zwei Wochen später reisen Jadwiga und ihre Kinder tatsächlich ab.

Erwin Kowak hat sie wortlos zum Bahnhof gebracht. Er vermeidet jede Berührung.

Bei der Entenkoje hatte er Jadwiga so heftig an den Haaren gepackt, dass sie jetzt eine kahle Stelle am Hinterkopf hat. Er hatte sie bis nach Haus gezerrt. Nur mit Mühe hatte sie sich aufrecht halten können. Zu Haus hatte er einen Stock genommen und Jadwiga so hart verprügelt, dass sie geglaubt hatte, er schlage sie tot.

Dann war er nach Königsberg abgefahren.

Als sie zwei Wochen später nachfolgte, fand sie ihren Schrank und ihre Kommode leer vor. Alles war schon in Reisekisten verpackt.

Unter reichlich Dampf fahren Jadwiga, Ilse und Otto nach Osten.

In Gumbinnen werden sie vom alten Kutscher der Kowaks abgeholt und fahren noch eine Stunde durch lange Alleen, bis sie zu dem unscheinbaren Herrenhaus mit den zwei Storchennestern auf dem Dach und den Blitzbäumen rechts und links des Eingangsportals gelangen.

In der Tür steht Rosa Kowak, sehr dick, sehr appetitlich, sehr lieb. Sie winkt, als wäre ihre Hand so vergnügt wie ihr Gemüt, umarmt Jadwiga und bittet alle in einen kleinen Salon, wo sich eine regelrechte Kuchenanhöhe auf einem großen Teller erhebt.

Aus Scham hat Erwin seinen Eltern nicht den wahren Grund für den Aufenthalt seiner Frau geschrieben, sondern vielmehr Landluft und Erholung erwähnt, weshalb das Wiedersehen tatsächlich von Freude erfüllt ist und Rosa Kowak die Melancholie in den Augen ihrer Schwiegertochter als Erschöpfung deutet. Von Ilse und Otto ist sie gleichzeitig so begeistert, dass sie sowieso nur selten den Blick von den Enkeln abwendet.

Alles in allem also eine nicht unangenehme Begegnung, die außerdem von einem ständigen, freundlichen Nicken und Brummeln des alten Kowak begleitet wird, der in braunem Hausmantel und taub im Sessel sitzt und alles gutheißt, was sich ihm in irgendeiner Weise nähert. So wird er auch bald den Tod gutheißen, der sich bereits irgendwo in der Welt aufmacht und zwei Wochen später, zwei Wochen, in denen Wiedersehensfreude, Kinderstimmen, Fußgetrappel, Suppenduft, Qualm, Küsse und Kuchen das Haus erfüllen, am Bett des alten Kowak steht und zum Aufbruch mahnt. Mit freundlichem Nicken und Brummeln stirbt der Hausherr, so dass nun auch Erwin Kowak zum Begräbnis und zur Erbregelung anreisen muss.

Der Aufmerksamkeit seiner Mutter entgeht, trotz Trauer, nichts von der ehelichen Spannung zwischen ihrem Sohn und dessen Frau. Eine Spannung wie zum Zerreißen. Ein Durcheinander von Gesten, Zurücknahmen und halb Gesagtem. Mitunter sogar eine pulsierende Zornesader auf Erwins Stirn. Sein schlechter Geruch, als würde er heimlich trinken. Und nach verschiedenen Entscheidungen – man wird für etwas Bargeld drei Wiesen verkaufen –, nach Gängen zum Katasteramt und zum Notar gibt sie sich endlich einen Ruck.

»Darf man fragen, was zwischen euch vorgefallen ist?«, fragt Rosa am Abend, als sie und ihr Sohn allein im Salon übrig sind. Erwin hält kurz den Atem an. Er hatte gehofft, sie würde nicht fragen. Er hat plötzlich den Geschmack von Magensäure auf der Zunge. Ihr Mitgefühl und ihre Sorgen gehen ihm mit einem Schlag auf die Nerven. Überhaupt gehen ihm plötzlich alle diese Frauen mit ihren Blicken und Berührungen und Brüsten und vor allem Forderungen und Schlaumeiereien wahnsinnig auf die Nerven. Er würde seiner Mutter am liebsten einfach das Wort verbieten. Sie soll sich nicht einmischen. Keine soll sich einmischen! Dieses neue Durcheinander, welches diese Mütter, Tanten, Töchter und Ehefrauen seit einiger Zeit überall anrichteten, war nichts anderes als ärgerlich, sogar zudringlich. Ja, zudringlich! Sie fraßen einen auf, grapschten nach einem, grapschten nach fremden Aufgaben und fremden Erfolgen. Zurückdrängen musste man sie, zurückdrängen, und zwar schleunigst!

»Glauben Sie mir, Mama«, sagt er kühl, »der ganze Betrieb und die vielen Vergnügungen in Königsberg sowie den neuen Strandbädern bringen die Damenwelt auf abwegige Gedanken. Man sollte wieder mehr auf Zurückhaltung und Häuslichkeit dringen.«

»Hat Jadwiga sich in einen anderen Mann verliebt?«

Jetzt bricht Kowak in leises, hysterisches Lachen aus.

»Einen Mann?! Das ist wohl eine Frage der Auslegung! Das will ich lieber gar nicht so genau wissen! Forschen Sie nicht weiter! Ich kann nur so viel sagen, dass ich bei meinen Kindern, in ihrem eigenen Interesse, von nun an auf äußerste Zucht zu achten gedenke. Wir haben als Deutsche eine Pflicht innerhalb der Menschheit zu erfüllen. Und die liegt in allen Lebensbereichen. Die Tüchtigkeit unserer Gemeinschaft gilt es, rein zu erhalten!«

Man kann wohl sagen, dass der gemütlichen Rosa Kowak bei so viel Schneid der Mund offen bleibt. Wer hat den Jungen so durchgenommen? Und genau genommen wäre die Antwort: Na auch du, Rosa, auch du, vor vielen Jahren, mit deinem Körper und deinen Wünschen und Verwünschungen und diesen Dingen, aber das ahnst du nicht, denn die Dinge sind kompliziert und oft nicht so, wie man glaubt.

Rosa wünscht ihrem Sohn bald eine gute Nacht und denkt im Rausgehen: Zum Glück sollen Jadwiga und die Kinder jetzt eine Weile bei mir wohnen. Da kann man bei diesem neuen Zuchttheater vielleicht ein wenig die Regie führen.

*

Weststrand, 1893

Als Kazimira den kleinen Laden im Stranddorf betritt, verstummen die Frauen, als falle ihnen das Gespräch zu Boden. Die Ladenbesitzerin richtet sich steil auf, wie gerüstet. Eine der Hausfrauen zieht ihr kleines Mädchen an sich. Die übrigen pressen die Lippen aufeinander, als fürchteten sie, von dieser Damerau im nächsten Augenblick angefallen und geküsst zu werden.

Kazimira steht kurz beim Eingang. Dann geht sie, Schritt für Schritt, an den Frauen vorüber bis zum Ladentisch.

»Bitte ein Pfund Zucker«, sagt sie leise.

Die Ladenbesitzerin sieht sich in ihrem vollen Regal um.

»Zucker ist aus, tut mir leid.«

»Dann geben Sie mir bitte von dem Honig.« Kazimira deutet auf die Honigkrüge.

»Die sind vorbestellt. Nächste Woche kommt neuer.«

»Ich verstehe.« Kazimira dreht sich um. Sie blickt die Frauen an, die sich noch nicht wieder bewegt haben. »Dann komme ich ein andermal wieder. Schönen Tag.« Und damit muss sie noch einmal durch das Spalier der Nachbarinnen.

»Gut, dass sie nur einen einzigen Sohn geboren hat«, sagt die Frau von Doktor Aller, kaum dass Kazimira den Raum verlassen hat, aber so laut, dass sie es schon noch hören könnte. »Und den hat sie wohl noch nicht einmal gewollt. Der Ake kann sich immerhin sehen lassen. Kommt nach dem Vater. Aber auch ein Glück, dass es nicht noch einmal geklappt hat.«

»Was denn?«

»Na, dass sie nicht noch ein Kind bekommen haben und sich das Übel womöglich noch fortpflanzt! Und ein bisschen kann man sich ja fragen, warum ein so fabelhafter Mann wie der Herr Damerau so eine Frau eigentlich durchfüttert. Mit welchem Recht lässt sie sich, wo sie so wenig zum allgemeinen Leben beigesteuert hat, eigentlich aushalten? Wenn eine nicht kann, nun gut. Aber wenn sie nicht *will*?«

Vom Hörensagen weiß Frau Aller, die selbst sechs Kinder geboren hat, von der Tüchtigkeit der eigenen Rasse. Natürlich weiß sie nichts Genaues, ihr Mann hat selten Lust, mit ihr zu reden. Aber sie weiß, nur Paare mit ausgezeichneter Erbmasse, so wie sie und ihr Mann, sollten sich vermehren. Käme ihnen dabei dennoch ein fehlerhaftes Ergebnis unter, dann sei es im Rahmen des Denkbaren, ein solches sogleich zurück ins Himmelreich zu schicken, zu seinem eigenen Vorteil. Das ist für ein Mutterherz natürlich hart, aber im Grunde, findet Frau Aller, muss man niemandem ein Leben *zumuten*. Das wäre ja noch viel härter. Und dass sich diese Kazimira Damerau selbst mit einem Mann verwechselt, deutet darauf hin, dass sie sich, im Interesse der Volkshygiene, auf keinen Fall weiter vermehren sollte. So sieht sie das nun mal, denn als praktische Hausfrau weiß die Frau Aller, was nützlich ist und was nicht.

Erwin Kowak sieht das auch so. »Sie ist nicht normal, vielleicht auch schizophren. Das allein müsste dich von ihr abstoßen«, hatte er noch zu Jadwiga gesagt. Es war sein vorletzter Satz, bevor er beschloss, sie mit seinem Schweigen zu strafen.

Jadwiga hatte laut gelacht. Hatte gar nicht mehr aufhören kön-

nen. »Schizophren? Kazimira?! Bist du jetzt auch darin vom Fach?«
Da hatte sie eine sitzen.

»Sie ist eine Halbfrau, mit Männerseele.«

»Sie hat jedenfalls mehr Mumm als du, da hast du recht.« Aus
Jadwigas Stimme sprach kalte Verachtung.

Das war der Moment gewesen, in welchem Erwin Kowak beschloss, seine Frau nicht nur vorübergehend nach Gumbinnen zu
schicken, sondern sie ganz auf das Gut seiner Eltern zu verban-
nen. Mit steifen Gesichtszügen ordnete er alles an, nicht unter-
lassend, seiner Frau eine letzte schreckliche Nacht zu bescheren,
in der er sie wortlos zum Beischlaf zwang.

Antas hat zu alldem nichts gesagt. Eine Woche lang, kein Wort
zur Kaz. Genug ist genug. Was hat sie sich dabei gedacht? Ihn hier
blamieren?

Er verbietet ihr für eine Weile, das Haus zu verlassen, es sei
denn für Wege, die unvermeidbar sind.

Jahrelang hat er diesem Stromern zugesehen, jetzt bleibt die
Kaz in der Stube, wo sie hingehört. Gut, dass Kowak, auch wenn
er ihn nicht mag, seine Frau weggeschickt hat. Es gibt Grenzen.
Auch dieses Gerede von Kazimira, sie wolle Arbeit in der Grube.
Was denkt sie denn?

Antas unternimmt lange Wanderungen am Meer entlang, um
die Gedanken zu ordnen. Oder um überhaupt irgendeine Ordnung wiederherzustellen. Kazimira sitzt zu Haus am Fenster, sieht
den vorbeiziehenden Vögeln nach und würde gern weinen, aber
kann nicht. Antas hatte sie gefragt, was ihm denn fehle, was diese
Frau Kowak habe.

»Nichts fehlt dir, Antas«, hatte die Kaz nur antworten können.
»Es ist etwas anderes. Und am liebsten möchte ich ja tot sein.«

*

Jadwiga lebt. Sie hält sich aufrecht, wofür sie jedoch zwei ungesunde Mittel gebraucht: täglich eine Flasche Wein und das dauernde, zersetzende Sinnen auf Vergeltung. Jeden Hieb von Erwins Stock und alles andere will sie ihm eines Tages heimzahlen. Darüber denkt sie so viel nach, dass sie kaum noch einen Blick für ihre Kinder übrig hat.

Rosa Kowak dagegen wendet all ihre Hingabe auf, um Ilse und Otto den Aufenthalt so schön wie möglich zu gestalten. Dabei redet sie ununterbrochen und so laut, dass auch alle Übrigen immer vehementer zu sprechen anfangen, und bald kann man schon aus einer ziemlichen Entfernung vom Herrenhaus die Stimmen durch die geöffneten Fenster hören, was dem bröckelnden Gebäude einen ganz neuen, fast heiteren Charakter verleiht.

Aber der Tag hat viele Stunden, es ist auch mal langweilig, vor allem bei Regenwetter. Manchmal fahren sie deswegen in die Stadt, gehen in eine Konditorei, Kuchen mit Sahne essen, kaufen dies und das bei Isidor Katzki auf der Königstraße oder neue Stoffe bei Dembinsky & Söhne, gleich nebenan. Aber Gumbinnen ist zu klein, um sich lange zu amüsieren. Man kann beinahe von einem bis zum anderen Ende sehen. Also fahren sie bald doch immer seltener hin. Und Jadwiga bleibt schließlich lieber ganz auf dem Hof. Sie geht spazieren, schläft viel zu viel und schreibt erst jede Woche, dann jeden Tag einen Brief an Kazimira.

Dass sie zum dritten Mal schwanger ist, hält sie nicht davon ab, den Abstand, den Kowak erzwungen hat, als ein bisschen romantisch zu empfinden oder wenigstens so zu beschreiben (der erste Schritt ihrer Vergeltung), jedenfalls deutet sie selbst ihr vieles Weinen und Träumen in solcher Richtung.

Kazimira findet gar nichts romantisch. Sie beneidet die Hauer immer mehr, die sich den ganzen Tag unten in der Grube verkriechen: in der Welt, fern von der Welt.

Und sie fühlt, wie zum ersten Mal ihre Kräfte nachlassen. Sie träumt immer häufiger schlecht, träumt sich selbst als Skelett, als dürr, als zahnlos.

In Wirklichkeit macht sie das erste Zurückweichen der Kräfte nur noch schöner, mit und ohne Perücke.

Für die Entzifferung der ausschweifenden Briefe Jadwigas braucht sie Ewigkeiten und beantwortet sie, wenn überhaupt, sehr kurz.

Irgendwann, als sie es nicht mehr aushält, bittet sie Antas, sie nach Königsberg fahren zu lassen.

»Was willst du dort?«

»Unseren Sohn besuchen.«

Das kann er ihr nicht abschlagen, das weiß sie. Also fährt Kazimira in die Stadt, um Ake zu einer Reise zu drängen. Er soll ihr Bote sein, soll ihr später berichten.

Erst ist er dagegen. Hat Angst vor Kowak, Angst vor seinem Vater, Angst vor einer Begegnung mit Ilse. Die Entscheidung zieht sich hin, braucht bis zum nächsten Jahr. Und als Kowak tatsächlich eine *Expedition* nach Zarskoje Selo unternimmt, um im Bernsteinkabinett *nach dem Rechten zu sehen*, wie er es nennt, besteigt Ake endlich den Zug nach Gumbinnen.

Ihn holt kein alter Kutscher ab, nein, so was muss persönlich sein und nicht bezahlt. Ihn holt eine junge Frau auf dem Pferd ab, ein zweites Pferd an der Führleine. Braungebrannt ist sie, muskulös und duftend, als käme sie vom Zirkus oder aus einem Erdbeerfeld. Ake kann Ilse kaum ansehen. Und reiten kann er auch nicht. Sie brauchen Stunden bis zum Herrenhof. Ake ganz in den Sattelknauf verkrampft, Ilse mit lautem Lachen unter dem Blätterdach der Allee. Die Führleine zwischen den Pferden wie ein Omen, die Hitze zwischen den Stämmen, trockenes Gras, Disteln, Kamillen, dann wieder das Holz und der Schatten einer

Linde. Und weiter, Chaussee, immer Chaussee, nur ganz wenige Fuhrwerke hier, mit schläfrigen Kutschern, Pfeife rauchend auf einem Berg Kornsäcken oder schon Mehl. Ake, der schweigsame Ake könnte sich schütteln, könnte schreien vor Glück und vor gesundem Hunger und gesunder Lust, diese ganze Chose.

Für Rosa Kowak hat er eine Schachtel Schokolade von Kazimira im Gepäck. Für Jadwiga einen dicken Brief.

Mit zittrigen Fingern öffnet sie ihn am Abend in ihrem Schlafzimmer. Darin ein unschuldig weißer Handschuh und nur eine Zeile: *Die Finger des Kazimir gegen das Zeigefingerchen der Leute.*

Die nächsten Tage vergehen wie ein einziger. Jadwiga kann sich, wie auch Rosa Kowak, gar nicht an dem Menschen sattsehen, der da nun mit dem Mädchen durch die Gegend streift, fischen geht, mit den Söhnen der Instleute das Stauwehr der Karpfenteiche repariert und am Abend auf dem alten Akkordeon spielt, das sie auf dem Hängeboden gefunden haben. Ilse liegt neben ihm im Gras, kaut auf einem Halm und seufzt. Und Rosa sucht ihre Speisekammer nach immer neuen Köstlichkeiten für den jungen Mann ab. Köstlichkeiten für diesen jungen Gott, denkt sie insgeheim. Ein vom Himmel Gesandter, der schon mit einem unbeholfenen Räuspern oder dem Zerbeißen eines Sonnenblumenkerns die Langeweile dieses Herrenhofes und aller Gutshöfe Ostpreußens wegzuwischen versteht.

Jadwiga ihrerseits sucht bei allen Mahlzeiten Akes Gestalt ab. Sie wandert mit den Blicken auf ihm herum, wie damals Kazimiras Blicke auf ihr, nur ganz anders. Sie wird in den Brauen fündig, in der Farbe der Augen, in den Händen. Überall die Kaz.

*

Wieder hat sich einer mit Farbe betätigt. Diesmal mit Kreide und direkt auf der Hauswand, so dass sie es von innen nicht hatten sehen können. Erst als Henriette von einem Besuch in der Nachbarschaft zurückkehrt, weitet sich ihr Blick. Jemand hat, sehr ungeschickt, offenbar im Dunkeln, einen Stern auf die Hauswand gekrakelt, welcher, wenn seine beiden Dreiecke auch nicht übereinander gelandet sind, doch als solcher erkennbar ist.

Henriette eilt ins Haus und in Hirschbergs Arbeitszimmer. Zusammengesunken findet sie ihn an seinem Schreibtisch vor.

»Wer war das?« Sie versucht, sich ihren Schreck nicht zu sehr anmerken zu lassen.

»Du wirst es nicht glauben. Niemand, der halbwegs Verstand und Anstand besitzt, kann so etwas glauben.« Hirschberg sieht gar nicht vom Tisch auf.

Warum einer so etwas tue, will Henriette wissen.

»Ein Denkzettel?« Hirschberg kichert plötzlich, so dass Henriette irritiert um den Tisch herumgeht, um ihn von vorn zu sehen.

»Eine Denkzettelschrift aus der Hand des Herrn Weber, von der Firma Weber aus Danzig«, sagt ihr Mann und hebt den Blick. Sie habe ihn schon vor einiger Zeit auf Umwegen erreicht, scheinbar zufällig, aber wahrscheinlich doch eher gezielt, um ihm einen Hieb zu versetzen.

»Ich hatte tatsächlich Anstalten getroffen, eine eigene Bernsteinpresse einzurichten. Und die Reaktion kam prompt.«

Hirschberg setzt den Zeigefinger auf die Denkschrift. »Eine reine Verleumdung. Aber so ausführlich und hinterhältig, dass jedem Außenstehenden nur der Kopf schwirren kann, ohne dass er sich ein eigenes, gerechtes Urteil bilden wird.«

Henriette braucht einen Moment, bis sie verstanden hat, dass ihr Mann von etwas ganz anderem spricht als sie.

»Unterschätze nicht die Eigenständigkeit der Leute«, versucht sie, ihn zu beschwichtigen.

Hirschberg schüttelt unwillig den Kopf: »Weißt du, was er mir unterstellt? Was ich ihm gegenüber gesagt haben soll?« Hirschberg sucht den Abschnitt in der Denkschrift und liest laut: »*Mir ist kein Mittel zu schlecht,* soll ich wörtlich gesagt haben, *um meine Ziele zu erreichen, selbst wenn ich über Leichen gehen muss. Wer sich mir nicht fügt, den ruiniere ich, wobei es mir gleichgültig ist, ob es mich hunderte oder tausende kostet. Ich habe den ganzen Staat in der Tasche und habe oben hohe Verbindungen.*« Hirschberg wirft das Blatt hin. »Würde ich trinken, müsste ich nun glauben, ich sei da in einem Vollrausch gewesen. Aber man muss wohl eher von einem Rausch bei Herrn Weber sprechen. Geradezu klassisch!«

»Beruhige dich.« Henriette nimmt die Schrift und legt sie in ihren Sekretär.

»Mich beruhigen? Weißt du, was das Gericht, welches ich bereits eingeschaltet hatte, auf diesen Vorwurf erwidert hat? Das ist nämlich der eigentliche Skandal! Es glaube, so schreibt ein deutsches Gericht, dem Angeklagtem Herrn Weber, dass er nur eine *Schilderung des Charakters* habe geben wollen und keinen Staatsbeamten der Bestechung bezichtigen!« Hirschberg steht auf und geht im Zimmer auf und ab. »Na, dann ist ja alles in bester Ordnung! Und mein Charakter nun bekannt. Neben dem, dass ich angeblich das mir von der Staatsregierung eingeräumte *Monopol* in rücksichtsloser Weise ausbeuten würde und die alte blühende Bernsteinindustrie systematisch zu Grunde gerichtet hätte. Bravo! Und weißt du, wie man dieses mein Verhalten nennt? *Bereicherungssüchtig, pharisäerhaft* und *weibisch.*« Hirschberg schlägt mit der Faust auf den Tisch. »Aber auch dies habe der Mann nicht in der Absicht, mich zu beleidigen, gesagt, sondern allein, um die Regierung und alle, denen dieser Wisch in die Hände fällt, über die *Wahrheit* in Kenntnis zu setzen!«

Henriette ist klar, dass ihr Mann von der Schmiererei auf der Wand jetzt erst recht nicht erfahren darf. Er sollte das Zimmer am besten vorerst nicht verlassen.

»Lass uns das in Ruhe besprechen. Ich werde dir einen Tee machen.« Sie schließt beiläufig das Fenster, das bisher angelehnt war, und geht hinunter in die Küche.

Die alte Stin scheuert eben die Kupfertöpfe.

»Ich brauche deine Hilfe.« Henriette flüstert, das hat sie so noch nie getan. Stin lässt verwundert das Scheuern sein.

Henriette kocht Tee und füllt dann selbst einen Eimer mit Wasser. »Ich bitte dich sehr, einmal ausnahmsweise einen Dienst außerhalb der Küche zu tun.«

»Und wo?«

»An der Hauswand. Aber bitte so, dass mein Mann es nicht mitbekommt.«

Die Stin grinst breit. »Hatte schon immer mal gehofft, für Sie eine Heimlichkeit erledigen zu dürfen.«

»Freu dich nicht zu früh.« Henriette nimmt den Tee und geht wieder nach oben. Im Arbeitszimmer ist noch kein Friede eingekehrt.

»Wissen diese Leute, wie viele Steuern und wie viel Pacht ich an den Staat abgebe?!«, poltert Hirschberg, die giftige Denkschrift liegt erneut auf dem Tisch. »Wissen sie, wie viele Arbeiter in meinen Betrieben ihren sicheren Lohn erhalten? Wie viele ihre Renten? Wie viele Witwen eine Witwenhilfe?«

»Natürlich wissen sie das.« Henriette reicht ihm eine Tasse. »Das ist ja das Problem. Sie sind wie die Brüder im Märchen, erst bleiben sie im Wirtshaus am Weg hängen, lassen den dummen Iwan alle Aufgaben vollbringen, dann schwärzen sie ihn beim königlichen Vater an und wollen seinen verdienten Lohn für sich einstreichen. Diese Dinge sind so alt wie die Menschheit.«

»Ich werde mich an die Zeitungen wenden.« Hirschberg ist schon aufgestanden und hält den Hörer des neuen Wandtelefons in der Hand. »Wenn es keine Gerechtigkeit gibt, dann doch immer noch eine Öffentlichkeit. Das ist keine Privatsache.«

Henriette schüttelt den Kopf.

»Wenn, dann musst du dort persönlich hingehen. Du kennst die Leute. Dieser Apparat erlaubt ihnen jede Verstellung. Du musst ihr Gesicht sehen.«

Hirschberg hängt den Hörer zurück und steht da so verlassen vor Henriette, dass es ihr das Herz zusammendrückt.

»Lass mich für dich hingehen«, sagt sie leise, denn es ist nebenbei zu vermuten, dass Stin mit der Hauswand noch nicht fertig ist.

»Glaubst du, irgendein Redakteur hört auf meine Frau?«

»Ich glaube, es ist besser, wenn du nicht gehst.«

Henriette kommt zu spät. Die gegnerische Denkschrift, wie auch die Entscheidung des Gerichts, liegt den verschiedenen Zeitungen bereits vor. Und den einen oder anderen Redakteur erinnert der Fall schon an Rudolf Mosse in Berlin. Reißt der nicht auch gerade irgendwas an sich? Pressemonopol? Oder ist auf dem besten Weg? Ergibt sich da nicht ein Bild? Irgendwie alle auch so ein bisschen sehr sozialdemokratisch, wenn nicht sogar sozialistisch. Hat das was miteinander zu tun? Und kann man mit so einer Nachricht nicht viel Aufsehen erregen?

Henriette kann sagen, was sie will, kann bitten – die Sache wird gedruckt.

Zwar konnte man Hirschberg kein Vergehen nachweisen, aber was man immer kann, ist ein Bild malen. Am Ende stellt dieses simple preußische Sittengemälde Folgendes dar: Ein preußischer Beamter sei zwar schon seinem Wesen nach unbestechlich, Hirschberg habe aber eindeutig versucht, auch seinem Wesen gemäß, alle zu bestechen.

Auf beinahe fünfzig Seiten versucht Hirschberg sich, im langsam endenden Sommer 1894, in einer eigenen Denkschrift zu rechtfertigen. Aber die Sache ist in der Welt. Und da bleibt sie. Und man wird den Eindruck nicht los, die Gegner hätten einen derartigen Verlauf der Sache längst vorausgeahnt. Als sei ihre Strategie von vornherein gewesen, die absurdesten Anwürfe nur zu dem einen Zweck zu formulieren und zu veröffentlichen: dass sie sich, selbst wenn sie widerlegt wären, wie der Brand in der Brandwunde, immer weiter ins Gewebe fräßen und irreversible Schäden anrichteten, deren Ergebnis, wenn nicht Nekrose, so doch grauenhafte Narben wären.

Als Hirschberg die nächste Sitzung der Beamten für Landwirtschaft und Bernsteinabbau im Samland besucht, bemerkt er schon beim Eintreten die neue Tischordnung. Wie zufällig stehen einige Stühle näher beieinander, einer aber, der einzige, der noch frei ist, steht etwas abseits, und zwar so, dass er, Hirschberg, sich mit dem Stuhl zwischen die anderen drängen müsste, um in den Kreis aufgenommen zu werden. So bleibt ihm nur, sich eigentlich in die zweite Reihe zu setzen, was die Anwesenden scheinbar gar nicht bemerken. Auch seine Hand bei den Abstimmungen übersehen sie dadurch beinahe. Nur im letzten Moment registrieren sie noch sein Votum und nehmen es auf, wie eine fast lästige Nebensache.

Auch im Anschluss an die Sitzung, wenn sie gewöhnlich noch ein Bier zu trinken pflegen, löst sich die Versammlung nun unter verschiedenen Vorwänden auf, man grüßt höflich, aber kurz, und Hirschberg geht allein nach Haus.

Immer häufiger findet Hirschberg sich auf solche Weise irgendwo stehen, während sich um ihn her zu den banalsten Themen Gesprächsrunden bilden, deren alleiniger Zweck zu sein scheint, nicht mit dem Besitzer der Bernsteinwerke reden zu müssen. So entbehrlich gemacht, verliert er schließlich ganz die Freude an allen Unternehmungen.

Die Grube am Weststrand, die Manufaktur in Königsberg – alles scheint doch auch ohne ihn zu funktionieren. Ja, er bemerkt, dass ihm die ganzen Geschäfte sogar lästig geworden sind. Ich will heraus, denkt er. Weg aus Ostpreußen.

*

Königsberg, 1895

Anna hat sich, seit dem Erlebnis in der Grube vor über zehn Jahren, sehr verändert. Immer häufiger drängen sich Bilder auf, Visionen, aus dem Labyrinth der Stollen und Schächte. Gesichter treten ihr aus dem schwarzen Hintergrund entgegen, Schatten vor dem Schatten, glotzen sie aus toten Augenhöhlen an, so dass Anna im Schlaf aufschreit und Zylbersztejn wach wird, sein Bett verlässt, seine Frau sanft weckt, eine Kerze anzündet und ihr mit seiner schönen dunklen Stimme etwas vorsingt.

In den ersten Jahren ihrer Ehe wohnten sie in Tilsit, Zylbersztejns Heimatstadt. Sein Schmuckgeschäft lief gut, seine Familie nahm Anna Hirschberg wie eine Tochter auf. Niemand fragte je nach Nachkommen, denn alle wussten, dass Anna nicht die Kraft für eine Schwangerschaft hätte. Sie akzeptierten diese ungewöhnliche Liebe, denn sie spürten, dass es sich um eine solche handelte. Zylbersztejn umsorgte Anna wie ein Wirt, der nur einen einzigen Gast hat, und mehr noch. Er war gewissermaßen stets zu Diensten, erzählte unterhaltsam von den Ereignissen in der Welt, als müsste er eine Zeitung ersetzen, und versuchte, jeden Wunsch seiner Frau zu erfüllen, bevor er überhaupt aufkam. Die Wochen, die Anna in Kurorten verbrachte, ertrug er nur schwer. Und als es ihr zunehmend schlechter ging, beschloss er, mit ihr nach Königsberg zu ziehen, in der Hoffnung, die Nähe zu ihren Eltern würde sie stärken oder wenigstens beruhigen. Denn die atemlose Panik, die Anna immer häufiger zu erfassen schien, so dass sie mit angstgeweiteten Augen um sich blickte, war auch für ihn wie ein Gefühl des Erstickens.

Und so bewohnen sie mittlerweile eine Wohnung in der Langgasse, nahe der Bernsteinwerke, wo Zylbersztejn jetzt eine Anstellung im Kontor hat. Alles in der neuen Wohnung dient nur noch der Erleichterung und Verschönerung der Stunden. In jedem Zimmer hängt ein Vogelbauer mit einem trillernden gelben Vögelchen, auf den Tischen welken üppige Sträuße, die Zylbersztejn ständig nachliefern lässt oder selbst in den Wiesen vor der Stadt pflückt, während Anna ihm vom Wagen aus zusieht und über den großen Mann lachen muss, der von Blüte zu Blüte eilt. Uhren fehlen in der Wohnung in der Langgasse ganz, als wären sie ein Memento mori, und die Fenster stehen, wann immer es die Temperatur zulässt, offen, als könnte man mit mehr Durchzug auch mehr Luft in Annas Lungenflügel leiten.

*

Jantarnyj, 2012

Als Anatolij das Grubengelände abends verlässt und zum Parkplatz geht, wo der Lada in der Dämmerung steht, setzt wieder Regen ein. Eisig bricht er aus, eine kabbelnde Flut, weht Anatolij seitlich ins Ohr, klatscht auf die Kopfhaut, rinnt in den Nacken. Anatolij zieht den Kopf ein, sucht im Gehen nach dem Autoschlüssel, als ein Mann aus dem Schutz der vor dem Parkplatz liegenden Bushaltestelle tritt. Yehor.

»Nehmen Sie mich mit ins Zentrum?«

Zentrum! Anatolij nickt trotzdem. Der nächste und auch letzte Autobus, weiß er, kommt erst in einer Stunde, wenn überhaupt.

»Was machen Sie in unserem Bernsteinparadies?«, fragt er etwas ironisch, als sie eingestiegen sind, und steuert mit vorgebeugtem Oberkörper den Wagen um die Schlaglöcher. Er zieht, während er fährt, mit den Lippen eine Zigarette aus der klammen Packung. Yehor gibt ihm Feuer.

»Ich suche Material.«

»Nun, das verstaubt hier im Lager.«

Yehor raucht jetzt auch. »Interessant.«

»Eher langweilig.«

»Ja, wenn etwas verstaubt, ist das ohne Zweifel langweilig. Sie sagen, es gibt hier ein Lager?«

»Ja, warum?«

»Warum? Interessanter wäre: Wo?«

»Das Lager?«

»Hm.«

»Vergessen Sie's. Vergessen Sie den ganzen Tagebau. Bringt kein Glück.«

»Lassen Sie mich die Glücksfee sein.« Yehor beobachtet Anatolij von der Seite. Nach einer Weile sagt er: »Ich möchte Ihnen ein Geschäft vorschlagen. Sie verschaffen mir Zutritt zum Lager, ich verschaffe Ihnen Glück.«

»Sie machen sich lustig.«

Yehor nimmt sich sofort wieder zurück. »Es kam mir nur so vor, als sei hier bei euch noch nicht angekommen, wie sich der Markt inzwischen entwickelt.«

»Wie entwickelt er sich denn?«

»Chinesisch.«

»Das bedeutet?«

»Er ist gigantisch. Und mit den richtigen Kontakten, die ich zufälligerweise besitze, lässt sich da momentan viel erreichen.«

»Ich bin nicht interessiert. Hab außerdem gerade den Job dort verloren.«

»Umso mehr werden Sie Geld brauchen.«

Anatolij zuckt mit den Schultern. Sie haben die Stadt erreicht. Er hält auf einem der Parkplätze in der Nähe der Schmuckpavillons.

»Schon gut. Ich gebe Ihnen trotzdem meine Karte. Können Sie natürlich auch in den Müll werfen. Aber überlegen Sie es sich.«

Yehor steigt aus, bückt sich noch einmal in die Wagentür hinein und sagt mit hochgezogenen Stirnfalten: »Eine jede russische Frau träumt von einem reichen Mann ...«

Anatolij blickt ihm hinterher, wie er mit gekrümmter Haltung durch den Regen in der Dämmerung verschwindet.

Beinahe gegen seinen Willen geht er innerlich die Zugänge zum Bernsteinlager durch. Alles nicht sonderlich gut gesichert. Ein paar Kameras, der alte Pjotr an den Monitoren, immer für einen Wodka empfänglich. Die kleine, gelangweilte Wachmannschaft, alle kennen Anatolij und würden sich keinen Augenblick über seine Anwesenheit wundern, zumal die Arbeiter den täglichen Ertrag selbst ins Lager schaffen. Ein- oder zweimal wurde jemand in den letzten Monaten durchsucht. Aber nur, weil Pjotr sich wichtigmachen wollte.

Anatolij raucht schon die dritte Zigarette. Im Prinzip, denkt er, müsste man ja wirklich nur auf anderem Wege Geld verdienen. Viele Menschen verdienen auf anderen Wegen Geld. Und dann müsste man vielleicht auch überhaupt nicht erzählen, dass man den Job im Bernsteinwerk gar nicht mehr hat. Im Grunde kann es Nadja doch egal sein, wie er sein Geld verdient. Andere verdienen es mit Autogeschäften. Oder mit Armbanduhren. Natürlich wäre so etwas Diebstahl. Aber ist das Entwenden von etwas, was hier keiner haben will, wirklich Diebstahl? Nur, weil es irgendwo, an einem ganz anderen Ort, etwas wert ist? Schließlich lässt man indische Frauen auch ihr Haar opfern und bezahlt sie nicht, während man das Zeug woanders zu Höchstpreisen verscheuert. Irgendwie so. Anatolij raucht noch eine. Wenn man es mal ganz vernünftig und umsichtig durchdenkt, muss man sagen, es ist ja genug für alle da. Die meisten Leute wollen jetzt Coltan oder solche Dinge. Und Tugend wurde, blickt man in die Geschichte, eh nie belohnt – oder höchstens postum.

Von Nadja ist immer noch nichts zu sehen. Auch sonst macht

das so genannte Zentrum einen sehr ausgestorbenen Eindruck. Eine Geisterstadt, denkt Anatolij, steigt aus dem klammen Wagen und läuft zu den Pavillons. Sie sind alle schon geschlossen und stehen dunkel und einsam auf dem Platz.

Nadja sieht Tante Warja zu, wie sie tiefgefrorene Pelmeni im Plastikbeutel zum Auftauen ins gefüllte Waschbecken legt.

»Bist du heute zum Abendessen hier?«

Das fragt sie beinahe ängstlich, denkt Nadja und bejaht. Wahrscheinlich werde sie aber später noch einmal fortgehen. Tante Warja setzt sich wieder zu ihr an den Küchentisch.

»Ich bin sehr froh, dass du endlich jemanden gefunden hast.« Sie lächelt. »In spätestens sechs Wochen müsst ihr hier raus, sagen sie im Werk.« Sie sieht sich in der Küche um. »Es ist schade. Es war ein braves altes Haus.«

Nadja nickt. All meine Wünsche, all meine Albträume, all meine Stunden sind in diesen Wänden, denkt sie. Es war immer wie ein Gewächs um mich, wie ein Kerngehäuse. Sie steht auf, küsst die Tante und Ika auf die Stirn und geht nun doch schon vor dem Abendessen zurück nach Jantarnyj.

Sie sieht den Wagen nicht, der hinterm Gebüsch in der Nähe des Hauses geparkt steht. Oder sie sieht ihn doch.

Später am Abend liegen Anatolij und sie wieder in dem engen Zimmer. Der Plattenbau leitet fremde Geräusche zu ihnen, Stimmen, die nicht sie meinen, ein Klopfen im Heizungsrohr, das Klappern von Geschirr. Sie liegen da und lauschen. Hinter dem Fenster fliegen die Sterne. Sie beben im Dunkel, pulsieren. Nadja fasst Anatolijs Handgelenk, fühlt mit der Daumenkuppe dieses kleine pochende Tier, als wäre er von etwas bewohnt, was er bisher verschwiegen hatte. Sie bekommt plötzlich Heimweh. Heimweh nach ihm. Sie küsst ihm die Stirn und die Augen, stürmisch, als stünde nicht eine ganze Nacht bevor, sondern nur Minuten.

Dann legt sie sich wieder auf den Rücken, eng an seine Seite. Ausgerechnet du, denkt sie.

Anatolij legt den Arm um sie. Irgendwie kommt er ins Reden, und weil er das Eigentliche weiter verschweigt, macht er plötzlich, eh er sich bremsen kann, Versprechungen. Was man alles einmal kaufen könnte oder wohin man, jetzt, da man ein Auto hat, fahren könnte.

»Ich wusste nicht, dass sie dich im Werk plötzlich so gut bezahlen«, sagt Nadja.

*

Gumbinnen, 1895-96

Ende November ist Kowak wieder einmal aus Zarskoje Selo zurück. Bevor er sich nach seiner Familie erkundigt, erledigt er alle liegen gebliebene Arbeit für Hirschberg und für die Physikalische Gesellschaft.

Erst drei Wochen später, zum zweiten Advent, trifft er in Gumbinnen auf dem Herrenhof ein.

Großer Empfang, den er dumpf beantwortet.

Nicht einmal sein drittes, recht kränkliches Kind, ein Töchterchen, das bald sterben wird, interessiert ihn. Auch nicht die Pracht, die Ilse verkörpert. Wenn, dann erfreut er sich an Otto, seinem Sohn. Aus dem soll noch was werden, denkt er insgeheim, aber nicht hier.

Rosa Kowak versucht vergeblich, ihn aufzuheitern. Mit der gesamten Heeresmacht der Küche. Räucherforelle, Eierkuchen, Klunkermus, Wildbret, Zitronencreme, Salzheringe, Flickerklopse, Honigkuchen, Birnenkompott, Rotebeetesuppe, Karpfen in Biersauce, Kartoffelstampf mit gebratenem Speck, Pfefferkuchen, Plinsen – alles, was ihren Sohn Erwin als Kind einmal gelockt hatte, isst er nun mit einer Sachlichkeit, dass Rosa weinen könnte. Sie greift schließlich zu Wein, Bier und Honiglikör, um das Gespräch auf eine mögliche Verheiratung von Ilse zu lenken. Es perlt alles an Kowak ab, wie Wasser an einer Ente.

Nach freudlosen Tagen fährt er noch vor dem Weihnachtsfest wieder nach Königsberg, und Rosa weiß sich nicht anders zu helfen, als an Ake zu schreiben, er müsse wohl auf gut Glück um Ilses Hand bitten, wobei sie auf Akes liebenswerte Wirkung auf andere hofft.

Ake wirkt auf Kowak überhaupt nicht.

»Liebe?«, sagt der. »Was geht mich Ihre Liebe an?«

»Sie lieben Ihre Tochter auch.«

»Und was, wenn sie die Eigenart ihrer Mutter geerbt hätte? Würden Sie das in Kauf nehmen wollen?«

Ake senkt den Kopf. Der Schlag geht auch gegen seine Mutter. Und also auch gegen ihn. Aber diese Frage zu bejahen hieße auch, Kowaks Unglück für unerheblich zu erklären. Also sagt er lieber nichts. Er wagt nicht einmal mehr, Erwin Kowak anzusehen.

»Dann sagen Sie nein?«, fragt er leise.

»Ich sage: auf gar keinen Fall! Auf Wiedersehen, Herr Damerau!«

Am Abend, allein im Haus, sitzt Kowak am Schreibtisch, besieht seine liebste Inkluse, nimmt Papier und Stift und schreibt: *Geliebte Annuschka, mein kleines Ferkelchen, hier sende ich dir zwei alte Flöhe …*

Ihn unterbricht das Schlagen der Uhr. Er legt den Stift weg, starrt lange auf den Briefbogen. Er hat Kopfschmerzen. Er hat eine halbe Flasche Wein getrunken, das Hemd hängt ihm heraus, die Wangen sind stachlig und sein Blick trüb. Ich möchte mit einer Hofangestellten in Russland schlafen, denkt er stumpf. Ich möchte mit ihr versaut sein. Was ist nur aus mir geworden?

★

Der Hausknecht hält Anna den Arm hin. Schlaff hakt sie sich ein und lässt sich von ihm ins Obergeschoss des Hauses führen, wobei er ihren leichten Körper eher trägt als führt. Als sie außer Hörweite ist, dreht sich Henriette zu Hirschberg um: »Sie kommt zum Sterben. Es macht keinen Sinn, es schönzureden.«

Hirschberg nickt.

Im selben Moment klopft es. Zylbersztejn tritt ein, hat der Familie die Zeit zur Begrüßung gelassen, höflich, wie er ist. Jetzt eine Verbeugung vor Henriette, ein ratloses Räuspern, auch höflich. Und hilflos.

»Wir haben manches zu besprechen.« Mühsam sagt Hirschberg das, wälzt die Worte hervor: »Es wird nur eine Frage von Tagen sein.«

Zylbersztejn nickt. Dann wendet er sich ab. Der große Zylbersztejn dreht sich zum Fenster.

Henriette fasst sich als Erste.

»Dann wollen wir die Tage gut verbringen.« Sie rafft sich auf. Konzentriert sich aufs Ausatmen. »Wir werden ihr die Zeit mit Erzählen vertreiben.«

Am Abend versammeln sie sich bei Tisch. Anna lehnt in einem bequemen Sessel am Tischende. »Geschichten – sehr gern«, sagt sie nach dem Essen leise. »Mir werden die Abende so lang.« Dann lächelt sie plötzlich, verschmitzt, beinahe trotzig. »Aber noch lieber wären mir ein paar Partien Whist. Es soll ein bisschen spannend sein, bevor ich im langweiligen Grabe liege.« Überrascht und verzweifelt blickt Zylbersztejn sie an. Er vergöttert diese Frau. Sie kann kaum noch die Karten halten, denkt er, aber Whist!

»Ja, sieh mich nicht so an. Vielleicht war im Urbeginn nicht das Chaos oder das Wort, sondern vielmehr das Spiel.« Sie nickt entschieden. »Und das soll auch am Ende sein.«

Henriette erhebt sich also und bittet alle zum kleinen Spiel-

tisch herüber, an dem sich die Paare besser gegenübersitzen können. Sie nimmt ein Deck aus der Schublade unter dem Tisch und
streicht es in einer einzigen fließenden Bewegung zum Halb-
mond auf die Platte. Zylbersztejn vergöttert auch sie, aber anders.
Sie setzen sich und ziehen ihre Blätter. Anna zieht das niedrigs-
te und wählt sich Zylbersztejn zum Aide, wen sonst. Also bleibt
es auch beim Bündnis zwischen Henriette und Hirschberg. Man
sortiert. Singleton. Doubleton. Sie spielen konzentriert. »Atout«,
sagt Henriette leise. Anna und Zylbersztejn markieren Deux hon-
neurs. Es wird langsam dunkel im Zimmer. Sie stecken neue Kerzen auf. Sie sind hellwach. Anna lacht immer wieder auf. Dann
muss sie gähnen. »Ich kann nicht mehr.« Abrupt beenden sie
das Spiel, losen nicht mehr neu. Henriette steht auf, um Tee zu
holen. Sie weiß plötzlich, dass dies die letzten Stunden sind. Alle
wissen es.

Anna lehnt sich zurück: »Daniel Moszkowski«, sagt sie leise,
»war unter seinen Verwandten der Einzige, der sich nicht hatte
taufen lassen. Als einmal in einer Gesellschaft davon die Rede
war und Moszkowski gefragt wurde, warum er sich nicht gleich-
falls habe taufen lassen, erwiderte er mit feinem Lächeln: Ach,
das kommt mir allzu jüdisch vor.«

Zylbersztejn sieht erst nach Hirschberg, der die Augen geschlossen hat, dann räuspert er sich. Er fühlt sich wie zertrümmert. Aber er versucht trotzdem, die Richtung seiner Frau aufzu-
nehmen, seiner unglaublichen Frau, die ihre letzten Stunden nun
also so verleben möchte. In ihrem Urbeginne also nicht nur das
Spiel, sondern auch der Scherz. Er überlegt ein wenig und sagt
dann, mit schief gelegtem Kopf und leicht verstellter Stimme, als
säße er auf einer winzigen Bühne: »Ich werd dir beweisen, sagt
Kohn zu Herschel, dass ich dich darf bestehlen. Beantworte mir
zwei Fragen: Darfste greifen in *deine* Tasch? In meine Tasch darf
ich greifen, antwortet Herschel. Schön. Und darfste greifen in *meine* Tasch? In deine Tasch darf ich nicht greifen. Nu also: Wenn

du, der du doch in deine Tasch darfst greifen, nicht fassen darfst in meine, um wie viel mehr darf ich, der ich doch *ja* darf greifen in meine Tasch, erst recht greifen in deine ...!«

Henriette ist zurück und gießt allen Tee ein. Sie setzt sich, nimmt Annas Hand und streichelt sie ganz ruhig. Sie sieht sich die Hand lange an, als müsste sie sich alles merken. »Ein Jude war auf der Fahrt nach Berlin«, beginnt sie. »In seinem Abteil saßen zwei deutsche Judenfeinde. Die blickten den Juden immer wieder grimmig an, der scherte sich jedoch nicht um sie. Da nahmen sie rechts und links von ihm Platz, worauf er sich auch nicht rührte. Sag, du Jud, begann da der eine, was bist du eigentlich: ein Dummkopf oder ein Gauner? Der Jude sann einen Augenblick nach und erwiderte ganz ruhig: Wissen Sie, ich bin so zwischen beiden.«

Siegfried erfährt in Amerika vom Tod seiner Schwester erst, als die Beerdigung längst vorüber ist. Aber die übrigen Teile der Familie, alle Zylbersztejns aus Tilsit, die Familie aus Memel, Onkel Karl, Tante Zipora, Eli, Jakob, Luise, Gustav, sie alle kommen nach Königsberg. Mit jeder weiteren Cousine und jedem weiteren Cousin, allen Kindern und Enkeln und Angeheirateten kommt man auf fünfzig Personen. Auch die Arbeiter und Hauer aus dem Werk geben Anna das letzte Geleit. Der Leichenzug ist straßenlang, eine langsam sich fortwälzende schwarze Schlange aus Menschen und Schirmen, auf dunklem Kopfsteinpflaster, die sich aus dem Königstor hinaus, vorbei an den Ruhestätten aller Konfessionen, bis zum so genannten Neuen Judenfriedhof zieht, lichtlos, als hätte die Annagrube ihre Dunkelheit über die Trauernden gegossen. Jeder weiß, was er zu tun, zu tragen, zu sagen, zu lassen hat. Alles hat Platz und Funktion. Der Tod, fast noch ein Fest, mit Trauerreden und Tischordnung, Garderobe und Speisefolge, noch kein Massengeschehen, ein Tod, den man noch leben kann.

Nicht ganz vorn, aber in der dritten Gruppe, nach der Familie und den wichtigeren Persönlichkeiten der Stadt, geht Antas Damerau mit Kazimira. Er hält sie fest am Arm, denn er weiß, wer noch im Zug mitgeht. Kazimira hält den Kopf gesenkt. Sie trägt in sich das Bild des Singvogels, denkt an die schönen Stunden mit dem wilden Kind, an die Fluggeräte, die sie erfanden, an das Fliegen überhaupt, aber auch an den Nachmittag, als Anna aus der Grube zurückkehrte – als sie plötzlich ein Geruch streift. Gerade gehen sie zum Grab und auf das gebeugte Ehepaar Hirschberg zu, als der unverkennbare Duft auf Kazimira trifft, dass ihre Nasenflügel zu beben anfangen. Sie braucht nicht aufzublicken, um zu wissen, an wem sie da vorübergeht, an wem sie sich vorbeischleppt oder -geschleppt wird, so nah, dass sie nur die Hand zur Seite ausstrecken müsste, um die liebe andere zu berühren. Sie spürt Jadwigas Blick auf der Wange, auf dem Ohr, spürt die Wärme, mit der sich dieser Blick auf ihren Körper legt. Im selben Moment spürt sie aber auch die anderen Blicke, die genau auf dieses Schauspiel gewartet hatten, die sich hineinbohren in diese Verbundenheit, in diese Nähe, bewaffnet mit Recht und Ordnung und Tugend. Antas fasst ihren Arm so eisern, dass es weh tut. Fast grob zieht er Kazimira am Grab vorbei, und niemanden, außer Henriette, verwundert oder stört ihr Gesicht, das Henriette Hirschberg eingefallen und aschfahl vor Kummer zu sein scheint.

Gustav arbeitet nach der Beerdigung seiner Schwester für eine Weile in der Firma in Königsberg mit, um Zylbersztejns Posten zu ersetzen, denn Zylbersztejn will zurück nach Tilsit ziehen, mit allen Kanaris, und plant, noch weiter wegzugehen, ganz weg. Dass Gustav die Arbeit übernimmt, ist jedoch nur ein Notbehelf, denn eigentlich hat er andere Ideen.

»Ich will in Pommern ein Gut kaufen«, sagt er bei Tisch, während Hirschberg abwesend seine Suppe löffelt.

»Eine Junkerkopie wirst du kaum werden wollen.« Hirschberg sieht nicht auf, löffelt weiter.

»Ich habe vor, das Land für wenig Geld an Landarbeiter zu verpachten. So können sie eines Tages eigenes Land kaufen.«

»Gefällt mir, die Idee.« Hirschberg nickt anerkennend. »Und wirst du auch selbst das Gut bewirtschaften?«

»Es hat einen anständigen Forst. Ich denke über Holzhandel nach. Eine kleine Landwirtschaft werde ich auch betreiben. Aber nur zum Eigenbedarf.«

»Dann möge der Himmel deinen Nachbarn deine Wurzeln verschleiern. Du weißt, die Aristokraten mögen uns am allerwenigsten.«

»Das haben sie schon deutlich gemacht.« Gustav presst kurz die Lippen aufeinander. Er hat schon viele Kränkungen und Ungerechtigkeiten einstecken müssen. »Aber das ist mir scheißegal«, sagt er plötzlich trotzig und einfach so bei Tisch. Fast genüsslich bedient sich Gustav manchmal der deutschen Flüche. Auch im Stillen fügt er jedem dieser konservativen Junker längst dessen gesamte Scheiße hinzu, halb fasziniert, halb spöttisch.

Hirschberg überhört das. Er leert den Teller nahezu mechanisch. Essen erscheint ihm nur noch als Notwendigkeit, ein Vorgang, um seine Frau nicht zu beunruhigen. Für sich selbst hat er das Gefühl, alle Türen zur Welt, die er sein Leben lang weit offen hat stehen lassen, immer mit Zugluft und Licht im Haus, seien im Begriff, sich zu schließen. Eine nach der anderen.

»Ich bin froh, dass Pommern nicht so weit weg ist«, sagt er dann. »Ich werde alt. Siegfried ist in Amerika. Ich möchte dich, Gustav, jetzt, da mein Singvogel tot ist, um mich haben, sooft es geht.«

Gustav nickt stumm.

*

Die neue Synagoge ist sechsundvierzig Meter hoch. Imposanter Bau, bisschen gotisch, bisschen maurisch, mit zwei seitlichen Türmen, einem Rundfenster über dem Eingangsportal, in der Mitte ein Stern, drum herum ein Kranz aus acht Ringen, alles gekrönt von der mächtigen Kuppel, die neben dem unweit stehenden Dom fortan das Stadtbild von Königsberg prägen wird.

Drinnen, im steinkühlen hinteren Teil des Gebäudes findet sich, im von prächtigen Leuchtern geschmückten Gebetsraum, eine beeindruckende Orgel. Während Kantor Birnbaum sie rauschen lässt, strömen die Besucherinnen und Gratulanten ein und aus. Heute ist fast jeder auf den Beinen. Mal hingehen, mal ansehen. Auch der Bürgermeister ist da. Ebenso der Oberpräsident, der Stadtkommandant, der Polizeipräsident und sämtliche Gymnasialdirektoren lassen es sich nicht nehmen, zu diesem Ereignis in Erscheinung zu treten.

»Es ist gewissermaßen eine wilde Zeit, in welcher wir heute leben«, mahnt der Zweite Bürgermeister, Brinkmann, in seiner feierlichen Rede. »Längst verrottete, aber tief eingewurzelte Anschauungen wagen sich wieder ans Tageslicht. Falsche Begriffe von Ehre und Ehrgefühl werden wieder wach und trotzen besseren und aufgeklärteren Meinungen.« Brinkmann holt tief Luft und nickt, er fährt fort und schließt neben anderem mit den Worten: »Mit noch mehr Stolz aber möchte ich behaupten, dass an Ihrem Feste die gesamte Königsberger Bürgerschaft freudigen Anteil nimmt. Denn erhobenen Hauptes und Ihrer Zustimmung sicher, darf ich es wohl aussprechen: Hier in Königsberg leben die Bekenner aller Religionen und Konfessionen in Frieden und Eintracht neben- und miteinander. Dass dem aber so ist, daran hat auch die hiesige jüdische Bevölkerung selbst kein ganz geringes Verdienst.«

Auch Hirschberg und Henriette sind anwesend. Aber sie fühlen sich nicht wohl. Nicht jeder zieht den Hut. Hirschberg bemerkt es genau. Die Leute probieren aus, wie viel Missachtung noch statthaft erscheint. Untereinander sind sie dagegen beinahe übertrieben herzlich und interessiert.

Henriette fasst seinen Arm enger. Sie tragen beide noch Trauer, und manche nicken ihnen auch verhalten ihr Beileid zu. Henriette fühlt die Schwere ihres Körpers und muss ihren gesamten Willen aufbringen, um die Tränen zurückzuhalten. Das dunkle Pflaster zu ihren Füßen wie ein Abgrund, jeder Schritt wie in ein Nichts und die Stimmen um sie her wie das Pfeifen eines aufkommenden Sturmes.

»Lass dir deine Kränkung nicht anmerken«, flüstert sie dennoch und denkt zugleich über die Worte des Bürgermeisters nach. Wären wir nur Bekenner einer *Konfession* –, denkt sie.

*

Gumbinnen, 1897

Ake hat, mit Henriettes Hilfe, eine Bernsteinwerkstatt mit Laden in Gumbinnen eröffnet, braun möbliert und klein wie ein Mauseloch. Sie hängt zwar offiziell mit der Firma Hirschberg zusammen, wird von Ake aber in Eigenverantwortung geführt. Immerhin ist er Mitte zwanzig und muss auf die Füße kommen.

Ilse ist dagegen zwar noch jung, aber auf die Füße kommen will sie auch. Darum besucht sie die Hauswirtschaftsschule, schließt sie mit Auszeichnung ab, stürmt in Hosen und Stiefeln über den Herrenhof, trägt darüber einen Reitmantel, lernt die Rechnungsbücher führen, auf dem Pferdemarkt verhandeln und bringt dem Müller bei, nie mehr in seinem Leben eine Frau reinzulegen. Und als sie so weit ist, reitet sie nach Gumbinnen, kauft, den Geruch nach Sattelfett und Pferdeschweiß als Wolke um sich, beim Bäcker einen Mohnstriezel, betritt damit Akes Mauseloch, legt den Kuchen auf den Ladentisch und sagt, ohne die Kundin zu beachten, die sich vor einem Spiegel zwei Ohrhänger neben das Gesicht hält: »Heirate mich!«

»Aber …«

»Nix aber! Alle Frauen sind dafür!« Sie lacht. Und auch die Dame beim Spiegel muss lachen, auch wenn sie das stürmische Mädchen reichlich bäuerlich findet. Aber eben auch ein bisschen großartig.

Dann wird es ganz leise im Laden. Man kann das Getrappel von der Straße draußen hören, ein dumpfes Gespräch von nebenan.

»Ich nehme sie«, sagt die Kundin plötzlich und legt, nach einer kurzen Pause und einem mehrdeutigen Lächeln, dem verwirrten Ake die beiden Ohrhänger hin. Stotternd kassiert er ab, bringt sie noch zur Tür, wird rot, als sie zwinkert. Dann dreht er das Schild an der Glastür um: GESCHLOSSEN. Er könnte der ganzen Welt jetzt zurufen: GESCHLOSSEN! Am liebsten für immer! Er wendet sich nach Ilse um und sieht sie mit einer Mischung aus Verzweiflung und unbändiger Sehnsucht an.

Ilse hat sich auf den Ladentisch gesetzt und grinst. »Wenn du mich noch immer heiraten willst und wenn du mir versprichst, auf ewig alle Rechte mit mir zu teilen, Aug in Aug mit mir zu leben und zu sterben, dann verrate ich dir ein Geheimnis.«

Ake wird puterrot.

»Quatsch! Was du gleich denkst! Doch kein Kind!« Sie lacht begeistert. »Das wäre ja eine reichlich unbefleckte Empfängnis. Nein, nein.« Sie hält die Hand wie zu einem Vertrag hin: »Erst musst du versprechen: Gleiches Recht auf ewig!«

»Aber wie?!« Ake ist schon ganz verzweifelt.

»Wie?« Sie sieht ihn empört an. »Was ist das für eine Frage?«

»Ich meine, wie sollen wir –? Dein Vater lässt mich wegen Unzucht einsperren.«

»Mein Vater«, sagt Ilse seelenruhig, »wird gar nichts. Er ist nicht besser als irgendwer sonst, was ich ihm verzeihen kann, wenn er nur selbst endlich verzeiht.«

»Ich verstehe nicht.«

»Frau Rosa Kowak, meine Großmutter, die Besitzerin eines kleinen, aber feinen Herrenhofes höchstpersönlich, hat heute Morgen angedroht, den Vater zu enterben, da er sich, wie sie herausfand, erwiesenermaßen selbst des Ehebruchs schuldig gemacht hat, es sei denn – er willigt in unsere Ehe ein.«

Ake bekommt keinen Ton heraus. Er verliebt sich gerade erneut und ja zum wiederholten Male und völlig überstürzt in diese junge Frau, ganz so, als stürze er in sie hinein. Er geht drei Schritte auf Ilse zu, macht eine unbeholfene Verbeugung: »Dann muss ich jetzt nur noch wissen, möchtest du herrliches Ding denn die Frau eines einfachen Drehers aus einfachem Haus, mit einem kleinen feinen, aber verrückten Muttruschchen und einem kleinen feinen und doch unbedeutenden Lädchen, im langweiligen und unbedeutenden Gumbinnen werden?«

»Hab ich doch gesagt!«

*

Königsberg, 1899

»Du willst verkaufen? Wer sollte so viel Geld haben?«

»Der preußische Staat.« Hirschberg sitzt etwas seitlich an seinem Schreibtisch, die Beine übereinandergeschlagen, die Hände im Schoß gefaltet, und lässt den Blick umherwandern, als wäre ihm sein altes Arbeitszimmer mit den zweckmäßigen, aber schönen Möbeln, den grünen Lampenschirmen und dem hölzernen Wandtelefon ganz fremd. »Man hat mir schon ein Angebot gemacht. Als hätte man nur darauf gewartet. Und solltest du einverstanden sein, dann nehme ich es an. Wir verkaufen alles, die Annagrube, den Tagebau, die Gebäude am Weststrand, die Villa am Meer, das Werk hier in Königsberg, das Haus …«

Henriette hebt, seine Aufzählung stoppend, die Hand und blickt ihren Mann an, als hätte er den Verstand verloren. »Alles?«

»Ja.« Hirschberg blickt aus dem Fenster. »Und dann gehen wir in die Hauptstadt. Weg aus der Provinz. Weg aus diesem Dunst. Weg aus der Atemluft der Verleumder. Weg vom Bernstein. Ich kann ihn längst nicht mehr sehen.«

»Aber du kannst dich nicht von diesen Leuten vertreiben lassen! Das ist es doch, was sie erreichen wollten! Du solltest die Sache aufbauen, und sie wollen sie dir jetzt abnehmen. Die Annagrube ist dein Lebenswerk!«

»Mein Lebenswerk.« Hirschberg nickt. Er hält die offenen, aber nun leeren Augen noch auf das Fenster gerichtet, sieht jedoch nicht mehr hinaus, sondern nach innen. Und so sagt er leise und wie zu sich selbst: »Aber stell dir den Maler vor, der nicht aufhören kann, an seinem besten Bild zu malen. Auch nicht, als ihm Neider und Halunken schon den Pinsel aus der Hand zu reißen versuchen.« Er senkt den Kopf. »Es ist Zeit zu gehen, Henriette. Anna ist tot. Die Annagrube wird irgendwann zu teuer werden. Das Leben pulst woanders. Nicht einmal unsere Söhne wollen in dieser trüben Suppe weiterfischen.«

»Du hast dich schon entschieden, habe ich recht?«

»Ja«, er nickt, »ich habe mich entschieden.«

Lange geht Henriette in ihrem Zimmer auf und ab. Ihre Hände bewegen sich nervös, als suche sie etwas zum Festhalten. Als sie an dem hohen, von schweren Vorhängen umrahmten Fenster vorbeigeht, fällt ihr ein Ehepaar auf, das auf der gegenüberliegenden Straßenseite spazieren geht. Henriette bleibt stehen und schiebt den Vorhang etwas zur Seite. Der Mann macht lange Schritte, seine Frau findet nicht den richtigen Takt, weshalb sie einen ganz unsicheren, tippelnden Gang hat. Aber das bemerkt der Mann nicht. Er zeigt mit seinem Spazierstock auf ein Automobil, das knatternd über das Kopfsteinpflaster gefahren kommt. Er piekst in die Luft wie mit einem Zeigestab und scheint zu erklären. Er ist ganz bei dem Fahrzeug, während seine Frau nun ein paar Schritte hinter ihm stehen geblieben ist.

Vielleicht möchte ich gar nicht fortgehen, denkt Henriette, lässt den Vorhang zurückfallen und sieht sich im Zimmer um. Vielleicht ist dies mein Kreis. Die Gegend, die meine Freunde, meine Aufgaben, meine Erinnerungen aufhebt. Vielleicht geht es gar nicht allein um dich, Moritz, und um deinen Ruf, sondern auch um mein Leben?

Einmal noch bittet Hirschberg Antas Damerau zu sich. Nicht ins Kontor, sondern zu sich nach Haus. Es ist schon die Hälfte des Mobiliars in Kisten verpackt, darum setzen sie sich in den Wintergarten.

Antas ist mit dem Pferd nach Königsberg geritten, hat unterwegs einmal übernachtet, brauchte Zeit zum Denken, redete mit dem Pferd und mit der Allee. Das hätte er nicht erwartet, dass er so noch von Hirschberg würde Abschied nehmen müssen. Und er kann nicht anders, als der Allee zu erzählen, wie sehr ihn das schmerzt. Ihr kann man es ja verraten oder dem Pferd: Der Hirschberg ist ihm mehr als ein Werkbesitzer, mehr als ein Chef. Er ist ihm ein Freund. Auch wenn er ihm das niemals wird sagen können.

In Königsberg sitzen die beiden lang in dem künstlichen Palmenwald, über den sich Antas sehr wundert. Der Duft von guten Zigaretten steigt zum Glasdach hinauf. Gibt einiges zu bereden. Später reicht Antas jedem die Hand. Als ihm Henriette die ihre reicht, die schönste und feinste Hand, die er je gehalten hat, verbeugt er sich tief. Kurz hält sie ihn fest, sieht ihm, als er sich aufrichtet, in die Augen: »Kümmere dich gut um sie.«

Der Umzug nimmt Wochen in Anspruch. Man sortiert das halbe Leben aus, liest alte Briefe, probiert alte Kleider, verschenkt und spendet, hält jedes Ding dreimal in Händen, um es dann fortzugeben. Hirschberg hält sich die meiste Zeit über in Wien auf, sucht Ablenkung im Theater und im Konzert, nimmt irgendwo einen hastigen Kaffee, läuft rast- und ziellos durch die Parks, zwischen den Kuben und Kegeln der immergrünen Buchsbäume und Eiben, eine hilflose Figur auf einem riesigen Schachbrett, und findet oft erst in den Morgenstunden in den Schlaf. Er hat zwar eine hohe Summe für die Bernsteinwerke erhalten, und von weitem könnte es aussehen wie ein sehr gutes Geschäft, und genau so wird es auch neidisch beredet, aber es bleibt eine Vertreibung.

*

Gumbinnen, 1903

Nachdem sie in aller Stille endlich geheiratet haben, hat Ake den kleinen Laden in Gumbinnen verpachtet, um Ilse auf dem Hof zu helfen. Zwar fragte der neue Direktor der Bernsteinwerke in Königsberg mehrfach nach, ob Ake nicht dort als höherer Mitarbeiter Anstellung nehmen wolle, aber ihm ist Königsberg zu laut, und außerdem können Ilse und er den Hof nicht der alten Rosa und Jadwiga überlassen. Jadwiga ist krank. Als hätten die Traurigkeit und die Rachegedanken zu viel Kraft verbraucht, kann sie sich nicht mehr gegen die zerstörerischen Entwicklungen im Innern ihres Körpers wehren, vielleicht ist aber auch der Rotwein schuld oder der Zufall. Unsichtbare Zysten im Unterleib, ein Tumor in der Brust, der in den letzten zwei Jahren bis in die Knochen gestreut hat, entsetzliche Schmerzen. Sie kann nur noch in ihrem abgedunkelten Zimmer liegen, von Morphin betäubt, das Rosa ihr mit der gläsernen Spritze, die sie ängstlich verwahrt, in den Arm injiziert. Die Besorgung des Morphins ist die einzige Freundlichkeit, die Erwin Kowak seiner Frau zu erweisen noch bereit ist. Als studierter Pharmazeut hat er die Möglichkeiten dafür. Einmal in der Woche trifft ein braun eingewickeltes Päckchen ein, in welchem in einer Glasflasche mit geschliffenem Pfropfen das Benötigte verwahrt ist, ohne Brief, ohne Gruß. Und um einen hohen Preis. Er hat verlangt, dass Otto zu ihm nach Königsberg kommt, wo der Junge vor Heimweh fast vergeht.

So hat der alte Herrenhof, wo man Otto ebenfalls sehr vermisst, seine vorübergehende Heiterkeit, jedenfalls im Obergeschoss, ein wenig verloren. Das Untergeschoss nimmt dagegen die burschikosen Eigenschaften Ilses an. Man darf in Stiefeln ins Haus, die Hunde erobern die Polstermöbel, und in der Küche wird jedes verstoßene Lamm von Hand aufgepäppelt. Ilse organisiert und plant die gesamte Bewirtschaftung, sitzt entweder über Kontobüchern oder auf dem Pferd, Ake leitet Aussaat und Ernte, Viehankäufe und Schlachtung. Eine Weile geht es mit dem Hof sogar bergauf. Sie schaffen eine ganz neumodische Lokomobile zum Dreschen an, mit Kohle beheizt und mit einem stündlichen Wasserverbrauch von hundert Litern ersetzt sie die Kraft von zweiundzwanzig Pferden und bringt, über ein mächtiges Schwungrad, den Transmissionsriemen in Gang, der die Dreschmaschine antreibt. Die ganze Nachbarschaft bringt jetzt ihr Korn zum Dreschen zum Herrenhof, oder sie verleihen die Lokomobile gegen Geld.

Abends, im Sommer, sitzen Ilse und Ake im Garten. Der schwere Geruch von Jasmin und Heliotrop zieht mit den wärmeren Luftströmen zu ihnen herüber. Ein paar Heuschrecken zersägen unverdrossen die Abendstille. Heute streckt Ilse die Beine aus, legt die Füße in Stiefeln auf den freien Gartenstuhl und trinkt ungezuckerten Tee. Sie genießt die Bitterkeit des Aromas. Ein scharfer Mistgeruch umweht sie. Sie betrachtet Ake. Wie still ein Mensch sein kann, denkt sie. Als wäre er ein Teil der Landschaft, eine verkörperte Schimmerstunde. Sein blasses Gesicht unter dem sehr schwarzen Haar leuchtet wie ein Mond. Und dabei ist sein Mund, wenn er geschlossen ist, so schön, dass sie kaum traurig wäre, wenn er gar nichts mehr sagte.

Vielleicht möchte sie doch gern ein Kind von ihm, denkt sie jetzt. Es soll so aussehen wie er. Eigentlich will sie einfach zwei von der Sorte, einen großen und einen kleinen Ake. Aber bisher hat sich kein Kind eingestellt.

Ake lächelt plötzlich. »Der Tee musste auch von Indien bis zu uns und brauchte dafür fast ein Jahr.« Dann lächelt er nicht mehr. »Und er ist nur Tee. Und kommt nur aus Indien.«

»Woher weißt du, dass ich über ein Kind nachdenke?«

»Weil ich es auch tue.« Er überlegt. »Und weil doch jede Frau ein Kindchen will.«

»Ist das so?«

»Das musst du doch wissen.«

»Das weiß niemand.«

»Aber ist es nicht ihre Natur?«

»Natur! Was soll das sein? Eine Frau, die achtzig Jahre alt wird, möchte ihrer Natur nach vielleicht vorübergehend auch ein Kind oder ganz viele Kinder. Oder auch keins. Aber davor und danach? Ist das dann keine Frau? Sieh dir unsere Mütter an. Oder Großmutter. Sind das keine Frauen?«

Ake lächelt.

»Doch.« Er faltet die Hände hinterm Kopf. »Und ihre Natur scheint das Aufbrausen zu sein.«

Dann schweigen sie lang. Denken an ihre Mütter. Sie haben es nie wirklich beredet, sich nie wirklich ausgetauscht, dabei verbindet sie deren Liebe mehr als vieles andere. Aber es fehlt die Sprache, so dass diese Liebe wie ein leerer, ein blinder Fleck scheint, wie etwas im wahren Wortsinn Beispielloses.

Auch für die Leiden von Jadwiga fehlt die Sprache. Selbst wenn sie mit dem Leiden nicht allein ist. So viele Frauen sterben dahin, als wäre es selbstverständlich. Sterben an der Geburt, am Kindbettfieber, an Blutverlust, an Thrombosen, an Tumoren, leiden unter den Folgen ihrer Fruchtbarkeit, als müssten sie ihr Leben lang dafür einen Preis bezahlen.

Ilse gießt sich noch einen Tee ein.

»Wer immer bei einer Frau bleibt, der hat stets eine andere.«

Sie lächelt. »Wenn du mich fragst, dann ist die so genannte Natur der Frau, dass sie viele ist. Der Mann ist vielleicht nur eines, früh auf seiner Höhe und dann beinahe immer gleich. Altert einfach. Eine Frau geht durch die Formen. Die Verwandlung ist ihre Natur. Nicht nur Gebären!«

Ake zuckt dazu mit den Schultern. Vielleicht ist es so, denkt er.

Noch im Dunkeln sitzen sie da und schweigen lange zusammen, ohne davon in Unruhe zu geraten. Eine leichtgängige Liebe verbindet sie. Von Anfang an waren sie sich in allem, nach wenigen widersprechenden Sätzen, doch einig. Alle Erfahrungen in der Liebe erfreuen oder ernüchtern sie auf annähernd gleiche Weise, so dass sie über jede Überraschung und jedes Missgeschick, ob im Gespräch oder in der Begegnung ihrer Körper, gleichzeitig staunen oder lachen können. Jetzt reichen sie sich Akes Pfeife hin und her und verjagen die Mücken, die sich sirrend ihrer süßen Haut nähern. Hin und wieder spüren sie eher, als dass sie es sehen, das Vorbeischweben der Eule, die sich lautlos oben aus dem Giebelloch des Herrenhauses in die Nacht stürzt. Im Hauswald hinter ihnen, vielleicht achtzig Meter entfernt, steht eine Elchkuh. Geräuschlos ist sie gekommen, geräuschlos wartet sie, zuckt mit den Ohren. Auch sie umtanzt ein Mückenschwarm, tastet anmutig um ihr plumpes Elchhaupt. In der Nähe der Elchkuh steht ihr Kalb. Das Muttertier weiß nicht, ob es das zweite, dritte oder vierte Kalb ist. Es steht bei ihr, und irgendwann geht es seiner Wege. Es hat noch nicht den plumpen Kopf seiner Mutter. Es ist niedlich. Die Elchkuh, der das Aussehen und die Proportionen ihres Kalbes egal sind, schlägt mit dem Kopf und fährt so durch den Mückenschwarm. Die Mücken wissen nicht, was das ist. Sie nehmen nur wahr, dass von dem Kopf Wärme ausgeht, auf die sie angewiesen sind. Denn das Blut anderer Lebewesen ist die alles erhaltende Liebe im Dasein der Mücken.

*

Seit Jahren mendeln Doktor Aller vom Weststrand und der Apotheker Pinkowsky aus Königsberg in ihrer Freizeit an Bohnen und Kaninchen. Das Optimum einer Bohne steht ihnen klar vor Augen. Zucht und Auslese. In ihren Gartenlauben sind sie Götter. Sie treffen sich bei Kräuterschnaps und Tabak zur Disputation der Ergebnisse. Oder sie gehen zusammen auf die Jagd. Entenjagd. Oder, noch lieber, Elchjagd.

Bei einer solchen Gelegenheit sitzen sie in diesem verregneten Herbst auf einem Hochsitz, irgendwo bei Metgethen, wo Doktor Aller eine Pacht zahlt, und warten. Die würzige Waldluft regt ihre Lebenskräfte an. Eine Weile unterhalten sie sich über Geweihgrößen, welche womöglich in Zusammenhang mit geheimnisvollen Drüsenstoffen stehen. Ein großes Geweih sei sehr wahrscheinlich ein Beweis für Männlichkeit, was einige heimliche Gedanken nach sich zieht, obwohl mindestens Doktor Aller schon recht alt ist. Allerdings bedeutet ein großes Geweih auch ein enormes Gewicht. Insbesondere beim Elch, den Doktor Aller fachkundig nur als *Alces alces* bezeichnet.

»Und die Frage ist durchaus«, flüstert er, »ob ein besonders männlicher Elch, mit Schaufeln zu zwanzig Kilogramm, also einen Vorteil im Kampf ums Überleben hat oder einen Nachteil.«

»Sicher ist nicht alles, was groß ist, auch gut«, wispert der Apotheker. »Das ist ja überhaupt die Frage, was innerhalb der Arten für wertvoll und was für minderwertig befunden werden muss.«

»Da fällt mir ein, Sie haben doch sicher von Doktor Ploetz gehört. Seinen Grundlinien zur Rassenhygiene? Ich meine, ich habe Ihnen davon erzählt.«

»Selbstverständlich. Habe schon viel darüber nachgedacht. Auch das eine oder andere Gespräch mit dem ehrenwerten Herrn Kowak geführt, der mich hin und wieder mit seinem Besuch beehrt. Neben seinen geologischen Fachkenntnissen übrigens ein hervorragender Pharmazeut.«

»Sehen Sie. Ploetz jedenfalls, mit dem ich seit einiger Zeit korrespondiere, schrieb mir kürzlich, er plane die Gründung einer Gesellschaft für Rassenhygiene. Interessiert Sie so etwas? Ich weiß ja nicht, wer in Ihrer Apotheke so täglich auftaucht, aber in meiner Praxis, das muss ich leider sagen, sehe ich doch eine Menge Leid. Und wie wir längst wissen, vererbt sich dieses Leid zunehmend. Es muss tatsächlich befürchtet werden, dass eine Degeneration, auch des deutschen Erbgutes, durch zu viel ungute Vermischung unter den Völkern eingetreten ist. Wenn Sie mich fragen, dann sehe ich es als unsere ärztliche und wissenschaftliche Pflicht an, solcher Degeneration, im Interesse einer zukünftigen Menschheit, entschieden entgegenzutreten! Und das geht nur durch eine staatliche Regelung der Fortpflanzung.«

»Stimme Ihnen in jedem Punkte zu!« Der Apotheker hätte beinahe einen zackigen Gruß folgen lassen, wie er ihn vor Jahren in der Militärschule gelernt und viel zu wenig Gelegenheit hatte anzuwenden. Im letzten Moment fällt ihm sein verkrümmter Zeigefinger ein. Er versenkt die Rechte in seiner Jackentasche und hält das Gewehr nun mit der Linken. War der Finger nicht der Grund dafür, dass er, statt wie sein Vater das Uhrmachen zu erlernen, Pharmazie studiert und in der Apotheke sein Glück gefunden hatte? Welche Art der Missbildung oder Erkrankung zählt Doktor Aller wohl zu der Kategorie *Leid*? Der Apotheker hat mit einem Schlag keine Lust mehr zur Elchjagd. Mit oder ohne großes Geweih möchte er jetzt lieber nach Haus zu seiner Frau und seinen drei Kindern, von denen zwei ein verkrümmtes Fingerchen haben wie er. Bisher hatte die Familie dieses Merkmal im Spaß zur Ehre der also treuen Ehefrau erklärt, war es doch ein untrügliches Zeichen der väterlichen Besamung. Aber jetzt? Jetzt wurde diese glorreiche Besamung also rückwirkend zu einem Fehler erklärt.

*

Rosa Kowak gibt ihrem Rollstuhl Schwung und fährt von der Tür des Schlafzimmers zum Bett ihrer Enkelin. »Na endlich! Und ein Mädchen!« Sie streckt die Arme aus und Ake, dem noch alle Gliedmaßen vor Aufregung und Mitleid und Freude zittern, reicht ihr den fest eingewickelten Säugling. Dann geht er und öffnet den Fenstervorhang ein Stück weit, damit Rosa etwas sehen kann.

Rosa Kowak hat nur noch ein Bein. Diabetes mellitus oder, wie sie selbst sagt, Honigharnruhr. Und jetzt hat sie also eine Urenkelin. Sie umfasst das Bündel mit ihren dicken, freundlichen Armen und schnuppert an dem kleinen Menschen. »Speiseeis«, flüstert sie. »Speiseeis, Erdbeere, etwas Rose, geerbt von Jadwiga, und etwas Scheiße«, sie lacht.

»Kindspech«, verbessert Ilse schwach.

»Noch schlimmer!« Rosa kichert. »Wie wollen sie dich nennen, deine unerfahrenen, ahnungslosen, süßen Eltern, hm?«

»Helene«, sagt Ake.

Rosa Kowak wischt sich eine Träne weg. »Gute Arbeit, Ilse. Jetzt muss nur noch die Amme her und das Himmelstor wieder etwas zunähen, denke ich.«

»Hat sie schon.«

»Sehr gut.« Rosa zwinkert Ake zu und zuckt dann unschuldig mit den Schultern. »Solange es die Nähkunst gibt.«

Dann reicht sie das Bündel zurück. »Ihr macht mich sehr glücklich. Ein Kind ist und bleibt das Schönste und Beste, was es gibt. Ohne ein Kind im Haus soll man nicht leben.« Sie lächelt, dann heult sie auf, drückt sich ein Taschentuch aufs Gesicht, schnäuzt sich, dreht endlich den Rollstuhl um und verlässt mit knarzendem Geräusch das Schlafzimmer. Draußen ruft sie eines der Mädchen, um es zum Pfarrer zu schicken, damit er die Taufe vorbereitet. Denn darauf besteht sie: Dieses Kind wird getauft. In welcher Religion auch immer.

Unermüdlich wiegt Rosa in den folgenden Monaten ihre einzige Urenkelin, während sie dem Mädchen mit hoher Stimme, die wie ein feiner Räucherfaden ihrem massigen Körper entsteigt, über Stunden vorsingt. Helene liegt in gehäkelte Decken gewickelt und blickt unverwandt auf das singende Gesicht. Es sieht aus, als atmete sie nicht Sauerstoff, sondern diese Klänge ein. Und blieben ihre Züge in den ersten Wochen noch recht bewegungslos, so beginnt sie nach und nach auf die Melodien mit winziger Mimik zu antworten, bis Rosas Lieder sich auf ihrem runden Gesicht abzeichnen wie der Luftzug auf dem Wasser, draußen im Regenfass. Und weil Rosas Gemüt eher heiter als traurig gestimmt ist, singt sie irgendwann nur noch Lieder, die zuverlässig ein Lächeln auf Helenes Gesicht malen.

Nach einem Jahr ist aus diesem fröhlichen Säugling ein kräftiges Kind geworden, das bereits auf dicken, faltigen Beinen zu stehen beginnt.

Zeit, Helene ihren beiden anderen Großeltern vorzustellen.

*

Königsberg, 1906

Ilse und Ake legen Helene zwischen sich auf das Hotelbett und lauschen auf die Geräusche der nächtlichen Stadt. Es ist ihre erste Reise mit Kind und ein pulsierender Vorfrühling, sechs Jahre nach der Jahrhundertwende. Die Stadt dampft und duftet und stinkt bis ins Zimmer hinein. Der Geruch frischen Regens, feuchten Straßenpflasters und der Qualm der neuen Zeit ziehen in die Fenster. Alles Mögliche qualmt jetzt. Schlepper auf dem Pregel, Automobile auf der Straße, Maschinen in den Höfen und am Hafen, am Bahnhof eh. Ilse und Ake liegen mit weit geöffneten Augen im Dunkel. Irgendwo klingelt es. Der Fernmelder, unten an der Rezeption, die Pferdebahn, die Signale am Güterbahnhof. Ein Rattern, Klappern, Dröhnen, Kreischen. Ake schließt die Augen, freut sich auf die stille Grube. Morgen fahren sie weiter zum Weststrand. Endlich. Er war sehr lange nicht dort. Kazimira und Antas erwarten sie schon. Sie werden drei Wochen am Meer bleiben. Vielleicht wird Ake sein Mädchen einmal mit hinabnehmen, denkt er jetzt, sie einander vorstellen. Die kleine Helene der großen Anna. Und umgekehrt. Und er träumt von Anna, vom Anfang, von der alten Höhle, die das Erste ist, woran sich Ake überhaupt erinnern kann.

Am Morgen frühstücken sie in einer kleinen Konditorei, kaufen später bei Clara Bong an der Grünen Brücke Handschuhe für Ilse und einen Schal für Kazimira, schlendern herum, nehmen schließlich die Pferdebahn zurück zum Bahnhof, den Zug nach Fischhausen und sind am frühen Abend am Meer.

Kazimira hat ein üppiges Abendbrot vorbereitet. Im Haus geht sie barhaupt und in einem schmalen Kittelkleid, welches die Taille nicht betont. Es umgibt sie etwas so Mildes und Kluges, dass man meint, bei einem Einsiedler zu Gast zu sein.

Sie ist beinahe ein schönerer Mann als ihr Sohn, denkt Ilse und macht sich ans Auspacken. Sie hat viel Post von Jadwiga mitgebracht, Geschenke, ersten Kerbel aus dem Garten, schon etwas welk, einige gute Stücke Käse, drei Würste. Kazimira küsst ihr die Stirn und drückt sich die Post ans Herz.

Es ist ein angenehmer, stiller Abend mit den Dameraus. Sie verständigen sich beinahe nur mit Blicken und Gesten. Wie die Pause im großen und lauten Stück der Kowaks, denkt Ilse. Sie bemerkt nicht, wie viel Müdigkeit auch in dieser Stille wohnt. Es wundert sie nur, dass Kazimira nicht ein Mal das Haus verlässt.

*

Seitdem Hirschberg die Grube und das ganze Bernsteinwerk verkauft hat, geht Antas nicht mehr hin. Er mag nicht für die neu-
en Direktoren arbeiten. Er ist fünfundsechzig Jahre alt, das kleine Haus, in dem sie seit über dreißig Jahren wohnen, hat ihm
Hirschberg geschenkt.

»Mit Ihnen fing es schließlich an«, hatte er im Wintergarten
in Königsberg gesagt und abgewinkt, als Antas ein so großzügi-
ges Geschenk zurückweisen wollte. »Damerau, Sie haben mir
nicht nur zu der ganzen Unternehmung geraten, Sie waren auch
mein bester Mann. Aber das ist nicht der Hauptgrund. Der
Hauptgrund ist, dass Sie einer der wenigen Männer waren, der
mich nicht zu jemand anderem gemacht hat als dem, der ich
bin.«

Es hatte eine lange Pause gegeben, bis Antas seine Worte gefunden hatte: »Zwar kann ich Ihnen kein Häuschen dafür schen-
ken, aber den gleichen Dank könnte ich schon auch sagen«, hatte
er leise geantwortet. »Dass ich nich besonders weit oben im Bergwerk der Gesellschaft abgelagert lag, sondern eher so ganz weit
unten, ham Se mich eben auch nich fühlen lassen, selbst als Sie
ganz oben angelangt waren. Und meine Frau, die Kaz, haben
Sie auch nie schief behandelt. Ohne Sie und die Frau Henriette
wär meine Kaz längst hin.«

Die neuen Herren sind da etwas anders. Darum sitzt Antas jetzt
lieber zu Haus. Schnitzt wieder im bewährten Takt, drei Schnitte,
Pause, drei Schnitte. Im Garten ziehen sie Gemüse, im Stall haben sie ein Schwein und Hühner. Das reicht neben der Rente,
die Antas vom Bernsteinwerk erhält.

»Ham alles gehabt«, sagt Antas. »Jeder Tag, der jetzt noch
kommt, ist Gnade.« Und dann sieht er nach Kazimira, als müsste sie seine Worte bekräftigen. Aber Kazimira schweigt. Sie haben die Geschehnisse mit Jadwiga nie besprochen. Es ging nicht.

Und weil es die einzig wirklichen Geschehnisse im Leben der Kaz waren, gibt es keinen Grund zu reden.

Nur Henriette hatte in einem Brief an Kazimira ihrem Bedauern Ausdruck verliehen und gleichzeitig von Hirschbergs Tod geschrieben.

Meine liebe Kazimira. Punkt. Das galt für alles.

Vor über fünfunddreißig Jahren kam ein wildes Mädchen in unseren Dienst, geführt von ihrer Ahne, die ihr Ende kommen spürte. Vom ersten Tag an wusste ich, dieses Mädchen ist zu eigen für den Platz, den unsere Zeit ihm zuweisen will, und ich fürchtete den Schmerz, der ihm begegnen würde und dann begegnet ist.

Du hast einmal gesagt, Du möchtest mehr, als nur einen Ertrag bringen. Du möchtest Deinen eigenen Wert. Ich behaupte, Du hast ihn Dir, auch wenn Du selbst es nicht fühlst, doch erkämpft. Du hast Dir ein Reich gegründet, das keiner Dir nehmen kann. Nannte man meinen Mann den Bernsteinkönig, dann soll man Dich doch Graf Kazimir vom neuen Stern nennen.

Die Kraft des Bernsteinkönigs war übrigens bald verbraucht. Jemand hat die Flamme gelöscht, dieses wirklich »elektrische« Licht. Auf einer Reise ans Meer setzte, vor nun bereits fünf Jahren, sein starkes Herz aus.

Ich selbst denke darüber nach, falls ich den Mut noch finde, zu Siegfried nach New York zu gehen. In Berlin habe ich keine Ruhe.

Henriette hatte ein Buch mitgeschickt, aber das zu lesen hatte Kazimira keine Geduld.

Den Brief, den sie auswendig kann, trägt sie immer in einem kleinen Lederbeutel um den Hals. So lebt sie ihr Küchenleben, stumm und gerade.

*

Ein Jahr später steht die Kaz an Jadwigas Grab. Das Grab liegt auf dem katholischen Friedhof.

Kazimira betrachtet die Erde und denkt an die Ahne und dass die noch wusste, was all das zu bedeuten hat, der Tod und das Leben und die Erde und der Himmel.

»Jetzt bist du schon auf unserem Stern«, flüstert sie. »Und bald komm ich auch.«

Es regnet. Kazimira sieht zu, wie sich die Erde auf dem Grab dunkel färbt. Sie steht auf einen Gehstock gestützt, nicht, weil sie gebrechlich ist – sie ist Mitte fünfzig –, sondern weil ihr der Stock eine Art Begleitung ist. Sie kann, wenn sie ihn beim Gehen auf den Boden setzt, gewisse Bilder wachrufen, eine Art Lebensgefühl.

Kazimira geht langsam über den Friedhof. Der Regen wird wieder schwächer, es tropft nur noch von den Zweigen der Bäume. Der Gehstock hinterlässt neben ihr eine Spur im Weg. Sie läuft noch ein Stück und nimmt am Königstor eine Droschke Richtung Bahnhof, steigt aber einige Straßen weiter schon wieder aus. Sie muss sich doch bewegen. Sie hat zwar versprochen, noch am selben Tag zurück an den Weststrand zu fahren, aber es ist noch etwas Zeit. Sie geht den Bürgersteig entlang, der Boden dampft nach dem Regenschauer, ihr wird heiß, fehlt plötzlich die Atemluft. Sie geht immer schneller, läuft, keucht, reißt sich endlich das Tuch vom Kopf, das bis jetzt ihr kurzes Haar verdeckt hatte.

Völlig unverhohlen sehen die Leute her. Eine selbstgewisse Empörung in den Gesichtern. Kazimira läuft noch schneller, zwingt sich dann aber zur Langsamkeit, beißt die Zähne zusammen, würde gern schreien, würde diesen Leuten gern ins Gesicht schreien, aber kann nicht. Ihre Lippen sind wie zugenäht. Zugenäht von Angst. Zugenäht von einer Sitte.

Vorn auf dem Bürgersteig steht einer. Hat sie gleich entdeckt, breitschultriger Typ mit Ballonmütze, die Hände in die Taschen seiner Jacke vergraben. Kazimira bemerkt ihn nicht. Ihr Blick flackert. Sie läuft direkt auf ihn zu. Sein Kiefer malmt. Erst im letzten Moment erblickt sie ihn bewusst, macht sich instinktiv so groß es geht. Aber sie ist mindestens einen Kopf kleiner als er, will noch die Straßenseite wechseln, aber einfach die Straßenseite wechseln ist hier nicht möglich. Sie muss weitergehen. Schon drängen welche von hinten, schubsen, schimpfen, dann ist sie die letzten zehn Meter auch gegangen, ist auf der Höhe des Kerls, der jetzt woanders hinguckt. Noch einen Schritt, da reißt er die Rechte aus der Jacke, holt kaum aus, kann auf kürzester Distanz seine Kraft entfalten, erfahrener Boxer, und schlägt diese Boxerfaust Kazimira mitten ins Gesicht. Kazimira fällt rückwärts, blind vor Schmerz. Der Kerl tritt nach. »Willst ein Mann sein?! Scheiße bist du!«

Irgendjemand hat ihr wieder aufgeholfen. Irgendwer hat ihr das Kopftuch wieder umgebunden und ihr ein Taschentuch gereicht, das Kazimira sich noch immer an den Mund presst. Sie kann den Kiefer nicht bewegen, starrt aus dem Eisenbahnfenster, tastet von innen mit der Zunge die zerschlagene Zahnreihe ab, kann es nicht fassen, würgt, schluckt an Blut und an einem Krampf herum, der ihren Kehlkopf schmerzhaft zusammenpresst. Sie hört zwei Herren, die mit im Abteil sitzen und sich laut unterhalten: »Solange nicht auch noch die Weiber wählen wollen«, sagt der eine und pafft viel Rauch in die Luft.

»Also in England gehen sie bald auf die Straße, das sag ich Ihnen«, sagt sein Sitznachbar. »Morgen wollen noch Schafe und Pferde wählen!«

»Oder Uhrwerke und andere bewegliche Mechanismen, die plötzlich meinen, sie seien, aufgrund ihrer Beweglichkeit, doch wohl auch wahlberechtigt.« Beide lachen laut. Rauchen. Beachten Kazimira nicht. Als wäre sie nicht da. Reden, als wären sie allein im Abteil.

Der Zug erreicht Fischhausen. Tatsächlich steigen die Männer aus, ohne den Hut vor Kazimira zu ziehen.

Am Weststrand steht Antas schon an der Station und wartet. Als der Zug einfährt, geht er schnellen Schritts und suchenden Blicks an den Waggons entlang. Er kommt im richtigen Moment, um Kazimira die drei Tritte aus dem Abteil herunterzuheben. Und tatsächlich fällt sie ihm fast in den Arm. Er drückt ihren leichten Körper an sich. Sie ist zurückgekommen. Ganz sicher war er sich nicht. Aber sie ist zurück. Nur wie?

»Wer war das?« Antas betrachtet bestürzt das zerschlagene Gesicht.

»Bin gefallen.«

»Wer war das?«, fragt er wieder. Und da fängt Kazimira an zu weinen. Es schüttelt sie so sehr, dass sie kein weiteres Wort herausbringt. Sie vergräbt den Kopf in seinem Hemd, an seinem harten Brustkorb. Antas ist so betroffen, dass auch ihm nichts einfällt. Seine Hand fährt unbeholfen über den bebenden Rücken und drückt die Kaz an sich. Und hinter seinen nun so beweinten Rippenbögen, hinter der angeklagten Starre seiner Knochen begegnet Antas ein Gefühl, das er vergessen hatte: Er schämt sich.

*

Jantarnyj, 2012

Schon dass Anatolij das einzig existierende öffentliche Telefon von Jantarnyj benutzt, statt sein eigenes Mobiltelefon oder den Anschluss seines Vaters, sagt eigentlich alles über sein Vorhaben. Halb willenlos, halb fokussiert geht er vor. Man muss, denkt er, nicht alles, was man tut, nachvollziehbar tun. Ein gutes Geheimnis kann im Leben manchmal besser sein als geheimnislose Offenheit. Sein Plan, den er dem Ukrainer nun unterbreiten will, ist recht schlank: Er wird gegen Abend, unter dem Vorwand, etwas vergessen zu haben, noch einmal ins Werk fahren. Vor Ort wird er angeben, einen Abschleppdienst für den Bagger organisiert zu haben und das verunglückte Fahrzeug vorbereiten zu müssen. Dieser Abschleppdienst muss dann in den nächsten Tagen in Gestalt Yehors im Werk auftauchen. Fahrzeuge mit Seilwinde kann man in der Kaserne leihen. Dann gilt es nur noch, im Bagger Material zu verstecken, damit man alles gleichzeitig aus dem Schlamm schleppen und wegbringen kann.

Yehor lässt am anderen Ende der Leitung eine lange Pause entstehen, raucht ein paar Züge, bevor er auf Anatolijs Plan antwortet. »Hätte dich gar nicht für einen solchen Vollpfosten gehalten«, sagt er leise.

»Was meinen Sie?« Anatolij schiebt nervös ein paar Münzen in den Apparat.

»Du glaubst, ich schleppe da am helllichten Tag einen Bagger aus dem Tagebau? Und du glaubst, die sind so bescheuert und kontrollieren uns nicht?«

»Die sind so bescheuert.« Anatolijs Stimme klingt so aufrichtig, dass Yehor schon fast lachen muss.

»Ich mach dir einen besseren Vorschlag. Du gehst da rein, packst dir Zeug in die Jacke und gehst wieder raus. Und dann gehst du wieder rein. Und dann wieder raus. Und wenn du das dritte Mal wieder rauskommst, dann haben wir erst mal genug Material, um dich zu bezahlen. Und dann bezahlen wir dich. Kapiert?«

»War ja nicht schwer. Aber damit trage ich allein das Risiko.«

»Richtig.«

»Und wenn ich den Job ablehne?«

»Finde ich einen anderen Vollpfosten.«

*

Ake pellt sein Frühstücksei. Sieben Minuten, perfekter Zustand. Ilse liest in der Zeitung. Es ist Anfang August und schon um neun Uhr am Vormittag sehr heiß. Ilse wird, obwohl sie braungebrannt ist, auf einmal blass.

»Es geht in den Krieg«, sagt sie.

Ake lässt den Eierlöffel sinken. »Wohin?«

»Frankreich.«

»Dann können wir nur hoffen, dass wir das Korn vom Halm haben, bevor die Russen zum Tee kommen.«

»Sie werden schon zum Mittagessen da sein.« Ilse steht auf. Sie geht im Zimmer auf und ab. »Und jetzt?«

»Wenn es wirklich losgeht, fährst du mit Helene und der Großmutter zur Grube.«

Helene ist neun Jahre alt, als der Kaiser in Berlin von der *Wehr bis zum letzten Hauch von Mann und Ross* faselt. Er kenne keine Parteien mehr, er kenne nur noch Deutsche. Mit *dem Schwert in der Hand* werden alle, die man bisher abgewertet hatte, doch noch einmal kurz interessant. Freiwillige vor.

Gleich zwei russische Armeen überschreiten die östliche Grenze noch im August, während der Kaiser im Westen die Männer mit Orden behängt. Sein eigener, wenn auch entfernter Verwandter, der russische Zar, den sie aus Kindertagen, als sie von Zeit zu Zeit in England miteinander spielten, *Nicky* nennen, schickt seine schlecht ausgerüsteten Soldaten los, denn er hat genügend davon und er denkt, es müsse so sein. Die Jagdreviere, Kornfelder und Forste der deutschen Junker werden schneller von den Russen überrannt, als die Junker es sich je hätten träumen lassen.

Auch Ake muss in den Krieg. In einer Horde johlender Studenten zieht er los. Nach dem ersten Angriff johlt keiner mehr, und Ake ist auf beiden Ohren tagelang taub. Er tastet sich, mit einem rasenden Pfeifen im Kopf, durch Sümpfe und Gestrüpp, verliert irgendwo das Bewusstsein und wacht irgendwo wieder auf. Er schreit im Schlaf unter einer dürftigen Zeltplane, wird von weiß gekleideten Krankenschwestern verarztet, hergestellt, wieder losgeschickt, den Tod vor sich und im Rücken. Bei jedem Schuss, den er abgibt, schreit er selbst vor Qual. Für Reue oder ein Gewissen ist die Schuld schon nach wenigen Tagen zu riesenhaft und angefüllt mit Grauen und Trümmern, dass keiner sie mehr fassen kann. In irgendeinem Waggon erwachen sie, wie aus der Tiefe aller Albträume, fahren ein Stück nach Westen. Dann aussteigen, sammeln, Essen fassen, Munitionsausgabe. Abseits im Zelt einige Offiziere und Generäle in grauen Uniformjacken, mit lächerlichen Helmen. Sie brüten über Landkarten. Bei Tannenberg endlich Revanche. Auch für die Niederlage vor ein paar Jahrhunderten. Ake erhält das Eiserne Kreuz für irgendeine tapfere Tat. Man wähnt sich im Krieg Gottes gegen den Satan, auch wenn man nicht mehr an Gott glaubt. Die Russen werden nahe Allenstein vernichtend geschlagen. Hundertzwanzigtausend von ihnen sterben. Hindenburg triumphiert, Samsonow begeht Selbstmord. Der Kaiser erwägt, die Gefangenen auf die Kurische Nehrung zu treiben, um sie dort verdursten zu lassen. Denn das massenhafte Verdursten ist, seit dem wirkungsvollen Vorgehen des Generalleutnants Lothar von Trotha in Deutsch-Südwestafrika, ein beliebtes Mittel. Man wird es noch manches Mal anwenden, auch wenn man für diesmal davon absieht und die Russen nach Haus schickt, von wo sie noch zweimal erneut einmarschieren, auch wenn es nicht dieselben Männer sind, sondern neue. Die Verteidigung wird später nach Westen abgerückt, wo durchweg gescheitert wird. Leichen, Material, Schrott, Chlorgas, alles wird eins, ein Brei aus Schlamm, Tod und Gedärm. Der Kaiser trinkt Tee, sägt Holz, geht spazieren. Er hält sich nicht für böse. Einen wirklichen Begriff vom Bösen hat er nicht. Vom Guten auch nicht. Er kennt nur Ehre und Vaterland. Beides verliert er. Das Gute hat er nie gehabt, darum kann er es nicht verlieren. Auch nicht in der Schlacht an der Somme 1916. Zehntausend Mann fallen dort am ersten Tag. Hunderttausende sterben zu Haus am Hunger. Wilhelm geht auf die Jagd. Wähnt sich auf einem Kreuzzug der Germanen gegen englische und jüdische Geldgier.

In Russland entscheidet die Revolution. Auch ihr Begriff von einer guten und gerechteren Welt wird bald unterlaufen. Nach einer kurzen und offenen Zeit, die wie ein großes Versprechen heraufsteigt, schleicht sich der Trugschluss ein, welcher das Mitgefühl plötzlich zum Verrat an der revolutionären Idee erklärt und damit den Ausweg aus der gegenseitigen Vernichtung versperrt.

Ake taumelt irgendwo bei Allenstein eine Landstraße entlang. Es ist der Rübenwinter 1916/17. Sogar die Bauern in der Gegend hungern. Die Militärkommissionen holen allen Roggen für die Soldaten im Westen ab. Die Pferde und das Vieh brüllen in den Ställen nach Futter, bis sie tot sind.

Kazimira hat die Hühner auf dem Dachboden versteckt. Den Hahn hat sie geschlachtet, damit er nicht mehr kräht. Ilse, die sich mit Helene an den Weststrand gerettet hat, geht in den Abendstunden auf Hasenjagd, setzt die verrottete Entenkoje wieder instand und hofft auf die Zugvögel im März. Helene hilft ihr. Sie weiß nicht viel vom Krieg. Von den Hungerrevolten in Königsberg Ende Mai bekommt man am Weststrand nur erzählt, wenn man erwachsen ist. Wo ihr Vater ist, will Helene aber wissen.

»Irgendwo auf den Feldern der Ehre«, sagt Kazimira bitter.

Im September 1918 wird der Kaiser mühsam davon überzeugt, dass der Krieg verloren ist. Er soll abdanken, kann sich jedoch nicht dazu durchringen. Also proklamiert Scheidemann im November die Republik. Der Kaiser möchte sich am liebsten erschießen, ist aber zu feige und zu bequem dafür. Nur einen Tag später reist er mit dem Zug nach Holland, wo er für die nächsten zwanzig Jahre ein Schlösschen bewohnt. Er ist beleidigt und verbittert, verbringt viel Zeit mit Holzfällen. Juden seien der Giftpilz an der Deutschen Eiche, ist er überzeugt. »*Die Presse, Juden und Mücken sind eine Pest, von der sich die Menschheit so oder so befreien muss – I believe the best would be gas?*«, wird er in einem Brief an einen amerikanischen Freund schreiben.

Was die bald zwanzig Millionen Sterbenden in ihren letzten Augenblicken stotterten, weiß keiner. Auch was Erwin Kowak und sein Sohn Otto stottern, als sie im Park von Zarskoje Selo durch die stumpfe Hacke eines Bauern zu Tode kommen, weiß keiner. Einige Menschen beten, wenn es ihnen vergönnt ist. Mancher wünscht sich im Tod vielleicht mehr Licht. Kaiser Wilhelm murmelt nur noch: »Ich versinke.«

Der Krieg ist aus, das Reich zerfallen und pleite. Der alte Herrenhof bei Gumbinnen ist niedergebrannt. Unter seinen verkohlten Balken liegen die sterblichen Überreste seiner freundlichen Besitzerin. Die alte Rosa Kowak wollte noch weniges erledigen und verpasste darüber den letzten Moment für die Flucht. In der Nacht wälzte sich der Krieg über sie, zermalmte das Haus mit den Storchennestern, die Blitzbäume und Stallungen.

Auch die Bernsteinwerke am Weststrand sind so gut wie pleite. Ketten und Ohrringe aus preußischem Bernstein interessieren jetzt niemanden mehr. In wenigen Jahren wird die Annagrube geschlossen werden. Ihre leeren Stollen und Schächte werden zum Teil geflutet, zum Teil von dem schwimmenden Gebirge eingedrückt, zum Teil werden sie einfach stillgelegt. Nur einen Tagebau wird es weiterhin geben.

Im Winter ziehen Freiwillige der Baltischen Landeswehr durch das Samland. In ihren Köpfen Imaginationen einer roten Flut. Sie selbst Deichgrafen beim Dammbau gegen heranbrandende

Wogen. Irgendein bolschewistisches blutendes Riesenweib wandert durch ihre Träume und will ihrer Männlichkeit und dem deutschen Volk die letzte Kontur verwischen. Die Männer der Freikorps wollen mit solch fantasiertem weibischem Schwappen nichts zu tun haben und marschieren ihm doch wie süchtig entgegen. Sie können einfach nicht vom Anschleichen, vom Erobern und Zustechen lassen.

Über all das nicht nachdenkend, kommt einer heim. Er kommt mit dem Zug und das letzte Stück zu Fuß. Er lebt. Aber er ist kaputt.

Kazimira spürt ihn schon am Morgen kommen. Sie kocht die Kartoffeln länger als sonst, wer weiß, ob er noch Zähne hat.

Ake geht durch den Ort am Weststrand, ohne rechts oder links etwas zu sehen. Er bewegt die Lippen, flüstert vor sich hin. Dann steht er vor dem Haus. Er klopft nicht an, steht einfach da, ruft nicht, macht sich nicht bemerkbar.

Als die Kaz dem Gefühl vom Morgen folgend die Haustüre öffnet, erblickt sie also ihren Sohn. Und als ihr Verstand die ganze Gestalt von Ake erfasst hat, tastet sie rückwärts, tritt mit einem Fuß in den Flur, wie in ein Nichts, und sagt: »Antas, Ilse, es ist jemand da.«

Kazimira trägt noch die Schürze und ein Tuch um den Kopf. Vom Wäschewaschen sind ihre Hände und Unterarme gerötet. Ilse drängt mit einem Aufschrei an ihr vorbei. Kazimira will sie zurückhalten, kann sich aber plötzlich nicht bewegen. Aus Scheu oder Ratlosigkeit bleibt sie im Eingang, etwas hinter Antas, und sieht sich den fremden Mann auf dem Gartenweg an.

»Wer ist das?«, fragt sie leise, obwohl sie die Antwort kennt. Dieser Blick. In den Ohren Reste von Kommissbrot, gegen den Lärm der Welt. Aber vor allem: Es fehlt die linke Hand.

So steht er da, der heimgekehrte Ake, ein Bernsteindreher mit nur einer Hand, und der ganze Ort weiß es bereits, denn sie haben aus den Fenstern gespäht, mit genügend Abstand von den Scheiben, dass man sie nicht sehen konnte. An den Gardinen vorbei haben sie alle ihre Neugierde befriedigt, haben gesehen, wie Kazimiras Sohn die Straße entlangkam, haben zugeschaut, wie sie es einmal wieder tun werden, in siebenundzwanzig Jahren. Sie haben den einen da laufen sehen, auf der Dorfstraße. Einen Toten. Haben gedacht, ein Mann war er nie, und sich dann zurück an den Tisch gesetzt, denn es ist Mittagszeit. Es ist immer irgendeine Zeit, und man kann es ja nicht ändern.

Antas hat kein Wort zu seinem Sohn gesagt. Er hat sich leise abgewandt, als wollte er niemanden stören, und ist mit behutsamen Schritten in die Werkstatt gegangen.

Zwei Tage lang taucht er gar nicht auf. Zwei Tage, in denen Kazimira und Ilse um Ake herum sind, ihm Milchsuppe kochen, ihn in den Arm nehmen, anstupsen.

»Weine«, sagt Kazimira leise, »wein, mein Söhnchen. Dass du wieder weich wirst, sonst kannst du nich leben. Es muss fließen, herausfließen, der ganze Krieg, alles muss fließen, der Mensch ist eine Säule aus Wasser, sonst nichts.«

Irgendwann weint Ake. Er hebt den Armstumpf vor die Augen wie ein Hund die hilflose Pfote.

Kazimira sitzt mit Ilse in der Küche und starrt auf die Uhr.

»So kommt man heim, wenn man in Uniform losrennt«, sagt sie. »Die Uniform will nur verschweigen, dass am Ende alles kaputt sein wird. Ihr Gegenteil ist die Wahrheit vom Krieg. Darum sei auf der Hut, wann immer du Uniformen begegnest.«

Am nächsten Tag klopft Kazimira an die Werkstatttür. Sie bekommt keine Antwort. Als sie leise öffnet, sieht sie Antas von hinten, wie er ruhig vor dem Arbeitstisch sitzt. Kazimira geht die wenigen Schritte bis zu seinem Stuhl und betrachtet lange das Werkstück, das Antas vor sich auf den Tisch gelegt hat. Es war einmal der Stein, den sie vor über vierzig Jahren am Strand der Nehrung gefunden hatte. Der Stein, für den sie sich etwas wünschen durfte. Und was hatte sie sich gewünscht? Kein Kind.

Sie wandert mit den Augen jeden Millimeter der Arbeit ab. Es ist das schönste Stück, das Antas je gefertigt hat.

»Ach, Antas«, sagt sie endlich, dreht sich aber nicht nach ihm um. »Nu is viel kaputt. Nu muss viel repariert werden. Ihr konntet halt alle nich aus eurer Haut. Wär aber besser gewesen, ihr hättet es mal wenigstens versucht.«

»Hast wohl recht«, sagt Antas ebenso leise. »Aber ein neues Frauchen kann ich nich hinschnitzen.«

»Nee, das kannste nich.«

Kazimira nimmt das Werkstück, geht in die Kammer zu Ake und legt ans Ende seines Stumpfarmes eine neue Hand.

Am Abend soll Ilse Ake helfen, den Sonntagsanzug anzuziehen.

»Es ist aber nicht Sonntag«, sagt Ilse, »und Abend.«

»Das ist nicht wichtig.«

Sie holt Akes Anzug und hilft ihm.

»Auch die Hand«, sagt Ake. Und sie befestigen die neue Hand am Stumpf.

»Jetzt noch den Hut.«

»Aber wo willst du hin?«

»Zur Anna.«

Ilse erschrickt. »Warum?«

»Frag nicht.«

»Doch, ich frag!«

»Ich fahre ganz hinab, und dann steige ich wieder auf.« Er küsst sie flüchtig, verlässt das Haus.

Schon am Grubeneingang, einem der letzten, die noch übrig sind, spürt er den kalten Luftzug. Ake besteigt den Förderkorb. Es ist niemand bei der Grube. Das Werk ist weitergewandert, landeinwärts.

Die Schächte der Anna sind still und kalt. Ake fährt bis auf die vorletzte Ebene. Die letzte Ebene ist geflutet.

Oberhalb des Grubeneingangs steht Kazimira. Sie stützt sich auf ihren Stock, fasst mit der anderen Hand nach dem Lederbeutel am Hals und blickt aufs Meer.

Teil II
Wilde Erde

Schorellen, 1930-36

Ein Mensch taucht nicht einfach auf. Es ist kompliziert. Es ist so kompliziert, dass es einen schon erstaunen kann, dass die Welt überhaupt so dicht bevölkert ist. Denn die Menschen tun sich zwar mehr oder weniger gern zusammen, aber es ist nicht immer der richtige Zeitpunkt. Rein rechnerisch ist es meistens der falsche.

In diesem Fall ist es ein Abend. Nicht der erste und auch nicht der letzte, aber ein schöner, Mitte September. Es ist kurz nach fünf, und die Amseln fliegen unruhig durch die Dämmerung, als Helene Petrov, geborene Damerau, in Richtung Bahnstation geht. Die Gutsuhr, die seit siebzig Jahren in einem kleinen Türmchen auf dem Dach des Kutschenhauses getickt hat, steht seit einer Stunde still. Warum sie das tut, weiß keiner. Wäre aber jemand dabei gewesen, als ihre Zeiger auf der Stelle blieben, dann hätte er gesehen, dass es aussah, als stünden die Zeiger nicht vor Erschöpfung still, aus Altersschwäche, sondern abrupt, mit einem leichten Zurückwippen, als scheuten sie ein Hindernis oder als wollten sie vielleicht sogar den Lauf der Zeit aufhalten – genau so blieben die beiden plötzlich und einvernehmlich stehen.

Aber der Lauf der Welt kümmert sich nicht um zwei uralte, drahtige, gut befreundete Zeiger im Turm über irgendeinem Kutschenhaus. Der Lauf der Welt geht seinen Gang. Und in diesem Fall ist das vielleicht auch gut so, denn sonst würde Helene Petrov nicht zu spät in Richtung Bahnstation gehen, den Zug zur Stadt verpassen und also umdrehen und langsam wieder nach Haus spazieren. Gemächlich spaziert sie, sieht sich dabei um, atmet tiefer, denn die Abendluft ist ungewöhnlich lau und verlockend. Von weitem sieht sie ihr baufälliges Haus mit dem baufälligen Dach. Das Küchenfenster ist erleuchtet. Und so ein erleuchtetes Küchenfenster, egal wie alt und verrottet sein Rahmen ist, hat es in sich. Helene sieht Pavel, ihren Mann, wie er am Tisch sitzt, sieht seinen Rücken, tritt näher heran, bleibt eine Weile stehen und schaut nur so in das Haus, schaut in ihr Leben, steht im welken Gras vor dem Fenster und muss plötzlich weinen. Dabei ist sie nicht traurig. Es zieht eher etwas durch sie hindurch. Ein Gefühl, das sich zu keinem Bild verdichtet. Dann geht sie leise hinein.

Pavel blickt verwundert auf. Der Tisch vor ihm ist leer. Er hat dort nur gesessen.

»Zug verpasst.« Helene setzt sich, wischt die Tränen weg.

»So schlimm?« Pavel muss lächeln.

»Ich weiß nicht. Ich sah dich durch das Fenster.«

»Und das war zum Weinen?« Pavel lacht. Er kennt seine Frau, steht auf, geht um den Tisch und macht eine Bewegung mit der Hand. Erst zögerlich durch die Luft, in Richtung ihres Kopfes, dann lässt er die Hand sinken, dann hebt er sie noch einmal und streicht ihr übers Haar. Und als er das spürt, dieses Haar unter seiner Handfläche, diese Wärme, da hebt er auch noch die andere Hand und nimmt Helenes Arm und zieht sie zu sich.

Der Rest ist ihre Sache. Es ist ein bisschen so und ein bisschen so. Es ist ja nicht das erste Mal. Sie hilft ihm, er hilft ihr. Zwei Menschen in einer ärmlichen Küche. Aus dem Stand gewissermaßen. Aber ohne Eile und mit viel Zärtlichkeit. Und etwas später entsteht, eingeladen durch diesen unverhofft freien Abend, den Wahlabend, am vierzehnten September, in Zusammenarbeit geheimer, genialer oder ganz gewöhnlicher Kräfte, im Innern der Helene Petrov ein kleiner Leib.

Alles scheint wie immer. Nur etwas sehr Winziges, sehr Unscheinbares, verschiebt sich hier gleich zu Beginn, richtet sich anders ein, tief im Verborgenen der Zellen, an einundzwanzigster Stelle, ist mehr, ist drei statt zwei, als hätte die Natur in ihrer Großzügigkeit einfach eins hinzugeschenkt. Ein Leib also. Erst ist er wie Wasser, dann wie eine winzige Frucht, vielleicht Himbeere, dann etwas wie ein Fisch, eine Echse, bis der Kopf sich durchsetzt, wächst und wächst und vorneweg, als wüsste er um seinen Wert, am 21. Juni 1931 ans Licht will, mitsamt dem restlichen Körperchen.

Eine Amme hält das Kind ins helle Sonnenlicht, wobei sich ihre Augen verengen. Und dann sagt sie etwas, was einen schlimmen Blick auf ihr Herz öffnet, ohne dass es ihr selbst bewusst ist: »Eine Bürde«, murmelt sie, wäscht das Kind ohne Liebe und reicht es, in ein Tuch gewickelt, an Pavel.

»Eine was?«, fragt der leise und ist doch erschrocken, mehr über das Wort und über die Amme, aber will es Helene nicht spüren lassen, dafür ist sie zu schwach. Pavel sieht sich das Kind sehr lange und sorgfältig an.

»Es ist schön«, flüstert er dann und reicht es an Helene, die Mühe hat, es zu halten, so erschöpft ist sie. Ein ausgesprochen hübsches Kind, denkt Pavel, ihr drittes.

Kaum gerät also dieser neue Mensch in die Welt und zwischen die Eltern, zwischen die Geschwister, Fritz und Trudi, zwischen sich bedrohlich türmende, feuchte Federbetten, kaum hat er seinen Namen in der schimmligen Ziegelkirche erhalten, Jela, eine kleine russische Helene also, gleichsam ein Bekenntnis der Eltern, dass dieser Leib von ihnen beiden kommt und zu ihnen beiden gehört, wächst er ohne Unterbrechung.

In der ersten Zeit werden die einfachsten Verrichtungen des Lebens bis zur Erschöpfung wiederholt: Die winzige Jela Petrov übt das Atmen, unregelmäßig und stockend, während das Lichtquadrat an der Stubenwand entlangwanderte. Und auch nachts, im Mondlicht oder in tiefer Dunkelheit, wenn man, wüsste man, worum es sich handelt, eine Hirschkuh mit ihrem Kalb am Waldrand schreiten und grasen hört, arbeitet Jela. Die Hirschkuh arbeitet nicht. Sie lebt. Bei Jela ist es etwas anderes, was genau, weiß keiner. Manchmal braucht sie von Helene einen Stups, um beim Atmen im Takt zu bleiben, denn manchmal vergisst sie das Atmen oder atmet zu viel, so dass es zu einem Schrei wird. Sie selbst ist dann nichts als dieser Schrei, und die Hirschkuh draußen hebt kurz das Haupt und horcht.

Neben dem Atmen übt Jela, von Helenes Liedern in unverständlicher Sprache begleitet, das Schlafen und das Wachen, das Trinken und das Verdauen. Oft unter Tränen, aber mit noch mehr Mut liegt sie im Korb, ganz tapfer, schläft und wacht, schläft und wacht, trinkt, verdaut, atmet, atmet, atmet. Wer füllt die Lungen, hält das Herz im Takt, wer lässt die übrigen Organe ihren Dienst tun? Jela selbst und keiner um sie her weiß es. Es ist auch nicht wichtig. Jela ist nun schon beim Sehen. Liegt und schaut auf die Innenseite der Lider, wo farbige Blasen und Muster auf- und absteigen, oder schaut mit geöffneten Augen so lang in die Luft über dem Korb, bis sich Formen herausbilden, ein freundlicher Deckenbalken vielleicht, ein Gesicht mit sehr großen und merkwürdigen Augen, Augen, die diesen Namen noch nicht haben, aber doch zwei oder eher *ein* Etwas, anders als der Rest drum herum. Und neben den großen freundlichen Dingen sieht Jela auch Hände mit unruhigen Fingern. Immer wieder kommen zwei davon und schieben die winzige Zunge des Mädchens, die sie viel zu gern herausstreckt, zurück in den Mund.

»Das musst du lernen«, flüstert Helene ihr zu. »Sonst sind die Leute nicht gut zu dir.« Und Jela lernt, lässt die Zunge verborgen, auch wenn sie sich groß anfühlt, schluckt sie manchmal beinahe herunter, hustet, würgt, bis Helene sie hochhebt und auf den kleinen Rücken klopft, bis alles wieder im stabilen Gang ist, geradeaus, nicht in Kringeln und Kreisen und Knoten.

Draußen vor dem Fenster folgen die Sonnenblumen dem Licht und verbringen die Nacht mit geneigten Köpfen, wie in Gebeten.

Immer wieder rauscht ein Regen. Am Morgen tropft es als Melodie vom Rand des Daches. So ist es, und so wird es bleiben.

⋆

Helene stellt die fünfzehnte Flasche Wildkirschensaft aufs Regal. Eine ruhige Sammlerin, die die Menschen und Dinge um sich her zusammenhält.

Es ist Herbst. Nur dann und wann hören sie von politischen Änderungen. Über zwanzig Prozent haben in Ostpreußen im letzten Jahr braun gewählt, die Pferdeprovinz, ein deutsches Bollwerk gegen den Bolschewismus. Pavel lacht darüber. »Sie kennen Russland nicht.« Alles in allem versteht er von Politik zu wenig, um sich lang damit aufzuhalten, und sie haben andere Sorgen. Die Ebereschen winken schon rot aus dem Knick, und die Mäuse im Acker fressen sich voll, als wüssten sie, dass der Winter kommt und die guten Zeiten bald um sind. Helene trägt den Säugling mit aufs Feld zur Kartoffelernte. Da stolpert sie und lässt im Fallen das Kind los. Aber anstatt die kleinen Arme auszubreiten, wie es Kinder oft tun, hilflos oder ergeben, fassen Jelas Hände nach dem Hemd der Mutter und klammern sich fest, dass sie die Fäuste kaum wieder lösen kann.

»So eins bist du«, sagt Helene überrascht, richtet sich auf und hält das Kind vor sich auf Augenhöhe. Schaut es direkt an und sagt: »Willst leben. Dann leb.«

Und als sie am Abend wieder das Haus betritt, legt sie das Kind ab, setzt sich an den Tisch und schreibt.

Viel Verwandtschaft hat Helene nicht, genau genommen nur noch Kazimira. Zäh und alt wohnt die Großmutter allein bei der Grube am Meer, Antas ist längst gestorben. Sie hatten sie noch nicht benachrichtigt, waren nicht dazu gekommen. Nun erfährt sie von einem Urenkelchen, einem, das leben will.

Helene schreibt lang und etwas kompliziert, denn sie schreibt

227

nur aus einer Ahnung heraus, und sie weiß nicht, wie sie vor der Großmutter den Zustand des Kindes beschreiben soll.

Ein paar Wochen später kommt Antwort. Ein kleines Päckchen, ein kurzer krakliger Brief: *Es wird behütet von der schwarzen Mutter.* Dazu ein gelbes Bernsteinkettchen für den Kinderhals.

*

Nach einem Jahr im Korb und auf dem Boden richtet Jela sich auf und beginnt eines Tages, nach Mühen und Enttäuschungen und unzähligen Versuchen, zu gehen. Sie hat es nicht eilig, aber doch scheint nichts abwegiger, als liegen zu bleiben. Der Raum zieht und zerrt. Also geht sie, Schritt für Schritt, auf kleinen, flachen Füßen, so weit, wie das Band um ihren Bauch es erlaubt, mit dem sie ans Tischbein angebunden ist. Die Welt ist ein Kreis. Ein Viertel des Kreises liegt unter der Tischplatte, ist dunkel und geschützt, drei Viertel liegen offen in einer schlecht geheizten Kate in der Nähe des Bahnhofs von Groß Schorellen, Kreis Schloßberg, früher Nadrauen, noch früher Land der Aisti. Dafür bieten die drei ungeschützten Viertel eine gewisse Aussicht: auf einen freundlichen Ofen, auf ein paar schief gelaufene Holzpantoffeln bei der Tür, auf nervöse und ängstliche Tiere am Boden und in der Luft, die beim Laufen leise und beim Fliegen laut sind. Das ist Jelas Kreis. Die Mitte der Welt.

Und so wird es auch weiterhin sein: Ein Viertel wird unter dem Schutz von etwas stehen, unter dem Dach der Familie, im Schatten alter Bäume und Zeiten, drei Viertel werden offen liegen, jeglicher Gefahr zugänglich. So wird Jela, wenn alles einigermaßen gut geht, an das Leben angebunden bleiben.

Nach anderthalb Jahren am Band darf Jela auch vor die Tür. Draußen erstreckt sich das Heer der Dinge ins Unermessliche, und alles hat seinen Namen: Brunnen, Zaun, Weg, Wagen. Aber auch Riemen, Schwengel, Borke, Firmament. Dunkel ist der Brunnen, spitz der Zaun, lang der Weg, groß der Wagen.

Im Wagen sitzt der Bürgermeister mit Hut und Handschuhen und denkt über die Gemeinderatssitzung und über die Partei nach. Und über die Frau des Apothekers aus Pillkallen. Über frühere und spätere Bewohner seines Ortes denkt der Bürgermeister nicht nach. Unter seinem Hut kreisen nur deutsche Gedanken und unanständige Bilder von der Apothekerfrau und vielleicht noch die Wirkung des *Pillkallers*, die Zusammenstellung von Schnaps, Leberwust, Mostrich und Senfkörnern. Mit diesem säuischen Durcheinander fährt der Bürgermeister durch den Ort. Oder sein großer Wagen fährt ihn, oder der Treibstoff im Motor treibt, oder die lange Straße zieht den Wagen über Land, ohne dass der Bürgermeister es ahnt, denn er denkt, dass er die Welt längst verstanden hat.

Jela steht am Wegrand und sieht dem Fahrzeug hinterher. Sie denkt daran, die Zunge bei sich zu behalten und sich gerade zu machen wie ein Besenstiel. Neben ihr steht ihr Hund, Prinz, mit gespitzten Ohren, aufmerksam, führig und immer zu etwas Gefährlichem bereit, denn so hat ihn ein Mann aus Dresden gezüchtet. Der Hund ist etwas wie die Verlängerung der inneren Wut des Mannes aus Dresden. Keiner weiß, woher der Mann seine Wut hatte und ob er bei Verstand war, als er dem Hund seine Wut ins Blut einprägte. Aber in den Adern des Hundes oder in seinen Genen federn nun unentwegt der Sprung und das Zubeißen seiner Stammväter. Dabei waren deren Vorfahren freundliche Hütehunde. Aber das ist lange her. Jetzt bräuchte es nicht viel, und er bisse das Kind neben sich, mit seiner ordnungsgemäß schwarzen Schnauze und den zweiundvierzig Zähnen darin, tot. Nur eine hauchdünne, unsichtbare Hürde, jenseits seines Körpers, hindert ihn bisher daran.

»Komm, Prinz«, flüstert da das Kind mit leichtem Lispeln, und wie ein warmer Wind weht die junge Stimme in das einsame Leben des Schäferhundes und entspannt ihn kurz.

»Komm«, sagt Jela leise, »komm, komm!«

Nach einem weiteren Jahr wäscht Jela nach dem Essen schon die Schüsseln aus. Und wenn sie schläfrig wird und was runterfällt, schlägt ihr eine der großen Hände an den Hinterkopf, wo sie auch manchmal gestreichelt wird. Der Kopf ist also, so lernt Jela früh, für ganz verschiedene Dinge gut.

Im vierten Jahr streut sie den drei Hühnern im Hof Korn hin. Sie weiß nicht, wo sie ist. Irgendwo in der Welt. Hier. Jetzt. In einem Morgen. Dann Abend. Dazwischen das Hacken der nervösen Uhren, wenn man sich in ihrer Nähe aufhält. Ansonsten die Gerüche des Dorfes: Mist von verschiedenen Tieren, gemähtes Gras, Feuer. Und je nachdem, was verbrannt wird. Oder Schnee, Regen, Erde in der ersten Frühjahrssonne, Laub im Herbst. Sie lebt der Nase nach. Sie atmet die Gegend ein. Und die Gegend atmet Jela ein. Weiß alles von ihr, wittert sie, hört sie, lange bevor sie es vermutet. Schon tritt die Hirschkuh in den Schatten eines Baumes, keiner weiß, dass sie dort steht. Schon lässt die Grille das Zirpen sein. Nie ertappt man sie auf frischer Tat. Eben noch angeberisch im trockenen Sommergras, schon nur noch ein kantiges, hüpfendes Gestell in der hohlen Hand. Der Gegend und der Hirschkuh ist es egal, ob bei Jela ein winziges Etwas dreifach vorhanden ist. Die Gegend und die Hirschkuh nehmen das Kind hin wie alles andere. Und Jela nimmt ihrerseits die Gegend und das große Tier am Waldrand hin genauso wie die Steine an ihrem Hals.

Ab dem fünften Jahr hütet Jela den ganzen Tag die Gänse der Nachbarn. Mit einer kleinen Rute hält sie die Tiere in Schach, die größten reichen ihr bis an die Schulter. Angst hat sie nicht.

Einmal versucht der Ganter, sie zu kneifen, denn er muss seinen Frauen was beweisen. Da packt Jela ihn am Hals, dass er verdutzt das Fauchen sein lässt. Sie spürt die kleinen Wirbel unter den Federn, sie spürt, wie das Tier zittert. Sie guckt ihm in das runde, von einem gelben Rand umgebene Auge und sagt: »Satans.«

So sagt die Mutter auch manchmal zum Vater, denn ihr Leben ist nicht leicht. Sie hat irgendwann sieben Kinder zur Welt gebracht, weil das Lager, auf dem sie und Pavel schlafen, so schmal ist, dass sie sich immer etwas zu nah kommen. Folge der Enge und Armut also. Aber nicht nur. Aber eben doch Armut, denn Pavel Petrov taugt nicht zum Reichwerden. Wenn man ihn nach Tauglichkeit betrachten will. Andere Betrachtungen würden nämlich anderes erzählen. Denn jeder lässt ein Weilchen seinen Blick auf ihm ruhen oder kann ihn vielleicht auch nicht von ihm abwenden. Denn sogar der Schatten, den Pavel Petrov abends an die schmutzige Küchenwand wirft, ist von seltener Schönheit. Und in eben diesen Schatten hat sich Helene einst verguckt.

Beim Polizeiwachtmeister von Gumbinnen, am Zusammenfluss der Pissa und der Krasnaja, an einem hellen Tag 1924 hatte sie ein gestohlenes Fahrrad melden wollen und sich darum im Vorzimmer eingefunden. Das Licht fiel durch die geschliffene Scheibe der Amtsstubentür, und geduldig blickte Helene Damerau auf das erleuchtete Rechteck. Dann und wann wanderte ein Schatten durch das Fensterchen, der Schatten Pavel Petrovs, der damals im Zimmer auf und ab ging, bei jedem Schritt seine durchgelaufene Sohle verfluchend, und dem Wachtmeister höflich erklärte, wie er die neusten Schulden abzuzahlen gedachte, die der Grund für seine Vorladung waren.

Hin und her wanderte der Schatten des Kopfes, nicht ahnend, dass draußen die junge Damerau stand, neunzehnjährig, und sich mit jedem Auftauchen des schwarzen Profils mehr in die Linie von Stirn, Nase, Mund und Kinn vertiefte und zum ersten Mal in ihrem Leben eine eigene körperliche Empfindung mit einem *fremden* Körper und dessen Form verband.

Als Pavel Petrov endlich das Amtszimmer verlassen durfte, fand er eine junge Frau im Vorzimmer stehen, die nicht zu wissen schien, wo und warum sie dort stand. Und weil ihr das auch in den nächsten Momenten nicht einfiel, ließ Pavel Petrov sich was einfallen, lud sie auf ein Stück Butterkuchen ein und auf etwas wie Sekt, zwei hübsche Gläser mit Schliff, ein ansehnlich knallender Korken, ein blanker Blick von ihm, ein oder zwei von ihr, und noch in derselben Woche hielt Pavel um Helenes Hand an. Denn ein Dummkopf war er nie. Er wusste, so ein Blick kann nicht lügen, und er wusste wie jeder: Helene ist die Tochter von Ilse und Ake Damerau und Besitzerin eines winzigen Bernsteinlädchens in der Stadt, welches sie von ihren Eltern übernommen hat. Und so folgerte Pavel: Die Lösung des Problems in der Amtsstube lag, wie meistens, nahe oder stand vielmehr direkt im Vorzimmer.

So wenig taugte er in dieser Hinsicht. Und leider taugte auch der Bernsteinhandel nichts mehr. Nach kurzer Zeit mussten sie den Laden verkaufen. Und Helene ließ die mehr oder weniger ruhigen Verhältnisse einer Ladenbesitzerin hinter sich, verließ das langweilige Gumbinnen und folgte der Schönheit mit nichts weiter als ihrer kleinen Mitgift, einer guten Gesundheit und einem Herz, an das sich alles legen durfte: dieser hübsche und etwas unnütze Mann, nach und nach die sieben Kinder, darunter eines mit etwas mehr von irgendwas und von pavelhafter Schönheit, und sogar ein kleines, von der Sau verbissenes Ferkel.

»Ist alles Kreatur«, sagte Helene zu jenen und diesem. »Dem Ferkel ist vor der Welt jedenfalls nicht weniger bang als uns. Und es ist nicht weniger einsam als alle.« Und dabei dachte sie vielleicht an den Weststrand und an die Eltern, Ilse und Ake, die sie vermisste und die fort waren, wie viele, nach Übersee, in die Neue Welt.

Helene ist geblieben, das Ferkel längst ein Schwein geworden und geschlachtet, und in der Kommode sammelt sie Briefe aus Amerika.

Für eine Reise in die Neue Welt, wohin es seit Jahren Millionen gezogen hatte, brauchte man Kontakte: Henriette Hirschberg hatte, kurz nach dem Krieg, einen kaum lesbaren Brief von Kazimira erhalten und daraufhin ihren Sohn Siegfried gebeten, er möge sich neben den jüdischen Auswanderern auch der jungen Familie Damerau annehmen. Dann war sie verstorben, und die Sache hatte sich nicht weiterbewegt. Ilse und Ake hatten ärmlich am Weststrand mit Kazimira zusammengewohnt, bis Helene achtzehnjährig das Haus verließ. Ilse hatte es nicht mehr ausgehalten, ihre Lebensmitte war erreicht oder längst überschritten, und sie wollte die andere Hälfte nicht am Weststrand verbringen. Sie traute außerdem den Verhältnissen nicht. Der Krieg der Polen gegen die Sowjets, der einen in Ostpreußen noch einmal das Fürchten lehrte, war kaum zu Ende, da hatte sie einen Entschluss gefasst. Sie hatte ihrerseits eine Korrespondenz nach Übersee angefangen, hatte mehrere Dienste gleichzeitig auf den Gütern der Bernsteinwerke angenommen, hatte die Tage und die halben Nächte gearbeitet und eines Abends im Herbst Kazimira und Ake in die Küche gerufen. Auf dem Tisch lagen drei Billetts. Die Gaslampe funzelte traurig, als sie sich setzten.

»Amerika«, sagte Ilse nur, und Kazimira und Ake sagten beinahe eine Viertelstunde lang nichts.

»Ich nich«, murmelte Kazimira endlich und schob eins der Billetts zur Seite. »Aber ich werde dich dafür immer lieben, Tochter.« Dann hatte sie den alten Mund zu einem verschmitzten Lächeln verzogen. Ake hatte nur genickt.

Ilse hatte in den folgenden Wochen alles für die Reise vorbereitet, wobei sie noch mehrfach erfolglos versuchte, Helene zum Mitkommen zu überreden. Von Bremerhaven waren sie schließlich zu zweit, wie vor ihnen schon viele, entlaust und desinfiziert, auf der COLUMBUS, III. Klasse, Richtung New York ausgelaufen. Siegfried Hirschberg hatte ihnen brieflich und verbindlich leichte Anstellung in einem seiner Schmuckgeschäfte in Aussicht gestellt, die er, neben seiner Tätigkeit für die Reederei, eher aus Sentimentalität betrieb.

Auf hoher See hatten Ilse und Ake an der Reling der COLUMBUS gestanden, Ake wie immer schweigsam und nun längst grau, und Ilse hatte, wobei sie ihre Erregung kaum unterdrücken konnte, gesagt: »Seitdem wir damals auf dem Pregel rumgerudert sind, habe ich das gewollt, Ake: aufbrechen!« Und sie umarmte ihn noch einmal stürmisch wie ein sehr junger Mensch.

Helene ist anders. Sie wollte und will bleiben. Aber das gelingt nur schlecht, denn die Umstände sind für solche Bedürfnisse ungünstig. Alles ist in Bewegung im ehemaligen Königreich der Fetzen und Flicken. Die Grenzen und Bewohner wandern stets und ständig hin und her, und man muss sehen, wo man bleibt, man muss sehen, zu wem man sich stellt. Und so stellt sie sich zu Pavel, mischt sich mit ihm, und auch er ist schon ein Gemisch: bisschen Russe, bisschen Pole, bisschen Deutscher, was immer ein Russe, ein Pole und ein Deutscher sein mögen, wenn nicht auch wiederum jahrhundertealtes Gebäck aus verschiedensten Zutaten. Das Russische hat Pavel jedenfalls von seinem Vater, einem Packer in der Bernsteinmanufaktur in Königsberg, und aus verschiedenen Gründen taugt auch Pavel nicht zu viel mehr als zum Zupacken.

Einen dauernden Wohnsitz haben sie anfangs nicht. Pavel Petrov arbeitet auf Deputat. Bahn, Straßenbau, Forst, vorübergehend auch in der Manufaktur in der Stadt, dann wieder bei irgendeinem Gut. Er ist so etwas wie zwei Hände mit Mann daran. Wenn auch, wie gesagt, ein ungewöhnlich schöner Mann, aber davon wollen die Bauherren und Grundbesitzer nichts wissen. Im Gegenteil. Sein Gesicht ärgert sie.

Die Petrovs bleiben so lang, wie die Arbeit reicht. So lang gewährt man ihnen Kost und Logis. Immer rum also. Gut Palmburg, zurück nach Langendorf, Königsberg, wieder Palmburg, Schorellen, Pillkallen, Schönwalde und wieder Schorellen. Denn nicht nur die Arbeit ist schnell wieder vorbei, auch Pavel Petrovs Geduld ist ständig vorbei. Etwas in ihm spürt: Solch ein Gesicht ist zu mehr berufen, solch ein russischer Rest in einem drängt auf was Revolutionäres. Er hat sich viel mit den Herren und Chefs in den Haaren. Manchmal verspricht ihm einer was dazu, Kuh oder mehr Korn. Aber Pavel will nichts versprochen haben. Er will selbst entscheiden. Das will er. Aber das darf er nicht. Nur den Dienst quittieren, das darf er. Also tut er das. Und etwas gegen diesen Ärger trinken darf er auch und tut er auch. Und so werden die Petrovs größer und die Verhältnisse kleiner. Müssen bald zwei Betten in die Küche und zwei Tische dazu. Da schläft alles zusammen. Und wenn Helene niederkommt, muss noch ein Instmann her und ihre Arbeit tun. Der wohnt dann auch noch mit und isst mit am Tisch.

Doch ganz stimmt das alles nicht. Zweimal hat Pavel wirklich entscheiden dürfen: zum ersten Mal, als er Helene zur Frau nahm, was er nie bereut hat, und zum zweiten Mal, als er sich für ein Mädchen entschied, welches die übrige Welt für eine Bürde hielt. Pavel hält Jela in keiner Sekunde für eine Bürde. Er hält sie für eine Freude.

Oft sieht man ihn das Kind auf den Schultern herumtragen. Öfter sogar als die übrigen. Oft hat er eine Nuss für sie in der Hosentasche oder einen bunten Stein aus dem Bach. Immer schenkt Jela ihm etwas zurück. Meistens ist es ein Gesicht voll Lachen, bei dem sie die Augen zusammenkneift, den Kopf in den Nacken legt und fröhlich in die Luft prustet. Ihre langen und glänzenden

Zöpfe hält sie dabei fest, als könne sie so verhindern, hinten über-
zukippen. Und dann fällt Pavel in das Lachen ein, und sie amüsieren sich beide minutenlang über die unbeschreibliche Schönheit des Lebens und seiner Nüsse und Steine.

*

Die Amme, die vor fünf Jahren Jelas Geburt begleitet hat, hat wenig Freude am Leben. Sie ist zu streng. Sie hat seit Jelas Geburt
noch viele Kinder das Licht der Welt erblicken sehen. Nicht alle
gefielen ihr.

Sie schiebt ein Papier auf ihrem Tisch zurecht. Amtliches Schreiben, informativ. Nach den Gesetzen der letzten Jahre nun also
diese Erläuterungen für alle, welche beruflich mit dem Nach-
wuchs des Volkes zu tun haben. Ärzte, Schwestern, Hebammen:
also auch sie. Die Amme fasst nach ihrer geflochtenen Frisur, die
so straff ist, dass sie die Stirn ganz glattzieht. Die Amme riecht
nach Seife. Sie ist immer frisch gewaschen, keimfrei. Ihre weiße
Schürze knistert, so steif ist sie gestärkt. Das Zimmer der Amme
ist karg, spartanisch. Sie braucht nicht viel für sich. Sie fühlt sich
im Dienst einer höheren Pflicht. Es muss etwas aufgehalten werden, und die Amme sieht sich an vorderster Front. Sie fühlt sich
bereit. Nicht jede Mutter und jeder Vater wird die kommenden
Notwendigkeiten einsehen. In der Regel reden sie von Liebe. Die
Amme schnauft leise durch die Nase. Alles Sentimentalitäten.
Frisch und frei und zackig und deutsch geht es in ihrem Gemüt
zu. Manchmal auch anders. Aber sie beherrscht sich. Beherrscht-
heit ist ein Zeichen von Höherentwicklung, meint sie. Die Amme nimmt Papier und Stift und beginnt eine Liste. Sie versucht,
sich an jeden Fall zu erinnern, der ihr untergekommen ist. Sie
wird die Liste an den Doktor schicken, für den Fall, dass er Hand-
lungsbedarf sieht. Man hat ja das Gesetz auf seiner Seite. Und dieses sieht vor, das Kulturvolk vor minderwertigem Erbgut zu be-

wahren oder vor entartetem Geschlechtstrieb und einigen anderen Entgleisungen. Die Amme hat schon manchen Eierstockentfernungen beigewohnt, aus Interesse. Im Grunde ja weniger blutig als eine Geburt. Sie liest mit eisigem Blick, den sie für sachlich hält, die Aufzählung der Zielgruppen durch, welche von möglichen Maßnahmen betroffen wären. Dann schreibt sie unter der Nummer 15 noch einen Namen auf ihre Liste: Jela Petrov. Sie steht auf, geht ans Küchenbuffet und nimmt ein Brot aus dem Emaillekasten, beschmiert sich eine graue Scheibe mit Marmelade, noch eine, isst, trinkt ein Glas Milch dazu. Dann geht sie aufs Klo, wo sie lange sitzen bleibt. Mehr leistet sich die Amme nicht.

Jemand klingelt an ihrer Wohnungstür. Die Amme rafft sich auf, stößt das kleine Fensterchen zum Hof auf und öffnet kurze Zeit später die Tür. Die Tochter der Nachbarin kommt sie holen. Es ist so weit. Die Amme läuft in ihr Zimmer, greift nach der Ledertasche mit den Instrumenten, verlässt die Wohnung, wobei sie doppelt abschließt, und läuft hinüber zum Nachbarhaus, aus dem schon die Schreie der Gebärenden ertönen.

Es wird ein Junge, blond und blauäugig. Mutter und Amme blicken den kleinen ahnungslosen Arier, der gar kein Arier ist, mit Stolz an, während das Baby noch die Schläge der Amme auf sein Hinterteil verarbeitet, wobei sie es wie ein Ferkel an den Beinen in die Luft hält. Das Baby brüllt und hat wohl schon jetzt ein unangenehmes Verhältnis zur Welt und zu seinem eigenen Körper.

Zu Haus hat sich der Geruch aus dem Klo kaum verzogen, da sitzt die Amme schon wieder am Tisch und schreibt, diesmal auf eine zweite Liste, in Schönschrift. Es wird ihre ganz persönliche Siegesliste. Sie zeichnet vier Spalten, in welche sie je nach Anlass Kreuzchen zeichnen kann: männlich, arisch, deutsch, protestantisch. Draußen gurren die Tauben. Es ist ein schöner Nachmittag. Er weiß nichts von Listen. Nichts von guten, nichts von schlechten. Er hat den Duft des halben Tages, den von Holunder, von Hühnermist, von frischer Wäsche, von Kaffee und warmem Erd-

boden in sich versammelt und lässt ihn jetzt den Leuten in die
Fenster steigen, mitsamt seinem Staub und seinen langen Stunden.

*

Gut Eilung, 1937-38

Erst als Jela schon sechs ist, bleiben sie für einige Zeit an einem
der samländischen Gutshöfe. Gut Eilung. Über tausend Hektar
Land, mit gnädigem Herrn und gnädiger Frau. Die Scheunen
sind fünfzig Meter lang und länger, an Arbeiterhäusern zählt
man zwölf, also schon ein Dorf. Mit Schmied, Stellmacher, Müller, Gärtner, zwei Gespannführern, einem Schäfer, dem Schweinemeister, dem Melkmeister, dem Läufer, dem Kämmerer und
dem Inspektor, alle natürlich, bis auf den Läufer, der noch zu
jung ist, mit Anhang. Pavel wieder als Feld- und Hofarbeiter.
Scharwerker nennt man ihn. Sie bewohnen ein winziges Häuschen auf der unfruchtbaren Palve am Wald, abseits der übrigen
Gebäude und Stallungen, am Ende eines unbefestigten Weges,
der im Winter und Frühling nicht befahrbar ist. Der Lohn: Futter und Weide für eine Kuh, dreißig Zentner Korn, Hausgarten,
kleiner und sandiger Rüben- und Kartoffelacker, sieben Meter
Brennholz, einige Fuder Reisig, alles auf ein Jahr.

Der gnädige Herr, ein studierter Baron, Herr Doktor von Boden,
züchtet, neben der landwirtschaftlichen Tätigkeit, Pferde. Sein
liebster Hengst, Patriarch, steht bebend in der Koppel und wittert seine Stuten. Sein gesunder Körper ist mit seidenartigem
Haar bedeckt. Der prächtige Kopf ist edel und trocken, die vorstehende Stirn ist breit, die Augen haben Feuer, die Ohren stehen
weit voneinander, der Hals ist temperamentvoll gerundet, der
Widerrist hoch, der Rücken gerade und mit der Kruppe gut verbunden. Die Beine sind sehnig, ähnlich einem Araber, die Hufe

dauerhaft. Von Boden weiß all das und ist stolz drauf. Stolz auf diese reine und gute Zucht. Er ist auch stolz auf die Zeugungskraft des Hengstes. Er hebt den rechten Hinterhuf des Pferdes an und zeigt Pavel Petrov mit herablassender Geste, was beim Beschlag zu beachten sei, denn den Schmied hat einer der dauerhaften Hufe ins Gesicht getroffen, so dass jetzt Pavel Petrov die Eisen abziehen muss.

Jela sieht zu. Sie steht auf der unteren Querlatte des Zaunes und beobachtet, wie ihr Vater wieder und wieder in den Staub geschleudert wird. Sie muss ein bisschen lachen. Und fast erscheint es ihr, als müsse auch der Hengst ein bisschen lachen.

Herr von Boden kann das Kind nicht leiden. Es stört seine Konzentration. Er duldet die Familie mit diesem Kind nur, weil sein alter und bettlägeriger Vater die Hand über sie hält. Der Alte ist selbst nicht mehr bei Sinnen, denkt Herr von Boden.

Rechtzeitig, bevor das Lachen ihr entwischt, klettert Jela vom Zaun und macht sich davon. Rechtzeitig kommt sie am Apfelbaum vorbei, lädt die Schürze voll, dann holt sie Frido zum Gänsehüten ab.

Frido ist zwölf, er ist der Sohn des Herrn Seliger, der im Wald ein Sägewerk betreibt, hat zu Haus ein Radio und träumt von New York.

Bald sitzen sie am Wegrand und klappen die Füße im Sand hin und her, wie die Scheibenwischer am Wagen des Bürgermeisters von Groß Schorellen. Es ist schön warm dort, wo sie sitzen, auch der Sand zu ihren Füßen ist schön warm. Im Haus hinter ihnen klappert Geschirr. Irgendwo singt jemand. Frido muss einmal kurz seufzen. Eine Sehnsucht nach irgendwas ergreift ihn. Immer häufiger kommt jetzt diese Sehnsucht. Er fasst nach Jelas kleiner Hand und drückt sie. Er fühlt sich lebendig. Auch die kleine Hand in seiner, gesund und lebendig.

*

Die gnädige Frau hat seit Tagen Migräne. Sie liegt im oberen Stockwerk des Gutshauses in einem Bett mit hölzernem Baldachin und wartet. Das Haus dröhnt von Schlägen und Bohrgeräuschen. Man meint, es gehe kaputt. Ein Tross von Handwerkern schraubt, spachtelt und hämmert in allen Zimmern. Die Teppiche sind vorsichtshalber aufgerollt, die Möbel mit Tüchern abgedeckt. Schwere Kabelrollen werden herumgetragen, die Kabel verlegt, Schalter angeschraubt, Lampen aufgehängt. Man hätte so lang verreisen sollen, denkt sie. Aber was sie denkt, interessiert niemanden.

Nach einer Woche erstrahlt das Gutshaus in grellem Licht. Auch die Kuh- und Pferdeställe, die Scheunen und Schuppen leuchten taghell. Das ganze Gut Eilung ist endlich elektrifiziert.

Herr von Boden geht herum und knipst Lampen an und aus. An, aus, an, aus. Ein interessantes Gefühl, das sich aber bald abnutzt. Die Rechnung der Handwerker ist horrend. Siebenundsechzig Lichtschalter, siebenundsechzig Glühbirnen, über dreihundert Meter Kabel, dazu der Lohn für die Männer. Herr von Boden könnte kotzen, als er das alles liest. Stattdessen macht er einen Ausritt auf Patriarch. Er jagt den Hengst, bis dem die Zunge heraushängt und der Schaum, zwischen den Hinterbeinen flockend, in alle Richtungen fliegt. Auf dem Rückweg trifft er auf Jela, die am Wegrand Blumen pflückt. Sie ist so beschäftigt, dass sie den Baron nicht kommen hört. Herr von Boden sieht das Mädchen und gibt Patriarch die Sporen. Aber der Hengst kann nicht mehr. Er stolpert, und beinahe wäre Herr von Boden vor Jela in den Dreck geflogen. Das Kind lacht auf, denn wie der Baron mit dem Hinterteil nach oben für Momente auf dem Hals des Pferdes hängt, sieht einfach komisch aus. Herr von Boden hebelt sich zurück in den Sattel, gibt Patriarch die Peitsche und könnte gleich noch einmal kotzen.

Seine Frau liegt noch im Bett, mit einem Waschlappen auf der Stirn, als er den Gutshof erreicht. Sie hat ihre Zimmertür abgeschlossen. Als sie die Schritte ihres Mannes auf der Treppe hört, weiß sie, dass er bis obenhin voll Wut ist.

*

Jela fegt die Küche, wo Helene Lindenblüten zum Trocknen ausgebreitet hat, und facht das Feuer im Herd neu an. Sie schüttet alles, was sie aufgefegt hat, in das Ofenloch. Danach setzt sie sich auf die Schaukel. Sie schaukelt sehr hoch. Sie kann weit gucken dabei. Über das ganze Gut. Über alles, über alles Deutschland, denkt sie. So etwas in der Art hat der Baron einmal gesagt. Sie pfeift. Die Töne kommen nur vereinzelt zum Vorschein. Zur Not singt sie sie durch die gespitzten vibrierenden Lippen. Frido hat sie gelehrt, die Hymne des Landes rückwärts zu pfeifen. Er meint, vorwärts sei sie nicht so schön.

Das Land um das Gut herum scheint für die einen langweilig und für die anderen beeindruckend. Die Felder erstrecken sich so weit in alle Richtungen, dass man die Reihen der Männer beim Sensen vom Feldrand aus nicht sehen kann. Man meint fast, so ein weites Land verheiße etwas Großes. Nur was das sein könnte, das weiß man nicht.

Hier verbringt Jela ihre Tage. Hier hinein schaukelt sie, während die gnädige Frau in ihrem Zimmer im Stuhl schaukelt, bei einem mit weißem Ziegenfell bezogenen Lampenschirm, der aussieht wie eine riesige Schneeflocke. Die elektrische Lampe beleuchtet das teure Service, das nach Sommer zu duften scheint. Klassische Eleganz mit einem Hauch Romantik, so bewirbt die Porzellanmanufaktur Meißen ihre Tassen und Zuckertöpfe. Rosenverzierung aus der Zeit des Biedermeier. Sanft ranken sich die Blumen mit Purpurkern auf der Kanne. Ihre Blüten leicht geöffnet, umgeben von zarten Knospen, die Stängel mit täuschend echten kleinen Dornen.

Da sitzt die gnädige Frau also in ihren gemachten Jahreszeiten und stickt etwas Sinnloses in die Ecke eines Taschentuchs, einen sentimentalen Spruch, während draußen Jela ihre Arbeit auf der Schaukel tut.

Nie sitzt Jela still und stickt Weisheiten in schneeweiße Tücher. Nie lässt sie sich bedienen. Sie trägt und gräbt und hütet und hackt, putzt Silber, oder nennt es so, übt dabei geduldig das Pfeifen.

»Das Geschirr darfst du mir nie zerbrechen, sonst zerbricht der gnädige Herr dich«, hat die gnädige Frau einmal zu ihr gesagt, ihr die Meißener Tasse abgenommen und traurig gelächelt, denn sie fand den Satz irgendwie passend. Der gnädige Herr kann recht brutal sein. Aber das weiß, außer ihr, vielleicht niemand. Außerhalb des Hauses ist er nur herablassend, drinnen ist er anders. Die gnädige Frau sieht aus dem Fenster auf den Sommer und zieht ihr Umschlagtuch enger zusammen, sie friert immer.

Gerne hilft Jela im Haus gegen Butterbrote oder Zuckerstücke, staubt ein bisschen die Bilder und Lampen ab oder rückt die Dinge gerade. Sie möchte gern so geschickt wie ihre Schwester Trudi sein. Und sie würde am liebsten einmal die gnädige Frau abstauben oder ihren Schwiegervater, der im oberen Zimmer liegt und auf den Tod wartet.

Als sie ihm das irgendwann nach langem Herumdrucksen sagt, lacht der alte Gutsherr und kann sich lang nicht beruhigen.

»Ja, wenn das ginge, mein Kind, mich einmal noch abstauben!« Und da muss Jela plötzlich weinen. Denn das geht nicht. Die gnädige Frau sagt, dass sei halt so. Nicht jeder könne was. Manche könnten halt nichts und seien zu nichts nütze. Darum muss Jela weinen. Aber auch, weil ihr der alte Gutsherr leidtut. Er ist ja auch zu nichts mehr nütze, und alle warten nur, dass er endlich tot ist. Sie hat gehört, wie der Herr Baron so etwas zu seiner Frau gesagt hat. Vor Mitleid küsst sie dem Alten stürmisch Gesicht und Hände.

An den Abenden sitzen sie zu Haus am Tisch. Immer fragt Pavel, wenn er dazukommt, den Geruch der Arbeit noch in den Kleidern: »War es ein guter Tag für meine Kinderchen?«, und geht dazu um den Tisch herum und legt jedem kurz die Hand auf den Kopf wie zum Segen, dabei glaubt Pavel an nichts. Dann setzt er sich, stopft die Pfeife und beginnt zu erzählen: »Ich war nur ein einziges Mal am Meer«, erzählt Pavel zum Beispiel. »In Pillkoppen auf der Nehrung. Hab beim Fischfang geholfen. Hinter den Häusern riesige Dünen, wie gestrandete Wale aus uralter Zeit. Die Dünen sind mit Gras und Gebüsch bepflanzt. Das war aber nicht immer so. In der alten Zeit sind sie gewandert, wie die Menschen, hierhin und dorthin, Düne an Düne, wie träumende Riesen. Sie haben sich nicht darum gekümmert, wen und was sie auf ihren Wanderungen begruben. Ganze Dörfer verschwanden unter ihnen, und die Dünen wussten nichts davon. So haben sie auch das Haus von Heinrich Kommander begraben, jedenfalls erzählte man das so. Heinrich Kommander war ein reicher und ansehnlicher Mann. Er hatte fast alles. Das Einzige, was ihm fehlte, war eine Frau. Und jede im Umland hätte wohl ja gesagt. Aber Kommander suchte und suchte und fand die Liebe nicht.

Und eines Tages kam eine, die war als Schönheit bekannt. Sie war nicht so schön wie du, Jela, und auch nicht so schön wie all ihr anderen, aber sie war doch bekannt für ihr edles Antlitz. Sie reiste zur Sommerzeit von Tilsit an, begleitet von ihrer Schwester.«

»Das wissen wir«, quietscht eins der Kinder am Tisch. Aber Pavel hebt den Zeigefinger. »Schscht, nu wartet doch. Eine Geschichte braucht ihre Zeit.« Dann raucht Pavel. »Also diese Schwester«, sagt er und raucht wieder, ganz genüsslich und ohne Eile. »Also – was soll man sagen? Sie war … sie«, wieder ein paar Wolken, »sie war *nicht* … nun, alles saß bei ihr irgendwie an der falschen Stelle, so dass man sich schon beinahe wunderte, wie eine nur derart viel durcheinanderbringen konnte. Und mit diesem Durcheinander saß sie nun also neben der goldenen Ordnung der Tilsiter Schönheit im offenen Wagen und freute sich still aufs Meer.

Als der Weg eine Kurve um einen sandigen Hügel machte und die Räder des Wagens beinahe im pudrigen Untergrund versanken, kam ihnen ein Reiter entgegen.«

»Der Herr Kommander!«, ruft eines der Kinder.

»Ruhig, der Reiter kam ja nicht im Galopp. Nein, er ritt im nachdenklichen Schritt und sah kaum nach der Kutsche, was die Schönheit aus Tilsit ein wenig verstimmte. Und noch mehr verstimmte es sie, als sie am Abend im Gasthaus erfuhr, dass es sich bei dem einsamen Reiter um den reichen, ledigen Heinrich Kommander gehandelt haben musste, dessen vergebliche Brautschau sich herumgesprochen hatte und ja doch der heimliche Grund ihres Badeurlaubs war.

In den nächsten Tagen richtete sie es so ein, dass sie sich mit ihrer Schwester möglichst oft an Orten aufhielt, an denen Begegnungen mit dem Junggesellen möglich gewesen wären. Und so verweilten sie über die bequeme Zeit hinaus am Anlegesteg oder in dem einzigen Gartenrestaurant, das der Ort zu bieten hatte. Nicht selten fingen sie im Seewind schon zu frieren an, bis sie endlich ins Gasthaus zurückkehrten, in welchem sie ein Zimmer gemietet hatten.« Jetzt muss Pavel lachen. Und die Kleinen kichern auch schon, denn sie wissen, was kommt, und wollen es wieder wissen. »Ja, und so kamen die zwei Frauen eines Abends, müde gewartet, in die Wirtsstube, in der es gut nach Bratkartoffeln roch, als sie plötzlich einen Mann an dem hintersten Tisch erblickten, der allerdings gerade aufbrechen wollte. Sofort erkannte die Tilsiter Schönheit den Herrn Kommander wieder, und weil sie sich in diesen Dingen auskannte, stellte sie sich so im Raum auf, dass das Licht der schummrigen Lampe sie auf die vorteilhafteste Weise ausleuchtete, während ihre durcheinandergewürfelte Schwester in schlechter Beleuchtung erschien, was den Glanz der Schönheit natürlich noch verstärken musste.

Heinrich Kommander zahlte, warf sich einen Reitmantel um und musste nun an den Frauen vorbei zum Ausgang. Sofort blendete ihn die Schönheit unter dem Lampenschirm, und seine Augen suchten etwas Erholung im Schatten. Das ging natürlich blitzartig vonstatten, so schnell, dass er gar nicht richtig mitbekam, was geschah. Er stand schon draußen, band sein Pferd los, als ihm ein Bild im Kopf auftauchte, zwei Augen, er wusste kaum, wo er sie gesehen hatte. Und diese Augen ließen ihn tagelang nicht los. Sie rührten und berührten ihn so sehr, dass er, ohne zu wissen warum, beinahe hätte weinen mögen. Ihm war, als hätten diese beiden verschatteten Lichter ihn schon immer gekannt, als kämen sie aus einem Raum hervor, in welchem sich sein ganzes vergangenes Leben, seine Kindheit, seine Einsamkeit, alle Fragen und ungefundenen Antworten verbargen. Unruhig trieb es ihn jetzt herum.

Und unruhig war auch die Tilsiter Schönheit. Denn ihr hatte der Mann in dem Gasthaus gefallen, und sie war der Ansicht, er passe auf das Beste zu ihr.«

»Hi«, quietscht da wieder eins der Kleinen. Denn sie wissen ja mehr als die Schönheit und mehr als der Herr Kommander.

»Ja«, sagt Pavel vergnügt. »Ja, man sollte sich seiner Sache nie zu sicher sein.« Wieder eine Runde Rauch. Wieder ein paar Atemzüge. »Immer wieder versuchte die Schönheit, auf den Mann zu sprechen zu kommen, aber ihre Schwester wich dem aus, als ginge es um ein heiliges Verbot. Sie lenkte ab, tat, als höre sie nichts, fand plötzlich einen Vorfall, auf den sie hinwies. Beinahe wäre die Stimmung zwischen den beiden gekippt, als eines Nachmittags plötzlich der Herr Kommander an der Gartenterrasse des Gasthauses vorbeiging und, als er die Schönheit erblickte, sogar stehen blieb. Gar nicht ihretwegen, aber das wussten beide nicht. Sie erinnerte ihn an etwas, und er wusste wieder nicht, an was. Die

Schwester saß daneben und schlug die Augen nieder. Und weil so wenig Leuchtkraft von ihr ausging, übersah sie der Herr Kommander. Er plauderte mit der Schönheit, fragte dies und das und fing schon an, sich ein wenig zu langweilen, zog den Hut und wollte sich verabschieden und zu diesem Zweck aus Höflichkeit auch der zweiten Dame den Gruß erbieten, da blickte diese auf. Und wie festgenagelt stand Heinrich Kommander da am Zaun und hatte ganz vergessen, wie man sich benimmt. Er wurde erst rot im Gesicht, dann weiß.«

»Ich kann, wie man sich benimmt«, ruft Elli, steht auf, macht einen Diener und sagt: »Auf Wiedersehen!«

»Genau«, sagt Pavel, »so benimmt man sich. Aber der Herr Kommander wollte ja nicht gehen. Er wollte jetzt um alles in der Welt bleiben. Er wollte für immer und immer bleiben. Denn so ist das. So ist sie, diese … diese … nun, man muss sie nicht benennen, dann verzieht sie sich, und man möchte sich ja in ihr aufhalten. Man möchte immer in ihrer Nähe sein. Aber wie sollte er das nun den beiden Damen sagen? Also stotterte er irgendwas und stolperte wie ein Schuljunge davon, während die Tilsiter Schönheit ihre Schwester anstarrte und die Welt nicht mehr verstand. Die?, wird sie sich gefragt haben, und etwas Unschönes muss da durch ihr Herz und vielleicht auch ihr Gesicht gehuscht sein. Ja, die. So war das.

Der Herr Kommander eilte nach Haus und schrieb noch am selben Tag einen Brief. Darin lud er die beiden zu sich auf den Hof ein. Drei Tage später saßen sie bei ihm zum Tee. Die Schönheit war bezaubernd, und tatsächlich bedachte der Herr Kommander sie mit einigen netten Blicken und Sätzen. Heimlich forschte er aber die Schwester aus. Sehr zurückhaltend, jedoch mit ruhigem Ernst beantwortete die seine Fragen. Sie ruhte vollkommen in sich, denn sie glaubte sich überhaupt nicht gemeint. Sie war schließlich noch nie gemeint. Sie hatte die Hände im Schoß gefaltet und blickte den Herrn Kommander, während der sich mit Mühe beherrschte, gerade und ruhig an. Und wenn ihre Blicke sich trafen, ließ seine Aufregung sofort nach, und auch er wurde ruhig. Und genau so wollte er leben. Und mit diesem Entschluss verabschiedete er am Abend die beiden, die sich am folgenden Tag auf den Heimweg nach Tilsit machten.

Keine zwei Wochen später erreichte sie ein Brief. Ohne große Umschweife bat Heinrich Kommander, die Schwester der Schönheit möge seine Frau werden.

Und sie wurde es. Und sie wohnten am Fuß der großen Düne bei Pillkoppen und bekamen fünf Kinder. Als das letzte Kind groß war, wehte der Sand der Düne schon in die Hintertür ihres Hauses. Schon reichte der Sand bis ans Dach. Und bald war von dem Haus Heinrich Kommanders nichts mehr zu sehen, als sollte die Einzigartigkeit dieser Verbindung ein Geheimnis bleiben, weil solche Dinge nicht offen herumliegen. Also deckte die Düne ihren Sand darüber.«

Das Kleinste ist auf Pavels Schoß eingeschlafen. Die anderen Kinder haben die Köpfe in die Hände gestützt und blicken verträumt drein.

Pavel pafft noch zwei, drei Wolken in die Luft. Dann sieht er Helene an: »Ja, so ist das«, sagt er leise.

*

Vier Tage sind vergangen, seit Anatolij mit dem Ukrainer telefoniert hat. Vier Tage lang hatte er sich herumgetrieben, damit niemand merken würde, dass er gar nicht mehr zum Tagebau arbeiten ging. Jeden Morgen hatte er Blumen vor den Pavillon gelegt. Jeden Abend Blumen vor das Haus im Wald.

Heute sitzt er auf dem Mäuerchen neben dem Supermarkt und denkt nach. Und wenn man nachdenkt, verflüchtigt sich die Zeit. In Gedanken ist Anatolij also dort, wo das Zeitliche seines Körpers nicht sein kann. Er denkt über das Gebäude auf der anderen Straßenseite nach, einen roten Klinkerbau, überall geflickt, an dessen verwitterte Mauer jemand ein Herz gesprüht hat. Lange war dort eine Werkstatt. Jetzt ist es das Bordell von Jantarnyj. Das Dach ist halb kaputt. Da muss es mächtig reinregnen, denkt Anatolij. Und dann geht er in Gedanken in das Haus hinein, geht hinein, als das Haus frisch gebaut war, denkt über die Deutschen nach, die es vor wahrscheinlich hundert Jahren fertiggestellt haben. Irgendein Hermann oder ein Friedrich oder Otto. Sie haben morgens Marmeladenbrot gegessen und Kaffee getrunken, und dann sind sie in soliden Nagelschuhen und Drillichhosen zur Arbeit gegangen, haben ihr zickzackiges Deutsch gesprochen und dieses grundsolide Haus gebaut, ihre Frauen sind zum Richtfest gekommen, und am Abend gab es Kartoffelklöße und Schweinebraten, und nach dem Abendbrot haben sie ihre grundsoliden Frauen besprungen und grundsolide Kinder gezeugt, die dann all das hier zerstört haben. Und jetzt »wohnen« russische Mädchen in dem Haus, essen kein Marmeladenbrot, essen vermutlich Kascha und trinken Tee, wie seit tausend Jahren jede fromme Russin und jeder fromme Russe, und dann kommen die Soldaten, und die Mädchen nehmen sie mit aufs Zimmer und lassen sich bespringen und beten, dass sie keine Kinder zeugen, sondern einer sie irgendwann mitnimmt, aber ihre Gebete werden nicht erhört und keiner nimmt sie mit. Anatolij sieht einem Mann nach, der den Klinkerbau verlassen hat und in den Ort davongeht. Irgendwie hat sich die Situation der Menschen nicht verbessert, denkt er, und vielleicht waren die vielen Blumen etwas übertrieben. Er steht auf, geht in den Supermarkt und kauft drei Flaschen *Stolichnaya*. Das Zeug verschenkt man eigentlich zu Hochzeiten. Es wird durch Birkenholzkohle und Quarzsand gefiltert und dann mehrfach, über Nacht, bei Minusgraden gelagert und wiederum abgefüllt, bis es kristallklar ist. Freezing nennt sich das. Viel zu kostbar also für diese paar Typen bei der Grube, aber der Abschied soll ja feierlich werden. Außerdem hat der Ukrainer ihm das Geld vorgeschossen.

Am Nachmittag steigt Anatolij in den Wagen und fährt zur Grube. Auf der Rückbank liegt der Wodka unter einer Wolldecke.

Mit einer einzelnen Flasche betritt er das Grubengelände. Sprühregen verhüllt die Sicht auf den hinteren Teil des Tagebaus. Anatolij klopft an die Tür der Wachbaracke und tritt ein, ohne auf Antwort zu warten. Drinnen sitzen zwei der fünf Wachleute und dösen. Anatolij stellt die Flasche auf den Tisch: »Abschied«, und klaubt sechs Gläschen aus dem halb zusammengekrachten Schrank neben dem Wasserhahn ohne Wasserleitung. Die Männer werden munter. Der eine funkt seine Kollegen an: »Die Kopfgeburt schmeißt ne Runde«, sagt er liebevoll. Kurz darauf sind alle beisammen. Die Grube liegt eh im Nebel, da gibt es nichts zu beobachten.

Die Flasche ist schnell leer. Niemandem ist aufgefallen, dass Anatolij nur ein Gläschen getrunken hat. Jetzt steht er schon bei der Tür, salutiert im Spaß, wünscht den Männern noch ein paar unanständige Stunden und wird überaus wohlwollend verabschiedet. Aber anstatt das Gelände zu verlassen, schlendert er herum, als müsste er alles noch einmal genau ansehen. Wie zufällig gelangt er ins Lager.

»Das sind etwas mehr als drei Kilo«, Yehor hat eine elektronische Waage vor sich auf den Tisch im Hotelzimmer gestellt und grinst über das ganze Gesicht. »Weißt du, was ein Kilo inzwischen wert ist?«

»Es hieß bisher, es sei gar nichts wert.«

»Knapp daneben.« Yehor blickt Anatolij tief in die Augen, als verliebe er sich gerade in ihn. »Das ist das Interessante am Wesen des Wertes. Nicht nur die Schönheit liegt im Auge des Betrachters.« Dann wechselt sein Gesichtsausdruck fast abrupt in einen geschäftsmäßig sachlichen: »Für ein Kilo bekommst du auf dem europäischen Markt derzeit tausendfünfhundert Euro. Also knapp sechzigtausend Rubel. Und – etwas über zwölftausend chinesische Yuan. Ein guter Händler wird da noch einiges mehr herausbekommen. Ich hoffe«, und hier macht Yehor eine lange Pause, »du kapierst jetzt den Deal.«

»Es kommt darauf an, wie hoch mein Anteil ist.« Anatolij spricht ganz leise, denn er ist gleichzeitig mit Rechnen beschäftigt.

»Ganz genau, darauf kommt es an.« Yehor nickt. »Und weil ich ein anständiger Mann bin und weil ich hoffe, dass du noch ein paar Mal und vor allem mehr lieferst, biete ich dir die Hälfte.«

Anatolij nickt benommen. Hälfte ist okay. Das sind dreißigtausend Rubel pro Kilo, also nach drei Gängen zweihundertsiebzigtausend, ein zehnfacher Monatslohn, bei neun bis zehn Lieferungen im Grunde also so etwas wie ein Geländewagen.

»Wie wäre es, wenn wir ein paar Tage freinehmen und irgendwo hinfahren?« Anatolij hat eine kleine Schachtel vor Nadja aufs Bett gelegt und sieht ihr angespannt beim Auspacken zu. Er ist extra nach Kaliningrad gefahren, um dort in ein vernünftiges Juweliergeschäft zu gehen. Nadja nimmt den Ring aus dem schwarzen Samt.

»Tolja! Der war doch viel zu teuer!«

Anatolij blickt sie stumm an. Der Blick soll natürlich sagen, was solch ein Blick in solch einem Moment immer sagen soll: Für dich ist nichts zu teuer. Eine symbolische Aufwertung. Auch sie soll fühlen, dass sie teuer ist, hochwertig. In genau diesem Moment steigt ihr Preis. So wie man ein Pferd mit gutem Sattel auch besser verkauft als ohne. Mit diesem Ring am Finger kann sie jedem den Kurs anzeigen. Auch wenn sie das nicht nötig hat, klar.

»Und noch ein Ausflug zu zweit?« Nadja schlingt ihre schönen Arme um Anatolijs Hals. Sie weiß, wie das wirkt. Und es wirkt.

»Ich frage meine Kollegin, ob sie ein paar Tage ohne mich zurechtkommt«, flüstert Nadja, als sie voneinander gelassen haben und Anatolij mit einer Zigarette am Fenster steht. »Sie wird bestimmt nichts dagegen haben. Ich habe dir gar nicht erzählt, dass neulich ein Mann bei uns im Laden war und alle Armbänder auf einmal gekauft hat. Stell dir das vor. Er hat den ganzen Ständer leer gekauft.«

»Tatsächlich?« Anatolij zieht nervös an seiner Zigarette und beugt sich unnötig weit hinaus, um den Rauch auszuatmen.

»Ja, er ist mit einer ganzen Tüte voller Armbänder abgezogen.« Nadja lacht. »Deswegen ist es sicherlich in Ordnung, wenn ich mal fehle. Wohin wollen wir fahren?«

»Irgendwo ins Umland, dachte ich. Richtig verreisen werden wir im Frühjahr. Jetzt dachte ich an ein kleines Hotel, unten am Meer. Sie haben kleine Hütten mit Blick aufs Wasser, wo man seine Ruhe hat. Banja und gutes Essen haben sie wohl auch.«

»Aber das ist unbezahlbar!«

»Wir leisten es uns.« Anatolij drückt seine Zigarette an der Außenwand aus und schließt das Fenster. »Morgen habe ich noch zu tun. Danach können wir los.«

★

Gut Eilung, 1939-40

Jela liegt neben Frido im Schnee und sieht in den Wolken eine riesige Kanne.

Frido hat den Kopf auf die Hand gestützt und schaut Jela an, als fiele ihm da was auf, was ihm sonst entgangen ist. Mit der freien Hand nimmt er Schnee und pulvert ihn ihr zärtlich ins Gesicht. Jela leckt den Schnee von den Lippen und lacht. Ihr fällt außer der Kanne in den Wolken nichts auf.

»Komm, wir sind Hund und Herrchen«, sagt sie plötzlich. »Du musst mir Befehle geben.«

»Sitz«, sagt Frido und grinst, als sich Jela wie ein Hund vor ihn setzt. Er hält mit drei Fingern eine Luftzigarre an den Mund und genießt. Dann tätschelt er Jela den Kopf. »Braver Hund. So nehme ich dich auch mit auf die Jagd.«

Tatsächlich ist am nächsten Samstag Treibjagd am Gut. Der gnädige Herr hat einiges Rotwild. Für die Pirsch ist er zu ungeduldig oder zu faul. Er lässt sich lieber zutreiben.

Jela, Frido und die übrigen Kinder laufen johlend durch das Unterholz.

»Bei Fuß«, sagt Frido und ruft Jela im Spaß heran. Sofort läuft sie zu ihm. Und wie sie da so ankommt, mit dem fröhlichen Gesicht, den Zöpfen und den dünnen Beinen in wollenen Strumpfhosen, da wird ihm schon wieder so, dass er jetzt gern seinem Hündchen einen Kuss geben würde. Und das tut er dann auch hinter einem hundertjährigen Baumstamm.

Leider guckt einer der Jungen zu und schreit gleich herum, denn die Alten haben die Jungen in jenen Tagen viel Gemeinheit gelehrt, auf welche die Jungen von sich aus kaum gekommen wären: »Der Judenfrido küsst die Dumme!«

Alle kommen angerannt. Treibjagd gleich vergessen. Das hier ist viel interessanter.

»Ich bin nicht dumm. Ich bin ein Hund«, sagt Jela zu allem Unglück, denn sie hat den Kuss als den eines liebevollen Hundehalters an sein geliebtes Tier verstanden. So, wie sie auch Prinz auf die Nase küsst.

Die Kinder lachen. Frido wird rot. Jela leistet ihm dabei Gesellschaft. Zum Glück rufen jetzt die Alten nach ihnen. Der gnädige Herr will was vors Gewehr haben. Also hauen sie schon wieder auf ihre Töpfe und an die Baumstämme und johlen und grölen durch den zu Tode erschrockenen Wald, als wüssten sie nicht, wie das endet.

Es endet natürlich wie immer. Im Halbrund liegt das zerschossene Wild vor dem Gutshaus auf der Wiese, während ein deutsches Lied geblasen wird. Und wie immer versteckt sich Jela hinterm Haus auf der Palve und presst die Hände auf die Ohren und kneift die Augen zu. Frido sitzt neben ihr. Erzählt Witze in Richtung der kleinen, schmutzigen Hände auf den Ohren.

Drinnen macht Helene Milch warm und tut heute einen teuren Löffel Honig rein. Sie nickt dem Topf zu. »So ein Leben und so ein Tod«, sie meint das Wild und meint Jela und meint Frido und sich selbst und die Zeit. Und schließlich landen Honigmilch und Fridos Witze, wo sie hingehören, und eine halbe Stunde später hopsen Jelas Beine schon wieder auf dem Weg herum und tragen sie in Richtung Teich oder Scheune oder Bahnstation, je nachdem, wo es was gibt. Und also insgesamt, trotz aller Dienste und trotz aller Unkereien der Nachbarn, ist es ein Kinderleben mit allem, was dazugehört: Bockspringen, Plumpsack, Kopskegel, Verstecken, festgefrorene Zunge an Brunnenkette, Sommerknie, Mückenstiche, Albträume, Windpocken, Wachsen, Bleistiftstriche am Türpfosten, Sprechübungen mit Helene, Hüpfübungen mit Trudi, Limonade von der Apothekerfrau, die man bei was gesehen hat, Brausebonbons vom Bürgermeister, den man bei was gesehen hat, Maulschelle von Pavel, weil man den Tabak in der Kaffeemühle zermahlen hat, Maulschelle von Helene, weil man an der Teppichstange geturnt hat, Maulschelle von Fritz, weil es Fritz ist, Gutenachtkuss von Trudi, Hundeführerkuss von Frido, oh Weihnachten, oh Heiland, reiß die Himmel auf, oh Ostern, oh Heiland, aus der Erden spring, oh Geburtstag, oh Mutti, Vati, oh Morgen, Mittag, Abend: Amen.

Ein einziges Mal gibt es ein richtiges Fest in der Familie. Konfirmation von Fritz. Er hat die Volksschule beendet und muss in die Lehre gehen. Mit der Konfirmation soll dieser Gang in die Welt oder Rausschmiss aus den engen Verhältnissen etwas verschönert werden. Und weil es an sonstiger Verwandtschaft fehlt, hat man beschlossen, die Einzige einzuladen, die es einzuladen gibt: Kazimira.

Als Kazimira die Einladung geöffnet und mit der Lupe entziffert hat, breitet sich ein lebhaftes Mienenspiel über ihr altes Gesicht. Sie hat so viele Jahre allein verbracht. Der Buchsbaum auf Antas' Grab ist längst verholzt, Ake und Ilse sind vor sechzehn Jahren fort und schreiben nur ab und zu Briefe, die sie alle schon so oft gelesen hat, dass sie fettig von ihren Fingern und die Worte verblasst sind. Mit Helenes Familie gab es fast keinen Kontakt. Zu viel Arbeit, zu wenig Geld, zu wenig Zeit, zu groß die Entfernung. Wie werden die Kindchen aussehen? Werden sie *ihr* ähnlich sein? Werden sie sich nicht fürchten vor dieser alten Meer-Kaz? Ob ihr die Reise zu anstrengend wird? Kazimira schiebt energisch den Stuhl zurück und steht vom Tisch auf. Sie geht zu dem einzigen Schrank im Haus, kramt eine Weile an seinem Grund herum, zieht endlich eine hölzerne Kiste hervor und stellt sie auf den Tisch. Sie rückt die Lampe heran und öffnet den Deckel. Es sind ein paar sehr alte Dinge in der Kiste. Eine kleine Kröte aus Holz, ein Stück vertrocknete Nabelschnur, kaum zu erkennen, ähnlich einer Vanilleschote, ein einzelner, halb zerfledderter Handschuh, eine blonde Haarsträhne, ein Lederbeutelchen an einem Band und dann eine Menge verschiedener Bernsteine, bearbeitet und roh. Zuunterst liegt ein Stück, das nimmt die Kaz erst in die Hand, nachdem sie sich die Finger am Rock abgewischt hat. Es ist in grüne Seide verpackt. Sie legt es vorsichtig neben die Kiste und schlägt die Tuchenden auf. Zum Vorschein kommt eine Pfeife. Ein junger nackter Engel sitzt an den Pfeifenkopf gelehnt, seine Hände sind um den Pfeifenhals gefesselt.

Henriette hatte, kurz vor ihrem Tod, dieses kostbare Geschenk geschickt. *Ich habe oft gesehen*, hatte sie geschrieben, *wie du sie betrachtet hast. Sie mag unsere Leiden zeigen, aber pfeifen wir drauf. Im Himmel gibt es keine Fesseln.*

Kazimira dreht die Pfeife hin und her und denkt nach. Der

Junge soll in die Manufaktur in Königsberg in die Lehre, weiß sie. Aber er ist noch jung. Und kein Mensch raucht mehr Pfeife. Die Jungs am Weststrand rauchen Zigaretten. Und überhaupt, wenn der Fritz ist wie die und so herumkrakeelt, dann ist Hirschbergs Pfeife nichts für ihn. Sie schlägt die Tuchenden wieder über das Stück und sucht etwas anderes aus der Kiste.

Am Abend vor Palmsonntag steht die Familie an der Bahnstation aufgereiht. Alle nervös. Und dann alle sprachlos. Aus dem Zug steigt kein hutzliges altes Weib, wie erwartet, sondern eine schmale, aufrechte Frau über achtzig, mit einem zerbeulten Reisehut, einer einfachen Jacke und einem Hosenrock. Durchaus mit einigen Mottenlöchern, denn Kazimira kann nicht mehr gut sehen, aber ansonsten wirkt sie wie die Mischung aus einem alten Häuptling und einer Rittmeisterin. Was Besseres fällt ihnen dazu nicht ein.

Helene ist die Erste, die ihre Hemmungen überwindet und ihre alte Großmutter begrüßt. Die Kinder nehmen ihr das Köfferchen ab, und dann schiebt sich eine feuchte kleine Hand in die knöcherne alte. Jela ist auf der Stelle in Liebe entbrannt, zieht die Kaz voran, zeigt ihr alles auf dem Weg bis zur Palve und schaut immer wieder ehrfürchtig zu dem ledrigen Gesicht hinauf.

Das Haus haben sie alle gemeinsam gescheuert und geweißelt und im Vorjahr schon mit Osterglockenzwiebeln umsteckt, die jetzt feierlich blühen. Durch die flache Tür muss sich die Kaz hindurchbücken. Drinnen gibt es nur zwei dämmrige Stuben, aber sie duften nach Hefebrot und Kaffee und sind warm geheizt. Sie verbringen den Abend zusammen am Tisch, aber diesmal erzählt nicht nur Pavel, sondern auch die Kaz. Von der Riesendüne, von Schwarzort, von der Annagrube und sogar von Amerika.

Am Morgen des Palmsonntags sind alle früh wach. Fritz wird in einen geliehenen Anzug gequetscht, der ihm zu eng ist, und Kazimira reicht ihm ein winziges Päckchen, mit der Anweisung, es erst später zu öffnen. Nach dem Frühstück brechen sie zur Kirche auf. Kazimira bleibt auf der Palve. Die düsteren Kirchen seien ihr nichts. Jela leistet ihr Gesellschaft. Auch sie mag die Kirche nicht, erst recht nicht den Pfarrer, der sie einmal verprügelt hat, um, wie er meinte, die Säue aus ihr herauszutreiben. Helene und Pavel ist es recht.

Jetzt sitzen Urgroßmutter und Urenkelin also am Küchenfenster und warten. Kazimira betrachtet still das Kind und verliert sich immer wieder in alten Erinnerungen. Und auch in neuen Sorgen. Die Zweige des alten Apfelbaums vor dem Fenster wippen im launischen Aprilwetter. Und irgendwo, weit weg im Städtchen Eger, das deutsche Truppen schon im Herbst besetzt haben, verkündet an diesem heiligen Sonntag der NS-Reichsleiter Rosenberg das Ende der Kirchen: Man stehe am Beginn einer Epoche der Völker und Rassen. Seine Abneigung gegen die Kirchen ist eine andere als die der Kaz. Seine Abneigung speist sich aus Hass und Strategie. Kazimiras Abneigung ähnelt der Scheu der Rehe vor dem Gehege, der Verwirrung der Lachse vor dem Staudamm.

Als alle aus dem Gottesdienst zurück sind, gibt es Suppe mit Klößen. Danach bekommt Fritz Geschenke. Eine Bibel von der gnädigen Frau, eine neue Mütze, ein bisschen Geld aus der Nachbarschaft. Zuletzt packt er Kazimiras Geschenk aus. Es ist ein winziges Flaschenschiff, ein Dreimaster aus Bernstein, in einem gläsernen Gehäuse, nicht größer als ein Daumen. In den hölzernen Fuß hatte Antas vor Jahren einen Spruch geritzt, den er in der Zeitung gelesen hatte: *Gottes sind Wogen und Wind, Segel aber und Steuer, dass ihr den Hafen gewinnt, sind euer.*

»Eigentlich is jetzt alles dem Führer«, sagt Fritz da leise. »Der Pfarrer hat's heut wieder gesagt.«

»Dem Führer ist ein Schweinchen«, sagt Jela und betrachtet verzaubert das Flaschenschiff. »Und der Pfarrer ist ein Schweinchenhirt.« Da hat ihr Fritz eine geklatscht. Die Kaz denkt noch, also ist er doch so einer, aber der Junge tröstet Jela schon. »Das musste nu sein, damit du nie wieder so was sagst. Sonst sperren die dich nämlich ein.«

»Stimmt das?« Entsetzt sieht Jela zu Pavel. Und der zieht sie auf den Schoß und streichelt ihr beruhigend und ernst den Kopf.

*

Hinter der Bahnstation, wo das Korn zum Verkauf verladen wird, wächst Gebüsch. Darin bauen sich Jela und Frido im Frühsommer eine Hütte, tragen tagelang Bretter und Nägel, Stöcker und Schnüre zusammen, bis es was geworden ist, worin man, mit etwas Phantasie, wohnen kann. Worin sie heimlich Erdbeeren zerquetschen und einen Holzscheit füttern, worin sie unentschlossene Pfeile schnitzen und noch unentschlossenere Bögen spannen, worin Frido auf einer leeren Patronenhülse *Sing, Sing, Sing* besser als Benny Goodman und Band trompetet, während Jela auf einem Eimer trommelt und dazu mit dem Hinterteil herumwackelt, ohne zu wissen, wozu; worin Jela auf langen Holznadeln Maschen aufnimmt und mühsam eine Reihe strickt, wie Helene es ihr gezeigt hat, um dann die Geduld für den geplanten, zwei Meter langen Schal zu verlieren – eine eigene kleine Hütte also, Unterschlupf für Hund und Herrchen, Unterschlupf für Prinz, Unterschlupf für Vater, Mutter und Holzkind, Gefängnis für den Ganter, der sich schlecht benommen hat und hier Buße tun muss.

»Was habt ihr da immer im Gebüsch zu suchen?«, fragt Pavel eines Tages, während er Jela Pantinen schnitzt.

»Wir wohnen dort.«

»Wer?«

»Frido und ich.«

»Habt ihr keine Aufgaben?«

»Doch. Viele.« Jela sieht dem Vater beim Schnitzen zu. Sie hätte gern Schnürschuhe. Holzpantinen sind was Dummes und Schweres. Pavel sitzt tief gebeugt und glättet das Fußbett, bevor er dickes Leder über die Holzsohle nagelt. Sein schöner runder Kopf ist kahlrasiert. Es sieht sehr hübsch aus, findet Jela. Nicht jeder Schädel ist hübsch. Der gnädige Herr zum Beispiel hat einen Eierkopf. Der der Apothekerfrau ist hinten etwas flach, obwohl die Apothekerfrau ihr Haar extra so steckt, dass es die Flachheit verstecken soll.

»Am übernächsten Sonntag gibt es ein Fest am Gut. Da sollt ihr helfen.«

»Gut«, sagt Jela nur. Sie würde jetzt mal gern den Kopf anfassen. Sie wünscht sich, dass Pavel aufschaut und lächelt. Aber Pavel kämpft mit dem Holz. Pavel kämpft mit der Armut, kämpft mit sich selbst und seiner Herkunft.

Am Herd steht Helene und kocht die Wäsche aus. Sie rührt in einem riesigen Topf, steht in einer Wolke und singt. Durch den Dampf sieht sie Pavel und Jela wie ein Traumbild. Manchmal muss sie selbst überlegen, wie viele Kinder sie hat. Und überlegt auch, wohin das alles eigentlich führen soll.

Zwei Tage vorm fünfzigsten Geburtstag des gnädigen Herrn rückt die ganze Belegschaft an. Jela hat schon seit einer Woche dem Gärtner geholfen. Jetzt wechselt sie ins Haus, wo man sie immer irgendwo hinstellt und nicht wieder abholt.

Die gnädige Frau ruft sie endlich mit melancholischem Blick zu sich. Der Blick hatte vorher auf ihrem Mann geruht, der mit glänzenden Stiefeln im Korbstuhl im Wintergarten sitzt und die Zeitung liest.

Aber plötzlich hat die gnädige Frau vergessen, was sie von Jela wollte, und schickt sie wieder fort.

In der Zeitung steht im Grunde nicht viel Beruhigendes. Aber Herr von Boden fürchtet sich vor nichts. Er hat studiert und hat sich alles überlegt. Immer schon. Er weiß sich abzusichern. Und er hat ein Radio. Nachts, wenn seine Frau und die Bediensteten schlafen, hält er sein Ohr ganz dicht daran. Was er da hört, beunruhigt ihn auch nicht, im Gegenteil, es freut ihn. Die Westmächte halten den Führer für mächtig. Und so sitzt er jetzt im Wintergarten, trinkt einen Bärenfang und auch einen zweiten und blättert in der Zeitung. Dann begibt er sich an den Schreibtisch seiner Frau, um eine Karte an einen befreundeten Gutsbesitzer bei Allenstein zu schicken. Er nimmt ein koloriertes Königsberg-Panorama, welches von der Köttelbrücke am Pregel auf den Dom und die Synagoge blickt, öffnet den Farbkasten seiner Frau, nimmt einen ihrer feinen Pinsel und beginnt, mit weißer und hellblauer Farbe Wolken zu malen.

Nur ganz kurz stutzt der Postbote, der die Karte später zustellt, dann grinst er. Der Empfänger zündet sich eine Zigarre an und betrachtet lange das bereinigte Stadtpanorama. Ein Wolkenhimmel anstelle der Synagogenkuppel.

Erst die Kunst, schreibt von Boden, *dann das Vergnügen*.

Abends beim Fest hilft Trudi servieren. Jela soll in der Küche bleiben. Der gnädige Herr will sie nicht sehen. Sie schaut deshalb nur heimlich von der Tür aus in den Saal. Trudi macht ihre Arbeit sorgfältig. Sie lächelt unentwegt, und blickt sie einer zu lang an, senkt sie den Kopf.

Im Saal spielen ein paar Musiker, es wird getanzt. Die Musik fährt Jela in die Glieder wie Wind in ein Gebüsch. Plötzlich hat sie vergessen, dass sie in der Küche bleiben soll. Im Seitgalopp startet sie ihre Runde. Dass die Holzschuhe im Saal streng verboten sind, hat sie auch vergessen. Sie sind ja außerdem von großem Effekt: Seitgalopp und Schweinsgalopp, das kracht, wie es noch nie hier gekracht hat. Jela durchpflügt die sprachlos zurückweichende Gesellschaft, dreht sich, wo immer es geht, lässt die Zöpfe fliegen und lacht in alle Richtungen. Die Gesichter um sie herum sieht sie nicht. Sieht nur bei jeder Drehung das Gesicht des alten Barons, der im Rollstuhl in der Saalecke sitzt. Sein Ausdruck ist so heiter wie ihrer. Er klopft mit matter Hand den Takt auf die Decke, die über seine Knie gespannt ist. Das alles geht ganz schnell. Und schnell verschluckt sich auch der Junior, stellt das geschliffene Weinglas so überstürzt auf dem Kaminsims ab, dass es herunterfällt, und geht mit festen Schritten auf Jela los, die das Signal missversteht, ihn an den ausgestreckten Wuthänden fasst und immerhin eine Drehung mit ihm schafft, bevor er sie am Oberarm zu packen bekommt und grob zur Tür stößt. »Raus!« Mehr fällt ihm vor lauter Zorn nicht ein. Reicht auch. Jela steht vor ihm, außer Atem, weiß nicht, ob jetzt Lachen oder Weinen gut ist, dreht sich also um und geht mit Gepolter die Treppe zur Küche im Halbgeschoss des Hauses hinab und sucht sich vorsichtshalber was zu tun. Während Herr von Boden oben um Haltung ringt und nicht genau weiß, mit was für einem Gesicht er in den Saal zurückgehen soll, fällt Jelas Blick ein halbes Stockwerk tiefer auf das Meißener Geschirr. Es steht dort zum Abwasch bereit, auf einem großen Tablett. Jela greift nach den beiden Griffen des Tabletts und will es etwas zur Seite schieben, um für die Abwaschschüssel Platz zu schaffen. Abwaschen kann sie gut. Abgewaschen hat sie schon oft. Teller, Tassen, sogar gute Gläser. Aber irgendwas ist an den Griffen des Tabletts oder an Jelas Händen, Seife vielleicht, oder die Hände sind noch verschwitzt vom Tanz. Sie versucht es noch mit einem Nachgreifen, aber da rutscht es weg.

Noch nie hat man den gnädigen Herrn so gesehen. Er schreit nicht wie eben noch im Saal. Er ist ganz ruhig. Sein Gesicht ein Stein.

»Steh auf«, sagt er leise und klar zu dem Kind, das auf den Steinfliesen kniet und die Scherben zusammensammelt.

»Bitte, Herr Baron«, flüstert die Köchin. Von Boden beachtet sie nicht.

»Steh auf, habe ich gesagt.«

Jela erhebt sich, den Kopf ganz auf die Brust gesenkt, die Augen kneift sie zu.

»Streck die Arme vor.« Herr von Boden sieht sich in der Küche um. In der Ecke, neben dem Herd, lehnt ein handgebundener Reisigbesen. Den nimmt er, greift nach einem Küchenmesser und öffnet die Schnur um das Reisigbündel.

Es ist ganz still in der Küche. Jelas vorgestreckte Arme zittern leicht. Dann hört man die Schritte der Baronin auf der Treppe. Als sie die Küche betritt, wird sie bleich. Dann flüstert sie: »Denk an die Gäste.«

»Halt's Maul«, sagt von Boden mit immer noch ruhiger, klarer Stimme.

Aus dem Saal ertönt Tanzmusik. Jela schwankt.

»Halt sie fest«, sagt der Baron zu seiner Frau. Die gehorcht.

Er hebt die Rute und wartet, bis die zitternden Arme des Kindes lang vor ihm in der Luft sind, dann holt er aus.

Vor und zurück wiegt sich Jela, die der Baronin aus den Armen geglitten ist und auf dem Küchenboden kniet. Zischend spricht der Baron, der sich Hemd und Haar wieder sortiert hat, auf sie herab. Ein Wort hängt er ans nächste. Jela versucht, sich die Ohren zuzuhalten, denn was der Baron da sagt, tut weh. Fast mehr als die Hände.

Der Baronin zittern die Lippen, als sie ihren wenigen Mut zusammennimmt und leise, aber bestimmt zu ihrem Mann sagt: »Du bist ein Tier.«

Er lacht auf. Meint sie das als Kompliment?

*

Wenige Wochen nach dem Fest stirbt der alte Baron. Über Nacht ist sein Sohn Erbe des Gutes.

Der Leichnam des alten Barons liegt, wie zum Beweis für diese immense Erbschaft, in der Eingangshalle des Gutshauses aufgebahrt. Der alte Herr war zuletzt, aufgrund der schon vor ihm verstorbenen Nieren, so aufgedunsen, dass er sich selbst ganz fremd erschien und diesen Zustand so schnell wie möglich zu beenden trachtete. Der Tod schien also nicht nur seinem Sohn, sondern auch dem alten Herrn, der noch ein wahrhaft höfliches Wesen besaß, ratsam. Hätte er gewusst, wie viele Unannehmlichkeiten er jedoch auch im Tode noch bereitete, wäre es ihm sicher eine Qual gewesen. Denn kaum ist sein Leben erloschen und damit der letzte Grund seines organischen Zusammenhaltes gewichen, begeben sich seine sterblichen Überreste in den Zustand der Auflösung, allen voran der Darm, der sich zunächst einmal selbst verdaut. Aber auch die Haut gibt ihre haltende Funktion auf, und da es noch dazu draußen inzwischen sommerlich heiß geworden ist und mit jedem Kondolenzbesucher, der den Verstorbenen noch einmal besehen kommt, ein Schwung warmer Luft durch die Eingangstür weht, beginnt der Tote buchstäblich zu laufen. Ein wenig kann man dieses Malheur noch mit Tüchern kaschieren, aber schließlich gerät die ganze Sache in ein solches Tropfen, dass man sich entschließt, den Sarg in die Scheune zu tragen, wo jegliche Säfte ungestört im torfigen Untergrund versickern können.

Mehrfach bringt Jela mit Helene zusammen frische Rosen in die Scheune. Das Herrenhaus darf sie nicht mehr betreten. Will sie auch nicht.

Sie stehen ein wenig neben dem alten Herrn und sehen zu, wie er jetzt von Stunde zu Stunde schrumpft.

»So kommt der Mensch aus den Quellen und wird selbst zur Quelle und geht wieder in diese«, sagt Helene. »Das Leben ist nicht nur ein Fluss. Auch der Körper fließt und fließt und fließt, der Mensch ist ein Quellenpächter.«

Jela nickt. Sie hat sich verändert. Sie nimmt die kalte Hand des Barons in ihre kleine warme. Sie weiß nicht, dass hier ihr letzter Beschützer auf dem Gut gestorben ist und langsam vor ihren Augen verschwimmt. Wie auch der letzte Beschützer von einigen anderen Leuten.

Auf der Straße trifft Jela einige Zeit darauf den alten Seliger von der Sägemühle, Fridos Vater. Der alte Seliger hatte bei der Arbeit im Wald und in der Mühle stets lauter als die rüttelnden und ratternden Maschinen gesungen, so dass man ihn bis zum Kartoffelacker der Petrovs hören konnte. Seine Lieder dichtete er wohl selbst. »In einem der fünf Apfelhäu-häu-häuschen, möcht ich wohnen, im süßen Saft einen Kern umschlingen, lalalaoioioi«, sang er zum Beispiel. »Möcht bei mir hocken, am Öfchen meiner Seele, wenn draußen, wenn dra-a-außen der Wind geht, lalalaoioioi«, und so weiter. Jela hatte ihm oft zugehört, wenn sie mit Frido im Sägemehl lag und von New York träumte. Oder wenn sie Fridos kleine Schwester im Sägemehl vergruben, dass nur noch ihr Kopf herausguckte. Erst jetzt fällt ihr auf, dass der alte Seliger seit Monaten stumm ist, dass er im Grunde wie vom Erdboden verschluckt ist, wo er doch früher immer wieder gern mit Pavel ein Gespräch führte, wenn er Bau- oder Brennholz fürs Gut lieferte. Gespräche über den Lauf der Zeit waren das, den Lauf der Zeit, den der alte Seliger an den Jahresringen der Hölzer ablas, ein jedes Jahr erinnernd, bis ins Zentrum vierzig Jahre alter Bäume. »In diesem Jahr war der Regen so gewaltig, dass die Mühle in ihrem eigenen Bach ersoffen ist«, erzählte er, »und hier, im zehnten Ring, also 1929, siehst du, da hatten wir …« So unterhielten sie sich.

Der alte Seliger zieht jetzt den Hut und guckt freundlich durch seine kleine Brille. Kann sein, dass er recht dünn geworden ist. Aber genau weiß man bei den Erwachsenen nie, ob sie eigentlich dünn oder dick sind oder nicht einfach nur erwachsen. Frido ist seit neustem auch etwas erwachsener. Wobei sie ihn ebenfalls schon ein Weilchen nicht gesehen hat. Darf er wohl auch nicht mehr aufs Gut, denkt Jela, lächelt den alten Seliger an und grüßt zurück. Sie mag ihn gern.

Da bleibt er stehen und winkt sie heran. Aber sagt gar nichts. Und da fällt auch Jela nichts Vernünftiges ein, außer: »Guten Tag.«

»Guten Tag«, sagt jetzt auch der alte Seliger. Wieder Schweigen. Er trägt einen Kittel aus grobem Leinen, der vorn eine Tasche hat, schaut sich um, ob einer ihm zusieht, greift dann in die Tasche und holt ein Holzstück hervor. Es ist eine kleine Figur, etwas eckig, vielleicht ein Spielmann, denn die Figur hält eine Flöte, nein, vielleicht auch eine Zigarre. Seliger reicht Jela die Figur und nickt ihr zu. »Vom Frido, für dich.« Dann lächelt er und sagt, es sei heute doch ein außerordentlich schöner Tag. Und selbst wenn es nicht so sei, solle man doch jedem Tag etwas Gutes abgewinnen. Heute falle es einem geradezu leicht. Jela pflichtet ihm bei. Denn tatsächlich sieht der Tag ja jetzt, wo der alte Seliger vom Sägewerk da so freundlich lächelt, auch schon heller aus.

»Weißt du, womit man die bösen Geister am meisten erschrecken kann?«, fragt er.

»Vielleicht mit dem Knall einer Tüte?« Jela betrachtet die kleine Figur und dann den Mann.

»Auch gut!« Seliger nickt. »Jedenfalls nicht mit Schreien oder gerechter Wut.« Er nimmt die Brille ab und wischt sie mit seinem Kittel sauber. Dann setzt er sie wieder auf. »Nein, nicht so. Auch nicht mit Argumenten. Argumente helfen gar nicht. So wenig wie Bitten. Nein, nein, es muss was anderes sein.«

»Was denn?«, will Jela wissen, die schon nicht weiß, was ein Argument sein soll.

»Was denn? Nun, das ist eine gute Frage. Aber ein Lachen sollte es wohl sein«, sagt er und sieht ihr dabei in die Augen. »Immer schön lachen, Kindchen, das ertragen sie nicht, weißt du. Wenn der Mensch lacht, gehen die bösen Geister knirschend in die Knie.« Er reicht Jela die Hand. »Auf Wiedersehen, meine Kleine.« Dann dreht er um und geht davon.

Es ist derselbe Tag, an dem die ersten Männer in Uniformen auf Gut Eilung auftauchen.

»Leute von uns«, sagt die Frau des Inspektors. »Manöverübung.« Und winkt den Soldaten mit ihrem Kopftuch, als hätte sie nicht schon einen Mann.

»Leute von uns? Ich kenn die nicht«, sagt Jela, die neben ihr am Weg steht und die Soldaten kommen sieht.

»Wirst sie schon noch kennenlernen«, sagt die Frau des Inspektors.

Ab jetzt soll Jela für die Männer in der Gutsscheune arbeiten.

Immer wollen sie was. Und bilden sich was ein auf ihre Uniformen. Wollen frisches Stroh haben, wollen ein Glas Milch haben, wollen Eier haben.

Dabei müssen die Petrovs eh schon mehr abgeben, als den Bäuchen lieb ist.

Die Männer üben das Kämpfen gegen den Feind, sagen sie. Sie sitzen dafür in der Scheune versteckt, spielen Karten, furzen und lesen Gedichte. Nachts schlafen sie auf dem Scheunenboden, dort, wo der alte Gutsherr versickert ist. Ihr Haar ist am Morgen ordentlich gescheitelt. Manchmal gehen sie pissen. In ihren Tornistern stecken ein Fontane oder Briefe von Michelangelo. Niedliche Bücher sind das, in Leder gebunden und klein, wie für Puppen. Gern hätte Jela solch ein Buch, auch wenn sie nicht lesen kann. Sie würde es einfach gern mit sich herumtragen, so wie die Soldaten, von denen ja vielleicht auch nicht jeder lesen kann. Manche sehen so tumb aus, als könnten sie gerade mal ein Gewehr laden und die Haare zur Seite kämmen.

∗

Jela hilft Pavel beim Holzstapeln. Ihr läuft seit gestern die Nase, mitten im Sommer.

»Schnäuz dich!«, sagt Pavel streng, es stört ihn, dass sie ständig den Rotz hochzieht. Jela sucht nach dem Taschentuch in der Rocktasche und zieht dabei die kleine Holzfigur hervor, die ihr der alte Seliger gegeben hat.

»Wo hast du die denn her?« Pavel nimmt die Figur und betrachtet sie interessiert. Er sieht gleich, wie fein geschnitzt sie ist.

»Hat mir der Herr Seliger vom Sägewerk geschenkt. Post von Frido, der wohl nicht kommen konnte. Schon seit Tagen nicht.«

»Der Seliger hat dir das gegeben?!«

»Ja.«

»Wo denn?«

»Auf der Straße.«

»Der Seliger lief auf der Straße herum?«

»Ja, warum nicht?«

»Und was hat er noch gesagt?«

»Auf Wiedersehen hat er noch gesagt. Dann ist er auch gegangen. Warum?«

Aber da antwortet Pavel schon gar nicht mehr, denn er ist bei Jelas Worten sehr in Erregung geraten und hastig aufgesprungen, jetzt läuft er in Richtung Sägewerk davon, so dass Jela ganz verwundert allein mit den Holzscheiten an der Schuppenwand zurückbleibt.

Sie stapelt bis zum Abend den ganzen Holzhaufen auf und geht einigermaßen stolz in die Küche zum Abendbrot.

Pavel ist nicht da.

Und dann ist er doch da. Aber verändert. Er sieht Helene an und sagt nichts. Fragt auch nicht, ob es ein schöner Tag für seine Kinderchen war.

Da erzählt Jela, was der Herr Seliger vom Sägewerk ihr gesagt hat und was ihr jetzt wieder einfällt: »… und zuletzt hat er gesagt, wenn die Menschen lachen, dann knirschen die Knie der bösen Geister.« Als sie das sagt, fängt sie an zu weinen und weiß gar nicht, warum. Und merkwürdigerweise tröstet Pavel sie nicht.

Es ist der 31. August 1939, und eine milde schöne Nacht zieht auf. Die Soldaten sind seit zwei Tagen nicht mehr da. Mit verschwörerischen Mienen sind sie in ihre Panzerkampfwagen gestiegen.

Sehr selbstbewusst. Die meisten Menschen schlafen noch. Die Eulen schlafen nicht. Und die Soldaten schlafen jetzt auch nicht. Sie sitzen im Wald und warten, fühlen sich wie Wölfe und mögen das Gefühl. Die echten Wölfe lecken sich irgendwo ihr Fell und ahnen nichts von dem Vergleich. Im Osten ist schon ein erstes Heraufschimmern des Morgens zu sehen. Im Haferfeld grunzen Wildschweine. Am Stadtrand von Wieluń in Polen suchen sie nach ersten Eicheln. Die Schweine schmatzen. Die Kleinstadt liegt friedlich in ihren Träumen. Dann wird sie zerstört. Am 1. September 1939, im Morgengrauen. Von neunundzwanzig Stukas der deutschen Luftwaffe.

Und dann ist also Krieg. Frankreich und Großbritannien sind bald mit von der Partie. Alles wie auf Bestellung. Verbundenheit unter Männern, immer schon effektiv.

Jela interessiert sich eher für die Geschäfte. Sie verkauft Brot und fünfzig gesparte Eier für zehn Mark an die immer neu auftauchenden Soldaten, die in ihren feschen Breeches an ihren feschen Panzern lehnen und rauchen.

»Aber wo nehme ich jetzt die Eier zum Abliefern her?«, fragt Helene nur.

»Ach die«, sagt Jela und geht mit einem Körbchen in die Scheune vom Gut und sammelt neue.

»Woher hast du die?«, fragt Helene.

Jela zuckt mit den Schultern. Helene will ihr schon eins draufgeben, besinnt sich jedoch. Sie kennt das Kind. Und das Kind kennt das Versteck.

»Kriegst ein Butterbrot.«

Na gut.

»Sogar mit Marmelade.«

Na bitte. Jela verrät alles.

»Aber jetzt musst du mir etwas versprechen«, sagt Helene. »Du musst versprechen, das Gut nicht mehr zu betreten.«

Eine Stunde später ist Jela schon wieder auf dem Gut und sammelt im Stall den Schweinen die Läuse ab und tut sie in eine Dose. Wenn die Läuse oben krabbeln, sind die Schweine gesund, sagen die Alten. Jela fragt sich, ob Frido vielleicht Läuse hat und deshalb nicht kommen kann. Sie selbst hatte sie einmal. Das gab ein Geschrei. Wenn Frido Läuse hätte, würde sie sie ihm absammeln und nicht herumschreien. Und sie wünscht dem Frido für seine Gesundheit, dass seine Läuse immer oben krabbeln.

Die Schweineläuse in der Dose wandern zu den Hühnern. Oder zu den Männern, denen sie damit droht. Aber die lachen nur.

»Sind wir Schweine?«, rufen sie.

Bald wollen sie immer mehr, zuletzt sogar Prinz. »Spezialeinsatz«, sagen sie.

Jela hat den Hund gründlich gebürstet. Dachte, es sei eine Ehre, dass sie Prinz zum Spezialeinsatz haben wollen. Und ein bisschen wundert sie sich auch. Denn der Prinz ist ja scharf. Aber gerade das scheint den Männern zu gefallen.

»Wir bringen dir deinen Prinzen schon zurück, wenn wir fertig sind«, sagt einer. Dann führen sie den Hund in den Wald, wo die Sägemühle ist. Sein Bellen ist noch lange zu hören, als sie schon längst zwischen den Stämmen verschwunden sind.

*

Es ist ein Vormittag im Februar. So einer ohne Aufregung und ohne Lust. Nichts los auf dem Gut. Nichts los im Haus. Herr von Boden langweilt sich. Er muss noch nicht in den Krieg. Dabei würde er nicht zögern. Er hat mit seiner Frau gefrühstückt, da fing die Langeweile an. Der Geruch seiner Frau und wie sie ihr Frühstücksei aß, langweilig. Herr von Boden hatte angefangen, verschiedene Muskeln anzuspannen, etwas den Kopf auf den Schultern zu rollen. Dann war er wortlos aufgestanden und in sein Arbeitszimmer gegangen. Uninteressiert liest er jetzt die Post vom Vortag. In dem Stapel findet sich der Brief eines alten Kommilitonen. Der Baron denkt kurz an früher. Burschenschaft Germania, zusammen mit Walter. Wie sie die jüdischen Studenten durchgenommen hatten. Ein Berserker war der Walter. Immer mit Schlagring im Jackett. Immer sofort im Blutrausch. Und danach, Champagner, irgendwo in einer Bar. Kündigt jetzt seinen Besuch an. Möchte in zwei Wochen mit einigen Parteimitgliedern und Funktionären vom Reichsnährstand aufs Gut kommen und mit dem Baron jagen gehen. Der Baron denkt einen Augenblick nach, dann nimmt er die Glocke und läutet nach dem Laufboten.

»Hol den Scharwerker«, sagt er dem jungen Mann, der, wie jeden Morgen, seine Aufträge und Nachrichten in Empfang nimmt. Der Laufbote geht über den Hof, den Weg entlang bis zur Palve, wo Pavels und Helenes Haus steht. Auf dem Rückweg fällt er in Dauerlauf und bedeutet auch Pavel, schneller zu laufen. Er will ihm die Mühsal seines Berufes demonstrieren und kennt die ihm bevorstehende Mühsal noch nicht. Pavel macht unwillig längere Schritte. Laufen wird er für diesen jungen Esel nicht. Er kommt dennoch etwas atemlos beim Gutshaus und im Arbeitszimmer des Barons an.

Herr von Boden lässt sich Zeit, bis er den Eingetretenen beachtet.

»Da bist du ja«, sagt er endlich. »Wir haben etwas zu besprechen.«

Pavel nickt. Wartet.

»Ich habe mich entschieden, dich nicht länger im Dienst zu halten.«

Pavel ist überrascht. »Aber warum nicht? Es gibt doch viel zu tun für mich.«

»Nichts, was nicht auch ein anderer tun könnte«, sagt der Baron.

»Nun, dann.« Pavel verschränkt hinter dem Rücken die Hände. Er bemerkt, wie ihn Wut packt. »Und sagen Sie mir, was mein Vergehen war?«

»An deiner Arbeit habe ich nichts auszusetzen.«

»Was ist es dann?«

»So ein Gutshof ist nicht ungefährlich. Es gibt genügend Möglichkeiten, einen Unfall zu haben, wenn man seine Gedanken nicht beisammenhat.«

»Halten Sie mich für unkonzentriert?«

»Ich denke eher an deine Kinder.«

»Aber es leben sehr viele Kinder auf dem Gut.«

»Die sind aber nicht schwachsinnig.«

»Verstehe.« Pavel wird rot vor Wut. »Dann geben Sie mir eine Woche, bis ich etwas anderes gefunden habe.«

»Gern.« Der Baron nimmt sich eine Zigarette aus einem Etui. Er bietet auch Pavel eine an. Er ist zufrieden, dass es so schnell gehen wird. Das Mädchen muss vom Gut sein, bevor der Besuch kommt. Das ist hier keine Heilanstalt. Er bewegt das Etui noch einmal durch die Luft in Pavels Richtung. Pavel tut, als sehe er kein Etui und keine teuren Zigaretten. Er blickt sich noch einmal langsam im ganzen Zimmer um. Dann geht er.

»Wir sollten in die Stadt. Da gibt es eher Arbeit. Ich werde in der Manufaktur fragen«, sagt Helene leise, nachdem sie den ersten Schreck verwunden hat. »Man wird Vater dort noch nicht vergessen haben. Und es heißt, die Partei will den Bernstein wieder unter die Leute bringen. Vielleicht wird dann auch wieder mehr produziert. Und wenn mehr produziert wird, dann werden auch mehr Arbeiter gebraucht.«

»Ich habe in der Manufaktur nie mit Bernstein gearbeitet«, sagt Pavel leise. »Hab immer nur die Packarbeit gemacht.«

»Du hast aber geschickte Hände«, sagt Helene, obwohl sie selbst daran zweifelt.

»Werden sehen. Bin nur froh, wenn wir hier weg sind. Was hat von Boden mit Seliger gemacht, hm? Auch zu gefährlich für den? Sägen tut da jetzt ein Kerl aus Brasdorf.«

Am nächsten Tag fährt Helene direkt nach Königsberg. Sie spricht beim Direktor der Bernsteinwerke vor, der sich sehr genau an Ake Damerau erinnert.

»Gab es irgendwo sonst in Ostpreußen einen Mann mit Bernsteinhand?« Er pafft seine dicke Zigarre. Dass sie Ake fast nichts gezahlt haben, als er sich, kriegsversehrt wie er war, um ihre Verwaltung am Weststrand gekümmert hat, verschweigt er.

»Ich kann tatsächlich Leute brauchen. Wir kurbeln die ganze Produktion an. Deutsches Kunsthandwerk aus deutschem Material! Wir fertigen lauter neue Produkte, Ehrenplaketten, Siegerschalen, Schatullen, Ehrenbecher. Vor allem der deutsche Sport ist so hervorragend gediehen, dass es immer mehr Abzeichen und Belohnungen bedarf! Unser heiliger Auftrag ist es, diese zu fertigen!«

»So, na dann«, sagt Helene nur, »komme ich ja zum richtigen Zeitpunkt.«

»Durchaus.«

»Unser Problem ist dann nur noch eine Unterkunft.«

»Wie viele sind Sie denn?«

»Neun«, sagt sie, denn vielleicht wird auch Fritz wieder zu ihnen ziehen.

»Neun?!« Der Direktor mustert Helenes Körper. »Da haben Sie ja auch eine Siegesschale verdient!«

Helene bekommt kein Lächeln hin.

Aber der Direktor ist in Laune, Siegerlaune. »Wir haben da jetzt einige Wohnungen frei. Direkt hier in der Gegend. Ich werde meine Sekretärin anweisen. Sie wird sich bei Ihnen melden. Das kriegen wir alles hin. Eine so fleißige Gebärerin lässt das Deutsche Reich nicht hängen!«

»Na dann, vielen Dank.«

★

Zwar war die Palve karg und das Leben auf dem Gut auch, aber in der Stadt ist es nicht einfacher. Die Wohnung in der vorderen Vorstadt ist geräumig und sogar möbliert, aber es fehlt der Auslauf für all die Kinderbeine. Und manches in den neuen Räumen ist merkwürdig. Beim Einräumen der wenigen Sachen, die sie haben, findet Helene in einer der Kommoden Kleidung. Keine besonders alte Kleidung. Nichts, was jemand, der auszieht, einfach zurücklässt. Und auch Geschirr ist noch da.

»Ich frag mich, wer das hier alles liegen gelassen hat.« Sie legt die Sachen in eine Kiste. Will sie auf den Boden bringen, falls noch einmal einer danach fragen kommt.

»Liegen gelassen?« Pavel schnaubt leise.

»Aber …«

»Nichts aber. Wir haben jetzt nichts anderes. Aber wir suchen was.«

Der Neorenaissancebau der Staatlichen Bernstein-Manufaktur in der Sattlergasse, Ecke Knochenstraße, sieht nicht gerade einladend aus, als Helene sich, eine Woche nach Pavel, zur Arbeit begibt. Sie soll, mit einer Menge anderer Frauen, Abzeichen für das Winterhilfswerk kleben, mit denen später das Jungvolk von Tür zu Tür klappert. Sie sitzen an langen Tischen, darüber in gleichmäßigen Abständen Blechlampen, die den Frauen mit ihren gebeugten Nacken auf den Scheitel brennen. Sie schleifen aus kleineren Bernsteinen Blumen- und Eichblattformen, die sie später an Anstecknadeln befestigen. Sie sollen nur rohen Stein verwenden, möglichst naturbelassen.

Die Arbeit geht einfach, aber Helene ermüdet schnell durch die immer gleichen Bewegungen und ist gleichzeitig innerlich unruhig. Sie musste Jela allein zu Haus lassen. Sie hat ihr genaue Anweisungen gegeben, was erlaubt ist und was nicht, aber sie kennt das Mädchen und seine Phantasie.

»Sehen Sie, das geht doch gut«, sagt die Frau am Platz neben ihr, die sie in die Arbeit eingeführt hat. »Andere brauchen viel länger, bis sie sich zurechtfinden.«

Helene schweigt.

Pavel wird in die Fertigung von Bernsteinkästchen eingewiesen, die für Rauchutensilien gedacht sind. Sie bekleben, wobei sie die Fugen betonen, vorgefertigte Holzschatullen mit grob bearbeitetem Landbernstein. Es geht jetzt um grunddeutsche Ursprünglichkeit. Nicht so viel Kunst, keine modernen Ideen bitte. In seiner Abteilung werden auch verschiedene andere Kisten gefertigt. Am prominentesten ist die Ostpreußentruhe, beklebt mit gelbem Bernstein und mit den Städtewappen Ostpreußens verziert.

Pavel findet alle Objekte, die er und die übrigen Arbeiter da zusammenkleben, hässlich.

Am Abend sitzt er mit Helene in der fremden Küche.

»Wir können Jela nicht die ganze Zeit hier allein lassen«, sagt Helene irgendwann. »Sie wird ganz trübe. Außerdem mag ich nicht, wie die Nachbarn gucken.«

»Aber wo soll sie sonst sein?«

»Ich schreibe der Großmutter. Werd sie fragen, ob sie das Mädchen zu sich nehmen kann.«

»Sie ist über achtzig.«

»Sie kann nein sagen.«

Mitte März fährt Helene mit Jela an den Weststrand. Während sie durch den Ort zu Kazimiras altem Häuschen gehen, hopst Jela mit allen Sprüngen, die ihr einfallen und die sich kombinieren lassen, ohne hinzufallen. Vorwärts, rückwärts, seitwärts, ran. Sie stampft und wirbelt den Wegstaub auf, dass die beiden in einer Wolke dahergehen, Jela, eine Zauberin der Tarnung. Sie freut sich. Sie mochte die Stadt überhaupt nicht. Und die alte Kazimira mochte sie sehr.

Und so umarmt sie die Urgroßmutter in ihrer stürmischen Art und streicht ihr auch schon mit den verschwitzten Händen übers Gesicht, hin zu den Ohren, und küsst die so Ausgefaltete auf die Nase, noch bevor Helene sie daran hindern kann.

Kazimira lächelt. »Na, Kindchen, du gefällst mir ja. Schön machen, was man will, so is richtig!« Sie nimmt Jelas Hände in ihre. Dann begrüßt sie Helene mit einem Nicken.

*

Weststrand, 1940

Auch wenn es anfangs mühsam ist, kann sich Kazimira schon bald nicht mehr vorstellen, ohne Jela zu leben. Täglich gegen neun Uhr weckt sie das Mädchen, nachdem sie ihm jedes Mal eine Weile beim Schlafen zugesehen hat. Das Kind liegt mit leisem Schnarchen und einem wohligen Räkeln im Bett, und man kann sehen, wie angenehm ihr das eigene, recht geräumige Lager ist. Wenn Kazimira sie mit leiser Stimme aus den Träumen ruft, ist der erste Ausdruck auf Jelas Gesicht stets von einer solchen Verwunderung, dass die alte Kaz jedes Mal darüber schmunzeln muss. Zusammen setzen sie sich, nachdem Jela sich gewaschen und Kazimira ihr das Haar zu einem dicken Kranz geflochten hat, in die Küche und trinken warme Milch und schweigen, bis das Mädchen endgültig wach ist, was sich an ihrem Blick ablesen lässt, der, zunächst glasig ins Nichts schauend, Stück für Stück an Klarheit gewinnt, bis sie schließlich, ungefähr um halb zehn, ein verschmitztes Lächeln zu Kazimira schickt. Das ist das Kommando zum Aufbruch in einen arbeitsreichen Tag. Mit großer Geduld hat Kazimira dem Kind alle Tätigkeiten beigebracht, die im Haus und im Garten und bei dem Kleinvieh zu tun sind. Und weil es für Jela nur eine Frage des Tempos ist, um mögliche Fehler herumzusteuern, verrichtet sie in dieser Ruhe alles, ohne je etwas zu verschütten oder zu zerbrechen. Sie erweist sich sogar beim Holzhacken als erstaunlich kräftig und genau, so dass sie Kazimira bald unentbehrlich wird.

Mitunter finden sich ein paar neugierige Jungen aus dem Ort am Zaun ein, die sich jedoch, nach genauerer Betrachtung des Mädchens, mit verstohlenen Blicken wieder verzichen, jeder in Sorge, man könnte ihn hier am Zaun beim Gaffen nach solch einer gesehen haben. Es spricht sich herum, dass die Alte da ein ungewöhnliches Kind bei sich wohnen hat. Und so marschieren schließlich auch die neugierigen Dorffrauen und BDM-Mädchen auf, und durch ihre Zungen verbreitet sich die Nachricht in jedes Haus im Stranddorf.

Kazimira und Jela kümmert das alles wenig. Sie leben gut, lachen oft und sitzen am Abend, wenn alle Arbeit getan ist, zusammen im Alkoven, und Kazimira erzählt Geschichten. Geschichten von herrlichen Frauen mit herrlichen Namen, Henriette und Jadwiga und Ilse, und Jela streichelt beim Zuhören Kazimiras Arm, will immer noch etwas wissen oder etwas noch einmal hören, bis sie irgendwann einschläft.

Der alte Doktor Aller, der früher einmal Arzt für den gesamten Ort gewesen war, ist lange verstorben. Inzwischen gibt es zwei Ärzte, einen nur für die Leute vom Tagebau, den anderen, Doktor Müller, für die übrigen Bewohner. Frau Müller hilft in seiner Praxis als Krankenschwester aus. Auch ihr kommt der Bericht von der neuen Mitbewohnerin der alten Frau Damerau zu Ohren.

Eines Nachmittags sitzt sie im Behandlungszimmer ihres Mannes, während der auf Besuch auswärts ist, und füllt einen Meldebogen für den Reichsausschuss aus. Sie schreibt langsam und ordentlich und vergewissert sich zwischendurch mehrfach, dass jede Information in der jeweiligen Zeile gelandet ist. Der Meldebogen hat den Geruch von frischem Papier, und wenn man ganz genau ist, dann riecht man sogar noch die Druckerschwärze der Buchstaben. Frau Doktor Müller liebt diesen Geruch der Ordnung und Vorsorge. Kurz schließt sie sogar die Augen, als schnuppere sie an frisch gemahlenem Kaffee. Dann erhebt sie sich, sucht im seitlichen Regal nach dem schwarzen Metalllocher, stanzt mit einem Krachen zwei Löcher in den Bogen und heftet alles im Ordner für *Volksgesundheit* ab, um ihn dann jedoch gleich wieder hervorzuholen und in einen Briefumschlag mit der Adresse des Reichsausschusses zu stecken. Man ist im Krieg. Jeder hat Opfer zu bringen. Und die Zeit will einem ständig davonlaufen.

Sobald es warm genug ist, beginnen die Schüler der Segelflugschule, ihre Flugzeuge flottzumachen. Sie haben sich den immer noch zugänglichen Teil der alten Annagrube als Werkstatt eingerichtet. Jetzt werden die Flugzeuge zum Flugplatz gezogen, wo man sie mit großen Seilwinden in die Luft bringt.

Ab und zu geht Kazimira mit dem Mädchen dorthin, um den weißen Fliegern zuzusehen.

Die Gruppe der jungen Männer wird immer kleiner.

»Wo sind sie alle?«, will Jela irgendwann wissen.

Kazimira schweigt eine Weile. Ungute Bilder tauchen in ihr auf. Ake, wie er vor ihrer Tür stand.

»Wohl auf dem Weg in einen Krieg«, sagt sie.

»Was ist Krieg?«, will Jela am Abend wissen.

»Für nix sterben und noch stolz drauf sein, das ist Krieg«, sagt Kazimira.

»Dummheit und Stolz wachsen am selben Holz«, flüstert Jela, schon halb im Schlaf. Hat sie von Trudi und hat schon lange darauf gewartet, den Satz endlich einmal gebrauchen zu können.

An einem verregneten Vormittag Anfang Mai betritt eine Frau mit steifem Kostüm, Jägerhut und Lederaktentasche den Garten vor Kazimiras Haus. Es weht ein nasser Westwind vom Meer herauf. Die Frau zieht die Schultern hoch und presst die Lippen aufeinander. Ihr Ziel, die Haustür von Kazimira Damerau, fest im

Blick, schreitet sie den kurzen, mit rotem Klinker gepflasterten Weg entlang, auf dessen beiden Seiten Kazimira vor Jahren je zwei Rotdornbäume gepflanzt hat, die jetzt in voller Blüte stehen. Das Klopfen der Frau, die dazu einen Messingring dreimal gegen das darunter geschraubte Schild schlägt, ist so energisch, dass Kazimira, die sie längst durchs Fenster hat kommen sehen, spöttisch den Mund verzieht. Was will die Deutsche?

»Du bleibst dort hinten«, sagt sie leise zu Jela, die aufgeschreckt aus der Kammer späht. »Das mach ich allein mit der aus.«

Kazimira geht sehr gemächlich, wie es sich für eine alte Frau ziemt, zur Tür, öffnet seelenruhig und fragt auf Kurisch, was die Deutsche wolle. Und die versteht naturgemäß nur Bahnhof und sagt daher mit beinahe lächerlich verstellter Stimme: »Timmich mein Name, Margot Timmich, Heil- und Pflegeanstalt Tapiau. Dürfte ich hereinkommen?«

Weiß ich nicht, denkt Kazimira. Heilanstalt klingt dieser Tage nicht gut. Und dein Kreidemaul klingt auch nicht gut. Sie tritt dennoch einen Schritt beiseite und bedeutet der Frau einzutreten. Wird sich eh nicht abweisen lassen, denkt sie. Wenn man diese Leute abweist, kommen die neuerdings gleich mit Schäferhunden wieder.

Die Frau von der Heil- und Pflegeanstalt geht also in die Küche voran. Habe ich mir schlimmer vorgestellt, denkt sie und schnüffelt schon in allen Ecken. Aber die sind sauber, da gibt es nichts.

Kazimira bietet der Frau einen Stuhl an und setzt Wasser auf. »Tee oder Kaffee?« Wenn man genau hinsieht, kann man bemerken, dass sich die alte Kazimira jetzt zu ihrer ganzen Höhe aufrichtet und alle Kräfte sammelt, die ihr einmal zugefallen waren. Ihr graues und immer noch kurzes Haar sitzt ihr wie eine edle Kappe auf dem Kopf. Die dunklen Augen fangen noch einmal an zu funkeln, als sie den Blick der Frau fest an den ihren bindet.

»Kaffee«, piepst die.

Na, siehst du, denkt Kazimira, mit so einem Weibchen werde ich doch fertig.

Leider hat das Weibchen das so genannte Reich im Rücken. Und noch etwas anderes. Hier sitzt jetzt etwas mit am Tisch, das sich in die Frau verbissen hat, ohne dass die davon etwas bemerkte. Aber es wird sie nicht mehr loslassen. Es wird erst die Frau fressen lassen, was immer sie fressen will, und dann wird es die Frau selbst verschlingen. Doch noch ist es nicht so weit.

»Was führt Sie zu uns ans Meer?«, will Kazimira wissen, während sie die Kaffeelöffel in den Filter zählt, der in seinem weißen Porzellantrichter auf der Kaffeekanne steckt.

»Ich wurde benachrichtigt, dass sich eine Verwandte von Ihnen hier aufhält. Sie sei nicht in vollem Umfang gesund, habe ich gehört. Darum möchte ich Ihnen, im Namen der Pflege- und Heilanstalt Tapiau, meine Hilfe anbieten.«

»Wir kommen zurecht.« Kazimira gießt das aufgekochte Wasser über das Kaffeepulver, möglichst langsam, um Zeit zu gewinnen.

»Sie sind, wenn ich das sagen darf, nicht mehr die Jüngste.«

»Dürfen Sie. Aber Sie sehen ja, was Sie sehen. Nich jede beugt das Alter.«

»Alles eine Frage der Zeit.«

Jetzt setzt sich Kazimira, die Kanne in der Hand, der Frau gegenüber. Es geht von ihr noch immer ein Zauber aus, dem kann sich, für Sekunden, selbst diese Frau Timmich nicht entziehen.

»Wenn meine Zeit gekommen ist, melde ich mich.« Kazimira gießt ihr ein. Und ein wenig zittert der Kaz dabei die Hand.

»Ganz so einfach ist es nun nicht.« Jetzt packt die Timmich, die das Zittern genau gesehen hat, ihre Tasche aus und legt ein paar Papiere auf den Tisch. »Es gibt einige Verordnungen, die sollten Sie kennen. Dazu gehört, dass das Reich befugt ist, bestimmte Subjekte in Verwahrung zu nehmen.«

»Und warum?«

»Wir sind spezialisiert auf die Versorgung und Erziehung von Menschen mit gewissem Bedarf. Betrachten Sie es als einen kleinen Kuraufenthalt in unserer Einrichtung. Es kostet Sie selbstverständlich nichts, und eine Einwilligung der Eltern habe ich auch bereits eingeholt.«

»Helene ist dafür?«

»So sagt es dieses Schreiben.« Die Frau schiebt Kazimira einen dicht bedruckten Zettel hin, der unten unterschrieben ist. Ob von Helene oder sonst wem, wie soll man das beurteilen können?

»Tatsächlich?« Kazimira ist noch nicht überzeugt. Aber sie schwankt. Und zu allem Unglück schwankt nebenan auch Jela, die, um einen alten Hut vom Schrank zu angeln, auf den Tisch und einen Hocker geklettert war. Dabei stößt sie, aus der Ruhe gebracht von der Fremden nebenan, die Vase um, die mit lautem Krachen zu Boden fällt.

Ein Blick der Timmich reicht jetzt aus. Kazimira eilt nach nebenan, sieht Jela auf dem Turm stehen, lockt sie vorsichtig herunter und flüstert: »Musst dich benehmen, Mädchen.«

»Warum flüsterst du?«, fragt Jela laut.

Kazimira hält den Finger vor die Lippen.

Dann geht sie wieder zu Frau Timmich, die ihr mit kaltem Blick entgegensieht.

»Ich habe keine Zeit für solche Spielchen«, sagt die plötzlich. »Wir können Ihnen auch ganz einfach das Sorgerecht entziehen.«

Spielchen? Sorgerecht? Kazimira kneift die Augen zusammen, um die Mimik der Frau in ihrer Küche besser erkennen zu können. Sie sieht, dass die Timmich quasi wächst. Sich sicher fühlt. Und da kommt es auch schon: »Entweder wir gehen jetzt zu zweit hier raus, oder ich muss morgen zu zweit wiederkommen.«

Da haben wir es, denkt Kazimira. Der Zweite wird noch einen Dritten bei sich haben, und der läuft auf Pfoten. Darum geht sie noch einmal in die Kammer zu Jela, denn sie weiß, es wird so kommen, und es ist besser, wenn sie es versüßt: »Darfst eine kleine Reise machen, Jela. In ein Kurheim.« Jela starrt sie an.

»Ich will nicht reisen.«

Kazimira streichelt sie. »Gibt Kaninchen dort, weiße und schwarze.«

»Kaninchen?«

Kazimira nickt. Im selben Moment sind Vase und Hut vergessen, und Jela springt auf und rennt in die Küche.

Kurz ist die Timmich noch einmal aus dem Konzept. Dass der Pflegling so schön ist, hatte niemand erwähnt. Erstaunlich. Aber da will Jela, die nun doch etwas eingeschüchtert ist, schon wissen, wann es losgeht und was sie einpacken soll.

»Du brauchst nur das Nötigste. Im Kurheim ist für alles gesorgt.«

»Die Figur vom Frido kommt aber mit«, sagt Jela und hält der Timmich den kleinen hölzernen Spielmann vor die Nase.

Kazimira, die jetzt auch aus der Kammer kommt, fängt gerade noch das kälteste Lächeln auf, das sie je gesehen hat. Aber Jela singt und hopst und ist nicht mehr zu bremsen und besteht tatsächlich darauf, direkt mit der Frau Timmich nach Tapiau zu reisen, heute noch! Aber nur für eine Woche!

*

Soldau, 1940

Als Jela nach vielen Fahrtstunden aus dem Autobus springt, der sie, zusammen mit der Timmich und einigen anderen Kindern, nach Soldau und nicht nach Tapiau gebracht hat, ist das Wetter so klar und frisch, dass Jela den Kopf in den Nacken legt, zum Himmel emporlacht und vor Freude in die Hände klatscht. »Applaus, Applaus!«, ruft sie, wie es ihr Bruder Fritz manchmal machte, wenn am Himmel ein Flugzeug erschien. Dann sieht sie sich um. Sie weiß nicht, wo sie sich befindet. Auch nicht, dass es nicht

Tapiau ist. Jela ist es egal, wie der Ort heißt. »Jetzt zu den Kaninchen!«, sagt sie und fasst die Timmich an der Hand. Aber die Timmich stoppt Jelas Lauf mit einem Ruck, dass es dem Mädchen heftig im Arm weh tut. »Au! Warum machst du das?« Jela sieht sich die Timmich genauer an. Plötzlich ist die sehr hässlich. Ihr Mund nur wie ein gerader Schnitt unter der Nase. Und dann diese Falte zwischen den Augen, noch so ein Schnitt. Wer ist der Frau Timmich so durchs Gesicht gefahren?

»Du wirst erst den Schlafsaal besichtigen und dich waschen«, sagt die Timmich streng.

Auch gut. Saal klingt fein. Und die anderen Kinder gehen schon ins Haus.

Ist dann nur doch kein wirklicher Saal. Eher eine Halle. Da kennt sich Jela aus. Saal ist so etwas wie der glitzernd erleuchtete Raum im Gutshaus der von Bodens. Halle ist was anderes. Und kalt ist es hier. Und manche Kinder sind an den Betten angebunden. Das darf man nicht. Jela geht auf ein kleines Mädchen zu, das ihr mit ein paar schiefen Zähnen entgegenlächelt. Schnell hat Jela die Fixierung gelöst, mit der das Kind an den Gitterstäben des Bettes angebunden ist.

»Wirst du das sein lassen!« Die Stimme einer anderen Frau, nicht der Timmich, schneidet den ohnehin ungemütlichen Ort entzwei. »Du lässt die Finger von den anderen Kindern! Sonst binde ich dich auch fest!«

Jela senkt beschämt den Kopf. »Ich wollte doch nur …«

»Nichts wolltest du!«

»Aber Sie wollen doch auch etwas.«

»Still jetzt!«

Na gut, dann bin ich still, denkt Jela. Wenn ihr meine Hilfe nicht braucht. Na gut. Und sie setzt sich auf den Boden und schmollt.

Und irgendwann wird es dunkel. Und es ist klamm und hässlich dort. Und es ist keiner da, außer die paar angebundenen Kinder. Und auch ein Abendessen gibt es für sie heute also nicht.

Endlich setzt sich ein Mädchen neben Jela.

»Ich bin Edda«, flüstert sie. »Du musst aufhören, dich so zu benehmen. Sie sind hier nicht nett.«

Jela blickt auf. »Warum bist du dann hier? Wolltest du auch die Kaninchen sehen?«

»Nein, ich habe eine Krankheit.« Das Mädchen sieht sie ernst an.

»Was für eine Krankheit?«

»Fallsucht heißt die. Manchmal falle ich plötzlich um und bekomme Krämpfe.«

»Aber wozu sollst du dann in dieser hässlichen Halle wohnen?«

»Ich soll behandelt werden.«

»Willst du das denn? Ich mag nicht behandelt werden.«

»Alle werden behandelt.«

»Und geht es ihnen danach besser als vorher?«

Das Mädchen zuckt mit den Schultern. »Weiß nicht. Sie werden zur Behandlung abgeholt und noch einmal woanders hingefahren. Wahrscheinlich sind sie längst geheilt.«

»Aber ich will die Kaninchen sehen und nicht verarztet werden. Ich bin ja nicht krank.«

»Hier gibt es keine Kaninchen.«

*

Königsberg, 1940

Helene arbeitet an Pavels Stelle im Werk. Pavel liegt im Bett und fiebert. Er schwitzt und friert. Beklebt also Helene Bernsteinkästchen und findet sogar Gefallen daran. Es ist weniger eintönig als das endlose Zusammensetzen von Anstecknadeln. Sie sucht sich die Steine nach Beschaffenheit zusammen und bildet, durch verschiedene Farbnuancen, Muster auf den Kästchen. Zehn Stunden am Tag sitzt sie am Arbeitstisch. Manchmal denkt sie an den

Vater. An seine Bernsteinhand, die er sich sonn- und festtags mit einem ledernen Schulterhalfter am Arm befestigte. Grausig. Schön. Sie denkt auch an die Mutter, die immer zwei Schritte voraus war, energisch und fordernd und stets in Bewegung. Die äußere Arbeit kommt Helene dann beinahe leichter vor als die Gedanken an die Kühnheit der Mutter. Zwischendurch machen sie draußen im Hof Pause. Ihr Blechgeschirr bringen sie mit. Suppe und Brot gibt es im Werk.

»Ewig wird das hier nicht laufen«, sagt eine der Arbeiterinnen während des Mittags eher zu sich als zu den andern. Ihr Mann ist an der Front. Auch die Plätze der übrigen Arbeiter leeren sich zusehends. Aber noch wird gesiegt, darum klingt *Front* auch noch erfolgreich.

»Werden sicher bald zum Heimatdienst berufen. Waffen schrauben. Wer braucht denn jetzt diese Anstecknadeln und Kästchen?«

»Wer sich verdient gemacht hat«, fährt eine scharf dazwischen. »Anlass für Belobigung gibt es ja wohl genug.«

Die erste Frau zuckt mit den Schultern und geht zurück an ihren Platz.

Als Helene nach Haus kommt, liegt ein Brief von Kazimira auf dem Tisch. Pavels Bett ist leer.

»Wo ist der Vater?«, will Helene von den Kindern wissen.

»Ist zum Amt«, sagt Trudi mit bleichem Gesicht. »Wegen Jela.«

»Wegen Jela? Und mit Fieber?« Helene greift nach dem Brief und liest. Dann rennt auch sie aus der Wohnung.

Unten auf der Straße kommt ihr Pavel schon entgegen. Blass, mit Schweiß auf der Stirn.

Es müsse ein Missverständnis sein, habe man ihm auf dem Amt gesagt. Jela werde, sollte sie wirklich von einer Anstaltsmitarbeiterin abgeholt worden sein, mit Sicherheit demnächst wieder zu ihrer Verwandten gebracht. Eine Dokumentenfälschung liege auf keinen Fall vor, da habe sich seine Verwandte wohl verlesen. Er solle Ruhe bewahren und werde benachrichtigt. Aber aufgrund der Kriegshandlungen und der Notwendigkeit, alle Kräfte auf den Sieg zu verwenden, könnten sich bestimmte bürokratische Abläufe derzeit auch mal verzögern.

So berichtet er flüsternd, während Helene und er auf der untersten Stufe im feuchten Treppenhaus des Mietshauses sitzen.

»Aber so lang, wie die Post braucht, da ist das Kind doch schon seit Tagen verschwunden«, sagt Helene. »Da hätte denen der Fehler doch auch selbst aufgehen können.«

»Wenn es einer war«, flüstert Pavel. »Die haben noch so scheinheilig versichert, sie würden selbstverständlich alle Fahrtkosten und die Verpflegung übernehmen. Auf uns kämen also keine Kosten zu.«

»Na, vielen Dank.« Helene streicht sich das Haar aus dem Gesicht und lehnt sich, plötzlich sehr müde, an Pavels Schulter. »Ich hab kein gutes Gefühl.«

*

Soldau, 1940

Edda wird zur Behandlung abgeholt und offenbar geheilt, denn im Saal taucht sie nicht mehr auf. Überhaupt wird der so genannte Saal von Tag zu Tag immer leerer. Jela muss sich also jemand anderen suchen, denn auch von den Kaninchen ist nicht mehr die Rede. Dafür lernt sie einen Jungen kennen, der eine sehr einnehmende Leidenschaft hat: Er will lachen. Alle nennen ihn den Kicherer. Ständig hebt er die Arme und bittet wen, ihn zu kitzeln, was die Kinder bereitwillig tun, denn sein wimmerndes Wiehern ist herrlich ansteckend. Auch Jela kitzelt ihn artig und kräftig durch, wenn er sie darum bittet. »Hältst damit schön die bösen Geister fern«, sagt sie zu ihm und kribbelt und krabbelt ihn in den Achselhöhlen, dass er laut quietscht und alles im Umkreis von Bosheit sauber hält. Wenn er ernst ist, weiß der Kicherer was von Erfindungen. »In New York gab es eine Weltausstellung«, sagt er beim Essen und malt mit dem Blechlöffel eine Gestalt in den Haferbrei. Jela nickt, obwohl ihr Weltausstellung nichts sagt. Nur, dass sie wohl sehr groß sein muss.

»Sie haben da einen Roboter gezeigt«, sagt der Kicherer.

»Was ist ein Roboter?«

»Ein Arbeiter aus Metall. Er heißt Elektro und kann Zigarre rauchen.«

»Warum hat er einen Namen?«

»Du hast doch auch einen Namen.«

»Ja.«

»Siehst du.«

»Und warum raucht er Zigarre? Welcher Arbeiter raucht denn Zigarre? Nur der Doktor hier raucht Zigarre.«

»Der Arbeiter der Zukunft raucht eben auch Zigarre.«

»Ein feiner Arbeiter.«

»Ja.« Und dann ist der Kicherer still, schaut in den kalt gewordenen Brei und flüstert: »Kitzelst du mich ein bisschen?« Und Jela zwackt und piekt ihn heimlich in die Seite.

Noch jemanden würde Jela gern einmal kitzeln und zwacken, aber nur, weil er ihr gut gefällt. Auch wenn er eindeutig zu wenig lacht. Er heißt Franz Kattusch, trägt Uniform mit Reithosen und hat immer etwas bei den Garagen zu tun. Betreut die Automobile dieser merkwürdigen Heilanstalt. Ist von der Sorte hohes hartes Friesengewächs, wie es der Herr Baron manchmal lobte. Blond und schneidig und braungebrannt. Herrlich findet Jela den. Wie aus der Zeitung. Einmal hat er sie sogar angelächelt. Also vielleicht. Es sah so aus. Und da hat sie sich, das muss sie gestehen, ein bisschen verliebt. Das kann einem, wenn man schon beinahe neun ist, ja durchaus passieren. Darum schwingt sie die Hüften, wenn sie über den Platz vor der Anstalt geht. Und geht so oft wie möglich dort herum. Findet immer einen Grund. Und plinkert nach dem Kattusch, dass er sogar grinsen muss. Und weil er ihre Niedlichkeit schon auch wahrgenommen hat, sieht er sich die kindlich wedelnden Spaziergänge durchaus an. Was dabei in ihm vorgeht, weiß niemand.

Drei Tage später winkt er Jela zu sich: »Ich hab ein Geheimnis«, sagt er und macht ein bedeutendes Gesicht. »Willst du es hören?«

Selbstverständlich will sie.

»Morgen gibt es einen Ausflug«, sagt er. »Picknick im Grünen.«

»Wirklich?« Jela freut sich, ist aber auch etwas verlegen. Worüber könnte man mit solch einem Herren jetzt noch reden? Und dann sagt der Franz Kattusch etwas ganz Ungeheuerliches, was ein junges Mädchen nur noch mehr verwirren kann.

»Krieg ich ein Küsschen dafür?«, fragt er tatsächlich und beugt sich vor und herunter zu ihr und deutet mit dem ölverschmierten Finger auf seine Wange.

Na, selbstverständlich. Wer sind wir denn? Kriegst gleich zwei. Und Jela schmatzt ihm ordentlich was ins Gesicht.

Am nächsten Morgen werden sie schrecklich früh geweckt und auf den Platz vor der Heilanstalt geführt, wo die Timmich mit einer Liste steht, die sie auf ein Brett geklemmt hat und auf der sie jetzt mit strengem Gesicht herumkritzelt. Es sind auch viele Menschen auf dem Platz, die Jela noch nie gesehen hat.

Jela gähnt. Sie fröstelt. Immerhin soll man mit dem Automobil fahren. Selten genug. Und groß ist es außerdem. Von einem Kaffeegeschäft, die anderen Kinder haben es entziffert, das klingt sehr schön. Aber irgendwie sieht es auch etwas grau aus. Dafür ist der Himmel heut herrlich und hoch und blau wie die Augen von Franz Kattusch. Und schon geht's hinein ins Automobil, leider fehlen ihm doch die Sitzgelegenheiten, also muss man stehen und recht eng dazu. Etwas mehr Platz wäre nicht übel. Und etwas frische Luft. Denn tatsächlich stinkt es eigentlich in dem Kasten, in dem sie sich nun schon deutlich drängeln müssen. Es stinkt, und Jela kennt sogar den Geruch. Vielleicht sonst ein Viehwagen, denkt sie, und darum auch ohne Sitze. Das ergibt Sinn. Wahrscheinlich sind nicht genügend Menschenautomobile zu finden für solch eine Landpartie der gesamten Heilanstalt. Nun, wenn eben alle gemeinsam auf einer Maiwiese sitzen möchten, dann soll man nicht murren, wenn der Weg dorthin nicht gerade komfortabel ist. Und Jela erzählt den Kindern, welche Blumen auf der Wiese blühen müssten, da kennt sie sich nämlich aus. Vergissmeinnicht, Gänseblümchen, Ehrenpreis. Da wird es beinahe kurz bunt in dem engen Fahrzeug. Der Kicherer kommt regelrecht in Stimmung, hebt direkt vor Jela die Arme, so gut es geht, und sieht sie bittend an. Aber mit so eingeklemmten Oberarmen, derart nah an den Körper gedrückt, geht es eigentlich nicht. Nur ganz ohne, so bierernst und streng, geht es auch nicht.

»Kitzel mich«, sagt er also mit lieber Stimme zu Jela, und die gibt sich ausnahmsweise so früh am Morgen dafür her und kitzelt ihn ordentlich unter den nur ein wenig aufragenden Armen, so dass er schließlich doch wimmernd zu lachen beginnt. Dann dreht sie sich um. Hinter ihr schließt jemand die Wagentür, die zum Glück ein winziges Fenster hat. Eher wohl eine Luke und auch so hoch, dass man nicht rankommt, außer der Kicherer nimmt einen auf die Schultern. Er ist auch gleich bereit, auch wenn es mühsam ist in der Enge, und stellt sich so, dass sie hinausschauen kann. Und da steht doch tatsächlich der Franz Kattusch dort am Rand des Vorplatzes, Haare sortiert und gekämmt, und hat die Hände in den Hosentaschen. Die muss er nun aber schon herausnehmen, denn so, mit beiden Händen im Hosenfutter, kann man nicht winken. Und gewinkt werden soll, darum hebt Jela jetzt auch die Hand zu der Scheibe und klopft. Tatsächlich schaut er herüber. Aber er regt sich nicht. Also winkt sie, ordentlich schnell und lang. Nichts. Er wendet sogar den Kopf wieder ab. Vielleicht hat er sie doch nicht gesehen, die Luke ist ja sehr klein und mit schmutzigem Glas verschlossen. Noch einmal klopft Jela. Ihr ist nun schon sehr warm in diesem Schwitzkasten, der zwar den Motor angeworfen hat, aber nicht losfährt. Das Kettchen um ihren Hals juckt. Der Kicherer meldet sich von unten, sagt, er kann nicht mehr. Das Kettchen juckt so sehr, dass sie es abreißen muss. Dabei fällt es zu Boden. Egal, sie wird es nachher beim Aussteigen finden. Noch einmal winken also. Lieber Herr Kattusch, vielleicht wäre es möglich, etwas Luft hereinzulassen? Wie lang werden wir denn fahren?

*

Die Timmich schreibt. Ihr brummt es hinterm Stirnbein. Die Hand ist zittrig, das ärgert sie. Sie sucht Adressen heraus, beschriftet Umschläge. Eine Anstaltssekretärin hilft. Die Scheine, die der Doktor ausgestellt hat, liegen links von ihr. Sie beide wurden ermahnt, ja nichts durcheinanderzubringen. Keine falschen Scheine in falsche Umschläge. Da seien schon die unangenehmsten Situationen entstanden, einfach weil irgendeine Tippse gepennt hätte. Die Timmich setzt immer wieder an, räuspert sich, ihr Speichel schmeckt sauer, sie schwitzt, zerreißt das Formular. Ihr geht der letzte Abend nach. Gesoffen haben sie. Und auf irgendeinem Schoß hat sie gesessen. Hatte nicht auch einer ihre Brüste gepackt? Viel zu viel geladen jedenfalls. Am Ende alles vollgekotzt. Die Timmich steht auf und holt sich ein Glas Wasser. Bis auf sie sind gestern alle belobigt worden. Alle Männer. Haben sogar, wozu auch immer, jeder ein Kästchen aus Bernstein erhalten. Die Timmich ärgert sich vor allem darüber. Natürlich haben sie die Hauptarbeit geleistet, aber ist sie selbst nicht an der Außenfront gewesen? Von Angesicht zu Angesicht mit den Angehörigen? Warum wird das nicht gelobt? Immerhin hat der Höhere SS- und Polizeiführer beim Reichsstatthalter in Posen im Wehrkreis XXI, Koppe, für jeden erledigten Fall der Beseitigung unwerten Lebens zehn Reichsmark verlangt. Die Timmich hat ja selbst die Listen geführt, da kämen schon ein paar Tausender zusammen.

Die Bearbeitung der Falschbeurkundung wird immerhin mit monatlich 30 Reichsmark bezahlt, plus ein dreizehntes Monatsgehalt. Ganz leer geht sie also auch nicht aus. Darum kommen die Timmich und die übrigen Mitarbeiterinnen ja auch freiwillig zum Dienst. Sogar Zahngoldzuteilungen gibt es. Etwas besänftigt schreibt sie weiter.

An die Eheleute Petrov, wohnhaft in Königsberg usw.

Betrifft: Aufenthalt der Tochter Jela Petrov, geboren am 21. Juni 1931, Gut Duwock, Samland.

Die Tochter wurde am 11. Mai 1940 zur Behandlung in Tapiau eingewiesen.

Wir müssen leider mitteilen, dass die Tochter am 28. Mai 1940 um 7.15 Uhr verstorben ist.

Todesursache: Blinddarmdurchbruch.

Die von dem die Kranke behandelnden Arzt ausgestellte ärztliche Todesbestätigung wird in der Anlage beigefügt.

Helene sitzt am Tisch. Auf dem Tisch liegt ein Brief. Vor dem Fenster bewegt sich der Tag. Dann wird es Nacht. In der Nacht kommt Pavel heim. Er bringt einen Geruch mit, schwankt. Er macht drei Schritte auf Helene zu. Er geht in die Knie, legt seinen Kopf in ihren Schoß. Helene wendet den Blick nicht von dem Brief.

*

Weststrand, 1940

Am Weststrand wird nur noch mit halber Kraft gearbeitet. Die Badegäste aus dem Ausland kommen nicht mehr. Die großen Familien aus Frankfurt und Wien und Berlin bleiben auch aus. Sie sind fort. Oder es gibt sie nicht mehr. Mit ihrem Geld hat man die Renten im Reich aufgestockt und einen beeindruckenden Wirtschaftsaufschwung erzeugt. Über zehn Milliarden Reichsmark aus jüdischem Besitz wird man sich am Ende dafür genehmigt haben. Auch Teile des Vermögens der Familie Hirschberg stecken nun im Portemonnaie so genannter arischer Hausfrauen. Die Menschen kaufen mit dem Geld ein und vergessen, woher es kommt, sie gehen zur Arbeit ins Bernsteinwerk und vergessen, wer das Werk gegründet hat. Am Weststrand wird es immer stiller und immer vergesslicher.

Nur ein paar Jungen gehen im Sommer zum Schwimmen. Sie trainieren ihre Körper, ihre Muskeln und Sehnen. Sie üben das Schießen und das Liedersingen, die Kameradschaft und das Verraten. Die Jugend vom Weststrand ist stark und schwimmt weiter ins Meer hinaus als erlaubt. Es gibt gefährliche Strömungen.

Helene steht mit Kazimira oberhalb des Steilufers und sieht den Jungen zu.

Kazimira schüttelt den Kopf. »Die kennen doch das Meer«, sagt sie, »was woll'n die so weit draußen?«

»Sie sind übermütig«, sagt Helene. »Es sind Kinder. Wollen sich was beweisen.« Sie blickt eine Weile schweigend auf die Wasseroberfläche, in die diesige Ferne. Dann gibt sie sich einen Ruck.

»Wir gehen zurück aufs Gut«, sagt sie leise. »Die Werke kündigen an, die Leute zu entlassen. Pavel muss sehen, wo er noch Arbeit findet, mit der wir überleben können. Die Baronin führt das Gut jetzt allein, Herr von Boden ist an der Front. Sie hat Pavel persönlich gebeten, als Helfer zu kommen.« Sie macht eine Pause. »Komm mit uns, Großmutter.«

Kazimira lächelt schwach: »Nein Kindchen, ich muss hierbleiben, falls ...«

»Sie kommt nicht wieder, das weißt du.«

»Das weiß man nie.«

»Du trägst keine Schuld.«

»Auch das weiß man nie.«

»Bitte komm mit!« Helene nimmt Kazimiras Hand. »Wir brauchen dich! Und du kannst hier nicht allein leben.«

»Ich muss bei der Grube bleiben, Kind. Ich gehöre hierher. Und ewig wird's auch nich mehr gehen.«

*

Gut Eilung, 1941-44

Im Frühjahr darauf zieht die Familie wieder aufs Gut. Das Gut ist, bis auf das Fehlen des Barons, wie immer. Im völligen Abseits. Weitläufig und still. Fast könnte man meinen, es wäre kein Krieg.

»Ich danke Ihnen, dass Sie helfen kommen«, sagt die Baronin beinahe schüchtern. Und dann: »Mein Beileid.« Dazu verhaken sich ihre Finger vor dem Bauch, als wüsste sie nicht, wohin mit ihnen. »Wir brauchen hier jetzt jede Hand.« Ihr Mann hat ihr noch keinen Brief geschrieben, und die Baronin ist in Bezug auf das Schicksal ihres Mannes in einem inneren Zwiespalt, über den sie ungern nachdenkt.

Pavel nickt nur. Es ist nicht so, dass er es nicht auch woanders versucht hätte. Aber mit so vielen Essern wollte ihn keiner im Dienst.

Sie ziehen wie früher in das Haus auf der Palve. Aber es wird nichts so wie früher. Vergeblich versucht Pavel, mit Geschichten gegen die Lücke anzugehen, vergeblich versucht Helene, sich nichts anmerken zu lassen. Nur die harte Arbeit hilft ihr über die Stunden und Tage und Wochen. Um vier Uhr steht sie auf, geht zum Melken, lehnt den Kopf an die schweren warmen Kuhleiber, die Arme verschmiert von Vaseline und Jauche, denkt, erst rauben sie dir dein Kalb und jetzt raube ich dir deine Milch. Um sechs macht sie das Frühstück und geht bis zum Abend zur Feldarbeit. Krumm ist sie und in den Hüften breit geworden von Geburten und Mühen. Sie gönnt sich keine Pause. Die Pausen sind am schlimmsten. Sie stemmt Stroh und Heu und Mist. Gräbt den Garten um und sammelt die Steine aus dem verdammten Boden. Und wenn sie sich trotzdem auf die Forke oder den Spaten stützt, nur für Augenblicke, weil sie nicht mehr kann, weil sie zu Atem kommen muss, dann sieht sie immer nur ein Gesicht. Ihre übrigen Kinder sieht sie nicht. Sieht nicht, wie ihre Gesichter und Spiele sich verändern.

Die Kinder auf dem Gut spielen Krieg. Die Kinder des Inspektors sind die Generäle, die Scharwerkerkinder sind die Fußsoldaten. Sie sterben mehrmals am Tag und werden doch wieder an die Front geschickt, zum Angriff auf Hofkatzen und Hofhunde.

Im Sommer 1941 greift die Heeresgruppe Nord die Sowjetunion an. Unternehmen Barbarossa. Die Männer, die einmal die Großväter späterer Jungs und Mädchen sein werden, sehen sich im Kampf gegen den Bolschewismus und ein phantasiertes Weltjudentum. Überhaupt haben sie viele Phantasien. Sie stellen sich vor, neues Siedlungsgebiet für Volksdeutsche zu schaffen, und sind auf dem Weg nach Leningrad, vormals Sankt Petersburg, und Puschkin, ehemals Zarskoje Selo. Sie beziehen, wenn sie nichts anderes finden, Quartier in Pflegeanstalten, deren Bewohner vorher erschossen werden. Sie wissen es und wissen es nicht. Sie haben anderes zu tun, als ein Wissen und Gewissen zu pflegen. Sie schreiben Postkarten nach Haus, sie rasieren sich, sie schießen, nehmen Drogen. Sie haben große Pläne. Sie werden über eine Million Menschen in Leningrad verhungern lassen. Sie halten Slawinnen und Slawen für unwert. Sie werden sich holen und nehmen, sie werden Frauen vergewaltigen, Kinder und Alte töten, Häuser zertrümmern, Menschen zertrümmern. Es ist die Zeit des Nehmens und des Zertrümmerns. In Kisten verpackt, rumpelt bald das Bernsteinzimmer, das wertvollste Zimmer der Geschichte, über zweihundertzwanzig Jahre nachdem es als Geschenk in die eine Richtung gereist war, als Raub wieder in die andere, bis nach Königsberg, wo man es auspackt, aufbaut und fotografiert, wie man so vieles in diesen Zeiten fotografiert. Zack, ein Bild. Dann geht das Zimmer verloren. Niemand weiß, wo es endet. Wie so vieles. Das geht so leicht in diesen Zeiten. Zack. Verloren. Und noch einmal. Zack. Und jetzt noch ein Foto von vorn. Und dann im Profil, zack: erschossen, verscharrt.

Langsam dagegen die ewigen Zugfahrten. Was da alles in hölzernen Waggons hin und her transportiert wird. Getreide, Raubkunst, Armeen, Bevölkerungsgruppen. Oder auch Einzelpersonen.

Ein junger Mensch fährt mit der Eisenbahn über Königsberg weiter nach Gießen. Er zittert am ganzen Körper, schreit, pisst sich die Hosen voll. Dabei war er Teil des brutalen Totenkopf-Sturmbanns. Jetzt ist er nicht mehr brutal und nicht mehr bei der SS. Entlassen. Er ist neunzehn Jahre alt und nun auf dem Weg in eine Heilanstalt. Er wird die Behandlung nicht überleben. Exitus, einen Tag nach seiner Ankunft. Zu schwach.

*

Die gnädige Frau gibt jedes Jahr ein Weihnachtsfest, wie immer. Sie verwendet viel Zeit auf die Dekoration. Sie lässt auch für ihren Mann mit decken. Aber sie hofft jedes Mal, dass er nicht erscheint.

Eine Woche nach dem Weihnachtsfest 42 bringt Helene ihr achtes und letztes Kind zur Welt: Matti. Wenige Stunden nach der Geburt geht sie schon wieder zum Melken. Trudi kümmert sich um den Säugling. Sie hat ihn sofort gern.

Der Generalplan Ost scheitert. Auch die 6. Armee scheitert. Hitler führt die Deutschen in den Untergang, und die Deutschen folgen. Auf dem Gut säen und ernten sie, wachsen und altern. Trudi blüht auf, die Baronin ist längst verblüht. Ihre Zellen wissen nichts vom Krieg. Und doch werden die Zellen ihrer Nachfahren, falls sie welche haben, vielleicht davon wissen.

Im Frühjahr 1944 soll Trudi viel zu spät konfirmiert werden, um ein wenig Normalität zu behaupten. Zum Unterricht muss sie laufen. Der Pfarrer wohnt sieben Kilometer weit entfernt.

»Immerhin, er wohnt nicht zwölf oder fünfzehn Kilometer weit weg«, tröstet Pavel sie. Doch für den Rest fällt ihm kein Trost ein. Denn der Konfirmandenunterricht sei scheußlich und öde, hatte Trudi geklagt. Von Ewigkeit zu Ewigkeit lese man da im Katechismus. Und aus zeitgeschichtlichen Gründen, oder warum auch immer, wird der Termin für die Konfirmation wieder und wieder verschoben und schließlich auf den Herbst verlegt, was den Unterricht noch um Monate verlängert. Das ließe sich vielleicht mit etwas abschweifenden Gedanken und Tagträumen ertragen, immerhin muss man in dieser Zeit nicht zur Arbeit aufs Feld. Viel schlimmer ist aber: Es fehlt ein Kleid. Helene will ihr schon eins aus dem Tischtuch nähen, aber im Tischtuch will niemand konfirmiert werden. Auch ein Scharwerkerkind hat seinen Stolz.

Lange Abende liegt Trudi wach im Bett und sieht hinaus. Neben ihr liegt Matti und zuckt manchmal im Schlaf. Ein ungewohntes Dröhnen und Trommeln ist seit einiger Zeit bis in die Küche zu hören, dabei ist die Front noch weit weg, sagt der Gauleiter. Es klingt nur nicht danach. In regelmäßigen Abständen werden leuchtende Kugeln in die Luft geschossen und sinken, gebremst von weißen Schirmen, zu Boden. Sehen wie überirdische Wesen aus, denkt Trudi und betet zu den Schirmen und zu den Leuchtkugeln wie zu Engeln und Heiligen. Am frühen Morgen läuft sie durch das nasse Gras, es ist ein kühler Septembermorgen, und Trudi läuft immer in der Richtung, in der sie die Schirme gesehen hat. Tatsächlich findet sie in den taugländzenden Zweigen eines Hartriegelgebüsches, was der Himmel über Nacht gespendet hat: einen RZ 1, Rückenfallschirm mit Zwangsauslösung, achtundzwanzig Bahnen, mit Loch am Scheitelpunkt für den gleichmäßigeren Fall ins Verderben, sechsundfünfzig Quadratmeter Naturseide aus Indien oder China, eine hauptsächlich aus Proteinen bestehende Endlos-Faser. Trudi zerrt den Schirm aus dem Geäst, schiebt den Stoff zu einem Bündel zusammen und trägt es rasch nach Haus. Dort schneidet sie alle Schnüre ab und wickelt sie zu Knäulen. Dann geht sie die Kuh melken, bevor die Mutter aufsteht, und füttert Matti. Vorabbezahlung fürs Nähen.

Fünf Abende lang näht Helene an dem Kleid. Zwischendurch hält sie den Fuß still und lauscht in die Nacht hinaus. Dann tritt sie weiter, schneller als vorher, die Nähmaschine treibt die Nadel fast panisch durch den Stoff. Es wird ein herrliches Kleid, mit Puffärmeln und weitem Rock. Zwar ist es nicht schwarz, wie es sein sollte, aber dafür aus Seide. Bis zur Konfirmation hängt es im Schrank.

An einem Sonntag, zwei Wochen vor der Feier, hält Trudi es nicht mehr aus. Helene ist bei der Frau des Inspektors und kommt erst gegen fünf zurück. Trudi wäscht sich sogar noch die Hände, bevor sie das Kleid aus dem Schrank nimmt und anzieht. Es passt beinahe zu gut. Draußen scheint die Sonne golden durch den Nachmittag. Also trägt Trudi das Kleid in die Sonne. Und dann in den Schuppen. Und dann in den Stall zur Kuh und zum Schwein. Und dann tritt sie auf die Kante vom Jaucheloch und bringt das Brett, das dort seit Jahren träumend in der Jauche liegt, mit einem Schlag zum Stehen.

Sie kann schrubben, wie sie will. Am Ende muss sie das verdorbene Kleid in den Schrank zurückhängen und auf ein Wunder hoffen.

Das Wunder findet sich. Der Pastor wird eingezogen. Also keine Konfirmation.

Aber auch Pavel wird eingezogen. Er soll sich in Königsberg melden.

Pavel war zuletzt im Frühjahr in der Stadt. Da stand sie noch. Allerdings hieß das Schuhgeschäft Wolff auf dem Münzplatz da plötzlich Schuhgeschäft Berger, der Wirtschafts-Bazar der Frau

Echt am Gesekusplatz war demoliert und, wie auch das Bekleidungsgeschäft Michaelis & Britz, leer. Die große Synagoge ist schon vor sechs Jahren ausgebrannt. Ein SS-Trupp war in das Gebäude eingedrungen, hatte die Bänke zertrümmert, die heiligen Schriften zerrissen und dazu auf der Orgel das Horst-Wessel-Lied gespielt. Danach hatten sie alles in Brand gesteckt.

Jetzt ist es Ende Oktober, und von Königsberg ist kaum etwas übrig. In einer Nacht im August hatte die Royal Air Force die Stadt so gut wie zerstört. Pavel sieht sich das an und denkt, so was kommt von so was. Er wird bewaffnet und an die nahe Front gebracht. Gegen die Sowjetunion. Er, Pavel Petrov. Wie absurd. Wird zum Tod und zum Töten chauffiert. Verteidigt Deutschland, das nur noch für kurze Zeit Deutschland ist. Aber das weiß er nicht.

*

Jantarnyj, 2012

Es hätte ihm auffallen können, dass im hinteren Teil des Lagers Licht brannte. Aber Anatolij war zu sehr in Gedanken bei Nadja. Bei diesem herrlichen Körper mit seinen weisheitsvollen Funktionen, seinem weisheitsvollen Bau. Dem Ort des Werdens, Ort der Überschreitung. Man wird durch ihn, denkt Anatolij, zu etwas Neuem. Ja, durch die Liebe zu einer Frau wird man zu etwas Neuem! Mit solch begeisterten und sexualisierten und abgeschmackten Gedanken nähert er sich dem Lager und übersieht das Licht. Vor dem Tor bleibt er kurz stehen, um sich zu sammeln. »Nach Ihnen«, flüstert er sich endlich Mut zu und betritt, so leise es geht, den dunklen Eingang.

Drinnen sucht er die Räume auf, in welchen der hochwertigere, klare Bernstein gelagert wird. Er weiß, wo in einem der Nebenräume die Schlüssel für die jeweiligen Abteile hängen. Beinahe lautlos schafft er es, den passenden Schlüssel zu holen und bis in den gewünschten Lagerraum zu gelangen. Andächtig bleibt er dann vor den Regalen stehen. Wenn man das mal durchrechnet, was hier also in Wirklichkeit an Rubeln oder Euros oder Dollars herumliegt, denkt er. Aber ganz zu Ende denken kann er nicht, denn ein Geräusch lässt ihn und den Gedanken zu jener berühmten Salzsäule erstarren. Obwohl er sich gar nicht umgedreht hat, ohne Blick in die Wahrheit also. Ein Geräusch, das Anatolij eigentlich noch nie analog gehört hat, nur tausendfach im Fernsehen, bewirkt diesen Vorgang der Verhärtung all seiner Muskeln. Ein leises gefährliches Geräusch, ein Klicken. Eines, wonach sich niemand gern umdreht, dem niemand gern nachgeht. Anatolij würde sich schon gern umdrehen, allein um zu erfahren, wer dieses Klicken verursacht hat. Vorsichtshalber hebt er aber lieber die Hände und bleibt, mit Blick aufs nächste Regal, stehen.

»Wen haben wir denn hier?« Das ist die Stimme des Chefs. Und weil Anatolij nicht doof ist, weiß er sofort, dass der Chef an diesem Tag, um diese Zeit, hier genauso wenig zu suchen hat wie er selbst. Und jetzt sickert auch in sein Bewusstsein, dass das Licht im hinteren Teil des Lagerhauses ja gebrannt hatte.

»Ich wollte nachsehen, ob alles in Ordnung ist. Es brannte Licht.«

»Und du bist jetzt der Wachdienst?«

»Natürlich nicht. Ich wollte eigentlich meine restlichen Sachen aus dem Spind holen. Und dann sah ich das Licht.«

»So ein loyaler Mitarbeiter.«

»Exmitarbeiter.« Anatolij spricht schon im Flüsterton. Ihm ist schlecht.

»Was? Ich verstehe dich gar nicht. Willst du dich nicht umdrehen?«

Sehr langsam dreht sich Anatolij um. Er ist ein wenig überrascht von dem, was er zu sehen bekommt. Chef stimmte schon. Aber der ist nicht allein. Neben ihm steht noch einer. Einer, den Anatolij jetzt schon ein bisschen kennt, der aber offenbar auf mehreren Hochzeiten gleichzeitig unterwegs ist. Wobei die Hochzeit mit Anatolij hier wohl gerade in Scheidung übergeht. Gleichzeitig, so fährt es Anatolij jetzt durch den Kopf, verbindet ihn mit seinem Chef nun auf einmal eine überraschende Gemeinsamkeit. Zwar hatte er schon immer daran geglaubt, dass die Menschen sich letztlich alle eher ähnlich als unähnlich sind, eine Parallele mit dem Chef des Tagebaus, noch dazu eine kriminelle, war ihm aber nie in den Sinn gekommen. Und noch etwas fällt ihm plötzlich auf. Vielleicht liegt es an der durch extrem viel Stresshormone geschärften Wahrnehmung. Ihm fällt eine äußere Ähnlichkeit auf, irgendetwas in den Gesichtszügen des Chefs erinnert ihn an was.

»Wir könnten dich jetzt ganz einfach der Miliz übergeben, oder?«, meldet sich das Gesicht nun und will also offenbar alles auf ihn abwälzen.

»Könnten Sie.«

»Aber wahrscheinlich ist deine süße Freundin längst im Bilde.«

Leider nein, denkt Anatolij, ohne etwas zu erwidern und ohne sich zu wundern, dass der Chef von seinem Verhältnis zu Nadeschda Semjonowa weiß.

Der Chef tut so, als grübele er. »Nun sind wir ja keine Frauenfeinde und kennen die junge Dame außerdem ein wenig, wenn auch nicht gut genug.« Er macht eine Pause. »Oder zu gut.« Jetzt schreitet er mit seinen teuren Budapester Lederschuhen auf Anatolij zu und hält ihm einen Nagant M1895, ein Sammlerstück, belgischer siebenschüssiger Revolver, Kaliber 7,62 mm, ein Symbol der Revolution, vor den Bauch. »Darum rate ich euch, die Oblast dringend zu verlassen. Was hältst du davon?«

»Eine gute Idee, Chef.«

»Nur, dass ich nicht mehr dein Chef bin.« Der Chef bohrt seinen Blick hart in Anatolijs. Dann zeigt er mit dem Nagant auf den Ausgang.

Erst als Anatolij in seinem Auto sitzt, überfällt ihn ein Zittern. Mit beiden Händen schlägt er auf das Lenkrad. Dann sitzt er lange bewegungslos da und starrt in die Dunkelheit. Regelrecht eingefroren, durchzogen von einer Kälte, die wie die Spur maßloser Angst in ihm übrig geblieben ist. Ich bin dem Tod entronnen, denkt er. Mein eigener Chef war soeben im Begriff, mich zu erschießen, mit einem Nagant. Aber ich lebe. All meine Versuche, etwas zu werden, mögen bisher misslungen sein, aber – Anatolij bekommt kaum den Schlüssel ins Zündschloss – ich lebe. Dann startet er den Wagen, gibt Gas, wendet, gibt noch mehr Gas und rast von der Grube weg in Richtung Stadt.

»Pack deine Sachen«, haspelt er ins Telefon, das er fahrend zwischen Kopf und Schulter geklemmt hat. »Wir können doch schon heute Abend los.«

Nadja ist so überrascht, dass sie nicht nachfragt, sondern wie automatisch eine kleine Sporttasche mit einem Kleid, einem Trainingsanzug, Wäsche und was sie noch für ein paar Tage zu brauchen glaubt vollstopft. Dann ruft sie Tante Warja an: »Du musst Ika schon heute nehmen, Tante. Bitte!« Die Dringlichkeit in Anatolijs Stimme hat sich ganz auf sie übertragen.

»Du weißt, dass es deinem Vater nicht gut geht«, gibt Tante Warja zu bedenken.

»Ich weiß, Tante.«

»Sei erreichbar, falls es schlechter wird.«

Eine halbe Stunde später steigt Nadja in Anatolijs Wagen.

»Du siehst schrecklich aus.« Sie betrachtet Anatolijs bleiches Gesicht von der Seite. »Was ist passiert?«

»Erzähle ich später.«

Die Nacht nimmt den Wagen mit Anatolij und Nadja in sich auf, ein schwarzes Loch, das alles verschluckt. Anatolij fährt ohne Licht. Unbeleuchtet rast er die Ahorn- und Lindenalleen entlang in Richtung Süden. Wären die Bäume nicht weiß gestrichen, könnte er den Straßenrand überhaupt nicht sehen. So aber schimmert ein blasser Korridor eisiger Stämme im Sternenlicht. Das Thermometer zeigt zwei Grad an. Morgen werden die Ahornbäume kahl sein. Die Stimme des Navigationsgerätes führt sie teilnahmslos zum Ziel. Ein wenig beruhigt ihre professionelle Leere. Irgendwann weist die Stimme sie an, die asphaltierte Landstraße zu verlassen und rechts in einen unbefestigten Sandweg einzubiegen. Hier ist es so finster, dass Anatolij doch die Scheinwerfer einschalten muss. Angespannt starren sie beide geradeaus, der Wagen holpert durch tiefe Schlaglöcher. Um manche Schlammpfützen muss Anatolij weit herumfahren.

»Und hier soll ein Hotel sein?« Nadja ist nicht begeistert.

»Leute, die etwas auf sich halten, pflegen sich in einsame Landschaften zurückzuziehen«, versucht Anatolij zu scherzen. »Vielleicht ist es ein gutes Zeichen.« Ihm kann es jetzt nicht abgelegen genug sein. Noch einmal nach links, dann erweitert sich der Sandweg zu einem Parkplatz, an dessen Ende ein Schlagbaum zu sehen ist. Anatolij parkt, greift nach seiner und Nadjas Tasche, steigt aus und geht voran. Er versucht, sich zu einem sicheren männlichen Gang zu zwingen. Hinter einer Düne liegt tatsächlich ein Gebäude, freundlich beleuchtet, umgeben von Terrassen. Anatolij klingelt. Augenblicke später öffnet eine junge Frau.

»Guten Abend.«

»Guten Abend. Wir sind gewissermaßen vierundzwanzig Stunden zu früh, aber haben Sie vielleicht trotzdem schon heute ein Zimmer frei?«

»Eigentlich nehmen wir hier nur Stammgäste und Frauen spontan auf«, sie mustert ihn. Dann fällt ihr Blick auf Nadja. »Aber wenn Sie mir versprechen, dass es eine Ausnahme bleibt, dann kommen Sie rein.«

Anatolij verkneift sich eine Antwort. Das Belehrende der Frau stört ihn. Nadja stört an der Frau überhaupt nichts. Sie sucht ihren Blick und findet ihn. Ein winziges Lächeln. Sie bleiben. Das Zimmer, das die Frau ihnen zuweist, ist schön. Eine verglaste Doppeltür führt auf einen Balkon, von dem aus man direkt auf den Strand hinab und zum Meer sehen kann, das seine schwarzen Wellen auf den Sand wirft. Das Zimmer selbst ist holzverkleidet und gemütlich, das Bad mit gelbem Marmor gefliest. Ein fast unwirklicher Luxus in dieser abgelegenen Ödnis.

Als die Frau sie allein gelassen hat, stehen sie eine Weile stumm und fröstelnd auf dem Balkon und lauschen auf das Wasser und ein trockenes unverkennbares Blätterrauschen, das auf Pappeln schließen lässt. Weit draußen auf dem Meer leuchten die Bordlampen dreier Militärschiffe, die hier die See belauern.

»Bist du wahnsinnig?«, flüstert Nadja endlich.

»Ein bisschen«, sagt Anatolij, geht ins Zimmer und lässt sich auf das Bett fallen. Tatsächlich fühlt er sich hier sicher. Weder der Chef noch dieser Yehor werden ihn hier suchen. Abgesehen davon, dass sie ihn ja vielleicht eh nicht suchen, denn selbstverständlich wird er, sobald es geht, die Oblast verlassen. Zusammen mit Nadja. Und Ika. Und jetzt fällt es ihm auch ein. Ihm fällt ein, an was oder wen ihn der Chef erinnert hat. Anatolij springt auf, ist mit zwei Sätzen im Bad und übergibt sich. Kotzt die ganze Angst ins Klo, die ganze Mafia, die ganze Erkenntnis.

»Du musst mir jetzt sagen, was los ist, sonst rufe ich mir ein Taxi und fahre wieder zurück.« Nadja steht in der Tür des Badezimmers. Anatolij hält den Kopf unter den Wasserhahn. Er drückt sein Gesicht in das saubere weiße Handtuch und spricht in den dicken Stoff: »Nach Jantarnyj darfst du erst mal überhaupt nicht mehr.«

»Du musst mir sagen, was passiert ist.«

Anatolij hebt den Kopf und sieht sie im Spiegel an: »Und du musst mir sagen, wer Ikas Vater ist.«

★

An einem Montag im Januar kehrt Pavel heim. So sagt man doch. Steht plötzlich vor der Tür des kleinen Häuschens auf der Palve und hat einen sehr merkwürdigen Ausdruck im Gesicht. Eigentlich wohl einen verstörten, aber für Trudi sieht er vor allem merkwürdig aus. Und der Ausdruck bleibt auch noch, nachdem er sich gewaschen hat, und auch, nachdem er sehr lange und fast ein bisschen zu fest Helene umarmt hat. Dann sprechen sie miteinander, leise, dass Trudi nur wenig versteht. Nur so viel kann sie heraushören: dass Pavel selbst nicht genau weiß, ob er desertiert ist oder ob es gar keine Truppe mehr gibt. Er lag gerade noch bei Gumbinnen oder irgendwo anders in einem Graben, da sei der ganze Graben einmal in die Luft geflogen, fast in einem Stück, mit allen Männern und mitsamt dem Schlamm, und dann sei der Graben wieder heruntergefallen, nun allerdings ohne weitere erkennbare Ordnung. Und als er sich herausgebuddelt hatte aus Schlamm und Schnee und was da plötzlich noch so beigemischt war, da sei um ihn herum keiner mehr am Leben gewesen. Oder schlimmer noch, es sei keiner mehr zu erkennen gewesen, alles habe sich geradezu in völliger Auflösung befunden. Also sei er losgerannt. Fünf Tage gerannt. Die Gegend kenne er ja. Da sei das ganze Herum und Herum der früheren Jahre mal für was gut gewesen. Aber er habe sich doch gewundert, dass nirgends mehr ein Kommandeur oder anderer Befehlshaber zu finden gewesen sei.

»Die sind tatsächlich alle weg«, sagt Pavel später in der Küche. »Und wir Dussel sind noch hier.« Dabei weiß er noch nicht einmal, dass sogar der Gauleiter längst getürmt ist.

»Ja«, sagt Helene leise. »Aber jetzt ist es zu spät. Wenn wir das gewusst hätten, dass es mitten im Winter losgeht.«

»So was weiß nur, wer ein Radio hat. Wir ham keins.« Pavel sieht seine Kinder der Reihe nach an und fragt sich, ob sein Russisch jetzt helfen wird. Aber wozu soll es schon helfen. Sie müssen los. Irgendwohin. Also steht er noch einmal auf, geht um den

Tisch und legt jedem die Hand auf den Kopf und fragt: »War es denn ein guter Tag für meine Kinderchen?« Und weil er ja nun wieder da ist und sie das alle sehr erleichtert und weil sich Helene tatsächlich zu einem Lächeln zwingen kann und dadurch einen fast glücklichen Eindruck macht, nicken sie alle und finden: Ja, soweit man es für heute überblicken kann, war er gut, der Tag.

»Und habt ihr Lust, bald eine Reise zu machen?«, fragt Pavel. Und die Begeisterung in den Gesichtern der Kinder raubt ihm beinahe die Fassung.

Es ist Ende Januar 1945, und wenn die Front gerade noch hinter einem ist, dann ist sie jeden Moment vor einem, denkt Pavel. Nur, dass man dann nicht mehr ganz sein dürfte, sondern eher der übrigen Landschaft beigemischt. Denn sogar in diese Landschaft, tief eingesunken in Wälder und Seen, dringen Berichte, dass der Weg nach Westen abgeschnitten sei. Trotzdem macht er den Leiterwagen fertig und holt ein Pferd vom gnädigen Herrn, der auch schon in Kiel oder Kaiserslautern oder München ist, denkt Pavel, denn er hat ihn nun durchschaut. Von wegen Front. Pavel nimmt extra keins der guten Pferde, dabei werden die Tiere noch in diesem Frühling verenden. Aber das weiß Pavel nicht.

Helene kocht einen letzten Wrukeneintopf, bringt auch eine Schüssel ins Gutshaus und stellt der gnädigen Frau schweigend das Essen hin. Die hat sich tatsächlich entschieden zu bleiben. Oder sie kann sich nicht losreißen. Oder sie will auf ihren Mann warten, den sie bis jetzt noch nicht durchschaut hat. Sie sitzt am Tisch und würgt, wo es geht, ihren Schmuck herunter. Die Augen treten ihr dabei etwas aus den Höhlen. Es ist niemand sonst mehr auf dem Gut. Müssen alle über Nacht aufgebrochen sein. Das Vieh läuft ratlos über den Hof und brüllt. Helene legt Holz in den erloschenen Kamin, macht Feuer und geht. Dann dreht sie wieder um und betritt noch einmal das Esszimmer.

»Sie müssen wohl doch lieber zu uns kommen«, sagt sie. »Hier wird es jetzt ungemütlich.«

»Aber wie?« Die gnädige Frau ist vor Angst ganz steif.

»So einfach wie möglich«, sagt Helene. »Das Wichtigste haben Sie ja nun schon verschluckt. Von außen sollte es dann lieber nach Arbeit aussehen.« Und zusammen suchen sie ein paar alte Kleider aus, binden der gnädigen Frau ein Kopftuch um, und dann sagt Helene noch: »Und jetzt legen Sie mal die Haltung ab. Jetzt müssen Sie auch mal den Rücken krumm machen, auch wenn's nur Verkleidung ist.« Sie verlassen das Gutshaus und schließen nicht einmal ab.

Pavel packt den Wagen. Einen alten, zerbrechlichen und eigentlich sehr sorgenvoll aussehenden Leiterwagen. Und obwohl sie so wenig besitzen, wird es dem Wagen bald zu viel. Pavel bricht, trotz der Kälte, der Schweiß aus. Die Kinder zerren ihm an der Jacke. Sie wollen los. Sie freuen sich, werfen mit Schnee. Er geht einmal kurz hinter das Haus und macht ein Gesicht wie zu einem lautlosen Schrei. Dann geht er zurück zu den Kindern, lächelnd. Ihm fällt ein, dass man eine Landkarte bräuchte. Da fragt auch schon eins der Kinder: »Wo ist denn eigentlich Hamburg?« Keine Ahnung, denkt Pavel. Weiß ich nicht. Auch nicht, wo München ist oder Bochum. Aber wenn ich ehrlich sein soll, dann spielt das für uns wohl auch gar keine Rolle. Und schon wieder wird ihm heiß. Er kann die Kinder kaum noch ansehen. Nur Fritz scheint im Bilde zu sein. Er nimmt, so gut er kann, den Faden auf, pfeift ein Liedchen und jongliert den Kindern mit drei Emaillebechern was vor. Pavel hat vor lauter Hitze vergessen, dem Pferd die Stollen anzuschrauben. Also rutscht es auf dem gefrorenen Weg sofort nach rechts und der Wagen nach links. Weit kommen sie so nicht. Und wozu auch? Denn jetzt kommen schon die Reste der Wehrmacht und wollen nach Haus. Ein müder, alter Leiterwagen ist ihnen scheißegal. Mit Lautsprechern, Leoparden und Panthern bricht die Wehrmacht direkt hinter dem kleinen Haus aus dem Wald auf die Lichtung: Runter vom Weg! Alle!

So sieht er also aus, der deutsche Krieg. Und als er vorbei ist, als er sich den Arsch gerettet hat, ist vom Weg nichts mehr zu sehen, und es wird schon wieder dunkel.

Mit Mühe schaffen sie die drei Kilometer bis zur Bahnstation und den übrigen Häusern. Alle leer.

Die Nacht verbringen sie im verlassenen Haus des Inspektors, da ist der Ofen noch warm. Den Wagen räumt im Dunkeln einer aus. Sind sie also auch noch ihre Papiere los. Keine Ausweise, kein gar nichts.

Pavel stellt mit Fritz zusammen am Morgen den leeren Wagen noch auf Kufen, die er im Schuppen gefunden hat. Aber auch mit Schlittenfahrt ist nichts mehr. Und Pavel muss aufpassen, dass ihm nicht doch ein verzweifelter Schrei entwischt, denn so viel hat er beim kurzen Abheben des Grabens bei Gumbinnen schon erraten: Was da nun von Osten kommt, kennt kein Halten. Was da nun kommt, ist die Antwort. Was da kommt, kann man hier keinem erzählen.

Helene sitzt mit den Kindern und der gnädigen Frau in der Küche. Ihr braucht man auch nichts zu erzählen. Sie findet sich längst in Pavels Spur ein. Sie setzt Matti oben auf den Ofen, dann nimmt sie eine Schere: »Du bist erst elf«, sagt sie zu Trudi. »Zum Glück bist du längst so dürr.« Sie schneidet Trudi die schönen Haare ab und sagt, sie soll sich Schmutz ins Gesicht reiben.

»Aber ich bin sechzehn!«

»Ab heute bist du elf.« Helenes Blick duldet keine weiteren Widerworte.

Als Pavel ins Haus kommt, ist es still, als hielten all seine Kinderchen die Luft an.

Er setzt sich zu Helene, nimmt ihre Hand, blickt in die Runde, blickt auch oben auf den Ofen zu dem Kleinen und sagt: »Es war einmal vor vielen Jahren, da gab es noch kein Zipfelchen von euch auf dieser Welt, da musste ich beim Polizeiwachtmeister von Gumbinnen vorstellig werden …«, und so weiter erzählt er von seiner Liebe und von Helenes Liebe, also vom Wesen ihrer beider Liebe, welche in Gumbinnen, bald Gussew, erwachte – Pavel kommt nur bis zum Sekt, nicht einmal so weit, denn noch während der Kellner vor den Augen der Kinder den Korken knallen lässt, noch bevor er eingießen kann, bricht da etwas direkt durch die geschlossene Tür. Dabei wäre das gar nicht nötig gewesen. Man hätte einfach die Klinke betätigen können, wenn schon keine Geduld zum Anklopfen da ist.

Herein kommen ein Kopf, ein bärtiges Gesicht und eine Jacke, wie aus Holz getischlert, so steif. Sie sind alle so überrascht und beeindruckt von dem Anblick, dass sie wieder ganz still bleiben und keinem gleich etwas einfällt, was er sagen könnte. Dafür schreit diese Gestalt umso lauter.

»Chitlerr kaputt!«, brüllt die Gestalt und ballert mit einem Gewehr auf das Bild an der Wand, direkt über der gnädigen Frau. Die Schüsse sind so laut, dass sie in Trudis Ohren ein Piepen hinterlassen. Dann lacht die Gestalt. Und eine zweite Gestalt, die dazukommt, lacht auch. Das ist immerhin, im Sinne von Seligers Worten über die bösen Geister, wie es Jela einmal erzählt hatte, beruhigend. Auch wenn anstelle der bösen Geister zunächst einmal die gnädige Frau in die Knie geht. Trudi hat keine Zeit, sich nach ihr umzusehen, denn sie starrt überrascht auf das zersprungene Bild. Es wundert sie schon ein wenig, dass dieser Führer, der über Jahre in allen Herzen und allen Wohnzimmern gewohnt und gewütet hatte, obwohl Trudi ihn nie in Wirklichkeit zu Gesicht bekam, denn wenn er in der Gegend war, saß er im Sumpfwald, verkrochen in seinem Wolfsnest, dass *der* nun plötzlich kaputt sein soll. Davon wusste sie noch gar nichts. Das hätte doch sicher längst einmal jemand erwähnt.

In Berlin wird noch, rein aufgrund der geografischen Lage, fernab aller längst überschrittenen Grenzen, gefeiert. Grammophone oder auch Volksempfänger, Beethoven, oder es wird live gespielt. Furtwängler, diese ganze Geschichte.

Hier, in den so genannten Ostgebieten, ist jedenfalls schon Schlussakkord. Am 13. Januar stand die 3. Weißrussische Front plötzlich in Ostpreußen und kesselte zwei Wochen später die deutschen Truppen im Samland ein. Aber das benennt noch keiner so endgültig und im Detail. Es fehlt der Überblick. Und man ist ja auch bei einer ganz anderen Geschichte. Bei zwei Sektgläsern in Gumbinnen vor fast zwanzig Jahren ist man und beim Beginn einer großen Liebe. Nur bleiben die Gläser nun leider leer, stehen auf einem unsichtbaren Tischchen vor Pavel, der die luftige Sektflasche soeben noch darüberhält, im Begriff einzuschenken, und nun aber mitten in der Bewegung innegehalten hat. Auch die beiden Gestalten haben in ihrer Bewegung innegehalten. Friede scheint sich ihrer für Momente zu bemächtigen. Zumindest sehen sie sich die Frauen, aber vor allem den Mann mit den vielen Kindern nun genauer an, die allesamt, Mädchen wie Jungen, ein merkwürdiges Leuchten umgibt. Fritz, Trudi, Jelas Geist, Werner, Elli, Hans, Lieschen und Matti haben ja den Kopf voll mit einem gemütlichen oder sogar bezaubernden Moment zwischen zwei Menschen, die sich gerade zur Liebe anschicken, und vielleicht zeichnet sich diese gerade entstehende Liebe auf ihren Gesichtern ab; oder es ist das Licht, das einfach vom Schnee draußen kommt, den die Morgensonne soeben rosarot färbt; oder es ist nur der stille Glanz der Symmetrie, der schon immer das menschliche Auge erfreut hat und der diese Kindergesichter erhellt, angeführt vom Gesicht des Vaters, der nun doch die Sektflasche sinken lässt.

Vielleicht haben die beiden Fremden seit Monaten nichts Schönes mehr gesehen. Vielleicht sind sie auch einfach müde. Jedenfalls drehen sie sich um und gehen fast behutsam aus dem Haus wieder heraus, wie aus dem Stall jener ärmlichen und ohne

Zweifel ebenfalls sehr schönen Familie vor langer, langer Zeit. Pavel atmet langsam und vernehmlich aus. Dann geht er zum Fenster, sieht den beiden nach, die schon vor ihrem Kommandanten stehen und was melden. Alle sehen, wie Pavel, zum Fenster. Keiner bemerkt, dass die gnädige Frau sich hinten aus dem Haus schleicht. Der Kommandant stiert die beiden Männer unwillig an, dann schreit er etwas, denn er ist nicht wie sie bezaubert. Sie drehen um und kommen noch einmal auf das Haus zu. Der kleinere der beiden betritt zuerst die Küche und redet auf Russisch auf sie ein. Pavel lässt ihn höflich ausreden. Sie sollen zum Sammelplatz kommen, alle.

»Die Frauen und die Kleinen müssen hierbleiben«, sagt Pavel auf Russisch zu dem Soldaten. Der hebt die Brauen. Ob sie keine Deutschen seien. Pavel verneint. Was sie dann seien.

»Alles andere«, sagt Pavel, und der Soldat lacht. Der schöne Mann, der nun also kein Deutscher ist, versöhnt ihn offenbar. Er geht noch einmal raus zu seinem Kommandanten.

Am Ende sollen nur Pavel und Fritz zum Sammelplatz, als Dolmetscher. Und wenn man es recht besehe, meint Pavel, habe man doch großes Glück gehabt. Denn hier im Haus sei der Ofen noch warm, ein wenig jedenfalls, er brauche sich also nicht um die Kinder zu sorgen, und ein Sammelplatz sei ja zunächst nichts Schlechtes. Den Blick, den er dabei gern Helene zuwerfen würde, verkneift er sich. Er steht schließlich unter Beobachtung von ziemlich vielen Augenpaaren. Und also sehen sie alle ein, dass es das Beste ist, wenn man nun schnell ein wenig Zeug einpackt und sich verabschiedet.

Aber als Fritz ihr die Hand gibt und »Halt die Ohren steif« sagt, da kommen Trudi doch irgendwelche albernen Tränen, und sie wendet sich schnell zu ihrem Vater und umarmt ihn und versteckt das Gesicht in seiner Jacke. Sieht so jetzt ein Abschied für immer aus? Für einen solchen Gedanken lässt Pavel lieber gar keine Lücke und hebt Trudi mit Leichtigkeit hoch, sie wiegt ja nun fast nichts, und er sieht ihr in die Augen und sagt: »Du bist ein Scharwerkerkind, ein Arbeiterkind – jetzt ist das mal für was gut. Was jetzt kommt im Arbeiter-und-Bauern-Staat, kannst du alles schon.« Dann setzt cr sie behutsam und deutlich wieder ab, nimmt noch Helenes Hand und tut etwas, das er vor den Kindern noch nie getan hat, aber es passt zu der inzwischen fast schon wieder vergessenen Sektflasche: Er führt die Hand an die Lippen und küsst sie wie ein Gentleman.

*

In der Nähe von Jantarnyj, 2012

Anatolij hat beinahe eine Stunde gebraucht, um alles, wirklich alles zu erzählen. Wie ihm der Bagger kaputtgegangen war, wie ihn der Vorarbeiter gefeuert hatte, wie Yehor in anheuerte und der Chef ihn beim Klauen erwischte.

Nadja hat ruhig zugehört. Sie hat neben Anatolij in der Dunkelheit gelegen und gedacht, es war von Anfang an klar, dass es ein Fehler war, in den Lada zu steigen, dass es aber doch auf der anderen Seite auch die bisher schönsten und besten Tage seit sehr langer Zeit gewesen waren. Jetzt dreht sie sich auf die Seite, legt den Kopf auf den ausgestreckten Arm und hält mit der anderen Hand Anatolijs Mund zu. »Deine krummen Geschäfte und Abkommen sind mir fast egal. Aber ich will nichts mehr mit der Grube zu tun haben. Als ich letzte Woche dort entlangging, habe ich etwas gehört. Es war so verstörend, dass ich am liebsten ganz von hier weggehen würde. Alles scheint sich verschoben zu haben, nichts ist mehr wie vorher. Aber ich will davon nichts wissen. Ich will von der Vergangenheit, von der hier alle reden, oder von was auch immer, nichts wissen. Ich will damit nichts zu tun haben. Das russische Volk hat die Vergangenheit besiegt. Das ist das Wichtigste.« Sie zieht die Hand weg und küsst Anatolij auf den Mund. »Wir sind jetzt.«

»Habe ich auch immer gedacht«, sagt Anatolij leise. »Aber wenn man hineingräbt, wenn man damit einmal anfängt …« Man kann sein Leben so oder so verbringen, denkt er. Man kann sich raushalten, das bringt einem Vorteile, oder man kann sich einmischen. Und ich, ich will mich jetzt einmischen.

»Und nun?« Nadjas Stimme schreckt ihn aus den Gedanken.

»Jetzt musst du auch erzählen.«

Sie dreht sich weg. »Ich muss gar nichts.«

»Vielleicht hilft es.«

»Wie viel Geld hast du noch?«, lenkt sie ab.

»Genug«, sagt er leise. Er habe da ja drei Kilo rausgeschafft. Anatolij atmet tief ein und aus. Und er müsse ihr noch etwas sagen.

»Hm?«

»Ich hatte heute, als mich der Chef erwischt hat, bereits die Jacke vollgestopft. Komischerweise hat er mich ja nicht untersucht. Er muss in Wirklichkeit sehr viel nervöser gewesen sein, als er schien. Schließlich schafft er wahrscheinlich seit Wochen selbst das Zeug beiseite. Ich habe also mindestens noch ein Kilo Bernstein im Auto, diesmal von dem besten.«

»Das bedeutet, du hast knapp neunzigtausend Rubel und noch Stein im Wert von sechzigtausend.«

»Ja.«

Nadja fängt an zu lachen. »Genug, um zu gehen! Wir könnten auf die Nehrung. Oder nach Moskau.« Sie rollt sich auf ihn. »Solange wir leben, wollen wir richtig leben, oder?«

»Wollen wir. Aber du musst mir jetzt meine Frage beantworten.«

An einem Faden kalter Luft, der vom einfachen Schloss der Balkontür herüberzieht, können sie spüren, dass immer stärkerer Wind aufkommt. Er entwickelt sich zum Sturm. Hart von Nordwest kommend, stürzen sich eisige Luftströmungen auf die Steilküste und auf das in die Dünen geduckte Hotel. Nadja sagt sehr lange nichts. Sie lauscht auf die See.

»Ich hatte längst bemerkt, dass sich Männer in der Nähe meines Hauses herumtrieben«, fängt sie endlich an. »Männer aus dem Ort. Es gefiel ihnen, und es gefiel ihnen nicht, dass da eine Frau allein ein Haus bewohnte. Sie meinten wohl, sie hätten ein Anrecht auf diese Frau. Ein Anrecht auf die Freiheit dieser Frau. Eines Abends, im Sommer, saß ich vor dem Haus und las. Es wurde schon dunkel, darum stellte ich eine Kerze auf den Tisch. In ihrem Schein war ich blind für die Umgebung. Aber die Umgebung war natürlich nicht blind für mich.« Nadja unterbricht sich. Es ist schwierig, denkt sie, Dinge auszusprechen, über die man oft nachdenkt. Es klingt unglaubwürdig. Anatolij hat bis jetzt starr neben ihr gelegen. Sein Blick ist ins Dunkel gerichtet. Er hat Angst vor dem, was Nadja erzählen wird.

»Plötzlich stand da ein Mann direkt vor mir. In Militärhosen. Hat kein Wort gesagt. Stank nur nach Wodka. Mir fiel das Buch herunter. Ich habe nicht gewagt, mich danach zu bücken. Habe nur gesagt, dass er gehen soll. Der reagierte aber nicht. Da habe ich ihn angeschrien. Und im selben Moment kam noch einer aus dem Dunkel. Er war einen Kopf größer. Der Erste verzog sich. Und mein Retter und nebenbei Chef fragte höflich, ob ich ihm nicht einen Tee anbieten wolle.« Nadja dreht sich zu Anatolij. Ihr Mund ist jetzt nah an seinem Ohr. »Also ließ ich meinen Retter und Chef in mein Haus. Ich ging vor ihm hinein. Da hatte er mich plötzlich bei den Haaren.« Nadja steht auf, geht zur Balkontür. Sie öffnet sie und stellt sich in den eisigen Luftstrom. Anatolij folgt ihr mit der Decke. Er wagt nicht, sie ihr umzulegen.

»Jetzt weißt du, wer Ikas Vater ist.« Sie zuckt mit den Schultern. »Er hat mir Geld gegeben, damit ich ihn nicht anzeige. Gleichzeitig hat er gedroht. Niemand werde mir glauben.« Nadja lacht bitter und setzt sich auf den Rand des Bettes.

Anatolij bleibt lange an der Balkontür stehen und sieht hinaus, ohne was zu sehen. Dann macht er die Tür wieder zu.

»Was kann ich tun?«

»Geh mit mir hier weg, Tolja. Fang mit mir irgendwo neu an, Anatolij Michailowitsch.«

Im Morgengrauen hören sie die Brandung auf den Strand krachen. Sie liegen im müden Licht und blicken vom Bett aus hinaus. Wie eine schiefergraue Wand ist das Meer in der Ferne eins geworden mit dem Himmel. Auf dem Strand türmen sich Tang und Treibgut im Saumbereich des Wassers, und wer die Gegend kennt, weiß, dass in diesem Gewirr aus schwarzem Seegras, Holzkohle und Brettern überall Bernstein hängt.

»Lass uns rausgehen und sammeln«, flüstert Nadja, »nur für das Gefühl, ein bisschen was selbst gefunden zu haben.«

»Geh du. Ich kümmere mich lieber um ein Frühstück.«

Nadja läuft über die Terrasse und die Holzstufen hinunter zum Strand, vorbei an den Warnschildern, welche die jährliche Zahl der Ertrunkenen angeben. Gefährliche Strömungen ziehen selbst gute Schwimmer weit ins Meer hinaus, und es bräuchte Kraft für viele Kilometer, um im Süden oder Norden mit der auflandigen Strömung wieder an Land zu gelangen. Deswegen darf niemand hier baden.

Nadja wendet sich nach links und läuft am Wasser entlang. Sie spürt die Entfernung nicht und auch nicht den Hunger. Sie sammelt. Eine Sammlerin ernährt sich vom Finden selbst. Und weil der Wind schräg von vorn kommt, hört sie den Wagen nicht, der hinter ihr über den Strand fährt.

Vier Männer in grauen Gummianzügen und mit alten Taucherbrillen sitzen in dem verbeulten Jeep, dem sie keine Schonung gönnen. Viel zu schnell, als würden sie auf einer asphaltierten Straße fahren, jagen sie den Wagen durch den Sand, durch Löcher und Gräben. Ihre großen Kescher ragen aus den Fenstern, so dass das Ganze wie ein ungestümes Wesen mit wehenden Ohren aussieht, das geradeaus auf die ahnungslose Frau zuhält. Im letzten Moment umfahren sie Nadja, hupen dabei, dass die vor Schreck zusammenzuckt, und schneiden ihr vorn den Weg ab.

Entsetzt weicht sie zurück, als sie die Männer sieht, die wie böse Erscheinungen aus dem Auto springen. Zwei von ihnen laufen sofort ins Wasser. Der dritte packt eine Eisenstange und folgt ihnen. Sie kämpfen sich durch die Brandung. Der Mann mit der Stange stößt immer wieder brutal ins Wasser und in den Meeresgrund, während die beiden anderen ihre Kescher durch den Wellenschaum ziehen. Der vierte Mann kommt auf Nadja zu.

»Was willst du hier?« Sie wissen beide, dass das Tauchen nicht erlaubt und lebensgefährlich ist. Aber der Mann setzt auf Einschüchterung. Er kommt Nadja viel zu nah. Sie kann das Gummi seines alten Anzugs und den Geruch von billigen Zigaretten riechen.

»Spazieren.«

»Hier geht niemand spazieren.«

Als Nadja sich umsieht, bemerkt sie, dass sie, ohne darauf geachtet zu haben, schon an zwei Wachtürmen, die oben auf dem Steilküstenrand stehen, vorbeigelaufen ist. Sie befindet sich in Militärgebiet.

»Verschwinde.«

»Willst du mir drohen?« Sie richtet sich auf. Sie hat jetzt keine Angst mehr. Sie hält seinen Blick. Er starrt zurück. Hat er Schmerz erlitten, dann hat er, das weiß Nadja, auch lange schon Schmerz verteilt. Er wird bei ihr keine Ausnahme machen. Sie weiß, was er gleich sagen wird. Und es ist ihr plötzlich egal. Die Gewalt dieses Mannes und aller Männer ist ihr egal. Sie lacht auf. Dann spuckt sie vor ihm in den Sand.

Durch brüchige Zähne sagt er es: »Hure.«

Und sie lacht. Und ihre Zähne sind eine Pracht.

Als sie beim Hotel ankommt, steht Anatolij oben auf der Terrasse und bedeutet ihr, sich zu beeilen. Er habe sich Sorgen gemacht, sagt er, als sie atemlos die Stufen zu ihm hinaufgestiegen ist. Er hält ihr die Tür zum Speiseraum auf, der an die Terrasse grenzt, und eine angenehme, windstille Wärme umfängt sie sofort.

»Das Frühstück ist schon kalt.« Anatolij rückt ihr den Stuhl an einem der Tische zurecht.

Als Nadja fertig gegessen hat, zeigt sie ihre Funde vor. Anatolij mimt Erstaunen.

»Tu nicht so, als beeindrucke dich das«, sagt sie stolz. »Aber es ist immerhin nicht geklaut. Nur abgejagt.«

»Wir können ja später zu zweit wieder ans Wasser gehen.«

»Ich habe genug.« Sie grinst. »Wir haben genug.«

»Auch gut. Und du sollst deine Tante anrufen. Ich bin an dein Telefon gegangen, als es das zweite Mal geklingelt hat.«

»Dringend?«

»Sie meinte, es eilt nicht sehr.«

Nadja wischt sich den Mund mit der dünnen Papierserviette ab und geht zum Telefonieren in den Nebenraum.

»Tante? Wie geht es Papa?«

Es geht ihm schlecht. Tante Warjas Stimme klingt so leise, als sei sie sehr viel weiter als vielleicht zwanzig Kilometer entfernt. Es wäre gut, wenn sie spätestens morgen da sein könnten, sagt sie.

»Wir fahren sofort los«, flüstert Nadja.

*

Gut Eilung, 1945

Das Gutshaus hat keine Fensterscheiben mehr. Auf einem Stuhl vor dem Eingangsportal sitzt ein Mann, ein Soldat im Pelzmantel, der einmal der gnädigen Frau gehört hat, und raucht. Der Mann ist fünfundzwanzig und lebt. Ein Grammophon spielt Musik. Die gnädige Frau lebt nicht mehr. Zu teuer, zu empfindlich. Der

Mann hat ihr, mit ein paar anderen Männern, einen Besuch abgestattet, nachdem sie ins Gutshaus zurückgerannt war. Sie haben zusammen gegessen, die gnädige Frau und die Männer. Ein bisschen wie auf dem Theater. Die großen weißen Servietten um den Hals gebunden. Die gnädige Frau hatte gekocht, leider sehr schlecht. Ihre Hände waren auch sonst sehr ungeschickt. Also haben sie noch einen Tee mit ihr getrunken. Aber die gnädige Frau hat so gezittert, dass die einzig heil gebliebene Röschentasse auf der einzig heil gebliebenen Röschenuntertasse richtig gescheppert hat. Das ging einem der Männer irgendwann auf den Geist. Darum hat er die gnädige Frau gefragt, ob sie friert. Sie hat ihn nicht verstanden, aber genickt. Da hat er ihr die Hände am Ofen warm gemacht. Und dann das Grammophon angestellt, denn irgendwie war die Stimmung jetzt runter. Oben im Ankleidezimmer der gnädigen Frau hingen die tollsten Kleider. Die Soldaten haben ihr also das alte Brautkleid angezogen, was ihr nicht mehr so recht passte. Dann haben sie Hochzeit gehalten, bis in den Morgen. Jetzt schläft die gnädige Frau im Bett hinter dem mit Pfauen bemalten Paravent ihren ewigen Schlaf. Niemand weiß von dem teuren Schmuck in ihrem Magen. Er allein wird übrig bleiben. Ungesehen. Niemandem zur Zierde, nur der Erde und den Würmern. Aber für die Erde und die Würmer ist er nicht von Interesse. Sie verfolgen andere Spuren und Bedürfnisse. Auch andere als der Mann, draußen vorm Portal des Hauses. Der zieht jetzt an den zu kurzen Ärmeln des Pelzes, denn er bekommt kalte Hände. Beste Ware bezupft er da, vom Brühl in Leipzig, allerdings schon etwas älter und aus der Mode. Bläulich schwarzer, europäischer Maulwurf. Schottisch sogar. Eingehüllt in die wärmenden Reste von vielleicht zweihundert schottischen Maulwürfen, sitzt der Mann also da und denkt nicht an die letzte Nacht, sondern schon an die nächste. Auf seinem Schoß liegt ein entsicherter Revolver, ein Nagant. Man weiß nie. An Regeln und Pakte halten sich diese Leute hier ja nicht.

Und tatsächlich, da kommt auch schon so ein Exemplar. Aber wohl eher harmlos. Der Mann raucht weiter, während Trudi langsam auf ihn zugeht.

»Здравствуйте«, sagt sie einfach und nickt einen Gruß. Der Mann lächelt. »Ой! Вы говорите по-русски?« Sie sprechen Russisch? Er siezt sie, aber das versteht Trudi nicht. So gut kann sie die Sprache doch nicht. Sagt nur einfach wie Pavel: »Да!«

»Ну«, sagt der Soldat und zieht die Schultern hoch. Und dann, deutsch: »Chitlerr kaputt.«

»Weiß ich«, sagt Trudi und will eigentlich nur was zu essen. Der Mann bietet ihr eine Zigarette an. Sie hat noch nie geraucht. Aber irgendwas verleitet sie nun dazu. Etwas, das tief in ihrem Innern um Beruhigung bittet. Und sie will höflich sein, denn sie ist ja nicht blind. Hat den Revolver schon gesehen. Sie knickt also die Papirossa zweimal ein und steckt sie sich zwischen die Lippen, der Mann zündet sie grinsend an. Das Husten verkneift sie sich. Die beiden gucken auf die ovale Fläche vor dem Gutshaus. Unter dem Schnee liegt dort ein schönes Beet, in das die gnädige Frau Trudi im Herbst noch Blumenzwiebeln hat setzen lassen.

»Я работа«, ich Arbeit, sagt Trudi, etwas daneben, doch eins weiß sie: Wenn man Hunger hat, muss man arbeiten. Und Pavel hat immer im Spaß gesagt: »Leben und Sterben – nichts als rabota!«

»Хорошо«, gut. Der Mann nickt. Hat schon verstanden. Vielleicht kann die Kleine besser kochen. Für alles andere ist sie wahrlich zu klein.

»Сколько тебе лет?«

Trudi zuckt mit den Schultern.

Der Mann tippt mit Zeige-, Mittel- und Ringfinger auf die Daumenkuppe, dann zeigt er fragend auf sie.

»Ich? Elf«, sagt Trudi. Zwei Hände und einmal noch den Daumen und dann, wie er: »Хорошо.«

Der Mann lacht, verscheucht sie mit einer lässigen Geste.

»До завтра!« Bis morgen. Er hat jetzt keine Lust mehr auf das Gör.

Also auch erst morgen was zu beißen. Trudi macht sich davon. Und trotzdem ahnt sie, dass sich hier etwas gezeigt hat. Auch wenn sie es nicht zu einem Gedanken zusammenbringt. Aber doch zu ein wenig Hoffnung. Denn was sie gestern noch abgewertet hat, nämlich ein Gemisch zu sein, das wertet sie heute auf. So schnell kann das gehen. Je nachdem eben, ob die Front hinter oder vor einem verläuft. Und wo sie gestern noch ein kleines Arbeiterkind war, ist sie heute Teil von etwas sehr Großem, bolschoi.

»Der Soldat hat den Mantel von der gnädigen Frau an«, sagt sie zu Helene, die in der Nähe gewartet hat. Helene weiß sofort, was der Mantel an dem Mann bedeutet. »Und was hat er gesagt? Ihr habt doch geredet.«

»Morgen sollen wir zum Arbeiten kommen.«

*

Frankfurt am Main, 1945

Herr von Boden sitzt in Frankfurt am Main bei Verwandten und hat nun doch ein schlechtes Gewissen. Ihm war, wie allen, der Arsch schließlich doch auf Grundeis gegangen, und da hatte er eine Gelegenheit genutzt, mit einigen anderen SS-Leuten direkt ins Deutsche Reich zu fliegen. Sind quasi mitten aus dem Teufelskessel heraus. Ein Umweg, um seine Frau abzuholen, war unmöglich. Wie denn auch? Außerdem hätte sie sich eh nie losreißen können. Mit dieser ganzen Melancholie. Ach, wie bodenverbunden, wie verwurzelt im Deutschtum. Dabei muss man doch immer in Bewegung bleiben. So hatte er sich das zurechtgelegt.

Aber jetzt in Frankfurt fühlt er sich doch schlecht. Vor allem, weil er jetzt nicht besonders gut dasteht. Er schenkt sich einen

Schnaps ein. Dann geht er sich rasieren. Er denkt an seinen Gewehrschrank in Ostpreußen. Er denkt an den wertvollen Wildbestand. An seine Frau denkt er jetzt lieber einfach nicht.

Auch beim Gang durch die Reste von Frankfurt, in einem Mantel mit zerfressenem Nutriakragen, denkt er nicht an seine Frau. Die Schuttberge, die hier schon seit einem knappen Jahr hin und her geräumt werden, erinnern an nichts. Über fünfundzwanzigtausend Tonnen britische und amerikanische Bomben haben Frankfurt in etwas verwandelt, was man hier so noch nicht kannte. Gauleiter Jakob Sprenger untersagte bis zum letzten Moment jegliche Aufklärung über die tatsächliche Lage und jegliches Hören nichtdeutscher Radiosender, unter Androhung der sofortigen Erschießung. So kamen an die fünftausend Zivilisten in Frankfurt ums Leben.

In wenigen Wochen wird Sprenger mit seiner Frau nach Tirol abhauen. Und noch ein paar Wochen später werden sie sich beide suizidieren.

Auf solch einen Gedanken würde der gnädige Herr nicht kommen. Dafür geht er viel zu gerne auf die Jagd und trinkt viel zu gern Cognac.

*

Jantarnyj, 2012

Sie waren gerade noch rechtzeitig für den Abschied, auch wenn keiner von ihnen wusste, wie so ein Abschied zu nehmen war, ob man alles oder ob man nichts sagen sollte oder wenn einen Satz, dann welchen.

Nadjas Vater hatte schließlich ihre Hand genommen, hatte mit der anderen leicht auf ihre kalten Finger geklopft, die Augen halb geschlossen, und mit tonloser Stimme gesagt, alles, aber auch alles in der Welt sei doch immer wieder überraschend.

Nadja hatte eine Weile sein Gesicht betrachtet. Und erst da bemerkte sie, dass sie ihn eigentlich nie richtig gesehen hatte. Erst da fiel ihr auf, dass er womöglich einmal ein schöner Mann gewesen war. Und dass es eigentlich keinerlei Ähnlichkeit zwischen ihm und Tante Warja gab. Und als habe er diesen Blick bemerkt, nickte er und sagte nur leise, ja, so sei das. Damit starb er.

Wochen nach der Beerdigung sitzen Nadja und Tante Warja endlich wieder beim Tee. Sie sitzen nebeneinander auf dem Sofa der Tante und sprechen über Wlad und über alles, was gut war in seinem Leben, denn in solchen Geschichten, sagt Warja, wohnen die Toten. Dann steht sie auf, geht mit kleinen müden Schritten zur Vitrine in der Zimmerecke, nimmt ein Papier heraus und legt es vor Nadja auf den flachen Glastisch.

»Diesen Brief hat er mir zuletzt gegeben«, sagt sie und setzt sich wieder. »Meine Mutter, du weißt, sie war nicht seine, hat den Brief kurz vor seinem Tod aus Petersburg zu ihm geschickt. Gott weiß, warum so spät. Er ist von unserem Vater, deinem Großvater. Du solltest ihn auch lesen.«

Nadja blickt nur kurz auf den Brief. Dicht beschrieben, altmodische Handschrift, kaum zu entziffern. Sie wird das später lesen.

Sie legt Tante Warja den Arm um die Schultern.

»Was ist noch, Tante?«, fragt sie leise.

Tante Warja drückt sich ein Taschentuch auf den Mund und weint lautlos hinein. Als sie sich beruhigt hat, steht sie wieder auf, streift ihre Bluse glatt und sagt leise, wobei sie schon ins Nebenzimmer geht: »Nimm den Brief mit. Ich brauche ihn nicht mehr. Er war ja auch nicht für mich. Er war für *Wladimir.*« Sie sagt *Wladimir* in einem sonderbar nachdrücklichen Ton. Etwas ratlos greift Nadja nach dem Brief und steckt ihn in die Handtasche. Sie wird ihn mit in die neue Wohnung nehmen und dort in Ruhe lesen. Anatolij und sie wohnen jetzt zusammen, im nächsten Dorf, bis sie eine Wohngenehmigung für Moskau erhalten. Dann werden sie gehen.

Es ist Dezember. Der Wintereinbruch kam vor zwei Wochen und brachte reichlich Schnee, dessen Weiß die Landschaft und allen darin herumstehenden Schrott so versöhnt und erhellt, dass sich ein fast tröstlicher, ein heiler, wenn auch farbloser Anblick bietet. Wie eine Kohlezeichnung, nüchtern, nur die Konturen der Welt, ohne Ballast, ohne das lebendige Gewicht und den Schmerz ihrer Organe.

Nadja lenkt den Lada aus dem Ort. Vorbei an der Nixe, die jetzt wie gefroren zum eisigen Meer weist, vorbei am Bordell, wo die Soldaten in wattierten Mänteln stehen, hinaus aus Jantarnyj.

*

Gut Eilung, 1945

Im Haus des Inspektors bereiten die Männer aus Kartoffeln einen Schnaps. Irgendwo haben sie Gerstenmalz aufgetrieben, die Destille bauen sie selbst. Draußen ist es still. Überall leuchten die Hoflampen. An den Speichern stehen Posten, betrunken und fluchend. Drinnen reden die Männer und singen und schnitzen aus den Beinen des Nähtischchens der Hausfrau Mühlesteine. Dann gehen sie und besuchen Helene. In der Küche schäumt die Maische. Helene zählt bis tausend. Die Maische kocht über und verdampft auf dem eisernen Ofen. Helene zählt. Die Männer infizieren sie mit Syphilis. Dann gehen sie und spielen Mühle.

Trudi liegt im Zimmer und schläft nicht. Sie denkt an Jela und Frido. Sie meint, die beiden säßen neben ihr am Bett.

Ein paar Tage später hat der Schnaps achtzig Prozent. Einer der Männer vergiftet sich sofort. Die übrigen verdünnen die drei Liter Schnaps und trinken ihn bei fünfzig Prozent in einem Zug herunter.

Helene weckt die Kinder. Sie gehen in die Nacht, zu einem anderen Hof, weg vom Haus des Inspektors.

Die Höfe liegen verlassen in den hellen Schneefeldern. Niemand mehr da, dem hier noch was gehört. Am Wegrand eine Kuh, mit entzündetem Euter, ratlos, ein Fahrrad am Baum, daneben eine Gestalt. Die alten Leute lehnen sich noch an, bevor sie den Geist aufgeben, die Jungen fallen einfach in sich zusammen.

Sie betreten ein Haus. Im Bett liegt die tote Hausfrau, Papiere unterm Kissen. Als habe sie morgen aufbrechen wollen und dann doch den Mut verloren, denkt Trudi.

Und darin eben irrt sie. Denn die Frau hat den Mut nicht verloren. Mutiger als jemals ist sie eingeschlafen, und es war nur ein Akt der Güte, dass sie im Bett verstarb. Denn in ihrem Fall wären nur drei aussichtslose Tage gefolgt, an deren Ende ein Fahrzeug von ungeheurem Gewicht, ein deutscher Panzer, Typ Königstiger, gestanden hätte. Denn wäre sie nicht in ihrem Bett gestorben, so würde der junge Hans Bergemann, Gefreiter, dreiundzwanzig Jahre, aus Bochum, auf einem Auge blindgeschossen, auf panischer Flucht seine Zigaretten nicht wiederfinden, die letzten drei in seinem Leben, und würde darüber, nicht über das, was er gesehen oder getan hat, nicht über den Krieg, nicht über das zerschossene Bochum, zumindest nicht direkt, sondern über den Verlust der Zigaretten von einem Moment auf den anderen den Verstand verlieren und die Frau mit seinem Königstiger überrollen, weil die den Weg nicht frei macht, weil sie hier lebt und das Land besitzt, auf dem sie geht, wie sie glaubt. Dieser deutsche Besitzerinnenleib wäre binnen Sekunden durch die Wut und Verzweiflung eines deutschen Soldatenleibes eins geworden mit ihrem Grund und Boden.

Am Morgen gehen sie zur Arbeit ins Gutshaus. Sie sollen die Männer bekochen. Aber die Männer haben die Küche genau untersucht, und dabei hat sich die Küche einfach in einen Haufen Schrott verwandelt. Als wäre hinter dem Tisch oder Wasserhahn oder Herd noch eine höhere Wahrheit zu finden, so haben sie alles, was hier seit langer Zeit beieinander war, aus seinem alten und klugen Gefüge gelöst und nachher nicht wieder zusammensetzen können. Also muss im Hof über dem Feuer gekocht werden.

Ein Lastauto voll mit Kartoffeln hält vor dem Gutshaus. Trudi hilft beim Abladen. Zwei Kartoffeln steckt sie sich in die Schürze. Dann wird im früheren Salon geschält.

»Die Schalen sind das Beste«, sagt Helene. Und plötzlich kommen ihr Tränen. Sie beugt sich über den Kartoffeleimer, damit die Kinder sie nicht weinen sehen. Aber die sehen eh woandershin. Sehen zum Fenster hinaus, Trudi jedenfalls und flüstert, da gehe das ganze Nachbardorf vorbei, und sie sagt die Namen auf. Hinter dem Treck reiten Männer auf Panjepferden. An den Schwanz des einen Pferdes ist ein Hund angebunden und an dessen Schwanz wieder ein Hund und noch einer und wieder einer. Und mitten in der kleinen Hundekarawane meint Trudi ein Tier zu erkennen.

»Prinz!«, ruft sie und will schon hinauslaufen. Aber da steht Helene hinter ihr, hält die flache Hand vor ihren Mund und zieht Trudi vom Fenster weg.

»Aber da war der Prinz, Mutter! Und vorn die Hegemeiers und die Tredes und die …«

»Still jetzt!«

»Aber …«

Da hat sie eine sitzen.

In der Nacht sollen sie im ausgeräumten Zimmer der Baronin schlafen. Im Morgengrauen kommt einer, den riecht man schon von weitem. Hat irgendwo Parfüm getrunken, weil der Schnaps alle war, und will jetzt Spaß. Helene stellt sich vor ihm auf wie eine Wand. Aber ihr fehlt die Überzeugungskraft. Der Mann schiebt die Wand beiseite, als wäre sie ein Schleier, und sucht sich was. Zu klein, denkt er, zu jung. Dann hat er Trudi entdeckt.

Am andern Morgen gibt es neue Pläne. Es soll getreckt werden. Egal wohin. Hat man sich von den Deutschen abgeguckt. Jetzt will man sie ein wenig erschrecken. Aber nicht alle können laufen. Und wer nicht laufen kann, muss bleiben. Hat man sich auch von den Deutschen abgeguckt.

Trudi und Matti müssen bleiben, obwohl sie laufen könnten. Alle anderen gehen. Lieschen wird getragen. Nicht sehr weit. Nur bis zum Waldrand. Aber das wissen Trudi und Matti nicht. Sie liegen im Gutshaus und wissen gar nichts. Der duftende Mann besucht Trudi und gibt ihr zu trinken. Die ganze folgende Nacht bleibt er bei ihr. Auch in der Nacht darauf. Und in der danach. Er füttert sie, nennt sie sein gesundes Kaninchen. An irgendeinem Morgen soll er mit den übrigen Soldaten nach Westen. Matti lässt er da, Trudi nimmt er mit. Sie gefällt ihm. Sie ist seine Braut. Er versteckt sie im Transporter unter einer Zeltplane. Auf der Höhe von Bartenstein wird sie entdeckt und ausgeladen.

*

Samland, 1945
Matti Petrov geht ein Stück in eine beliebige Richtung auf irgendeiner Allee. Es ist Januar, vielleicht auch Februar. Die Alleebäume sind kahl. Matti weiß nicht, wie er hergekommen ist. Er geht mit kleinen unsicheren Schritten, bis er auf eine Gruppe anderer Kinder trifft, die wie er allein sind. Sie gehen von nun an zusammen. Ein größeres Kind nimmt Mattis Hand. Die Straße ist so lang, dass die Kinderbeine müde werden, bevor sie irgendein Ziel erreichen. Die Bäume krächzen. In den Ästen hängen schwarze Trauben Krähen. Auf den Feldern scharren Wildtiere und verlassene Kühe nach Futter. Die Kühe brüllen. Sie vermissen ihre Stallungen. Die Kinder haben aufgehört zu vermissen. Es ist so kalt, dass sie ihre Körper kaum spüren. Der Wind weht

scharf. Den Wagen, der sich von hinten nähert, hören sie nicht kommen. Vorn im Wagen sitzt ein russischer Soldat. Er ist todmüde. Neben ihm sitzt ein zweiter Soldat, der sein Maschinengewehr lustlos auf die Kinder richtet. Er solle nicht schießen, bedeutet ihm ein Mann von der Rückbank, ein Offizier. Der Soldat gehorcht. Als sie ganz nah bei der Gruppe sind, beugt sich der Offizier vor, befiehlt dem Fahrer zu halten und starrt mit geröteten Augen die Kinder an. Die haben sich zusammengedrängt und blicken ihrerseits den Offizier an. Mit dem Zeigefinger deutet der Offizier auf Matti und macht ihm ein Zeichen, zum Wagen zu kommen. Ohne zu zögern und ohne sich noch einmal nach den anderen Kindern umzusehen, geht Matti mit seinen kurzen Beinen auf den Wagen zu und steigt zu dem Offizier auf die Rückbank. Dann gibt der Fahrer Gas, und der Wagen entfernt sich auf der Allee, bis er nicht mehr zu sehen ist.

*

Königsberg, 1945

Der Chef der Gestapoleitstelle in Königsberg möchte dem SS-Obersturmführer jetzt sehr gern die Fresse einschlagen. Aber dann müsste er womöglich dessen Auftrag selbst übernehmen, und dessen Auftrag übernehmen will er nicht. Nicht, weil ihm das zu viel Dreck und Blut ist, sondern, weil er lieber die Festung Königsberg oder das Dritte Reich oder irgendwas in der Art verteidigen will, als über Nacht, bei minus dreißig Grad, ans Meer zu latschen. Und zum Meer soll es gehen. Das war der Vorschlag des Chefs der Staatlichen Bernsteinmanufaktur in Königsberg. Eine alte Schachtanlage, die dort seit zwanzig Jahren stillgelegt sei. »Ideal«, hatte er gesagt. Ideal, um ein paar tausend Frauen und Mädchen aus irgendwelchen Außenlagern verschwinden zu lassen.

»Meinen Sie nicht, wir könnten die noch für Arbeitseinsätze

gebrauchen?« Der Obersturmführer würde auch lieber Königsberg verteidigen, das ist klar.

»Der Russe steht hier schon halb im Büro, soll der die *hier* vor-
finden?! In *dem* Zustand?! Und wollen *Sie* ihm dann erklären,
wieso die so aussehen?!« Dem Gestapomann bricht der Schweiß
aus. Ein paar tausend Körper bilden eine Masse, die man erfah-
rungsgemäß nicht leicht verschwinden lässt. Es sei denn, man
findet einen Hohlraum. Einen Hohlraum, den niemand kennt
und den man verschließen kann, als gäbe es ihn nicht. Luftdicht.
Die ganzen Weiber da rein und das Ding zumauern. Das scheiß
Grubenloch wieder jungfräulich machen. So hat sich der Direktor das gedacht. Wie hieß der Alte noch, von dem der Direktor
sprach? War wohl ein Jud. Kurz zuckt dem Gestapomann das Gesicht. Er hat immer wieder aufblitzende Visionen. Wie sein Körper in Schlamm versinkt, in Scheiße, wie er bei lebendigem Leib
in einem Grab voller Scheiße verfault. Allein der Geruch gestern
bei der Inspektion. Kurz hatte er das gewittert, wie ein Bock, wie
ein Büffel. Aber es muss weg. Alles muss weg. Eine Flurbere i-
nigung. Alle Sümpfe sollen weg, alle Schlammgruben, alle Wälder, Moorblasen. Planieren! Auch dieses zerschossene Königsberg,
wie abgrundtief er es längst hasst. Mitsamt seinen Bewohnern.
Zum Kotzen. Und herrlich. Dieser ganze Ekel, grandios. Diese
stotternden Herumirrenden, diese ungepflegten Frauen, schre i-
enden Kinder, stinkenden Alten, unglaublich. Parade von unter-
gehenden Schweinen, und er selbst, das Oberschwein, bereit, sich
in allem zu suhlen. Sich in den Resten eines zermahlenen Flücht-
lingstrecks suhlen. Sich in einer toten Krankenschwester suhlen.
Weg! Weg damit!

Und sie treiben sie in die Nacht, Frauen, Mädchen, die sie bis
jetzt gequält haben, sie treiben sie in den Frost. Mittreiben tut der
hechelnde Frauen- und Judenhass, mittreiben tut der Nationalismus und uralte und neue Antisemitismus von Denkern, Dichtern

und Komponisten, der Rassenwahn, die Mordlust und Gier deutscher Ärzte und Wissenschaftler, mittreiben tut die verschrobene Deutschtümelei, mittreiben tun alle, die nicht geholfen haben, all jene angeblich unschuldig Schuldigen, alle Feiglinge und Opportunisten, Großväter und Großmütter, eine ganze verirrte Kultur, kein uralter Schnitter Tod, kein Sensenmann, sondern der grässlich gewordene Mensch, der sich am Tod erlebt, treibt hier halb nackte Frauen und Mädchen durch die Nacht, treibt sie zum Meer und zur Annagrube, zu Hirschbergs altem Schacht.

*

Das Letzte, was man durch den vorderen Zugang in die Annagrube geschoben hat, waren die zusammengefalteten Segelflugzeuge der Flugschule. Nirgends sonst war so viel Raum wie im vorderen Teil der Grube, jenem allerersten waagerechten Bohrloch. Von dem Krater, aus dem man sich vor über sechzig Jahren hier in die Blaue Erde gebohrt hatte, ist nur die betonverstärkte Schräge übrig, in welcher der Eingang liegt. Sie ist inzwischen eins geworden mit der Steilküste. Davor erstreckt sich das gefrorene Spülfeld und dahinter der vereiste Strand.

Flugzeuge also, leichte Riesenvögel im schwarzen Licht der Grube. Dahinter nichts. Ausgeschabte Gewölbe, Höhlungen, kalt, stumm und feucht. Aber nicht feucht wie die Quellgebiete der Oberwelt, sondern eine faulige Feuchtigkeit, totes, stehendes Wasser, dessen Gestank die dürftige Luft durchsetzt. Niemand ist in den letzten Jahrzehnten an diesen Ort vorgedrungen. Aber friedlich ist er deswegen nicht. Ihn erfüllt Stummheit, wie ein verlassenes, verwahrlostes Haus, nur selten vom Tropfen kalter Flüssigkeiten gestört, die beinahe schockierend laut von unsichtbaren Gewölben in diese Abwesenheit von Klang hinabstürzen. Aber doch könnte man, gemessen am Zustand der Welt, von Ruhe sprechen.

Viele Meter darüber liegt Kazimira in ihrem Bett, im Sterben oder im Werden. Sie weiß, dass es zu Ende geht, und sie fürchtet sich nicht davor. Sie ist alt und hatte schon ein paar Mal geglaubt, es sei so weit, und sich im sauberen Kittel zurechtgelegt. Aber der Tod war nicht aufgetaucht. Immer hatte sie noch einmal weitergelebt, bis schließlich alles um sie her aus der Form geraten war. Schrecklich sind die Menschen geworden. Kazimira will nicht mehr bleiben. Sie schließt schon die Augen, flüstert seit Stunden in Selbstgesprächen mit Jadwiga, mit Jela, auch mit Antas. Draußen ist es dunkel, das Fenster eine schwarze Fläche. Nur Sternenlicht bebt in der eisigen Nachtluft, aber Kazimiras Augen sind schwach, sie sehen, selbst wenn sie die Augen öffnet, kein Sternenlicht mehr. Nur hören kann sie etwas. Ein Scharren, ein Schieben und Keuchen. Etwas bewegt sich draußen. Eine Dorfstraße voller Laute.

Kazimira erhebt sich ein letztes Mal. Sie zieht den alten Mantel an, sie öffnet die Tür, verlässt das Haus. Langsam geht sie zum Werk. Etwas Schlimmes treibt sie. Überall sieht sie Gestalten. Oder sie träumt. Sie kann es nicht mehr unterscheiden. Ihr ist, als hechelte ein Tier um sie her und ein Schreien und Flüstern und Raunen, ohne Körper.

»Jela, bist du es? Mein Kindchen, kommst zu Fuß von Tapiau her? Wer seid ihr? Was tut ihr hier?« Kazimira atmet schwer. Hier gibt es nur noch die Grube. Sie sucht den Takt. Sie bekommt ihn aus der Nacht.

Auf dem Gelände des Bernsteinwerks brennen Lampen. Das Werktor ist verschlossen. Kazimira geht weiter, Richtung Meer. Die See kollert wütend unterm Eis. Die Schollen schieben sich knirschend auf den Strand.

Das Dorf ist stumm. Es duckt sich. Niemand tritt aus dem Haus. Sie tun, als sei nichts. Sie stellen sich schlafend. Aber der ganze Ort weiß es bereits, sie haben aus den Fenstern gespäht, mit genügend Abstand von den Scheiben, so dass sie sicher sein konnten, dass man sie nicht sah. An den Gardinen vorbei haben sie alle ihre Neugierde befriedigt, haben vor Jahren gesehen, wie Ake die Straße entlangkam, haben zugeschaut, wie sie es jetzt wieder tun, siebenundzwanzig Jahre später. Sie haben den einen da laufen sehen, auf der Dorfstraße. Einen Toten. Sie haben die vielen auf der Dorfstraße gesehen. Sie denken sich ihren Teil und gehen zu Bett, denn es ist Nacht. Es ist immer irgendeine Zeit, und man kann es ja nicht ändern.

Kazimira verzieht spöttisch den alten Mund. Mit der letzten Kraft geht sie zum Grubeneingang. Sie kennt den Weg. Noch einmal saugt sie die kalte Winterluft ein, dann betritt sie die Dunkelheit.

*

Jantarnyj, 2012

»Hast du den Brief gelesen?« Sie sitzen wieder bei Tante Warja zum Tee.

Nadja schüttelt den Kopf. Sie verschweigt, dass sie nicht den Mut dazu hatte. Irgendetwas hielt sie ab. »Später, Tante.«

»Wie du willst.« Warja tischt einen großen Hefekuchen auf. Sie essen schweigend jeder ein Stück. »Und? Warum so still?«

Nadja nimmt noch ein Stück von dem Kuchen und kaut lange darauf herum. »Vielleicht werde ich verrückt, Tante.«

»Du wärst nicht die Erste.«

»Ich hatte ein Erlebnis bei der Grube, und seitdem habe ich den Eindruck, Stimmen zu hören. Ich kriege sie nicht weg.« Nadja steht auf und fängt an, nervös zu rauchen. »Darum werde ich vielleicht verrückt.«

»Wirst du nicht«, sagt Warja leise. »Es gibt viele Berichte. Die Waldarbeiter zum Beispiel und die Leute von der Kolchose, sie finden seit langem Spuren, überall an der Strecke von Kaliningrad bis hierher. Sogar in den Wäldern, abseits der Straße.« Sie trinkt einen Schluck Tee. Schweigt. Und dann: »Da wurden Menschen gejagt, Nadja. Man müsste sie zusammenzählen. Es sind hunderte.«

»Ich mag diese Geschichten nicht.« Nadja blickt durch die Balkontür hinaus.

»Niemand mag sie. Aber sie sind das, was wir hier übernommen haben.« Warja dreht nachdenklich an ihrem Fingerring, in den ein klarer Bernstein eingelassen ist, wie ein Tropfen Honig. »Nichts geht verloren. Alles bleibt. Es ändert höchstens seine Form.« Sie greift nach der Teetasse.

»Deswegen gehst du auch nicht an den Strand, oder?«

Warja nickt.

»Aber was war am Strand?«

»Frauen.«

»Es hieß doch, es waren russische Helden. Du selbst hast mit mir früher Nelken zum Denkmal gebracht.«

»Nein, es waren Frauen. Die Grubenarbeiter haben es immer erzählt, sind mit den Maschinen auf Gräber gestoßen. Und vor einiger Zeit kam ein Deutscher. Ein Einziger, der es zugegeben hat: Es waren Frauen und Mädchen, die man in der Grube einmauern wollte. Es ist ihnen nicht gelungen. Etwas stellte sich ihnen in den Weg. Sie konnten die Grube nicht betreten. Niemand wusste, was es war. Denn es war wohl nichts, was sie kannten.« Warja macht eine Pause, streicht über die Lehne des Sofas. »Aufgehalten wurden sie dennoch.« Sie trinkt ihren Tee aus. »In gewissem Sinne jedenfalls.« Sie starrt auf die braunen Schlieren in der Tasse. »Sie haben die Frauen dann ins Meer getrieben. Wahrscheinlich dreitausend. In ein Meer aus Eis.«

»Ich habe Angst vor ihnen.« Nadja setzt sich wieder an den Tisch.

»Das ist nicht unbegründet. Aber darum geht es nicht. Lies den Brief an deinen Vater.«

Erst am Abend, als sie schon wieder in ihrer Wohnung sind, setzt sich Nadja an den Tisch und liest:

Mein geliebter Wlad, mein Sohn, mein Wowotschka,

wie viele Jahre habe ich mit mir gerungen, ob ich dir jemals eröffnen soll, was ich dir jetzt schreibe. Aber du hast ein Anrecht auf die Wahrheit. Wenngleich die Wahrheit jener Jahre von einer solchen Grausamkeit ist, dass wir alle sie ungern erinnern und betrachten. Die Grausamkeit soll jedoch in diesem Fall sogar meine Verteidigerin sein, auch wenn ein solches Paradoxon verwundern mag. Denn ich hatte Gründe, warum ich dir zu Lebzeiten nicht gestand, was ich dir jetzt schreibe. Der Hauptgrund war Scham. Die Scham, überhaupt zu leben, nach allem, was war.

Nun, man könnte sagen, und das wirst du dir schon denken, dass wir auf der besseren Seite standen, damals, im Großen Vaterländischen Krieg. Ja, das taten wir. Manche Schuld liegt nicht auf unseren Schultern. Aber doch hat jeder Einzelne von uns seine Taten getan.

Aber das ist es nicht, was mir bis heute die Lippen verschloss. Ich habe getötet, ja, und ich bereue es, weil es mich in die Träume verfolgt, aber meine Schuld war eine andere. Und davon musst du hören:

Du warst, auch wenn ich es gewünscht hätte, nicht immer mein Sohn, mein geliebter Wowotschka.

Du wurdest erst mein Sohn.

An einem eisigen Tag im Januar 1945, als wir das Gebiet der Deutschen eingenommen hatten, wurdest du mein Sohn.

Ich hatte wenige Tage zuvor die grausamsten Dinge meines Lebens gesehen. Die Deutschen hatten, um uns zu täuschen, ihre Gefangenen kreuz und quer durch den Winter getrieben. Sie hatten sie marschieren lassen, bis sie tot waren. Alte, Junge, Frauen, Kinder. Als wir das besetzte Litauen, die Oblast und verschiedene polnische Gebiete erreichten, fanden wir vor, was als Gerücht längst herumgegangen war: Wo wir auch hinkamen, stießen wir auf zerstörte Kör-

per, auf das Grässlichste zerstörte Menschenleiber. Als hätte dieses Volk eine unbeschreibliche, eine rasende Wut auf diese Körper gehabt. Überhaupt waren sie vielleicht rasend, auch wenn sie kalt und mit System auftraten. Es gibt eine Raserei, glaube ich, die verläuft unterhalb der Wahrnehmung. Man erkennt sie nur an ihrer grauenhaften Spur.

Ich war müde, Wowa, so unendlich müde von diesen Spuren. Finsternis lag über dem Abgrund. Und dann, an jenem Tag, fuhren wir eine Allee entlang, ich glaube, es war in der Nähe von Polessk, das damals Labiau hieß. Da standen einige Kinder am Rand der Fahrbahn, zwischen kahlen Bäumen. Unter ihnen du. Und als ich dich dort sah, ein so überraschend schönes und noch sehr kleines Kind, wollte ich nur eins: dieses Kind, dieses schönste aller Bilder der menschlichen Unschuld, retten.

Was ist daran schlimm, wirst du fragen.

Nun, tatsächlich stiegst du ohne Zögern, auf meine Einladung hin in unseren Wagen. Deinen Namen oder deine Herkunft nanntest du nicht. Überhaupt schienst du jegliche Sprache vergessen zu haben. Du warst wohl zwei Jahre alt, vielleicht drei. Aber du warst stumm. Dennoch war mir klar, dass du ein deutsches Kind warst.

Eine Adoption war unkompliziert, die Sowjetunion hatte viele Männer verloren. Es gab einige Offiziere, die Ähnliches taten wie ich. Und weil du deinen Namen nicht sagtest, nannte ich dich Wladimir. Ich wurde sogar heimlich religiös, um dich in frommer Weise zu erziehen, damit dein Herz gut werde, denn wer wusste schon, was für ein Herz du geerbt hattest.

Was ist daran schlimm? Nun, ich sage es dir: Das Schlimme, das Schreckliche, das Unverzeihliche war – dass ich gewählt habe.

Ich habe nicht irgendein Kind gerettet. Ich habe das schönste Kind gerettet. Ich habe die übrigen Kinder, die in meinen Augen nicht so schönen Kinder, am Straßenrand im Januar gelassen. Ich habe dir, aufgrund deiner äußeren Erscheinung, einen größeren Wert beigemessen. Ich habe dich für schützenswert erklärt, die anderen nicht.

Mich haben diese Schuld und die Scham so sehr bedrückt, dass ich es, obwohl du später von scheinbaren Träumen erzähltest, aus denen ich einiges entnehmen konnte, nicht über mich brachte, dir deine Herkunft zu erklären. Denn dann hätte ich auch offenbaren müssen, was für einer ich selbst war und bin.

Nun kennst du den Grund und weißt auch, dass du alles Mögliche bist, auch ein Sowjet, gewiss, aber kein Russe, wie du geglaubt hast. Wenngleich ich immer etwas Russisches in deinen Zügen zu sehen meinte. Aber was ist schon russisch? Ich habe mir oft deine Mutter vorgestellt. Aber vielleicht kommst du auch nach deinem Vater. Oder du bist ein Entwurf deiner selbst, mein geliebter Wowotschka, einfach ein Mensch.

Meinen innigen und herzlichsten Dank an

Lucie, Hitda, Ulf, Doris, Jacob, Daniela, Cornelia, Katherina, Annika, Priya, Karin, Anne, Katharina, Noor, Lann, Magdalena, Galal, Svealena, Ilija, Matthias, Sharon, Katja, Tanja, Evke, Ulrike, Margarete, Uwe, Kristine, Dilek, Asja, Arseni, Mischa, den Suhrkamp Verlag, die Akademie der Künste Berlin, die Berliner Senatsverwaltung für Kultur und Europa, das Spreewald-Literaturstipendium, das Kollektiv WRITING WITH CARE

für Inspiration, Wohlwollen, Beratung, Lektorat, Unterstützung, Zeit, Sensitivity Reading und Verbundenheit.

Synagogengemeinden in Ostpreußen, Anfang des 20. Jahrhunderts

Ostsee

Neukuhre

Weststrand ■

Fischhausen

Danziger Bucht

Pillau

Frische Nehrung

Frisches Haff

Gdingen

Neukrug

Heiligenbei

Braunsberg

Danzig

Frauenburg

Pasarge

Elbing

Weichsel

Nogat

Mühlhause

Pr. Holland

Liebs

Marienburg

Pr. Stargard

Moh

Saalfeld

Geserichsee

O

N

W — O

S

Marienwerder

Dt. Eylau

Gilgenburg

Weichsel

Graudenz

Memel

Heydekrug

Nidden

Ruß

Karkeln

*Karische
*hrung

itten

Karisches Haff

Seckenburg

Labiau

sberg Tapiau

Pregel

rau

Tauroggen

Laugszargen

Schmalleningken

Tilsit

Ragnit

Memel

Schirwindt

Mehlauken

Inster

Pillkallen

Stallupönen

Eydtkuhnen

Georgenburg

Gumbinnen

Insterburg

Wehlau

Rominte

Trakehnen

Darkehmen

Angerapp

Friedland

Pr. Eylau

Gerdauen

Nordenburg

Goldap

sberg

Schippenbeil

Alle

Bartenstein

Barten

Mauersee

Angerburg

Marggrabowa/Oletzko

ilsberg

Bischofstein

Rastenburg

Lötzen

Groß Kockschen

t

Rößel

Löwentinsee

Seeburg

Rhein

Guttstadt

Sensburg

Arys

Lyck

Nikolaiken

tenburg

Bischofsburg

Spirdingsee

Allenstein

Passenheim

Roschsee

Rudczanny

Biala

Johannisburg

ohenstein

Ortelsburg

Niedersee

Friedrichshof

Babr

nberg

Neidenburg

0   10   20   30 km